止境

Boundless Love

宋凌◎著

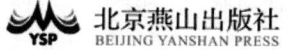

北京燕山出版社
BEIJING YANSHAN PRESS

图书在版编目（CIP）数据

爱无止境/宋凌著．——北京：北京燕山出版社 2014.1
ISBN 978-7-5402-3440-9

Ⅰ．①爱… Ⅱ．①宋… Ⅲ．①随笔—作品集—中国—当代 Ⅳ．① I267.1

中国版本图书馆 CIP 数据核字（2014）第 006505 号

爱无止境
AI WU ZHIJING

作　　者：	宋　凌
责任编辑：	王梦楠
特约编辑：	陈　雪
责任校对：	袁大威　石　英
封面设计：	西　子
社　　址：	北京市西城区陶然亭路53号（100054）
网　　站：	http://www.bjyspress.com/
微　　博：	http://e.weibo.com/u/2526206071
电　　话：	01065240430
传　　真：	01063587071
印　　刷：	北京洛平龙业印刷有限责任公司
开　　本：	787mm×1029mm　1/16
字　　数：	384千字
印　　张：	18
版　　次：	2014年5月第1版
印　　次：	2014年5月第1次印刷
定　　价：	29.80元
出版发行：	北京燕山出版社

版权所有　盗版必究

生活不缺乏美
缺乏的是發现美的
眼睛和感受美的心灵

贺宋凌新著出版

陈香梅

二〇一二年三月

於華府

爱无止境 Boundless love

陈香梅题词贺语

我和陈香梅

1993年，我初到美国时在比尔父母家

2012年，我和孩子们在巴哈马游轮上

2006年，我的四个孩子

2012年，我和已经大学毕业在美国工作的大儿子在厦门相见

爱无止境 Boundless love

1994年，大儿子宝宝刚到美国时比尔带他逛首都DC

2006年，阳光小青年

2008年，没了婴儿肥，朝"酷"方向转型的大儿子

2013年，大儿子宝宝和他的阿拉斯加雪橇狗

2012年，妮妮、西西俩姐妹

2005年，妮妮、西西在中国涵江姥姥家

2001年，妮妮参加福建电视台《酷酷小童星》比赛前带西西跳舞

爱无
Boundless love
止境

2000年，妮妮、西西在新加坡

2003年，妮妮、西西、宝弟在加州湾区临太平洋的家中

1998年，妮妮和西西在美国加州圣荷西家中

八岁的妮妮

十一岁的妮妮

两岁半的妮妮

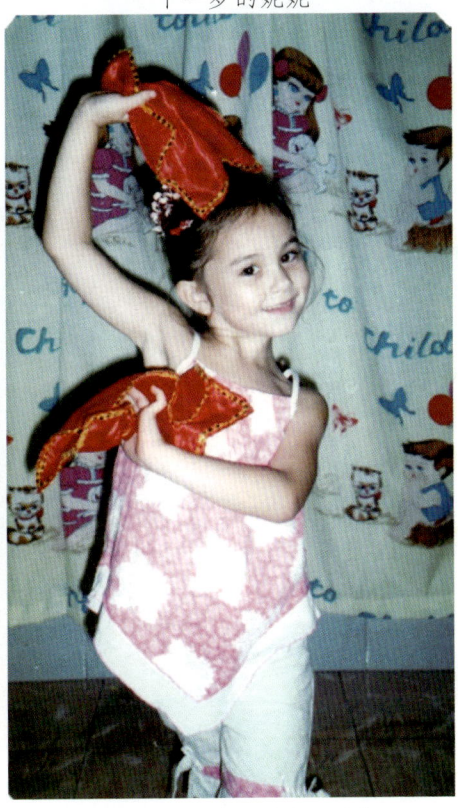

四岁的妮妮跳《南泥湾》

六岁的妮妮

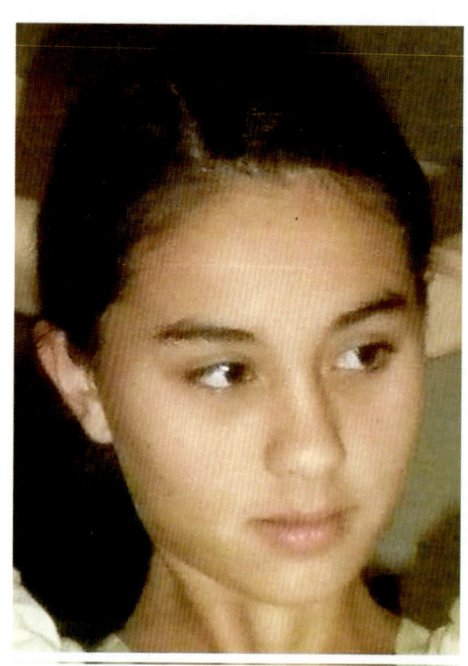
十五岁的妮妮

穿着妈咪衣服扮"时尚"的西西和老妈在梅森大学

"我是不是很漂亮啊？"西西最爱问的一句话

芬芳少女香让蝴蝶停伫在西西的肩头久久不去……

十四岁的西西穿着自己设计、裁缝的"作品"

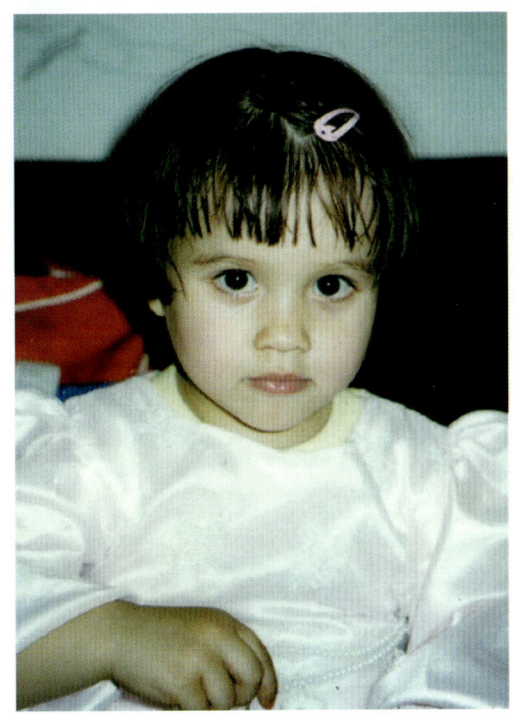

三岁的西西

爱无止境 Boundless love

爱时尚的西西在 2012 年

西西和她创作的纸浆艺术作品：长颈鹿首

十一岁的宝弟

2011年,在樱花丛中的西西

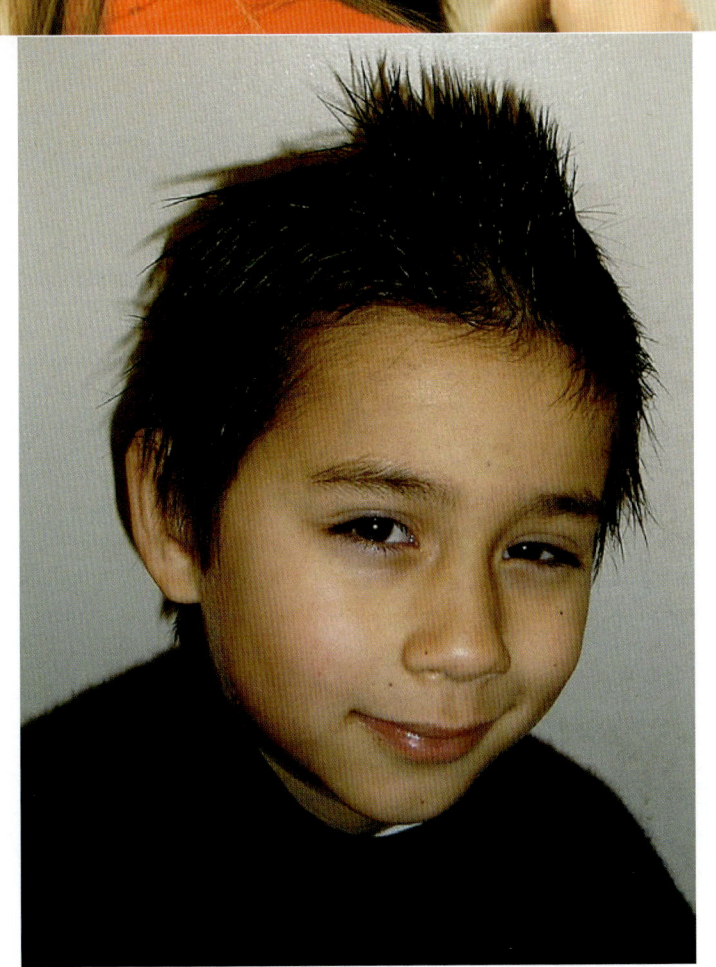

抹把水,将头发暂时竖起,射一个比刘谦还迷人的电眼

宝弟在学校的乐队

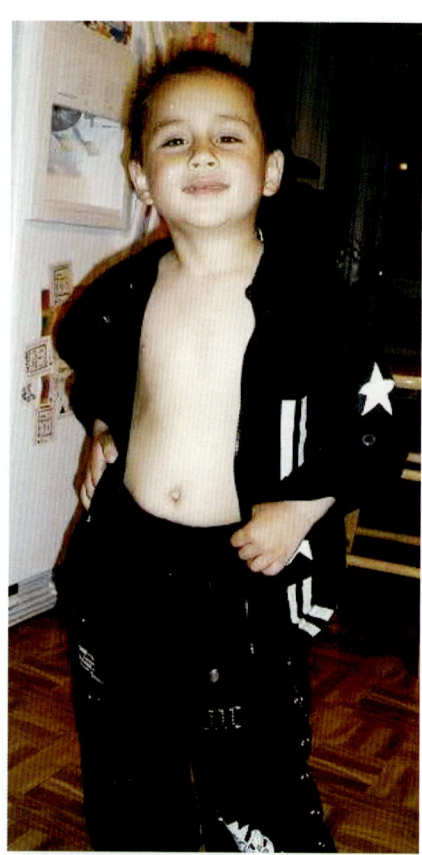

四岁宝弟自配黑衣黑裤，露出谁怕谁的肚脐眼，小腿往前一抖，酷吧

六岁的宝弟在旧金山拍模特照

很酷的五岁模特儿

宝弟和他的小狗

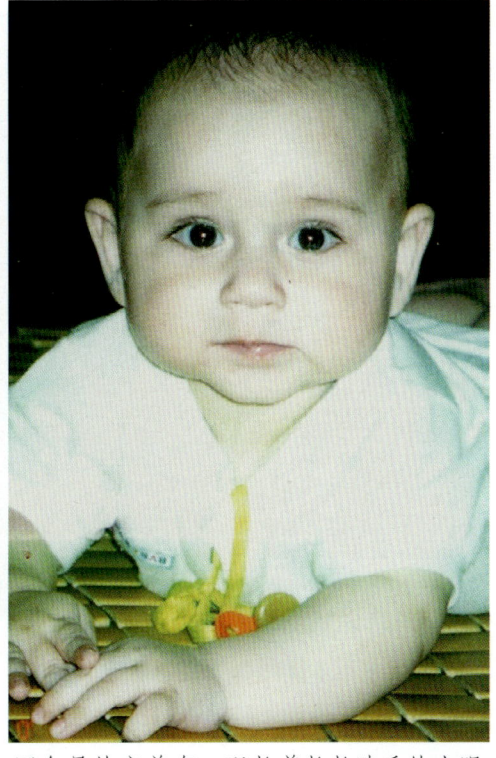

四个月的宝弟有一双长着长长睫毛的大眼睛

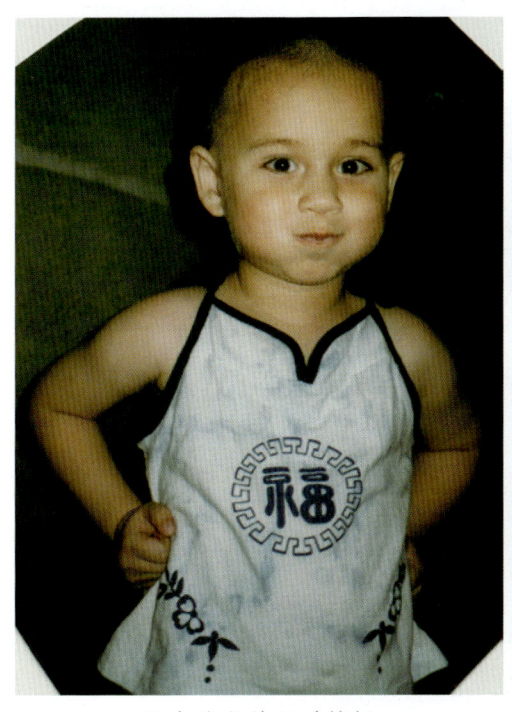

两岁的宝弟很爱搞怪

1998年，大哥哥和两个妹妹在硅谷圣荷西家后院

2011年，参加大华府春晚我跳的《傣族舞》演出照

父亲七十岁大寿时比尔与父亲和弟弟在涵江合影

2012年，在去加勒比海的游轮上

序

十年前在北京和宋凌相遇，她已经是四个孩子的母亲了，尽管时光掠去了她如梦似幻的美貌，但是洗净铅华，依然风姿绰约。

在北京的那些日子里，我们回忆了许多学生时代的美好往事。记得她曾说，要拍一部电影，让匆匆而去的生活成为凝固的历史珍藏。没想到，十年后她竟把自己的生活变成了一本书，一本用爱心编织的书。在书里，我读到了她的"电影"，看到了一幕幕刻着岁月划痕的胶片影像。

《爱无止境》简洁生动，细腻流畅，文如其人，清澈甘洌。作品跨越了时空和文化区隔，潜心营造翔实的情感体验氛围，在不同的人文环境里寻找共通的价值认同，具有很强的包容性和思辨性。其观察事物理性客观，情景描述圆融透彻，文辞架构举重若轻，语境铺排从容适度，充分体现了作者深厚的文化素养。静心阅读，犹如品茗，醇香四溢，荡气回肠。

身为女人，一个既是母亲又是妻子，同时还是女儿的东方女性，能够把母语文化植入到不同民族的文化土壤之中，并建立亲密稳定的家庭关系和社会关系，完全得益于她与生俱来的亲和力和淡定睿智的人格魅力。那些游离在生活中的猜忌、恐惧、虚妄、困惑，以及许许多多微妙的人与人之间的复杂关系都被她混搭、排列得简简单单、清清楚楚；而那些淹没在生活中的真诚、勇敢、善良、智慧，以及方方面面美好的人与人之间的朴素情感则被她组合、摆放得整整齐齐、干干净净。

她是一个会收拾屋子的女人，就像书中描写的小姑Kathy（凯西）一样：

"不管处于多么糟糕的情况，她总是能保持乐观向上的态度。不管在哪里，豪宅也好，陋室也罢，她都能把它布置得非常静雅富有情调，任何时候走进她的家，总是温暖整洁的。"

当我们在作品中走进宋凌内心小屋的时候，我们会发现，她热爱生活，眷恋

故土,善待亲人,珍视友情,内心充满挚爱。

她是如此地被爱感动着,执着地朝着心中的一抹灿烂奔去,希望她不再回头,把更多作品镌刻在人们的记忆里。

许　刚

许刚：国家一级导演、中国电视艺术家协会电视文艺委员会委员、中国广播电视协会电视文艺工作者委员会常务理事、福建省音乐家协会副主席,现就职于福建省广播影视集团。

许刚执导的主要电视文艺作品有：

电视散文：《在路上》获"中国首届电视散文大赛"一等奖。

电视小说：《命若琴弦》获"中国奋发文明进步奖"银奖。

音乐电视：导演杨华演唱的《拉着中华妈妈的手》、殷秀梅演唱的《共圆一个梦》及《我爱你中国》分别获得第三、第四、第五届中国音乐电视大赛金奖。

导演殷秀梅演唱的《梅娘曲》获"第三届中国音乐电视大赛"银奖,导演俞静演唱的《香港别来无恙》获"四届中国音乐电视大赛"银奖,导演《花儿为什么扬起脸》和《凤凰展翅》分别获得"第五届中国音乐电视大赛"银奖;

创意、导演彭丽媛演唱的《九九归一》获"第十七届中国电视金鹰奖"优秀节目奖及"第十三届全国电视文艺星光奖"二等奖;

导演彭丽媛演唱的《妈祖》获中国广播电视学会"第五届电视文艺节目奖"金奖,该片入选布达佩斯21世纪国际音乐电视艺术节;

策划、主创、导演音乐电视栏目《音乐电视界》,获"第十三届全国电视文艺星光奖"优秀栏目奖。

导演了由彭丽媛演唱的"中国歌剧经典"等一系列音乐电视作品。

文艺晚会：2000年开始,组织、策划、导演了《燃烧的青春》《春风颂》《与爱同行》《和谐海西》《与海西同行》以及华东春节晚会等各类大型电视文艺晚会近百场,获省级电视文艺一等奖二十余次。

香水一样的女人

名贵的香水出于设计者的美妙构思。像文学作品一样，它有自己独特的风格和品质象征。每一款香水都有那根据其挥发性的顺序来描述的由浅入深的三层味调（note）：前调的头香，中调的体香和尾调的基香。每一层味调都由数种香料混合：花香、果香、木香……芬芳变幻延伸，化成魅力无穷缭绕不绝的香韵。

受邀为好友"土笋冻"（宋凌）的新书《爱无止境》写点印象，在诚恐笔力不足的同时，这个"香水一样的女人"的题目"哐"的一下跳进我脑海，挥不掉斩不去：她那种明亮感性，保持真我的独特品质，她的丰富变幻的文笔和她的为人一样给人一种体验香水三层味调的享受——时而清爽，时而浓烈；时而优雅，时而奔放；芬芳瑰丽，婀娜多姿。更不要说"土笋冻"三个字已经就是文学城（一个蜚声海外的大型中文网）的网络品牌，每出新作必上首页导读，口碑如林。

相识土笋冻是在文学城网，偶然读到她的博客文章，瞬间就被那种清新诙谐的独特文风所迷住。那些跨国婚姻家庭生活，老家涵江的故事，让我耳目一新。故事还可以这样地讲啊？和大多数读者一样，我被这种有着明亮自信特质的芳香所吸引。有着如此清甜妩媚前调香味的女人，该是西方的郁金香、东方的茉莉和她家乡特产荔枝的组合吧？

受到启发，自己也尝试写点故事发到网上，没想就此吸引到土笋冻的关注。网上交流后交换了电话，一分钟后，铃声响起。信不信？电话也可以传香。话筒里那爽快声音携夹着的浓郁不由分说地把我裹入了她的香调中层，蜜蜜的香气飘散在平和里，非常享受。

土笋冻的文章感性，谈吐却很知性。她说话语速之快，内容之强大之无保留，待人之亲和，与其文章或是作为名人所给予人的应有印象颇有些穿越感。她的美照给人一种无比浪漫柔美的纯净和散发着熠熠光彩的感觉，而与她对起话来却有着一切现实生活的真实琐碎和亲切，而且她还有超乎于一般人的热情直率。

说起来我们的友情也持续有六年了。我们之间有许多相同之处：相近的年龄，同样的两次婚姻，背景相似的一个大儿子以及对儿子的那份特殊感情。我们虽从未谋面，但好像相识已久，每次通话总似有聊不完的话题，我们无所不谈，心扉对开。我喜欢听她的生活故事，就如喜欢读她的文章一样，都是些看得见触得着

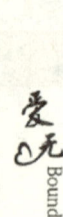

的喜怒哀乐：林家祖嗣的渊源，少时的旧人旧事，铭心的初恋，刻骨的亲情……我们的友情和相知踏实长久地落在她本香尾调的基层。随着时间，它的芬芳悠悠扩去，十分沁心。

更令人着迷的是她的变幻和复合。和她在一起，你永远不知道她下一个故事是什么，走向如何。做土笋冻的朋友，你会从她身上感受到水一样的柔、火一样的热、风一样的爽。从来没有见过一个女人能够这样地把敏感和坚忍、清纯和魅惑、梦幻与踏实、妩媚和精灵结合一体，演绎自如。

你这边正夹杂着"羡慕嫉妒恨"的"正常"心理读到她有那么一堆才情兼备的好儿女，想着她简直就是天下最幸福的"有子女万事足"的守护母亲，却听到电话那头她在慵懒地叹息："我好想抛开这一切，带着我的电脑躲进深山小屋里去，过那种世外桃源专心写作的日子啊！"

你听了她的话，再看了她的文，觉着这可是个忒理想、浪漫纯美、不食人间烟火的仙女，惊叹这人间尚存此尤物！但很快就得知她正在如何起劲地为家事力争法律权益，为国内国外的亲朋好友解忧办事，她也要为儿子的冲动买单，也要关注调节身边张三李四的小事俗事。我常调侃地唤她"仙女"，但"仙女"还是活在民间。

我惊叹她驾驭文字的能力，任何题材的东西写自她手，都看似信手拈来，用词精巧，山通水畅。小感悟、小哲理，一个故事一件事，娓娓道来中于不经意间就打动了你心的某一角，让人产生共鸣，那股灵气是上天赐予她的。

有如香水三层味调的金字塔建造状，我想土笋冻的基底层是她特有的生活经历，纵横皆丰；中层是她的生活哲学和态度，真诚乐观；最上层就是她的文章作品，那是她提炼出的精华，香韵袅袅。这精华汇集在《爱无止境》里徐徐熏润着读者，叫人流连忘返……

网友子夏浮云[①]

[①] 子夏浮云：眼科医生。现为美籍华人，美国科学工作者。

写在前面的话

改了好几次书名,终于定下来用"爱无止境"来作为我这本书的名字。

二十年前,我在英国留学,那是在一个离莎士比亚故居斯特拉特福德不远的小镇,一个连伦敦人都很少去的安静地方。五月的某一天,他突然出现在我的面前,在一个细雨蒙蒙的夜晚。

那晚,他买完餐后没有离去,一直守候在我打工的快餐店门外等我下班,说想陪我走回家。

夜已深,望着不远处我租住的家,看看眼前这位诚恳的但依然是陌生人的他,我说我的家离这里很远。

他问:"那我能陪你走一小段吗?就一小段?"

到了我家门口,我说:"就这一小段了,你请回吧。"待他在我视野里消失后,我一溜烟跑进了对面马路的家。

接下来的十几天,他夜夜来陪我走那"一小段",不管多晚,不管刮风还是下雨,他总是静静地站在英国那没有屋檐的街边,等我下班。终于,英国那多变无常的深夜雾雨把他淋感冒发烧了。

那一夜,在走完那个"一小段"后,被感动的我当着他的面直接跑进对面的家,随即又奔出来,递给他几片当时国内治感冒的品牌药"扑感敏"。

他瞪大那双蓝绿相间的眼睛惊喜地望着我,"原来你就住在这儿?'一小段'其实就到你家了!"

美国和中国,两个来自不同方向的人,不远万里跑到半道一个谁也不认识的陌生地方相遇相识。我从最初的戒备防范,到情不自禁地暴露"据点",贡献"扑感敏",那是信任的开始,是心扉的开启。

他没有责备我的"欺骗",只有孩子一样单纯的高兴。他牢牢记住了"扑感敏",并在后面二十年里把它当作头疼脑热时的首选药品,那三个字也是他二十年来讲得最标准的一句中文之一。

在第十七天,我们闪了婚。

然后,是我们在美国二十年的婚姻生活。那生活里有携手一起建立新家园,养育四个孩子的幸福和辛苦;有我在异国他乡重组家庭踏入不同社会的忐忑和释

然；有阳光明媚的快乐，也有风雨交加的烦恼；有携手到老的心愿，也有要离婚的念头。

两个不同文化、不同生活习惯的人走在一起，是非常需要求大同、存小异，需要用眼睛去发现美，用心去感受美的一种婚姻生活。

就像吃葡萄先挑甜的吃还是先挑酸的吃，代表了一个人的生活态度和人生观一样。先吃甜的人永远是在享受生活这串葡萄里最甜的那一颗，先吃酸的人永远是在咀嚼生活这串葡萄里最酸的那一粒。

当我记录生活的时候，我总是选择记下好的，让人高兴的事情；我总是喜欢挑其中最甜的那颗葡萄来品尝和回味，即使那是一串酸葡萄。

所以，这本书里收集的大都是我认为最甜的那一颗，是许许多多和爱有关的故事，许许多多和美好事物相连的故事，不管这个故事是自己的还是别人的。

爱是人类最美好的一种情感。世上有好多爱，每一种爱都是美丽的。它不分年龄，不分贵贱；不分肤色，不分国界；是一种永远值得记录、值得一直讲下去的情感。

夫妻恋人之间的爱，父母子女之间的爱，兄弟姐妹之间的爱，亲朋好友之间的爱，人和动物之间的爱，还有与人为善、帮助弱势群体的大爱，都是我这本书里收集的"甜葡萄"。

爱是一个永恒的话题，它可以专注于一个人，它可以博爱众生，无边无际……

因为，爱无止境。

宋　凌

目 录

1　陈香梅题词贺语
I　序
III　香水一样的女人
V　写在前面的话

第一部分
爱无"纸"禁

2　与陈香梅有约
3　爱无"纸"禁
12　"你就是想让消防员来泡你"
13　视死如归
19　说博爱太虚太高调
21　身残，心依然快乐着
27　我的房客——"半仙"鲁本
33　突然变成穷人的喜悦
34　维吉尼亚州的好
37　富人，穷人，牛人
39　拍卖"记忆"（memory）
42　观看美国空军飞行表演
44　中美军乐团在DC肯尼迪音乐中心大型联演
47　州长的签名——维吉尼亚州新任州长参加华人春节联欢
50　参加好莱坞影片《巨大奇迹》（Big Miracle）首映式

- 51　在美国做房东
- 53　和美国律师打交道
- 55　与食言的贷款经纪人打小额索赔（small claim）官司
- 59　印象五角大楼
- 61　美国经济危机天上掉馅饼（pizza）——买店记

第二部分
与"洋鬼子"一起造人记

- 76　与"洋鬼子"一起造人记
- 80　情在岁月中
- 84　"随军家属"
- 86　"洋鬼子"的广爱
- 88　"洋鬼子"阳气过剩之糗事
- 91　"洋鬼子"的竹子情
- 93　"洋鬼子"的一码归一码
- 95　过够生活的洋公公"行李"已打好包
- 99　我换驾照
- 101　此一时，彼一时
- 102　去旧金山坐缆车
- 104　我的"杯底漏"——比尔突然被送进急救室
- 109　我不该出的车祸
- 112　大雪中的"长征"
- 117　不小心当了一回"名人"
- 119　野　营
- 122　今天我去投了奥巴马的票
- 123　清秋的一个周末——波克湖（Burke Lake）
- 124　在迪斯尼世界
- 126　我家的圣诞节
- 128　蹦蹦跳
- 130　我跳傣族舞
- 131　华府买房记

第三部分
我的四个孩子

150　孩子命名记
151　我的四个孩子
156　带孩子回国求学记
167　在美国养孩子和打孩子
169　打麻将在我家
172　我家适龄儿童踢足球
174　你们用哪种方式造了我
176　小儿学中文
178　小尾巴的痛苦
181　小儿的意中人
183　小儿今晚值班
185　小儿昨晚失眠
186　小儿发烧
188　刀枪不入的小儿
190　小儿丢了
193　小儿的注意力问题
195　小儿是最大嫌疑人
198　小儿非常郁闷
200　满地找牙
202　绅士的小儿
203　"那年我已经死了"
205　小儿很"不孝"
207　小儿不想长大
210　各有所长的孩子——家庭小品剧《讨价还价》
211　西西自编自导的家庭小品"剧照"选
213　心灵手巧的二女儿西西
215　西西的骄傲

217	家有女儿要时尚
220	西西的小小爱心
222	西西的"邮票画"获得维吉尼亚州第一名
227	矜持骄傲的大女儿妮妮
229	妮妮十二岁礼物
230	家有女儿初长成
232	妮妮在美国做模特儿
234	妮妮考上美国最好的高中 TJ
236	十六岁花季少女
239	我家的"小爸爸"——大儿子宝宝
241	从男孩到男人——看大儿子相片有感
245	放手还是放"心"

第四部分
我最昂贵的戒指

248	母　亲
250	我最昂贵的戒指
254	爸爸的手
255	我的外婆
257	人人爱的查理
260	不能直视的伤痛
262	我家的老七
264	背　影
266	欲罢不能的姜抹橄榄
267	土笋冻
269	小诗二首《距离》《长相思》

后　记

世界各地网友评论选

第一部分

爱无"纸"禁

与陈香梅有约

2010年6月的一天,我收到我们作协会长,曾是陈香梅高级助理师云志女士发来的邮件,里面是一个邀请我参加陈香梅女士八十五岁寿庆的附件。打开附件一看,一行"与陈香梅女士有约"的繁体大字跳了出来:"波多马克河畔情调晚餐,老歌、热舞、茶叙、咖啡、蛋糕……诚邀您偕同好友前来共襄盛举,陪陈香梅欢度美好夜晚。"

先不说在夕阳无限好的波多马克河畔吃晚餐有多么吸引人,光陈香梅这名字就足以让人向往。

陈香梅,一个从肯尼迪到克林顿,美国八届总统委以重任的中国人;一个邓小平请为座上宾,称之为"全世界只有一个陈香梅"的美籍华人;一个两个女儿均由蒋介石起名,宋美龄认作干女儿的蒋家好友;一个廖仲恺的孙侄女;一个年仅十九岁,放弃赴美与在美国当外交官的父亲团聚,留在中国成为抗战时期第一位战地女记者的女孩;一个出了四十多本书籍,其用英文书写的小说《一千个春天》成为美国当年十大畅销书之一的作家;一个六十年前,就敢为了爱情,不顾世俗观念,以二十三岁之龄嫁给五十四岁美国援华空军"飞虎队"司令,陈纳德将军的传奇女人;一个我很想与之共进晚餐的寿星!

八十五年,是一段漫长的岁月,陈香梅不仅健康长寿,而且至今仍活跃在美国与中国海峡两岸,为世界和平做着贡献。能与她共进晚餐,为她庆生,是一种福气。

来到首都DC那家坐落在波多马克河岸的美丽餐厅,寿星还没到,我被安排在临窗的位置上。窗的外面是那正旺的夕阳,红红的光照在我们的背后,面前一片金黄,白白的桌布看过去似乎都有了色彩,每个人的脸都显得特别的柔和,连皱纹都顺畅起来。

寿星终于到临,大家站立欢迎。陈香梅摆着手,微笑着走进人群。1993年,我曾在DC中国大使馆的春节晚会上见过陈香梅,事隔近二十年,她好像没有什么变化,仍然那么精神,依然那么平和。

一个看上去比陈香梅还长寿的男士致贺词,因为他用英文声音颤抖着读手中的讲稿,好吃的我心中正念着主食该点龙虾还是蟹肉,没听清楚他是什么人。以他的年龄估摸,他不是当年陈纳德将军"飞虎队"里的成员,就是后来陈纳德的

中美航空公司里的职员。他站在陈香梅的对面，躬着背，很吃力地发着音。满座人的视线游离不定，唯有陈香梅的目光定格在发言人脸上。她静静地坐在那儿，一只手轻托着下颌，昂着头，看着对方，很专注地聆听着。夕阳的余晖映在她的脸上，那个画面非常美！

认真做事的人很有魅力，认真尊重他人的人很美丽。

如果说那个瞬间让我对陈香梅年龄的印象从八十五岁的"老态龙钟"一下拉回到五十岁的优雅精干，那后来她兴起和大家一起大跳迪斯科的灵巧舞姿更是让我惊讶不已。是什么样的人，八十五高龄，还能有如此蓬勃的活力，还能如此生动地生活着？

切了生日蛋糕，陈香梅女士发表感言，她感谢大家的来临，希望大家明年能再来此地和她共度生日。

"与陈香梅女士有约"，明年，年年，我们一定都会来为您庆生。

祝您福如东海，寿比南山。

生日快乐！

爱无"纸"禁

（一）

得知小姑凯西确诊为渐冻人的那晚，我彻夜未眠。

渐冻人？这种目睹自己死亡全过程，脑子清醒地感觉着自己的所有器官慢慢失去功能，动弹不了，直至不能呼吸，心衰而死的世纪绝症，我去年才从网上了解到。看到那个美丽女孩张红变成渐冻人后的录像，我唏嘘不已。原以为那是一个距自己很远的不幸，没想到它竟也发生在自己身边的亲人身上！

这岂不应了外婆常常说的"吃饭的人哪，什么都料不准，啥事都可能发生"那句话？

凯西是我先生比尔的家人里面我最喜欢的一个成员，她为人宽厚，性情随和，她热爱生活，富有情趣。不管处于多么糟糕的境况，她总是能保持乐观向上的态度。不管在哪里，豪宅也好，陋室也罢，她都能把它布置得非常净雅有情调，任何时候走进她的家，她的家总是温暖整洁的。

她比比尔大四岁，一米七的个头，金发碧眼，年轻时非常漂亮，她和我小叔子算是他们家的金童玉女。那年，我从英国到美国，第一次见到他们时，心里一震：

好漂亮的姐弟俩啊!

凯西很年轻的时候为了结婚嫁给了第一个说要娶她的人,五年后离婚。二婚嫁给了一个海军,生下一男一女两个漂亮的孩子。

凯西辞去那份在政府部门的好工作在家带孩子,丈夫退役后因为酗酒无法保留住任何一份好工作。结婚时买的湖边豪宅很快就卖了,不久,车在半夜被银行开走了,家中的水电也时不时因为欠费被切停。

这让她做律师的父亲十分郁闷。女儿找

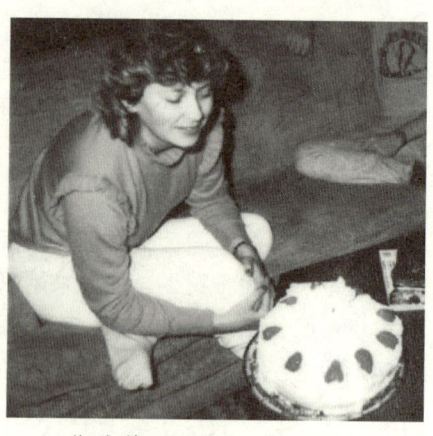

优雅美丽的凯西(Kathy)

这么一个拎不起来的丈夫,虽然十万分不满意,但也不能给任何离婚建议。在美国文化里,父母除了默默看孩子过他们的小日子外,高兴的事一起分享,不高兴的事行动上能帮就帮,言语上一般不表达看法,更不怂恿,任何决定都得由孩子自己做出。我公公所能做的就是:把自己的一部车送给他们,再帮他们付了水电欠款,再后来,还给他们买了一个房子,凯西就那么和丈夫一直到搬去西雅图。

我第一次去凯西家,是她们已经丢了那湖边豪宅,租了一个靠她父母家很近、带游泳池的大房子。一进门,是一个巨大无比的漂亮鱼缸,五颜六色的鱼在碧绿绿的水草间急急忙忙地游来游去,很忙碌的样子。比尔说那是他的鱼缸,因为太大,暂没地方放,就放凯西这里,但他随时可以拿走。我听了,就觉得这个姐姐很好说话,花那么多钱,用那么多工夫照料不属于自己的东西,别人一旦说要,自己就没一点意见地放手,并奉送一切,包括缸里那些漂亮的假山水草等摆设及养了很大的鱼。

进屋,才发现真是"屋如其人",每个角落都被她布置得精致漂亮,很有风格。墙上挂着一扇她以前随军住在夏威夷时买的大扇子,她看我喜欢,就把它原装包起来送给我们。那把扇子从此一直跟着我们出现在我们每个房子的墙上,还漂洋过海去了新加坡。可等一年后,我们再从新加坡搬回来后,我却怎么也无法从运回来的行李里找到它。它就那么莫名其妙地消失了!这是我家的一桩离奇悬案。

凯西会做一手漂亮美味的寿司。每次我们去她家,比尔总爱和她一起捣鼓吃的,寿司是他们必做的一道菜。凯西做出来的寿司一点也不比日本餐馆里的逊色,这对喜欢海鲜、当时在美国又吃不到正宗中国菜的我来讲,是一件很解馋的事。

和凯西在一起,总意味着欢乐和有趣。每逢钓蟹季节,比尔就约上凯西一起去海边钓螃蟹。她总是积极,但不动声色,不紧不慢地张罗一切。从准备工作,去海边找垂钓点,到最后清理烹调那一桶桶的美味蓝蟹,凯西都有条不紊地认真忙碌着,看上去很专业,让我对"老美"那种看似"慢",实则颇有效率的做事风格印象深刻。

那个夏天,我们在短短的两个小时内,钓到一百九十八只螃蟹!满满四大筐,带回来放在凯西的游泳池边。孩子们在水里嬉戏,比尔在分拣大的、饱满的螃蟹,凯西在清蒸及烧烤螃蟹,我在醉螃蟹和腌螃蟹……好一幅"蟹季池边图"!

那情景一直是我脑海里一片时隐时现的小浪花,让我想起小时候在涵江,每年夏天母亲和外婆从乡下农家挑回一筐筐新鲜荔枝在林家后门整理分配的画面,不是什么大不了的事,却叫人感到快乐和满足。

凯西有很高的感性素质,她随时随地都在尽自己所能地美化生活,美好自己。哪怕囊中羞涩,她依然会买各种美丽的花草,种植在租住的房屋四周,精心照料;她会花几十美元去整一个新发型,只为了去父母家参加一个自家人的家庭聚会,给大家一个惊喜;她常常根据不同的季节,把家里的家具摆设、装饰重新布置,整出不同的风格和情调,既美观又舒适,给人一种新鲜感,即使她很快就要搬离。

凯西从不抱怨生活,生活给她什么,她就接受什么,而且是以一种积极的态度去面对和处理,然后尽可能将其变好地去享受它。

(二)

这次感恩节凯西和男友弗兰克专门从西岸飞来东岸我公婆家,和大家一起过节。去年的感恩节是在比尔姨姨家过,那是他姨父保罗在人世间的最后一个感恩节,不觉又是一个感恩节了。

凯西已不能行走,腰部以下已没有感觉,手还能运用自如。她坐在轮椅上,笑容和平时一样温暖、舒心,仪态和往常一样优雅、淡定,一点也看不出她是得了绝症的人。她表现得就像一个健康的人,因为一个暂时的原因暂时使用一下轮椅罢了,叫人看了有一种说不出来的心情。

弗兰克是凯西八年前在西雅图一个露天音乐会上认识的,两人当时都刚刚离婚,在联邦政府部门工作的凯西和在某公司当高管的弗兰克因为境遇相似,年龄相仿,二人一见如故,越谈越近,很快就变成男女朋友。当凯西带着喜悦的心情告诉家人她的新恋情时,大家替她高兴的同时也抱着一种观望的心态。

2005年,在我们卖掉加州海边那个房子,将要搬走的那个圣诞节,公公婆婆和小叔子从东岸,凯西和弗兰克从西雅图同时飞来加州我家相聚过节,大家第一次面见了弗兰克。

弗兰克和凯西十指相扣

弗兰克一米九多的个儿，头上还长着满头密发，肚子却是平的。过了四十五岁的男人，只要具备这两个特征，就是帅哥了，何况弗兰克是那轮廓分明、白白净净的老美长相。所以，在大家眼里，弗兰克和高挑的凯西站在一起，还真是很般配养眼的一对。最主要的是，弗兰克性情温和、人善良。在美国中西部农场长大的弗兰克，有着类似中国边远地区人民的那种淳朴和憨厚。父母对女儿这次的眼光给予了高度的肯定。

喜形于色的凯西把弗兰克唤成"我的男人"，并开玩笑似的和大家提到要与弗兰克结婚的事。鉴于她以往两次失败的婚姻，大家没有热烈响应她的话题，都觉得认识没多久便谈婚论嫁有点太"凯西式"了，大家笑笑而过。

很快，凯西就给大家寄来了和弗兰克在影楼照的正规照，像订婚的人照的那种既亲密又正式的恩爱相片。满脸幸福的凯西靠在也一脸笑意的弗兰克胸前，把戴着戒指的那只手以一种优雅的姿势放在心口处。那只手位置显著，在相片里很是抢眼。比尔他们看了都会意地笑起来，说，这就是凯西，一个藏不住任何好事（哪怕是"可能"的好事），恨不得让全世界都及时知道并直接认可的可爱女人。

后来凯西告诉大家，那只是她一时兴起，和弗兰克照着玩的一张相片，没有任何特别意思，他们也没有结婚的打算，觉得现在这样挺好，只要相爱就行了，要那一张纸做甚？

大家自然是一致表示赞同，说这个年龄了，婚不婚的都不重要了，重要的是两个人在一起开心就行。婆婆每次跟凯西通电话，肯定有一句"弗兰克好吗？留住弗兰克"的问句和祈使句。

2006年，我们去西雅图凯西处过感恩节。凯西和弗兰克住在一个有三个卧室的公寓里，那公寓被凯西布置得温馨舒适。绕着餐厅，悬挂着一圈她精心选购的蜡烛。柔和的烛光罩着她和弗兰克时不时温柔对视的脸，他们看上去是那样的美。满桌是凯西以她那一贯慢慢的速度，但是认真的态度和程序用心做出来的，让平时不吃西餐的我看了都食欲陡增的美味菜肴。弗兰克在倒酒，音乐在轻响，凯西的美好在每个人心中静静地被领会着。

一天，凯西告诉家人，她穿高跟鞋走在路上，尖细的鞋跟不小心陷进路缝里，脚扭了一下，伤了脚跟。当时谁都不太在意她的事故，以为养段时间就好。数月过去，凯西的那只脚一直未见好转，却越来越无力，做了很多检查，也没发现问题，医生一直查不出来她为何无法行走。

2009年，她来DC开会。她过来看望我们的那一天，正是我们当时那个比萨店开张的第一天。她从车里下来朝我走来，她那只受伤的脚上装着一个特殊的套子帮助她撑着走。她慢慢走着，脸上是那熟悉的微笑。就几年不见，凯西变化很大，原来俊俏的瘦脸变大变圆了，人也遽然老了许多，十几年前那个美丽的小凯西好像已被目前的这个大凯西包了起来，没了踪影。

她一如既往高度赞美了我们的店，并很高兴地品尝了一个我们的招牌汉堡包，还坚持要付钱，说她出差时每天的餐钱是联邦政府付的，你们不要白不要。在等我带她回家的空当，她不失时机地到隔壁美发沙龙做了一个发型。看到我家里乱，她找我要了一把扫把，二话没说就打扫起来，然后又回到店里帮我们做了一个晚上的汉堡包。

记得那晚打烊后回到家里，我和她在客厅聊了很久。我首次和她从家庭、孩子到个人情感，畅谈了一次。平时从不把负面情绪展现与人的她说着说着竟流下了泪，直至说到她的男人弗兰克时才破涕为笑。

我说，你和弗兰克这么般配融洽，你身上那么多的好品质到了弗兰克这里才得到真正的赏识和珍惜，你们要是早二十年认识就好了。凯西微笑了一下，说，那是，弗兰克是一个真正的绅士，跟他在一起，你无法不好。

第二天她回西雅图时，她哥哥约翰也特来我家和她道别。她穿着那只笨重的特制鞋子，脚步一拖一拖地走到前院，高兴地站在哥哥和弟弟之间，绽放着一个灿烂的笑容，让我为她拍下那个珍贵的瞬间，在一个她选的绿色树木前。

她上车前对我说，等脚好了，她会再来华盛顿DC和我们相聚，再帮我们做汉堡包。

（三）

2010年，我们把比萨店卖了没多久，一天比尔过来对我说，凯西脚的问题终于查出来了，是ALS（Amyotrophic Lateral Sclerosis disorder），这种病目前是无法治愈的绝症，从发病到死亡，只有二至五年的时间。凯西2009年来华盛顿DC开会时，就开始有明显症状，已快两年，她顶多只剩下三年时间了。

当我弄清楚那ALS就是我们中文说的"渐冻症"时，脑海里飘过渐冻人张红的状况。天！凯西得的是和张红一样的病？她将慢慢地看着自己被"冻"起来，无助地死去。老天好不公平啊，生活一直不如意的凯西，历经挫折磨难，好不容易雨过天晴，遇到弗兰克，还没享受几年幸福爱情和快乐日子，就让她遭此罕见灾难，天理何在？

生命真是无常！在床上辗转一夜，我第二天给婆婆打电话。婆婆在电话那头边说边哭，我可以听到一贯冷静笃定的公公在她后面轻泣的声音。婆婆说，他们已定了明天去西雅图的机票。年过八十的一对老人，相搀着从东岸到西岸

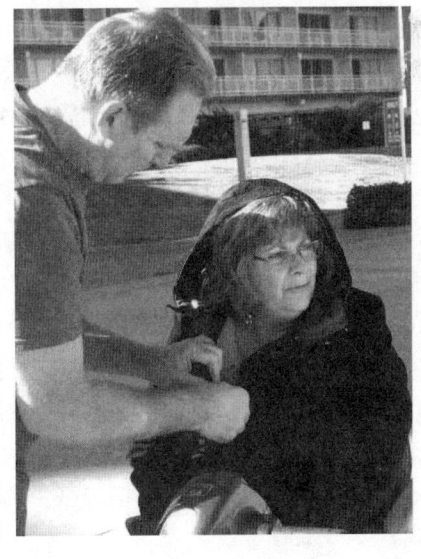

弗兰克在给凯西扣衣服

去探望被判了"死刑"的唯一女儿，那是一幅怎样的情景？

凯西原本因为工作出色得到提拔，已申请到联邦政府在加州的一个工作位置，她和弗兰克已开始安排找房子搬家等事宜。现在情况突变，凯西只好退职在家，拿残疾福利。弗兰克为了凯西，准备请长假，趁凯西还能动，带凯西去她想去的地方。

到 2011 年感恩节，凯西的另一只脚也完全失去知觉，她开始使用一种有特别装置的轮椅。自从凯西八年前搬去西雅图后，她从没有回来和家人度过任何节日。凯西是一个非常重视家庭的人，能飞回来和大家过一个感恩节，是一件她很想做的事。也许，这会是她和大家最后一次的相聚，所以，弗兰克就在离我公婆家很近的海边酒店，预订了一间能一线看海景的套间，让凯西每天和父母相聚后，回来躺在床上休息时，睁眼就能看到美丽的大西洋。

见到凯西，大家自是问长问短。弗兰克看着表，轻声对凯西说，我们是不是得去一下卫生间了？凯西有点不好意思地告诉大家，她现在穿尿布，因为她对排泄已没知觉了，弗兰克得每隔几小时带她去卫生间换尿布。凯西说得好像这阶段"冻"到这部位是一件应该发生、顺理成章的事，脸上没有丝毫哀怨或害怕的神情，大家听了却默不作声。

从得州回来的表妹问，那你们出门怎么去女卫生间？凯西说，他一般陪我一起进去，搀我坐下后，赶忙出来。一次，他因为里面有人没有进去，我好久没出来，他开始担心，就不管那么多地进去了。怕人听出来有男的进了女卫生间，他不敢叫我的名字，只好趴在每一个关闭的小门前，从门下面的空隙里往里找我的脚，看到我那双特殊鞋的一刹那，他真是高兴啊，最后他从门上面爬进来把困在里面、无法打开门的我"救"出来。

众人想象着眼前一米九多的大弗兰克，趴在女卫生间一个个关闭的小门下面找凯西的情景，很多人的眼圈开始泛红。婆婆看着弗兰克推着凯西离去的背影，抹着眼说，他是一个天使，凯西的天使。

第二天，我们去凯西下榻的酒店看她。凯西一如既往地怀着热忱的心展示给我们看酒店里美好的东西，包括酒店提供的那个非常酷的电动轮椅。她让宝弟坐在她腿上，沿着走廊转了一圈，好像在迪斯尼世界玩碰碰车那样开心好玩。让我心中又是一阵感叹：为什么美国人对死好像没有那种应有的恐惧？即使在这样的一种情形下，他们该干吗干吗，情绪和心境一点也没有受到自己糟糕境况及死亡逼近的影响，姨父保罗临终前也是那样的。

凯西建议大家一起去楼下海边栈道走走。凯西和比尔从小在这片水边长大，共同度过许许多多美好的时光，包括每年在这水域里钓螃蟹。

海边的风有点大，弗兰克推着凯西的轮椅和我们一家来到大西洋边。栈道上没什么人，风把凯西的头发吹扬起来。弗兰克柔声问凯西："冷吗？要不要添件衣服？"凯西点了点头，弗兰克从轮椅下面拿出凯西的外套，给她穿起来。他为凯西认真扣扣子的那个画面让我看了甚是感动，便用手边的相机拍了下来。

穿上外套的凯西还是觉得风有点大，她让弗兰克陪我们，说她自己可以开着电动轮椅去里面那条街逛逛。宽敞的步行大道上没有一个人，凯西一个人就近走走是不会有什么问题的。可弗兰克一边跟我们讲话，一边不放心地不停扭头望凯西。他看凯西快从他视野里消失了，就毅然"抛弃"我们朝凯西跑去，清静的大街上只有一部缓缓前行载着凯西的电动轮椅和一个急急追着去的高大男人……

我们一起去看望也住在海边的小叔子。他家没有轮椅通道，门口有好几阶楼梯。比尔和他弟弟两个大男人正想着怎样才能把庞大的凯西和轮椅一起抬进屋的时候，弗兰克说，你们退后一点，我一个人可以，只见他很熟练地把凯西的轮椅调转个头，弯着腰，从后面一口气把轮椅和坐在上面的凯西一同拽了上来，我看呆了，问，你这样不会伤了腰吗？弗兰克憨笑着说，习惯了。

在感恩节的晚餐上，相聚在一起的十七人中，十六个人都是有血缘或有婚姻关系的"自己人"，唯有弗兰克一个人算是"外人"了。大家手牵手，公公开始致辞，他首先感谢了"外人"弗兰克对他女儿的爱和情，说有弗兰克在凯西的生命里是一件很令他欣慰的事，谢谢你，弗兰克！

公公的话道出了当时每个人心底里的感恩！

心思细腻的凯西在餐桌上发给每个人一份精致的小礼物，就是在这样的情形下，凯西仍不忘带给大家一份美好的念想！晚餐在一种看似平常，实则五味杂陈的气氛里结束。饭后，我带着那个一直缠绕在我心头的问题，私下问弗兰克：

为什么？为什么你还在这里？请原谅我的好奇和冒昧，我真的很想知道，是什么让你还留在凯西身边？她得的这种病，她现在这个样子，以及后面你马上就要面对的越来越糟的状况，即使和她有一纸婚约的人都可能因此吓得逃走，何况你们还只是男女朋友关系……

弗兰克看着我，像平时那样缓缓地说，因为我爱她，因为我在乎她。每天早上醒来，只要感觉她还在我的身边，我就觉得很满足，我的一天就充满了阳光。我现在生活的全部内容就是和凯西把每一天过好，一天一次好好过，不去想下一次的内容。凯西是一个非常真实，热爱生活，很为别人着想的好女人。我每天早起去上班，为了让她多休息，我都是悄悄地离去。可等我下班回家，凯西总是穿戴整齐地坐在轮椅上笑迎我，她居然一寸一寸地挪着，用手撑着，从这头到那头，从这边到那边，整整齐齐地把床铺好，把晚上我要煮的菜也慢慢地一块一块地切好。她对生活的态度让我钦佩和感动，跟她在一起，生活是那么美好和充实。

望着弗兰克那深邃的眼睛，听着他发自内心那朴实的爱的感言，泪水从我眼里淌下，天地间还是有爱情的啊！只是这种真爱不是人人都能有幸获得，遭遇健康不幸的凯西万幸地拥有了令人羡慕的爱情！

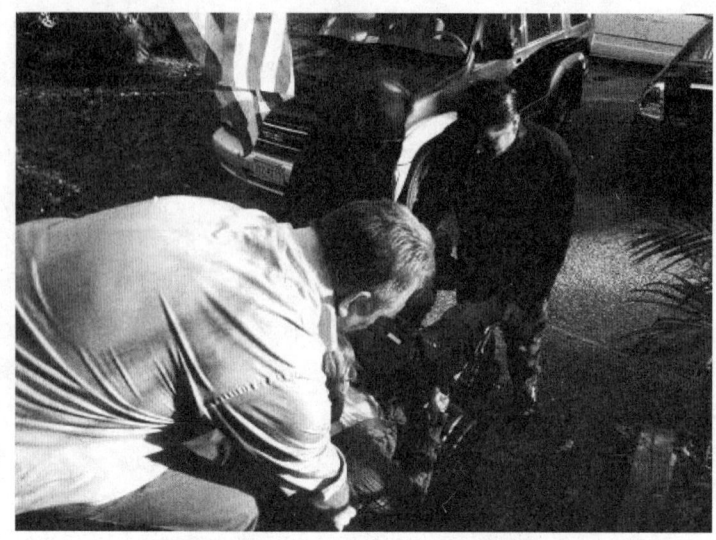

弗兰克："你们都放手，我可以。"

比尔说，弗兰克在美国中西部成长的环境及家教决定了他正派、淳朴和善良的好品质，他和从小在纽约长大的美国人是不一样的。他还说，你们华人大多生活在美国的沿海地区，看到那些傲慢自大或自私的美国人，就以为美国人就是那样。其实，弗兰克这样的才是真正的美国人。

凯西明天就要飞回西雅图。夜已深，到了凯西不得不向大家说晚安道再见的时候，婆婆开始低声哭泣，比尔低着头在那儿忙乎，小叔子避开人，用手擦着眼睛。大家都站起来，弗兰克推着凯西到每一个人跟前道别，凯西看似很平和淡定地和大家话别，可当弗兰克把凯西推到一直远远地静静呆坐在大厅角落里的我公公跟前时，凯西和父亲同时放声大哭，凯西终于在父亲面前，在即将离去的时刻，像孩子般地哭了，那种委屈和无助，无望和恐惧，只有爹地才能理解，可爹地这次再也帮不上了。坐在椅子上的父亲双手紧紧握着坐在轮椅上的女儿的手，泣不成声。那一刻，屋里所有的人都在流泪，与凯西这一别，恐怕就是生离死别了，大家心里都清楚这点。

公公突然松开了凯西的手，挥了挥手，带着哭腔果断地说："走吧，走吧！"老人无力地瘫坐在那里，看着大家把哭着的凯西送出大门。

我和比尔一直跟着弗兰克，看着他把轮椅推到车门边，看着他把凯西抱进车里，然后弗兰克转身和比尔握着手无声地拥抱了一下，比尔说，保重！弗兰克转头与我道别，在我们轻轻拥抱的时候，不知为何，我却对他说，谢谢你！

谢谢他给凯西的爱，谢谢他让我看到了爱，谢谢他让我懂得了什么是爱……

凯西是幸福的，因为她有弗兰克！

爱无"纸"禁，一纸婚约不一定能带来爱，更围不住爱。爱不需要"纸"的肯定和"圈禁"，更不必用"纸"来计算那银和金的年月有多长，关系多有持久性和长远性。如果爱需要"纸"来维护约束的话，那已不是爱，那是责任。弗兰克对凯西没有不得不负的责任，却有他想给予的爱，没有给凯西那张"纸"的弗

兰克,却给了凯西人世间最韧最深的情,天地中最好最美的爱!

谢谢你,弗兰克,你让我知道了,原来美国还有你这样的人。原来,美国人质本善良。

网络评价:

宋雪娜(西西): 我很爱我的姑姑凯西,我很伤心她得了这个病,所以我特地画了这幅画送给她。这幅画名字叫"梦想",画里女孩的梦想,就像开在她身边的那些紫色花儿一样美丽。她梦想她能像风筝那样在空中飞翔,顺着

梦里的风飞得很高很高。然而,现实里的风却是从相反方向吹来的。它是那么的强大,把树都吹弯了,女孩得非常努力地顽强斗争才能让梦想从自己的手里飞出去。姑姑,我希望你的梦想成真,用你的坚强意志,用弗兰克的爱。

网友 acme: 真的好感动。我以为爱无"纸"禁是拼错字了,看来这个题目取得真好。凯西就是我梦想成为的那种女人,但是我永远也做不到。她对生活的热爱,她对死亡的平静和坚强,她对爱人那种温暖的感觉,我从你的文字里那么真切地感觉到了。不知道为什么,了解了凯西,让我感到有力量,内心特别坚强起来。她真是个伟大的人,能透过你的文章感染提升我这样一个陌生人,难道不伟大吗?

一般人可能会觉得这样的帅哥碰上这样的胖胖的女人亏了,可是为啥我觉得凯西好美丽好圣洁,她完全和弗兰克是对等的,完全应该拥有这种终极的关爱。她是幸运的,弗兰克其实更是幸运的,能和这样一个精彩的人相爱。我到那一步的时候还能这么精彩吗?我觉得没几个人能做到。

散人不闲: 你这篇写得真好,看似平淡的叙述,却让我为之恸哭,还没有文章能让我哭成这样。

笨企鹅: 大难来时,不离不弃。真爱,以及真爱带来的快乐和心中的安详,无法用物质得失去衡量,无价啊!凯西在她能力范围内淋漓尽致地享受生活,她的人生很幸福。

"你就是想让消防员来泡你"

今天是得了渐冻症的小姑子凯西的五十六岁生日。

一早,那个天天来帮忙的家庭女护士来家里帮助凯西起床。凯西准备好好梳妆打扮一番,等男友弗兰克下班回来好好庆生。

没想到,在去卫生间的时候,她却"陷"在了马桶上。护士怎么弄也无法将沉重的她 pick up(撑起来),移到电动轮椅上。

凯西的体重越来越沉重,只有像弗兰克那样强壮的男人才能对付得了,也只有弗兰克才知道从哪个角度、用什么巧力才能移动得了凯西。可那刻弗兰克正好在几十英里外的地方开会,护士情急之下,只好打了911。

911听了护士的"险情"陈述,了解了凯西的身体情况后,决定派消防车去把凯西从马桶上"救出",因为只有强壮的消防人员才有足够的力气把凯西 pick up。

消防车很快呼呼响地来了,从车上跳下好几个穿着消防制服、壮壮的帅哥。他们一点也不避嫌地直接进了凯西的卫生间,把困在马桶上的凯西抬了起来。

一贯喜欢衣装优雅地、起码穿戴整齐地示人的凯西,彼时彼刻,当着陌生男人的面,在马桶上被穿起裤子,该是何等的羞窘?

弗兰克得知发生的一切后,轻轻一句话,就让凯西破涕为笑。

实诚的弗兰克用略带醋意的语气,非常幽默地、一语双关地说:"You just want the fireman to pick you up!"(你就是想让消防员来泡你!)

质朴又风趣的弗兰克总能让凯西笑得像小女人似的

"pick up",在美国俚语里也有"泡妞"的意思。在这里,弗兰克巧妙地将消防员来把凯西从马桶上 pick up(抬起)的尴尬事,故意幽默成另外一种意思的 pick up(泡妞)。在把凯西逗笑的同时,也让凯西感受到弗兰克的"醋意",虽然那只是一句恋人间调侃的话。

自己都到这份儿上了,还能让所爱的人吃醋,凯西能不笑吗?

"我的生日是由性感火辣得冒烟的消防员来将我从马桶上救出拉开序幕!"凯西写在"面书"(facebook)上这句自我解嘲的生日感言逗笑了所有人。

爱一个人不难,难的是一直爱到底,明知对方得了绝症还不离不弃地爱到底;不仅爱到底,而且还能乐观幽默地面对和化解所承受的痛苦和磨难,只为了让对方开心!

可怜的凯西竟让人如此羡慕,因为她有弗兰克,有一份平凡又难得的爱!

视死如归

(一)视死如归

2010年感恩节,我们驱车四个小时去公婆家过节。婆婆和她的亲妹妹玛丽就住在同一个社区里,她们两家每年轮流做感恩节晚餐。今年本是在婆婆家,可因为玛丽的丈夫保罗得了脑癌,已经扩散到肺、骨,甚至眼睛都瞎了一只,所剩时日不多,所以今年大家还是都去玛丽姨妈家。

我有两年没看到保罗姨父了。保罗一生服役海军,官至某部司令。他身材魁梧,声音洪亮。每次看到我,总是微笑着过来给我一个大大的熊抱,隔着他那高耸的肚子,我得倾斜上身约十五度才能够得着他,回回都能感受到他强悍的臂力。他谈吐幽默,见多识广,和做律师的公公有争论不完的问题。

保罗还是一个虔诚的天主教徒,并是教会里一位颇有声名的领导,而且还见过教皇。他与玛丽姨妈的相识相爱颇具戏剧性:当年保罗和一位同事驾车在玛丽家门口不远处抛了锚,保罗去玛丽家敲门问是否能借个电话

英俊潇洒的 Uncle Paul(保罗姨父)

打给拖车公司，开门的玛丽被门口这个气宇轩昂的年轻军官镇住了，保罗却被门里那个羞涩甜美的姑娘电了！但那只是后来各自坦白的心理活动，当时他们也只是做了递电话、还电话的动作，说了谢谢、不用谢的话而已。

不久，玛丽那位也在海军里当官的父亲，有一天在晚会上把下属保罗介绍给自己的女儿时，双方都有一种大吃一惊的激动。这如果还不叫缘分的话，那还叫什么？他们很快就在保罗的天主教堂里对着上帝和众人大声地说"我愿意"了。

保罗和玛丽有两男一女三个孩子。女孩雪莉是保罗的掌上明珠，雪莉和比尔同岁，两人做同班同学一路从小学做到高中。后来雪莉嫁了一个差点被小布什总统任命为卫生部部长的出色医生，让骄傲又爱侃的保罗着实津津乐道了好长一段时间。

听婆婆说保罗已经知道自己的时限，今年的感恩节毫无疑问将是他的最后一个，他上个月已如愿和玛丽度过了他们的五十年金婚纪念日，他对大家讲现在他最大的愿望是上帝能让他过完圣诞节，那他就去而无憾了。

带着无比同情和忧郁的心情，我踏进保罗家。保罗的三个孩子及他们各自的孩子与配偶都在，当然也包括那个未竟的"卫生部部长"女婿。大家寒暄完后，我走进家庭厅，看到陷在沙发里看电视的保罗。我无法相信眼前那个人就是保罗，我根本无法把沙发里那个只有一只眼、骨瘦如柴的人和我印象里那个硕大壮实、两眼炯炯有神的保罗连在一起！那个庞然大"肚"竟也不翼而飞！

我趋身过去问好，保罗握住了我的手，依然那么有力，那么温暖。浑厚的嗓音没有了，但神情依然雀跃，说，好久不见了，一切可好？比萨店的经历有趣吧？

一路上怀着的怜悯心绪在刹那间被保罗一握而散，除了外貌有巨大变化外，保罗的内心一点也没变。他没有把自己当将死的人，他很平静地和我聊着家常，聊他的病，聊他即将要去的那个地方。讲到那个地方，那个天堂，他语气之间，似乎还有一种期盼，一点小激动。

有信仰的人，是不是都不怕死呢？是不是都觉得他们将要去一个更好的地方、过一种更好的生活，而视死如归？

我的三个孩子和保罗的六个孙子在后院草地上嬉闹，保罗闻声兴起，扶着助走器，健步如飞地走到外面走廊上，面带微笑望着孩子们……如果不是婆婆告诉我保罗快死了，谁能相信那是一个随时都能去的人？

感恩晚餐开始，保罗坐在首席，道感恩之词。大家手拉手，静静地听男主人最后一次的感言，这是两家成员来得最齐全的一次感恩节，雪莉举着摄像机，默默地把父亲的最后一个感恩节、最后一次发言永久保存。婆婆在边上抹泪。

保罗面带微笑，平静讲完所有该感谢的，末了，不忘幽默地加了一句："感恩在座的所有男人都是被雇佣着的！在失业率这么高的美国。"

这是我第一次看到一个将死的人有如此好的精神状态和心情，是因为保罗的内心原本强大,还是因为他有上帝?

我是不是也得去信上帝,为了到时也能视死如归?

(二)保罗姨父走了

下午四点多的时候,比尔打电话回来,说姨父保罗昨晚一点多走了,最终,他还是没能挺到他所盼望的圣诞节!

昨晚,保罗看完球赛,已是凌晨一点,他起身去卫生间,在马桶上面开始咳嗽,咳着咳着,猛地吐了一口血,血迹溅到地上,保罗对外喊:"玛丽,拿一条毛巾给我……"

玛丽姨妈从卧室里拿了一条浴巾,急步走到卫生间,只见保罗坐在马桶上,头耷拉着,没有了声响,满地是血。玛丽赶紧打911,数分钟后,911到,宣告保罗已逝。

保罗留在人间的最后一句话竟是:"拿一条毛巾给我。"

放下电话,我告诉孩子,保罗姨父走了,大家开始回忆各自听到的保罗姨父最后一句话是什么。

感恩节那天,我们一家和婆婆、公公、小叔子一起去保罗家过节。一屋子的人,就数小儿宝弟最小了。他穿插在人群里,跟在保罗六个孙子的屁股后,这屋那屋、里面外面地走来走去。保罗坐在沙发上看书,我站在

最后时刻的保罗和孩子们——一个定格的温馨画面

边上和他聊天,正好宝弟又跟着一拨人从他面前走过,保罗笑着对我说,他想宝弟的脖子一定很累了,因为他看到宝弟不管听谁讲话,或对谁讲话,这小人儿都得仰着头才行,而且还边走边举着头,可怜的宝弟!

说着,保罗还用手比画了一下宝弟只到他眼前的高度,手势很像军人的敬礼动作,是那种手微微在眉角处一触,然后很潇洒地往外一甩的酷样子。当时我心里就有一种感触:一个快死的人,居然还能依然有这样的兴致和心情,仔细观察周围的人和事,捕捉到其中令人莞尔的好笑画面,死亡对他根本不是一件什么大事!

后来,比尔坐在他身边,问他怎么看待人死后的事:"你准备好去另一个世界了吗?(Are you ready for it)"保罗很平静地回答:"就等着瞧会发生什么吧。

（Wait to see what will happen）"

保罗的"平常心"及淡定，让那样傻问的比尔倒无话可说了。

小儿说，姨公保罗那天还握紧拳头，像以往他健康时看到小儿那样，在小儿头上玩了一个"搓脑壳"看里面是空的还是实的游戏，非常有劲，把小儿的头都弄疼了。

可不到一个月，他就走了。

刚才翻了一下那天照的相片，看到一幅保罗坐在沙发里，很专注地读报纸，孩子们围在他脚边，很安静地各干各的温馨画面，让我很是感慨，那是保罗在人世间的最后一次留影，在孙辈们的环绕中。

保罗，我把这张相片寄给你，你在那边一定能感受到孩子们对你的回忆和思念，你永远活在大家中间，就像你在这相片中那样。

祝你圣诞快乐，保罗姨父。

（三）温馨的葬礼

向保罗的灵柩敬礼

说要来的大雪没有在更北边的华盛顿 DC 地区降临，反而在南边二百英里外的地方下了十三英寸厚的大雪。保罗的葬礼就在那大雪纷飞的地方，在一片白茫茫的宽广地上，一座被雪粉饰得圣洁纯白的天主教堂里举行。

妮妮、西西穿着她们精心挑选的黑色正装，看上去非常得体好看。宝弟把自己装在一套有蓝衬衫、黑西裤，外加一个小领带的西服里，突然显得有点滑稽又英俊的严肃。我也黑衣黑裤地随西装革履的比尔上了去南边的车。

这是我生平第一次参加西人的葬礼。

保罗不仅是虔诚的天主教徒，见过特蕾莎修女（Mother Teresa），而且还是美国哥伦布骑士会的评议员、维吉尼亚州副主席和当地残疾人奥林匹克的组织人，并成功地把那年的残疾人奥运会申请到当地举办。所以，参加他葬礼的人来自四面八方，堂里堂外，站满了人。

玛丽姨妈和她的三个孩子站在教堂的入口处迎接来宾，在他们身后，保罗的生平介绍和相片被很精致地陈列在架子上。所有人的神情既凝重又平和，和我们

中国人那种大悲大哭、生死诀别的场面相比，保罗的葬礼更像一个安静的聚会，好像大家只是相聚来此小声地互诉家常而已。

一个长得和保罗有几分相似，但长度、宽度和"年度"均比保罗略一大号的男士被婆婆介绍给我说他是保罗唯一的弟弟汤姆，刚从明州飞过来。当婆婆给汤姆介绍我，说这是比尔的妻子时，不知因为人杂没听清楚，还是他故意制造戏剧气氛，像跳蚤一样蹦动的汤姆，居然看着我反问："这是比尔的女儿？"婆婆笑着纠正："不是，她是比尔的妻子。"这时，正好妮妮走过来，婆婆说："这是比尔的女儿。"

汤姆哦了一声，乐开了怀，把皱脸笑成一朵秋菊，每一瓣在尽头都是弯的。我想，这个唯一的兄弟是来参加哥哥的葬礼啊，怎么像是来参加聚会一样的欢喜？

在大厅边上一个小厅里，停放着一个橘色棺木，保罗静静地躺在那里。他双手交叉在胸前，像睡着了似的。棺木两头各笔挺地站着两个穿着骑士制服的俱乐部成员，他们像守护神似的庄严地守着保罗的最后时刻。

我站在棺木前，望着里面的保罗，视线凝视在他那紧闭的薄薄唇线上，脑海里浮现的，是不久前，从那里发出来的带着深沉磁性嗓音的朗朗笑声。

如今，那笑声被那两条紧闭的薄薄唇线，永远地关在后面！我突然想起父亲，他离去时，也是那样两条薄薄的唇线，像被缝在一起的一道合口。是不是一旦生命离去，嘴都会变薄？

人走了，不仅合了眼，不再看世界，而且闭了嘴，把生前一直念念不忘、絮絮不停的喜怒哀乐、成功失败、贫穷富贵，全一次性地封口了，永恒地。

再闪光的人，到最后也只需要一只棺木。

……

到了鱼贯进入教堂就座，准备开始葬礼仪式的时候，直系亲属和近亲被安排在左边最前面的两排位置，我们一家在第二排，我就坐在位于第一排的汤姆后面。

刚才在外面厅里还热烈地闲聊的人群，一跨进那道门，全安静下来，大家默默地顺着人流前行，就座。约有三百多人，竟没有一点声音。

八个骑士，一边四人地站在中间过道上，夹道肃立着，当保罗的灵柩由他的六名好友慢慢地推进来的时候，八名骑士齐刷刷地举手敬礼，全体来宾起立，行注目礼，葬礼的庄重气氛即刻弥漫开来。

钢琴声响起，一个美妙如天籁的女声唱起了圣歌。心正东张西望，还没完全进入像信徒们般那么虔诚状态的我，突然被那宛如从天堂飘来的声音击中了，那声音是那么的干净、清脆，却又那么的柔软，柔软得让人感动，让我有想哭的欲望。

接着，穿着白袍的爱尔兰裔神父开始讲话，其间他说到保罗的坚强，他说两年前，当保罗被诊断出来得了脑癌的时候，他去探望保罗，本想去让保罗振作起来，结果，却是保罗让他振作起来，两个人一道喝起了威士忌。

海军女士兵把叠好的原覆盖在保罗灵柩上的美国国旗郑重地交给保罗的妻子,我们的玛丽姨妈

保罗不仅弹得一手好钢琴,而且有着非常好听、低沉浑厚的男中音,他曾是海军里有名的歌手。他的声音就像他的标志一样,凡见过他的人,也许会忘了他的脸,但绝不会忘了他的声音。每当他坚持自己的看法或主张的时候,那声音就从他的胸腔深处轰轰而来,有一种不怒自威的气场。

一个诗人上去念了一首他写给保罗的诗,美妙的女声随后再次飘荡在静静的教堂里,我的心再次融化。

然后,保罗钟爱的医生女婿爱德华发表感言,口才极好的女婿总结了老丈人三个特点:勇气(courage)、骄傲(pride)和幽默(humor)。

从保罗年轻时参加越战勇敢又出色的飞行,到老年面对癌症、死亡,坚强又淡然的态度,他的骨气和傲气,他人格的魅力,他的幽默感……女婿爱德华声情并茂地一一道来,他说,希望自己的一生旅程能像保罗那样,毫无遗憾地度过,能像保罗那样,充实地度过最后一天,最后一分钟。

我看到前面的汤姆在悄悄地拭泪,他不是没有悲伤,只是藏在心底,不轻易表露而已。

最后,爱德华说,保罗常常告诉家人,如果别人做了一件好事,你竖起你的大拇指;如果你自己完成了一件工作,你竖起你的大拇指;如果你乘坐的飞机安全着陆了,你竖起你的大拇指……爱德华转头看着讲台下面保罗的灵柩,动情地说:今天,我也对你竖着我的大拇指——

保罗,你有过一个很棒的旅程!

全场响起掌声,爱德华说得好!

人死了,我们中国人说:你一路走好,去那个世界的路上。美国人说:你一路走得好,在生时的世界里。

前者着重在人的离去,悲观大于乐观;后者着重在人的曾经活法,乐大于悲。

可能这就是中式葬礼的悲切和西式葬礼的温馨之不同点吧！

最后的高潮是在教堂外面举行的海军式告别仪式，那情景让我想起电影里看到的肯尼迪总统葬礼上，他妻子杰奎琳带着孩子站在边上看的画面。

玛丽姨妈和她的孩子们、孙子们默默地站着，保罗的灵柩上覆盖着一面美国国旗，八个海军士兵对着保罗的灵柩举行海军式告别仪式。穿着潇洒骑士服的骑士们也笔挺地在边上站成一排，随着军乐和士兵的口令一起立正，敬礼。

国旗被郑重地折叠起，由男士兵庄严地交给一个女士兵。女士兵走着正步，到玛丽跟前，向玛丽敬礼，把叠好的国旗庄严又慎重地交到玛丽手上。

我站在比较远的地方照相，听不到士兵说了什么，只看到玛丽姨妈的大儿子、女儿及汤姆他们在边上很伤心。可能士兵的话打动了他们，或许，仅是那种场面，就足以叫人感动？

目送着保罗的灵柩被装进一部灵车，慢慢开走后，大家再次进入教堂的招待厅，开始用餐，没有一个人跟着灵车走。比尔说，保罗的遗嘱是火化，等火化完，对骨灰的安葬还有一个仪式，只有他们直系亲属参加。

在招待厅里，我又看到活蹦乱跳的汤姆。他一如初见的喜庆，在他脸上看不出一点的悲伤。但我记得他刚才坐在我前面，背对着我悄悄拭泪的动作。

没想到，葬礼可以这么温馨，死亡也可以这么美。

说博爱太虚太高调

一踏进"玻璃"（Mr. Glass）律师的大会议室，就能看到墙上那个大大的镜框。镜框里是一张有男男女女的相片，共有九个人。我想，是什么宣传广告吧，或是他的客户什么的，并没在意。

"玻璃"律师笑吟吟地进来，还没坐定，就问我是中国哪里的。我说中国东南面，靠近台湾的一个省，叫福建。他听了高兴地说，我们家的大卫来自中国的西南面，一个叫桂林的地方。看我有点不解，他说，瞧，那相片里靠左边的那个就是我家大卫，我从中国收养的孩子。

"他们是……"我刚开口，"玻璃"律师马上接着说："他们都是我的孩子，五个是我亲生的，四个是我去中国收养的，两男两女。"

一下从中国收养了四个孩子，还有男孩？我说，你很幸运，中国很难有男孩给人收养的。

"玻璃"律师答："哦，他们不是健全孩子，大卫只有一个耳朵，凯文少了

三根手指，有点口吃，艾玛和丽艾是兔唇。我和我妻子非常幸运能收养到他们，他们真是很棒的孩子！今天我本来想带他们来办公室的，和你认识认识，放假了，那么多孩子都待在家，那让我妻子有时很抓狂。"

"玻璃"律师的九个孩子

"玻璃"律师快乐地笑着，脸上自始至终都是那种好像中了彩的高兴表情。说起那四个中国孩子，更是如数家珍，恨不得把他们的所有故事都一股脑儿倒给我。

我知道电影明星米亚花露和阿伦伍迪共收养过十二个孩子，其中也有残疾孩子；我也知道安吉丽娜除了和皮特生的孩子外，自己也收养了几个其他民族的孩子。可在老百姓当中，这是我第一次面对面知道，原来不是大富大贵的美国民众也有这种大爱心，在自己已经有了五个孩子的前提下，怀揣着稍微比别人多一点的钱，不远万里去中国专门收养被遗弃的残疾孩子，视如己出地把他们抚养成人，还给每个孩子矫正保险不承担费用的牙齿，带昂贵的牙套，送大卫课外学笛子，给丽艾上芭蕾舞课，孩子有什么特长，他们不辞劳苦，送去接回地全力培养。这是什么精神？是国际主义精神？是博爱？

我还没想通这个问题，就看到文学城"女版药家鑫"的报道。说这个大学老师驾车撞倒两个人后，不仅不救人，反而脱光衣服躺倒在救护车前，阻止车辆行进。更可恶的是，还冲过去把已经被抱进救护车的昏迷女孩拽下来摔在地上。女孩当即死亡，母亲仍在医院抢救。

先不说当时在场那么多人，为何只懂得行善救人，而不懂得见邪制恶（行善没有危险，不会伤到自己，只需要一点爱心；而制恶可能伤及自己，需要的是勇气），光女教授那违背人性的疯狂行为就足以叫人目瞪口呆，这人是怎么了啊？！

每个国家、每个民族都有坏人，每个地方都有坏事、惨事发生，但从整体来讲，中国现在人心不古的现象远远超过美国。"人之初，性本善"本应是每个人心底最本能的东西，再坏的人，心底的某个角落偶尔也会有善的闪光点。"玻璃"律师专门去中国收养残疾孩子应该是善的本能在发扬光大，说他博爱太虚太高调，他其实就是在做一件他觉得应该做、也想做的事。好的社会大环境能让人性里的善得到正常甚至最大限度的发挥。不好的大环境，不仅让"药家鑫们"本能里的善消失得一干二净，而且让人们没有了是非对错标准。一切的一切都不再重要，唯有钱是最重要的，一切以钱为行事准则。如果"女药家鑫"不是真有精神问题的话，那她故意阻挠120救护车，抢摔女孩时想的一定是"治受伤的人"比一次性"赔死了的人"更花钱的问题。光天化日之下做出如此伤天害理的事，人性的自私和残忍在她身上得到极致的展现。

归根结底，还是人性决定一切。"玻璃"律师好的人性的发扬光大，还是"女药家鑫"坏的人性的发酵喷射，都应该和他们所处的大环境有直接或间接的关系。

身残，心依然快乐着

（一）

去年有机会到一所中学去当特教代课老师。到学校的时候，原正式老师A还在教室里，她说她马上得去机场，等会儿她的助手安娜会告诉我一切有关程序。她顺手把教案递给我，第一页上有五个表情各异、长相有点古怪的孩子的相片，A说今天这几个孩子就是你的了。

一个班，就五个学生？我有点惊讶。心想一个老师配一个助手，两个大人只看五个学生？这全职（full-time）工作也太"富态"了！看来今天回家得找我们比尔老板好好算算账，这几年，我手下不是也一直有四个孩子在我的管辖区内，有时他老人家兴起也挤进来，我同时管理五个孩子是常有的事，怎么着年薪也得有A的一半吧？

A听我说就五个孩子，应该很容易时，她瞟我一眼，意味深长地说："Oh no，你等下就知道了。"可能意识到有点太直抒胸襟了，她又补上一句："不过他们都是好孩子。"

这时助理安娜来了，A把我介绍给安娜后便匆匆离去。安娜是一个有四个孙子、六十岁左右的白人女士，她说十六年前，她来这个学校做义工，正好他们在招特教助理，她因为家就在附近，而且乐意帮助这些无助的孩子，就待了下来。她说："按理说，你是今天的老师，我是你的助理，但因为特教的特殊性，我比较熟悉整个程序，一切由我来，你就在旁看着帮着就行。"

对特教，我心中总怀着好奇，这样的孩子，他们来学校学什么？老师又怎么教呢？

安娜说时间到了，我们得到门口去迎接送他们来的校车。刚迈出门，就看到一个很英俊的男孩子慢慢地、有点呈横线地朝我们的方向挪走着。安娜大声地说："哇，看谁来了？马克你今天看上去帅呆了，今天照学校相片，你一定是最帅的。"那个横着挪动的马克没有回应安娜的激情，甚至都没正眼看过来，只是脸上显着笑意。

安娜小声地对我说："马克脑部动过大手术，他百分之九十五的视力丧失，只能用余光看见一点。"我看着走近的马克，在他那金煌煌的头上，有一道从前额中间直划到后脑勺的大沟，想象着当初这样一个小男孩整个脑壳被一开两瓣，我不忍再看，赶紧移开视线。

这时，一个很清秀的亚裔女孩笑眯眯地出现在门口，安娜说那是玛姬，虽然她看上去与常人无异，但她只有四岁孩子的智商。这样的孩子将来走向社会是最令人害怕和担心的，因为从表面看她是很正常的，但实际她是非常弱势的。

跟在玛姬后面的是一个真的像四五岁孩子那么大的小人，他叫阿拉，中东血统。小阿拉喜欢挽着大人的臂弯走路。安娜交代我千万不能牵他的手，因为牵手有"肌肤相亲"的可疑，在学校里，老师是不能直接碰学生的肌肤的。

正说着，一辆很酷的电动轮椅驶到跟前，轮椅上坐着一个高大、有点胖的黑皮肤孩子，一口雪白的牙齿很夺目地把双唇往上下两边挤着，亮亮的眼睛闪着快乐的光芒。

他一到，玛姬马上迎上去，直接走到他的轮椅后面，从他挂着的书包里取出他的午餐袋、作业本等，很虔诚地、紧紧抱在胸前。

安娜说这是荷西，他除了头、右拇指和食指能动外，其他的都动不了。玛姬最喜欢帮助荷西了，每天早上从他书包拿东西出来到下午放学时把东西放回去，都是玛姬一定要做的事，已成了规律了。

五个孩子已来了四个，最后一个叫克莱的是全班残疾最严重的孩子。他高位瘫痪，连头都抬不起来，学校专门给他做了一个担架式的"课桌"，让他悬空趴着上课。安娜说："等他来了，大家得去上体育课了。"

体育课？我以为我听错了，马克、荷西、克莱他们还能上体育课？

（二）

克莱一直没出现，安娜说我们不等了，大家把外衣、书包放好了，现在就去健身房。

玛姬一听，赶紧站到荷西的轮椅后面，一副义不容辞的样子。尽管荷西可以用他能动的那两个指头指控自己的轮椅，慢一点、快一点、偏左一点、偏右一点，都不在话下，可玛姬还是觉得自己绝对有必要站在后面帮助他，尤其是通道上有其他老师和学生走过时，玛姬总抬起头，面带微笑，俨然一个骄傲的公主和心仪的王子扶椅走在一起的甜蜜。

马克还是低着头，慢慢地，横着把自己挪移，我自然是挽着阿拉的手臂，也感觉有点与众不同地迈步在这松散的队伍里。

到了健身房，进到边上的一个大房间里，地上散落着许多以前我孩子两三岁时玩的那种塑料或纱布做的动物、积木、娃娃等玩具和九之内的数字牌。

体育老师先问荷西今天想听什么音乐，荷西张着白晃晃的牙齿，略思片刻，很果断地说："迈克·杰克逊。"

杰克逊那清亮的嗓音一起，荷西高兴地随着音乐节奏动着他身上所能动的那三个部位：头左右晃着，两个手指一张一合着，那发自内心的快乐让我看了有一种难言的感动。

体育老师说，今天我们玩钓鱼运动。

玛姬和阿拉是班上仅有的两个能像正常人那样走动的人，他们很熟练地拿起鱼竿，用"鱼饵"上贴着的吸铁，钓"池里"那些用铁片做的鱼。他们很认真地钓着，每钓得一条鱼，鱼身上就有一个个位数号码，如果那数字是三或五，那玛姬和阿拉就得赶紧到散落在地上的那些玩具中，寻找标有同样数字的玩具。

谁先找到，谁就赢了一回，然后把该玩具捡起来拿给荷西，放到他面前的板上，荷西用眼睛守着交上来的"战利品"，同时也肩负着算出谁赢谁输的重任。

看着玛姬和阿拉慢慢地、在那儿不知一二三地满地寻辨，荷西时不时也会"皇帝不急太监急"地大声喊叫玛姬加油，阿拉加油，或玛姬阿拉一起加油，等……把自己搞得情绪高涨，激动万分。

玛姬听到"王子"的呼喊，心里是很想尽快找到那写有三或五的牌子，逐渐加快了原地转圈的速度，好不容易看到一个目标，正想俯身去拿，却回回都被比自己小一大截、离地面近的阿拉同学抢先拾起，让荷西"王子"很替她惋惜地"噢"一声，随即不忘鼓励一句："玛姬，好样的，你能做到的！"

这边的马克，坐在地上，眼前是两个箩筐的小沙袋。一个箩筐装的是方形的各色沙袋，另一个装的是圆形的。体育老师把两个箩筐的袋子全倒在马克的跟前，让他把方形和圆形的沙袋归类，重新放回到筐里，更难一点，就让他根据你说的颜色来捡，说这样既能锻炼他的手劲，训练眼睛和手的协调能力，同时也能巩固他对颜色的认知。

我蹲在马克面前，看他低着头，很慢很慢地捡起一个沙袋，很慢很慢地把它放到筐里，然后很慢很慢地低下头，静止在那儿，不动了。

我趴下看他，他居然睡着了。安娜说他的脑伤，不仅影响他的视力和说话能力，还影响了很多其他部位，他有很多功能是紊乱的，像突然睡着，就是其中的一样，你得叫醒他，让他继续捡沙袋。

他醒了，很不情愿地随便抓着最靠近他的一个沙袋，安娜把沙袋故意挪到远一点的地方，说："马克，你得挪到前面去捡。"他像上了发条一样，不停地摇

着他的头，似乎没有停下来的意思。安娜说，他的摇头，有点像我们有些正常人喜欢下意识地不停抖腿一样，是一种表示高兴、紧张或无聊的习惯性动作。

等他终于不摇头了，我拿着几个各种颜色的沙袋，堆到他眼前，说，马克，你能不能捡个红色的？他茫然地抬头看着我，我突然记起他只能从眼角两边斜视，赶紧把自己移到他左边，把袋子全扫到一边去，对着他的侧面说，马克，能不能给我捡个红色沙袋？

这就是特教的体育课，因材施教，最大限度地"锻炼"身体各个部位，包括坐着观望参与的"运动情绪"。

四十五分钟的体育课，玛姬和阿拉把地上有数字的玩具都堆集到荷西的轮椅上，快堆到荷西的下颌了，乐得荷西得用下巴顶着那一堆早已分不清是谁交上来的"战果"。

尽管马克一直自得其乐地摇着头，中间睡着几次，他最后还是把所有的沙袋物归原筐，当然，我在最后的几秒钟，也帮他扔了几袋进去，他因此狠摇了几下头。

安娜说："体育课上完了，大家一定饿了吧？我们煮早餐去。"她转头对赖在地上不肯爬起来的马克加重语气："我们吃……早餐……去啰……"

我听得一头雾水，还有在学校煮早餐吃的课程？

（三）

在慢慢吞吞往煮早餐处移动的途中，荷西和马克被专门人员带去上了一次卫生间，玛姬和阿拉自行进出了一下各自的男女卫生间，然后大家很"轻装"地鱼贯进入早餐室。

室里有一个很阳光的孩子早已等在那里，他长得不仅阳光，而且很正常，是那种身心健康的正常。我疑惑地问安娜："他也是特教课的？"

安娜说："是，这是他选修的课。"看我越发糊涂，安娜笑，说杰克是八年级的优秀生，他的选修课之一就是选到特教班来帮助这些需要帮助的孩子，这节课是专门帮他们一起煮早餐。

这是我第一次知道美国学校里还设有这种培养爱心的课程！真不错，正常孩子到特教班来帮忙残疾孩子，在帮助他人、给予爱心的同时，可以亲身体会作为健康人的幸运，懂得珍惜自己所拥有的，对他人对自己，都是一件无法用学分来衡量的好事！

我真希望我的孩子上中学后，也能选修这样的课程。这个课程首先是修耐心，我想任何一种爱，耐心是基础，爱心因之而变得更加温柔和持久。

大家坐定后，杰克把画有食物的塑膜纸发给玛姬和阿拉，坐在他们对面，很温和地问："你们今天想吃什么？"

玛姬指着鸡蛋图，说："今天我要吃它。"阿拉陷在椅子里，小小的头刚好露出他面前的大桌，他对杰克很干脆地说："香肠。"杰克看着不停摇头的马克

笑着问:"你呢,马克,今天你想吃蛋还是香肠?还是两样都吃?我把这三个选择慢慢说一遍,你想要哪个选择时,就把头停一下,不摇了,我就知道你的决定了,好吗?"

马克没有回答,仍不停地左右摇头。可当听到杰克说"都要"时,他的头定格了半秒钟。杰克高兴地说:"好样的!"马克也高兴地发出一种声音,继续摇头。

安娜告诉我,马克的脑伤也让他的食量比常人大了许多。如果不控制,他可以一直吃着,就像他不自觉地一直摇头一样,是一件他很喜欢做的事。

坐在轮椅里的荷西还没等杰克问他,就报出自己要点的早餐。杰克有了众"顾客"的订单,起身到灶台前开煮。安娜叫玛姬去帮杰克打下手,其实也就是帮着把鸡蛋拿出来,数一下要几个鸡蛋而已,让她感觉在厨房做事的心情,同时练了数数。阿拉和我一起从柜子里拿出餐具,摆放在每个人的位置上。大家各就各位,愉悦而有序地忙碌着,好像一个大家庭的聚餐,非常温馨。

我很惊讶安娜问我要吃什么,我觉得这是给残疾学生特别设计,让他们感受日常生活,学习最基本的生活技能的课程。老师应该只是教和看,不参与"一起吃"的。看来美国以人为本的教育理念是落实到每一个人身上,包括让每一个在特教班里的健康人都可以一起"吃早餐"这种小事。

早餐很快就做好了,大家吃着各自盘里的东西。安娜在喂荷西,我坐在马克对面就餐。突然,马克冷不丁伸手去左边阿拉的盘里拿香肠吃,他的速度之快,让阿拉没一点阻止的机会。阿拉高呼:"马克又来拿我的菜了!"我也看傻看乐了。马克自己盘里的菜其实还没有吃完,盘中间还堆着几块香肠呢,干吗去"偷抢"别人盘里的东西呢?安娜说,马克的视线只能看到左右的东西,他看不清自己面前的菜,却能瞄到左边阿拉盘里的菜肴,他非常爱吃香肠,饭量又大,这种"偷袭"行为是马克最拿手也是他早餐时最爱干的一件事。

饭后,杰克和安娜根据每个人的不同情况,安排大家力所能及地收拾。玛姬被安排去把碗放到水池里,阿拉擦桌子,虽然我一直跟在他后面补擦,阿拉的认真态度却不受我影响。安娜把微波炉里的转盘拿出来,放在荷西的轮椅前,她把一张纸巾塞在荷西那不能张开的手里,然后握着荷西的那只手,往转盘上来回拭擦,边擦边大声地表扬荷西做得好,擦得多干净啊!荷西也无比有成就感地呵呵笑着。我再次被他那发自内心的快乐笑声感动,多么单纯的幸福感啊,尽管他全身只有两个指头能动!

玛姬在收碗的过程中,突然有了情绪,站在厨房的一角生闷气,不肯挪动。安娜说,这是她要引起别人注意力时常用的法子,不要理她,索要注意力应该以积极的方式,而不是这种消极的法子。安娜对玛姬远远地说:"你得赶快哦,我们要去邮件室给信封贴你爱贴的地址黏纸了。"玛姬一听,立刻收起桌上的最后一只盘子。

在特教班,任何教学或活动都是围绕着培养他们的自理能力或生活基本概念这个主题进行的。在正常人眼里做早餐、吃早餐这类稀松平常的事,在特教班都是一个经过精心策划的教案。残疾孩子们在每天看似简单平淡的学校生活里,慢慢学着生活。

(四)

在邮件室,只有玛姬和阿拉可以自己动手把地址贴纸贴到信封上。马克和荷西都得由我们手把着手贴上去,其实是我们在贴,然后当作是他们做的事给予高度的肯定和表扬,他们也很当真地兴高采烈地接受下来。安娜说,这样,起码他们知道寄信是需要地址的,虽然他们不一定有能力把地址写或贴上去。

回到他们自己的教室时,那个高位瘫痪的孩子克莱已经由他的母亲送来了。她是一个很年轻漂亮的母亲,金发碧眼,笑容甜美。她把坐在轮椅上、耷拉着头、不停流着口水的儿子交给我们后,和每个孩子热情地打招呼拥抱,好像他们都是她的孩子似的。

安娜后来告诉我,克莱还有一个弟弟也是残疾儿,因为未到学龄,仍在家由妈妈照看。每天需要照料两个残疾儿的母亲,居然还能这么清爽,神采奕奕!是因为她的内心足够强大,母爱深厚?还是因为美国政府在给予残疾孩子精心教育的同时,也给在家照顾残疾孩子的母亲丰厚的月薪,尽管克莱和他的弟弟都是她自己的孩子?

克莱不能直坐,也不能动,甚至他的脖子都撑不起他的头,每次把他抱到轮椅上,都得赶紧用一个特制的托架把他的身子撑着,脖子那里也围一个东西支着他的头,他的嘴边总是铺有一块干净的白布接他淌下来的口水。克莱不会说话,只能发出模模糊糊的呀呀声。就是陷在这样的一具残躯里,我注意到克莱的眼睛是笑着的,尤其看到班里的同学时,他闪着兴奋的目光,嘴里不停呀呀着,口水湿透了白布。

下午的课是教大家辨别颜色和数从一到九的数,为了让克莱舒服一点地"听课",我们给他"松绑",把他从轮椅里抱到一个专门为他特制的悬空"课桌"板上,让他高高地趴在那里,他俯视的角度正好可以看到黑板。

安娜在每一个孩子面前放一把多色的巧克力豆,然后在黑板那举着红、蓝、黑、黄等几个颜色的卡片,每抽出一张,就高声地说出它的颜色,说:"你们看看你们的巧克力里有没有同样颜色的,如果有,都把它们一、二、三地拣出来,然后吃掉!"

哪个孩子不爱吃巧克力?这样的教学法既简单又有效,连马克那样平时对什么都不正眼瞧的孩子,那刻也停止了摇头,昂着他那英俊的脸,正正地望着安娜的方向,做全神贯注状。

我根据安娜举起的卡片颜色,把相应颜色的巧克力拿起给克莱看,一一数着放进他的嘴里,克莱随即发出一声模糊的声音,眼皮一动一动的,安娜说那是他表示高兴的意思。

玛姬照样甜蜜地依在荷西的旁边,很负责地先喂荷西吃了那正确颜色的巧克力后,自己才吃。阿拉是抢答最快,一下就吃了巧克力,然后坐得挺挺的,迫不及待地等安娜举起另一种颜色卡的孩子!

五个残疾孩子,在明亮温馨的小小教室里,在充满爱心的、受过特教专业训练老师那看似随意、实则有的放矢的教导下,非常放松地学习着,享受着。他们得到的是作为一个独立的"人"所应受到的尊重和关爱,而不是施舍的怜悯。他们好像从来就不知道自己是和别人不一样的残疾孩子,一点也不觉得自己的生活有什么不足和不快乐。

人的喜怒哀乐其实都是相对的。在特教班,面对这些身残,但心依然快乐的孩子,我们自己的不顺或烦恼都小化,甚至消失了,进而有了感恩之情。感恩自己头脑清楚,四肢健全地站在这里,感恩自己还能"活生生"地遭遇不顺或烦恼。看这些孩子,他们连感觉这些情绪的机会或能力都没有!

可他们依然快乐地活着,用微笑迎接每一天的日子。

那健康的我们,还有什么理由不将"怒哀"化为"喜乐"? 放下一切纠结,感恩、珍惜自己所拥有的呢?

我的房客——"半仙"鲁本

(上)

2002年,我们在太平洋边上买了栋房子,这房子有一个独立进出的两居室套房,比尔决定将其出租给那些喜欢海洋的单身人士,有额外收入的同时,他闲时也有"知音"一起流连在那风景无限的后院。比尔是个狂热的"海洋崇拜者",看来咱中国人所说的"仁者近山,智者近水"是有其道理的。

也许我家的海景确实无敌,也许西人真的对"水景"是求之若渴,凡是看了我那附相片的广告而来看房的人,无一例外地都恨不得马上就搬进来,那些一个接一个鱼贯似的轮番搬进我家独立套房的"智者"们还真让我长了见识。

我与孩子在中国度假时鲁本就搬进那单元,比尔在电话中告诉我鲁本是犹太人,父母家就在附近。鲁本二十来岁,在西福伟超市做售货员,是个很好的房客,非常安静,总是按时交租。

　　我回美后初次见到他时,他正手提着一个茶壶到厨房烧水。他没穿裤子,只在腰间裹着一块花麻布,赤脚,一头乱蓬蓬的棕色鬈发随意地披散在清瘦的脸上,乍一看,颇似十字架上的圣主耶稣。我微惊之余,又瞥见他左边的发丝中有一撮头发耀眼地白着,而在他那一丛茂盛的胡子里,左边的那一半胡子正对着上面的那撮白发也奇怪地白着。心想此人怪也,我客气地对他"嗨"了一声,他忙不迭地看着我也说"嗨",眼里是那种怯怯的,好像孩子做错了事生怕被母亲骂的无辜神情。

　　鲁本大约一周正规进一次厨房,每次都端着一箱高矮大小一致的空玻璃瓶,一溜地排在灶头上,然后往一个大大的锅里投入红红绿绿的各色食物。煮好后,他便认真地往每个空瓶子里倒,像化学科学家似的,不停地在每个瓶子里搅拌、摇晃,直至满意的颜色,然后再将盖子紧紧地密封起来,一个一个地又放回箱子里。

　　我看得奇怪:"鲁本,你弄这么多瓶瓶罐罐的彩水干吗?"仍是那种怯怯的眼神,他轻轻地说:"这些是我的健康食品,一天两瓶,我一周的食物。""你就光吃这些?""No,我还吃我们店里淘汰的青菜。"

　　我望着他:至少一米八的个子,虽然头发乱了点,脸色青白了点,可他站在那里稳稳的,没有要倒下去的样子,这小子每天就喝这彩水及快要烂的青菜维持生命?难道每天清晨他在我家后院,面对太平洋那数小时的静坐就能给他吸入额外的氧气,让他仍栩栩如生,不失年轻人的朝气?我很是困惑。问比尔,比尔说:"鲁本是一个精神的人。"言下之义鲁本应属半仙之人,无需俗食。

　　鲁本上的班大多是晚班,大约午夜左右回来。我也是夜猫子,有时半夜在下面洗衣房洗衣服,常在那寂静的时分,我会听到一声钥匙插进门锁的声音,然后半天没动静,好不容易门开了一条缝,又是半天没声响,然后有一条腿伸进来把门轻轻地推开一点,还是不见人影,彼时,我已知道这厮非鲁本莫属了。

　　因为鲁本有个深夜时分下班回家,顺手牵羊拾捡他人丢弃在路旁旧物的嗜好,要不就是把他店里淘汰的食物一箱一箱地搬回来。这不,紧接着我就会看见那遮着鲁本的脸,摞叠在一起的三四个盒子或一些稀奇古怪的家具,把他整个人带了进来。他好像老鼠搬家似的,一箱又一箱,一件又一件,总是悄悄地,尽量不带响声地运作着,忙得不亦乐乎,孜孜不倦。

　　鲁本极其认真搬回来的东西,除了太大件像室外圆形躺椅之类无法搬进他的"香阁",只好放在后院供大伙享用外,其余的,他一律塞进他那一百八十尺的房间里。我一直纳闷他怎么安置那些宝贝。

　　一天,我斗胆申请去他房里参观参观,他欣然应允。进门一看,哇!真是别有洞天,只见满壁张贴着红的、绿的,用稻草、竹条、树根及干芦苇编织而成的各种工艺品,还有一些他自己画的蛮有特色的画。那些他捡回来的家具配上不知是否也是捡来的花布,错落有致,颇有风格地摆设在各个角落里。那一盆盆绿郁郁的花草恰到好处地挺站在捡来的花架上，为斗室增色不少。最吸引我眼球的是那些飘挂在天花板上五颜六色的被单，其中有一块就在他的床上方似掉不掉地飘着，非常有动感。

鲁本问我怎样，我脱口而出："整个房间像吉卜赛人的大篷车。"鲁本羞涩地笑了，他把我的话当成了赞美的肯定。我也惊讶于他怎么可以把那么多的废物堆进一间这么小的房间里，而且能搭配出不俗的格式与情调。

不久，我对他艺术细胞的出处有了答案。那时我家大女儿正如火如荼地学钢琴，我们还专门请了一个上了报纸的俄国钢琴家来栽培爱女。数月过去，成绩平平。一日，在后院听到楼上飘来一曲无比优美动听的《献给爱丽丝》钢琴曲！我女儿的水平是绝对弹不出如此美妙的音乐的，今天又不是上课的日子，俄国钢琴家也不在，莫非是比尔在放CD？

我快步奔上楼，一眼瞧见鲁本正低垂着他那一头乱糟糟的头发，坐在钢琴前如痴如醉地弹奏着，我呆看着，等他一曲终了，我鼓掌，叫："鲁本，我不知道你还会弹钢琴，而且弹得这么好！"

他慌忙站起来，惊慌地说："不好意思擅自动用你们的钢琴。"他上来借点东西，看见钢琴忍不住手痒。

我忙说没事没事，你也学过钢琴？他说他兄弟姐妹四人小时都学过好多年的钢琴，他还得过大奖，上大学后就不弹了，因为他更喜欢画画。

上大学？我还一直以为他顶多高中毕业，要不为何没日没夜地只在超市打工？"你在哪上大学？"我漫不经心地问，心中料定是那些社区大学之类的。"伯克利大学"，他不动声色地回答我，"全额奖学金。"他又淡淡地补充一句。

这下他真的吓着我了，我震撼了，我这中国人的思维那一刻是绝对跟不上鲁本"半仙"的拍子了！堂堂一个伯克利名校的优等生，毕业后不去找份学有所用的专业工作，却甘愿去超市做那最低薪酬的体力活，还一天到晚像个拾荒者一样到处拾破烂，这又是为何？

鲁本的回答是："我只想过简单的生活。我曾在印度生活过一年，那里的大部分人都很贫穷，可人人都很快乐，他们的精神很富有。我只要能维持基本的生活水准，然后做我喜欢做的事，上夜校学古琴、画画、瑜伽、研究

我家后院——可爱的两姐妹和美丽的太平洋

健康食物，等等，不富有，但也没压力，天天心情舒畅，不劳心也不劳脑……"我说他哪弄来那么多五彩缤纷的被单挂在空中飘荡，原来那都是老印的衣服片片呢。

每个人都有每个人的活法，鲁本觉得这种生活方式最适合他，那就是他最好的生活了。说的也是，看看周遭人，相信很多人都比鲁本有钱，但肯定不是人人比鲁本过得省心快活。我不是整天愁着收不到各处的房租，或者那边房子的下水道又堵了，这边房子的洗衣机又坏了？

理解归理解，我还是觉得鲁本这样"藏龙卧虎"般地过这种"半仙"似的隐居生活，学非所用，是不是有点可惜，也有点浪费了？

（下）

鲁本是最后一个与我们一起离开海边房子的房客。

当初那画家带着美丽的女朋友到我家敲门说很想买我们的房子时，比尔很是做了一番思想斗争。记得那天他正在外州出差，我打电话告诉他天上掉下个款爷在家门口，出了一个让人无法抗拒的数目想变咱家为他屋，他的第一反应是：我绝不可能卖我那一线海洋景观的房子！

也是，比尔花了无数的时间、精力、心思在他深爱的依坡临海的后院。每天下班回来，在那吊椅上一坐，面对那一片汪汪大洋，耳听那阵阵涛声，身心顿时松弛，第二天的能量也随之悄然补充进来，这样的"风水宝地"岂能说卖就卖？

只怪我"财迷心窍"，不停地"诱逼"比尔：这自找上门来的"生意"不仅价出得慷慨，条件优惠，而且没有经纪人参与，一笔可观的中介费就省了，过了这村恐没这店；其次我更喜欢东岸中部的四季分明，春绿秋彩，人潮稀松，那里的阔地大屋更接近我心目中的美国家园梦；最主要的，那里的学校比这里的好，家里有这么一溜小人，不能都送私立学校，是到了找一个好的公立学校，好好安定下来的时候了。比尔想想"真理"确实在我这边，加之他父母年年在飞快地变老，他是个孝子，觉得也到了该搬回到父母身边的时候，一咬牙，挥笔在售房合同上一画，那美丽无比的海景瞬间就成了别人的了，当时心里那个不舍还真的只有他自己最清楚。

鲁本是我第一个告知我们要卖房的房客。他也是一惊，瞪着那双怯怯的眼睛，看着我半晌没说话，最后像是问我又似是问他自己："那我搬去哪里呢？"

他租住我家大约一年有余，这一年里，他几乎一直都在不紧不慢搬进搬出地装饰着自己的那间"宫殿"，规模早已形成，特色也越来越个性化。用他自己的话来讲，那里面的一草一木、一布一画，都是他在没有人帮着在下面看着，指明歪正的情况下，自己上凳下凳折腾无数次才挂出的最佳方位角度，就甭提那些沉甸甸的旧家具了，每一次的挪移都是一场"动乱"：房里的东西全被搬出填满了走廊，常让另一个住客到我这投诉其"堵塞交通"的违规行为。我去问他，他仍是张着一双怯怯的大眼睛边说对不起边忙碌，气喘吁吁，面红耳赤地搬挪着，直到自己满意为止，真是每个角落都凝聚着他的心血啊。

如今好不容易有了一片自己满意的"家园"，却被告知他那"家"要随我的"国"一起清场。他喃喃地轻声说："我以为我这回再也不要搬来搬去了，没想到还是这么不稳定，下次一定得找个不会卖房子的房东。"

鲁本的东西按三部分存放。他超喜欢及日常要用的，全随他入住"宫殿"。比较爱的，将来可能用得到的，比如那些人们用来包装易碎物的塑料泡沫布，他曾用订书钉把它们订成一件泡沫衣，穿着它以"泡沫人"的造型去野营参加狂欢，走之前鲁本套上它在大伙面前排演了一下，感觉确实蛮有创意。那一身鼓囊囊的泡泡配上鲁本那棕灰白三色混杂的半长鬈发，远远一瞥，颇像古希腊里的某个神或武士，惹得我家那几个小的忍不住伸手去挤捏那泡泡，听那脆脆的爆破声。

他回来后把那些泡泡收起来，说下次可以用它把自己变成"葡萄人"什么的……诸如此类等等一大堆"将来时"的东东，他打包整齐，一箱一箱地堆砌在走廊的空余处，他不忘在它们外面披上一块相配的被单，不仅没觉得杂乱，反而挺好看，让我这房东也无话可说。

最后是那些他也觉得确实没什么用处，哪怕将来用不用得上也说不准，但又舍不得扔的东西，他全放到我们的车库里。我去车库找东西时，常常会碰到一些碍手绊脚的不明物，头几次我会去问比尔和可丽丝（租我家的另一个伯克莱博士生），后来我不用伤一丝脑筋就"推理"出那全是鲁本"王国"里的三等"臣民们"，这些连第三世界人民如今都不一定要的东西我们鲁本半仙还收藏着呢。

现在要搬家了，除了那些空纸箱我帮他用了一些（那些从他店里收集的双层食物箱，装书非常牢固），其余的他要通通处理掉。鲁本说他很头疼，当初是不花钱捡回来的东西，现在却要花钱去扔它，因为他不可能把它们留在我们卖了的家或遗弃在家门口。我听着也头疼，看他愁眉不展，我说你不妨试试去网上卖，他说，试了，人家看了都说老家具太重不好搬。我家房子所在的地段又没有出口，前面除了太平洋什么也没有，就是摆车库拍卖，除了几户邻居，极少会有人往这角落里拐。送给慈善机构吧，人家也不是什么都收的，真是头疼啊！

因为我们本没准备卖房，突然冲进这么一个"抢家"，条件之一就是过户后，仍让我们免费住半年，让我们慢慢做我们的搬迁。鲁本也就跟着我们最后尽情享受了六个月的无敌海景，同时慢慢打包。在拆除"宫殿"那悲壮的一刻到来之前，鲁本无限深情地用摄像机和照相机把他房间全景、近景、特景，拉近推远地猛拍了一阵，边拍还边自言自语地轻声解说着，然后心一狠：拆！"大篷车"顷刻就没了篷顶。

那情景比老公"痛心疾首"的呜呜叹息更有一种静静的感伤，他的不舍尽在缓缓的无言拆卸中。

一间小小的陋室都能使鲁本如此依恋，想将来如果他有了自己的家和至爱的人，那他会用怎样的身心来爱呢？

最后那个晚上，我们邀请鲁本一起去附近海边的一个中国餐馆就餐，他还挺有心地带了一盒名牌巧克力，并在包装纸上自己设计了一个图案，写上告别的话，非常的漂亮感人。

点菜时，他告诉我们他们犹太人吃东西有很多忌讳，比如吃鱼不能吃无鳞的鱼，不能吃猪肉，奶制品只能在餐前吃，餐后的冰激凌甜点他就拒吃。还有如果吃了什么就不能再吃什么，什么什么分开可以吃，合在一起就不能吃了，等等。很多我听着都迷糊的规定，感觉他吃东西比挪家具还累，还需要智商。

我问："你吃东西的次序偶尔乱了谁会知道呢？"他笑着小声说："这是一种自我控制的问题。"大家听了都相当钦佩他的诚实和自制力。我及时地望向痴迷打电脑游戏、自控能力很差的大儿子，儿子状似惭愧地朝他老妈挑了挑眉，说："知道了啦。"

我本想让鲁本品尝一下那餐馆里难得的几样地道中国菜，像清蒸蒜茸活鱼是我的最爱。鲁本问："什么鱼？有没有鳞？"被告知是猫鱼，无鳞。得，清蒸鱼出局。酸辣汤鲁本说他爱吃。汤分到他跟前，他老兄看一眼碗里漂着的几丝肉，问："鸡丝乎？"叫来服务员一问，惨，猪肉也。可怜鲁本满桌的菜他大多只能用眼睛"会餐"，我们也觉得多少有点扫兴。比尔说早知道鲁本吃东西这么"简单"，就在家里炖一锅鸡肉，煮一碗菜汤请他便搞定矣。

鲁本说他暂时搬去与他弟弟合住，说可能会去伊拉克转转，然后也许回湾区，也许去某山场干那包吃包住的活，既然没了大洋的"智"境，至少有大山的"仁"景。我说你可以去中国做外教，你的伯克利优等生文凭比很多在中国混的老外合格多了。鲁本似乎有点心动，问了很多相关的情况。比尔甚至怂恿他明年与我们一起去中国，先和我们去游西藏，再漂长江，然后去我老家一个同学办的学校里当外教，云云。

过了一段时间，比尔说鲁本打来电话，说他刚从伊拉克回来，心情特沉重，想邀比尔出来聊聊。鲁本说他曾多次转悠到海边的旧住处，就为了瞄一瞄自己当时住的那间房，看看那里的海景和夕阳。

鲁本真是个怀旧的人，怀旧的人总有一颗软软的心。

又过了一阵，比尔头版头条报道鲁本已成了一名亚利桑那州的集装箱大卡车司机。他说鲁本觉得这份工作不仅能让他开着别人的车，周游美利坚，而且这"别人"还得替他出那一日贵过一日的汽油，连房租都替他省了，因为大卡车后面的舒适小床就是他想睡就睡的地方。最让鲁本满意的是他得了这么多便宜，人家还得付高薪给他！他很有点"得来全不费功夫"的惊喜。

我听了却颇感意外，我印象里的卡车司机应是那种高高大大、胖胖壮壮，有一定重量,不说满脸横肉,起码也是目光坚毅的那种。整天在马路上混的人,不害人,也得有一两项东西做样防人啊。可鲁本瘦瘦细细长长的怯怯相,坐在那硕大无比的高车头里,一眼望去,好比一根牙签插在一个大盒子里,似有若无,一定是那种很无助的样子,能不招人欺负吗?

鲁本,一路平安!

突然变成穷人的喜悦

"骏马"是我们雇的送货司机,他大名Jemar,人高鼻也高,走起路来,高鼻牵着平胸尽量往前挺,长腿支着臀部尽量往后撅,形成一个非常雄赳赳、气昂昂,傲视众生的"骏马嘶鸣"动态姿势,我按他名字的谐音戏称他"骏马"。

"骏马"摩洛哥人氏,五十五岁,却有一个才二十九岁、同样来自摩洛哥的金发娇妻。该娇妻第一次出现在我们面前时,所有人都大吃一惊:"骏马"的妻子不仅年轻漂亮,而且非常时尚,不仅身材高挑性感,比"骏马"还要前突后撅,而且气质上乘,一看就像是经理级的。最主要的,她自己比"骏马"还早几年移民来的美国,讲一口标准的英语,相形之下,让不管碰到什么事情,什么场合,不管高兴还是不高兴,只会一句"哦,我的上帝(Oh, My God)"的"骏马",显得更与众不同,特立独行。

"骏马"何德何能,娶得如此佳人?

问"骏马",他嘿嘿一笑,先来一句"哦,我的上帝",然后歪着头,压低声音说:"她跟我结婚时还是处女,我们都信穆斯林教,很传统的。她一直就想找来自摩洛哥的人做丈夫,可这里纯'摩哥'太少了,所以我就脱颖而出。虽然我比她大那么多,而且还有一个和前妻生的十八岁的儿子,可她就是要嫁给我。她现在怀着我的孩子,三个月了,哦,我的上帝!"

"骏马"在市中心一个很不错的地区拥有一套公寓,是几年前买的。他和娇妻、儿子一起住在那套房子里,其乐融融。他每天看见大家总是喜笑颜开,挺着胸说"早上好,哦,我的上帝",然后就举着手机,在车里叽里呱啦,不知疲倦地对着看不见的人说着他的法语。我N年前曾学过两年法语,虽然早已把它还给了我的法语老师,但那美丽的语音我还记得一二,"骏马"的法语听起来好像没有那么柔美。看他和娇妻肩并肩坐在花圃前手舞足蹈地说着,小妻子在那儿不出声地听着,此人英语不灵光,也许讲法语,除了那句"哦,我的上帝"外,他会讲很多动听的话语?有着绝妙的口才?

2010年8月的某一天，"骏马"像往常那样撅着臀迈进门，整体气势和平时没什么两样，只是脸色稍凝重了些。一声"我的上帝"后，他告诉我们，他的房子因为好几个月没钱付银行贷款，将被银行收回拍卖。昨天收到律师的信，他们下个月得清屋走人。

"那你们去哪里住啊？"我关心他那有身孕的娇妻。

"我们去申请政府免费的公寓。"他说到"免费"二字，情绪腾地高涨起来，说，"我的上帝啊，因为我妻子怀孕了，所以他们说会提前给我们安排住处，同时给我们医疗保险，也给我将要读大学的儿子免大学学费。哦，我的上帝，这简直是太棒了。"

几天后，他开着他那部卡车，以非常高超的车技，紧急刹车在我们面前，只见他像一匹小马一样利索地从车里跃出，边叫着上帝，边如数家珍地把车里那些仍在有效期、刚过期或正要过期的面包、蛋糕、蔬菜、瓜果、鸡肉等食物一一指给我看。他激动万分地、急急地说："你看，他们（社会福利部门）听说我刚丢了房子，老婆又怀着孕，就给我这么多东西，都是免费的，我可以每天到那里拿食品，真好啊！"

丢了房子真好啊！看"骏马"突然变成穷人后的那份喜悦，那么如释重负、一身轻的样子，他是不是有点后悔没早点当"穷人"？

"骏马"听了我的问题，两眼锃亮，大笑着连声发着他那经典的"我的上帝"的感叹句，好像我终于说出了他的心声似的，脸部表情、肢体语言，既喜庆又夸张。

人一无所有时，政府管吃管住（管得还挺好的那种），是不是比有房有产的人更无牵无挂、无忧无虑，因而更快乐知足、健康长寿啊？

维吉尼亚州的好

早晨，送小儿去学校，打开收音机，正好听到清谈节目的人说了一句"维吉尼亚人比较聪明……"我和小儿对视一眼，觉得这说法蛮有趣。

小儿笑了一下认真地说："妈咪，你知道吗？美国初建国时头五个总统，有四个是维吉尼亚的，国父华盛顿、独立宣言起草人托马斯·杰斐逊都是维吉尼亚人。维州出了八个总统，有'总统之乡'的美誉，我们北维（Northern Virginia）大多数人都是受过良好的教育的。"

我问小儿，你怎么知道这些？小儿答："我学的呀。维吉尼亚州是美利坚合众国的发源地，它还是美国南北战争时南方的首都，很多著名的战役都是在北部的维吉尼亚进行的。"

还有呢？老妈想知道这小子的知识面。

"还有……还有这里的学校好啊，妮妮上的那个TJ高中就是全美最好的高中，北维每年三千多人报考，只收四百多人；还有我们的公立学校系统也是全美数一数二的，我们学校有声乐、乐器、画画、戏剧等丰富的知识课程，有免费的校车等。不像以前我们在加州，不仅没有这些，而且一个校长还管两个学校，因为加州政府没钱啊，而北维费尔法克斯县和劳登县是美国人均收入最高、最富的两个县。"

当时从湾区举家搬回北维吉尼亚，我心里想的只是这里的学校好和秋天的美丽，其他都没想，其实也不知道。几年下来，才慢慢了解了维吉尼亚，尤其是北维，真是一个不错的地方。

这里紧邻首都华盛顿DC特区。历史上曾经有一段时间，北维和马里兰南边都划归在华盛顿DC特区里，后来又分出来。维吉尼亚州和马里兰州以波托马克河为界，当年美国南北战争时，河那边马里兰州属北方阵营，河这边维吉尼亚州属南方阵营。

因为和北方仅一水之隔，且又在首都大区域里，属美国南方的维吉尼亚人具有南方人特有的传统，保守和矜持，又不失开明、豁达和大气。记得我加州的一个同学，曾开玩笑地对我说，她希望她女儿将来能找一个中国人做丈夫，万一这个愿望不能实现，她希望她女儿能找一个东部人，比如维吉尼亚的美国人结婚。我问为何，她笑说，因为那边人挺传统的，有责任心，顾家，又有贵族气息，大多受过良好教育。

我不知她说的正确率有多少，但北维人很多都是为联邦政府工作，起码他们没有犯罪记录，因为这里的政府工作及做政府生意的公司都要求雇员通过很严格的背景调查的。

前段时间，我迷上去"车库旧货出售"或"财产拍卖屋"淘宝。我常常遇到藏龙卧虎的卖主，不小心踏进一辈子被美国政府派驻世界各地的美国外交官的家，是很经常的事。他们的东西五花八门，都是每个国家的精品，我曾在一个驻巴西外交官家里淘到两个稀有蝴蝶标本画框。

一日，在一个很平常的街区，一栋不小也不大的中等房屋里，几个中年孩子在自己父母家拍卖已过世父母的整个家里的东西。看我对中国的东西感兴趣，其中一个女儿到楼上拿了一幅画下来，对我说："我不卖这个东西，因为它是我父亲留下来给我的，是他七十年代在台湾时，一个台湾朋友送他的。上面写了一些中文字，你能帮我看是什么意思吗？"

我一看，那是一幅古画，右上方有两句诗句及印章。边上写着一行中文小字，大意是：给格林将军，赠送人某某将军。

我问："你父亲叫格林，是将军？"对方睁大眼惊讶地说："对啊，你怎么

知道？我父亲是叫 Green，当时军衔是将军。"

我说这写着呢。该女儿马上唤来她的姐姐弟弟，兴奋地说："我们在这屋里长大，爹地竟一直没有告诉我们这个，这真是一个惊喜。"

堂堂将军，也只住在这不"著名"的社区里。因为五角大楼及 CIA 美国联邦情报局都在北维，很多军队及情报官员都选择在北维居住，为了交通方便和子女的好教育。北维也是很多律师和医生选择的居住地，同时由于这里是东部的硅谷，所以很多高端 IT 人员也是北维的住户。

在北维，不经意间，你也可能碰到类似骆家辉式的平民要人。他们短裤 T 恤的，如你我一样，很不把自己当回事地在社区出入。那天，和一个经常在我们那条街上散步、路过我家门的妹妹聊天，她说她住在街的另一头，最近刚买了第二个房子，也在这条街上，已出租给一个欧洲驻美外交官，一下签了三年合同。她说："你知道吗？我们这条街上，住着好几家驻美外交官，因为他们要清静环境和孩子上好学校，所以都租在这一带居住。"

小女西西的画得了维州第一名的奖，一个朋友的朋友说他可以让州长给西西写一封祝贺信。有"攀权附贵"虚荣思想的老妈听了很高兴，及时地将此"喜讯"告诉西西，西西听了淡淡地说了一句："那个州长的侄儿就在我班上，他还邀请我去他家玩呢，说他伯伯也会在。"

这种淡定，见多不怪，不知道虚荣的"不当一回事"心态，只有在"见权不权，见贵不贵"的环境里浸泡而成。所谓北京拉人力车的都知道国家大事，见过世面，就是这个道理。

如果按咱们北京那二环三环的说法来对比的话，就在环城线 495 号公路边上的北维，应该是在属于"皇城根"的二环线上。这里离首都那么近，到白宫只需二十几分钟的车程，DC 所有的博物馆、景点都是免费的，包括品种众多的动物园。周末节假日，想去首都逛逛，带孩子去博物馆接受一些课外教育，上车就是。偌大的博物馆，不一定一次都逛完，每次逛一部分就好，反正是免费的，下次再来就是，有点逛自家后院似的方便。

从气候和生态环境来讲，北维冬有雪景，春有花锦，夏有绿树，秋有彩林。它四季分明，让人在每一个季节都很有盼头，期待着下一季的不同内容，不乏味，而且它最冷和最热的时间都不会太长，也没有那么难承受。北维虽然离美国政治文化中心那么近，可它境内树木茂密，原始园林及公园随处可见，很多两车道林间小路贯穿在城市或街区之间，驱车在其中，时不时可见狐狸、鹿等野生动物穿越小路，有身在丛林的感觉。到了秋天，那五彩缤纷的彩林，在你眼前如画般一页一页翻过去时的视觉冲击和享受是很叫人难忘的。

维吉尼亚是一个集历史与现代于一身的州。1706 年，英国人在维吉尼亚的詹姆斯敦建立了第一个永久殖民地，它也是美国最初的十三个州之一。而维吉尼亚

的诺福克是美国最大的海军基地,航母停泊地。维吉尼亚海滨市是著名的旅游胜地,著名的汉普顿海底隧道和世上最长的三十七公里切萨皮克隧道桥都在维吉尼亚境内。

最让我感到"宾至如归"的是,这里有很多来自大陆、讲普通话、有共同文化背景的同胞。北维的中文学校每个周末租下三个高中校舍开中文课,每个高中有大约六百学生。想想,有多少同胞在身边啊,这还不包括那些没有孩子来中文学校上课的乡亲!在北维纯纯的美国文化里,又有浓浓的中国情,极大地慰藉了游子的思乡心。

唯一不好的是,从这里飞回中国比从加州飞一般要多出五个小时的飞程,如果转机,行程就更长了,很辛苦。我常常想,要是能在空中建一个类似于五星级酒店的空中站,把人"嗖"一下送到上面吃喝玩乐等着,等到下面的地球转来你要去的地方,再把人"嗖"一下放下来,省了坐飞机的劳顿,多好啊!

富人,穷人,牛人

在湾区时,我们常到一个小有名气的中餐馆用餐。餐馆老板祖籍广东,幼时随父亲移民来美,在父亲的带领下,一家人精心经营这个海鲜楼四十年,成为该区老字号中餐馆,客源稳定,生意兴隆,财源滚滚。

那年老父亲在咽下最后一口气、把终身积累的财富移交给儿子时,最让老先生无法释怀的莫过于后继无人了,因为儿子仍然单身,无子。

英俊壮实的韩老板,年方四十有八,却从来没有谈过恋爱。他一生的热爱除了名车还是名车,目前他拥有一部法拉利,四部宝马。他从不开法拉利,不仅怕磕碰了它,就是万一被人摸了一把,手过留痕,也会让他心疼不已,所以,要想人不摸,除非己不驶。他把"法妹"藏娇车库,只在夜半时分从餐馆下班回家,洗刷干净后,再深情款款地来到车库与她相会,他会在她的怀抱里一坐两三个小时,听着CD,手抚娇身,默默无语,如痴如醉。

四部宝马车,一部超长的,一部敞篷的,一部充电的,一部用食油的。那部用食油的,他只用了四次,就再也不驶它了,原因是他每加一次油,他餐馆厨房里得用九个人忙半天才能为他过滤好一桶油,麻烦实在多多。

韩老板文质彬彬,烟酒不沾,也没有女朋友,那是因为他一直弄不明白对方到底是看上他这个人呢,还是看上他的钱,而要搞清这个问题,实在不容易,不仅很费时,也太伤神。所以,为了钱包的安全,他宁缺勿交,至今仍保持钻石王老五的骄人"玉身",弄得他常去存钱的那家银行的经理——那位也壮实的黑人单身妹妹,对他目不转睛,含情脉脉,不断地给他 N 个有效的理财建议,也不失时机地建议到隔壁星巴克一起喝杯咖啡,就他关心的如何用那几米钱(million=百万)变几鼻钱(十亿=billion)的问题进行进一步的深谈。

韩老板私下说,如果那黑妹妹女经理能长得不那么壮实,娇弱一点,皮色稍浅一点,他可能会考虑喝完咖啡再和她去吃晚餐(在美国,请异性吃晚餐是对其有兴趣的意思,也是比较正式的来往)。

韩老板也没有互相走动的男性朋友,他每天除了到餐馆督阵数钱,下班后直奔"法妹"外,没有其他嗜好。他除了每天轮流开着他那四部风格各异的宝马车去他该去的本地地方外,来美国四十年,他没有出过加州,那不是因为他舍不得花钱或没有假期,那是因为他七岁时随父亲坐飞机从中国来美国后,发现自己有恐高症,从此,四十年里他再也没坐过飞机,也绝不想再坐。

而铁哥们儿在一起时,那些可能做的嫖赌饮,韩老板更是不屑为之的。所以,洁身自好的韩老板每天乐于独自一人开着名车酷酷地"洁来洁去",感觉特别地有"孤独美"。

可人毕竟是群居动物,"孤独美"久了,偶尔也会产生"享美疲劳"。韩老板在晚上打烊后,与那些为他洒汗挣钱的厨房伙计、大堂侍应一起吃宵夜晚餐时,会向他们中的某个人发出第二天休假日坐他的坐骑出去兜风玩耍的邀请。受宠若惊几次以后,每个人都有这样那样的原因,婉言谢绝老板的热情,人人宁可在家睡大觉,也不愿再坐韩老板的名车出游了。

要知道,坐在韩老板名车里的人,得遵守乘车规则和注意事项,繁文缛节如:不能乱动,脚必须着落在某个固定的位置,屁股也最好不要在名座上随便挪动,怕磨损了皮座,更不用说大厨那带有浓郁油烟味的头能舒服地放松在那名椅背上了。

韩老板谦和勤俭,平时在餐馆里总是以身作则,谆谆教导员工不要浪费一纸一米。卫生间擦完手的手纸,应该顺便把有水渍的水池或地板也顺手抹一把;宵夜晚饭吃剩的饭菜,他带头带回家作为第二天的午餐继续食用。对那些个一到休息日就下馆子,吃龙虾贵妃蚌,大吃大喝的伙计们,他一直苦口婆心,说钱是不能那样浪费的。韩老板很不明白他那些需要养家糊口的伙计,为什么不能像他那样,驾车通过麦当劳,花两三块钱搞定一天的饮食?

韩老板腰缠万贯,有了名车,得有豪宅相衬。他在距湾区四小时车程之处买了一块五英亩的荒地,投资三百万美元兴建一座一万平方英尺的豪宅,除了豪宅该有的调温泳池、标准健身房、欧式酒窖、豪华小影院等等外,他还专门建了一个射击靶场,以备在万一有朋友的情况下,能一起"砰砰"一番。

韩老板在吃的上面可以将就,在建筑自己爱巢时,却舍得花大钱,就像他很

舍得花大钱买名车一样。他见到来他店里吃饭的熟客时,最爱向大家如数家珍的东东有:

那个大门,他花三万美金专门从墨西哥运来。为了证明那门的高大无比,韩老板让敬爱的母亲站在那门边照了一张玉照,以此让看相片的人有一个比较清楚、直观的高度概念。他会说:"我母亲身高五尺四,只到这门的这个位置,想想门有多高了吧?"众熟客们纷纷做跌眼镜状。

"那些灯泡,全节能型的,六万美金就只买那些泡泡了……"众人张嘴,但故意把惊叹声及时地扼杀在喉口,给韩老板一个满脸得意的机会。

"猜猜,整个房子有多少窗户?"韩老板最爱卖这个关子了。智力竞答者们一般都是含着一嘴的饭菜,无语地瞪着一双求知的眼睛,热切地望着他……

"123 windows(窗户)!"韩老板像一个无偿给出标准答案的老师,并在"s"上拉出一个长长的"丝"音。众人又是一番啧啧声,然后大家近乎虔诚地把韩老板手中的一沓相片传看着,韩老板像个侍应生等小费似的站在边上笑着。

有想一睹豪宅风采的人会问豪宅的具体方位,这时,韩老板会有点不好意思地说:"目前 GPS 是定位不了那地方的,因为没有公路直达豪宅,得自己花钱开一条私路进去。"

这么说,万一有什么意外,救护车、警车还 GPS 不了你到底住在哪儿?那么大的房子,就你一个人住,就是 911 来了,还得花时间在那大房子里定位你在哪个房间啊,那不耽误事吗?

韩老板听到这类的关心总会憨憨地嘿嘿笑着,说:"是啊,当初是没有考虑到我老了单身一人住在那里可能发生的健康问题。不过我的亲戚们说每年会去看我一两次,主要是太远了,如果只有两个小时的车程,他们说会来看我三四次的。"

众人无语。

穷人、富人和牛人的界线,有时真的很模糊。

拍卖"记忆"(memory)

引 子

美国人周末把自己不用或不要的东西摆在自家院子里或车库门口售卖叫"院子旧物出售(yard sale)"或"车库旧物出售(garage sale)",因为搬家或卖房必须把屋里所有东西拍卖的叫"屋产拍卖(estate sale)",这是美国的一种传统习俗和风情。

每逢周末，街边或街区里就会有此类拍卖广告贴在路口，指引路人去看和买。院子或车库旧物出售的东西一般都很便宜，在几分和数元之间，屋产拍卖的大东西会贵些。拍卖的东西可以是旧家具旧设备，也可以是旧衣旧鞋、旧餐具旧玩具，甚至一枚铁钉、一本旧书，任何东西都可以摆出来销售。

美国人几乎家家户户都至少做过一次这种拍卖，富人也做，"自己的垃圾，也许是别人的宝"。在不给地球增加负担，生活环保的同时，又有点经济效益，这是美国旧物拍卖的实质。

拍卖"记忆"

住在我们同一条街上的一个医生邻居，房子被银行收走赎卖，这个周末由一个拍卖公司在做屋产拍卖。他们把房子里的所有东西标价拍卖，大到床柜桌椅，小到碟碗汤勺、画框书籍，都挂在墙上，放在角落的一切东西都必须在限定时间里处理掉。

西西周五放学回来，听说有地方可以逛着买东西，劲头十足地和我一起去了。因为快到四点他们的"歇业"时间了，屋里人不多，想象不来他们说的早上居然还要拿号排队进去是一种什么境况。

我淘来的"宝"

真不愧是医生的家，里面什么东西都有，什么东西都好。负责拍卖的人说这个屋子的主人以前经常出国旅游，几乎走遍全世界。现在房子被拍卖，当初每到一个地方就买一些当地好东西的纪念品他们没有拿走，和房子一起拍卖。

房子很大，每个房间都摆着等人挑拣的东西。看的出来，原来的屋主是一个很讲究、很有品位的人。是什么样的原因，叫屋主忍心让这么美丽的一个家，任由陌生人随意进进出出地翻看自己的私人物品，还贱卖了自己原本那么宝贝的东西呢？

走马观花地走了一圈，没看到咱们中华民族的古董宝贝（估计早已被排队的人淘走），我兴趣已索然，正想转出来，西西叫我，我走去她在的那个书房，西西站在一个书架前，手上拿着一个破了玻璃的小镜框，说，妈咪，这是一幅非常漂亮的用手画出来的铅笔画，是一个法国画家的作品。

我从西西手里拿过那个画框，问，你怎么知道是真画，不是印刷品？西西指着画对我说，妈咪，你看这，还有这，印刷品不是这样的，相信我，肯定是真画啦。

十三岁的西西在学画画，她对画有一种天生的敏感。我便听她的，花五美元把那个完好的和这个破了玻璃的、两幅出自法国同一个画家的画买下来。回家后，我们竟然在那画后面还发现了意想不到的东西！为此，我还专门去找那医生的家人询问鉴定。

那天，我听西西的建议，再用四十美元又买了另外十四件她觉得不错的小物件。它们是来自七个国家的美好东西，其中有几件现在已很有价值。我们没有大发，也有小发。我和西西很高兴，我对西西说，以后你就和妈咪一起淘宝"发财"了。西西很自信地点了点头。

想想屋主人当时买它们的时候，一定也是像我和西西一样，怀着非常喜欢和愉悦的心情买下，所不同的是：我们是为了淘宝，带有"功利心"而买，他们是为了记住那美好的时光而买。

一个买的是便宜的好东西，一个卖的是美好的记忆。

西西说："这么多带着记忆的东西，他们就这样把他们的记忆扔掉了。记忆是不能卖的，这很伤感。"

是啊，东西可以拍卖出售，可记忆也能这样卖掉吗？当初那么兴高采烈买下来的宝贵纪念品，仔细挑选，认真打包，不辞劳累地千里迢迢带回家，摆设在家里某一个重要的地方。如今随着光阴的流逝，时间的冲刷，自己渐行渐老的客观条件，它们慢慢变成一堆不再特殊的东西，一堆视若无睹的摆设，一堆几块钱就拍卖掉的廉价物！

看来，再宝贵的记忆其实也像人一样，也是有年龄的，也会慢慢老去，不再被记得，一点也不重要了。

其实，很多东西，也是当事人会觉得有意义，有价值收藏。就像我们保存老相片、老物件一样，我们视之重要无比的东西，到了下一辈或别人那里，他们不一定会有和我们一样的感受，甚至根本就不会去看、去在乎的。而很多一直保存的东西，当事人自己一辈子也可能不会去翻看几次。可即使不看，只要知道它们还在那里，心里就舒服踏实。这是一种大多数人都有的心态：要的是那种还拥有的感觉。这个医生，已经到了不再想"拥有"的状态，是一种无奈，还是一种境界？

也许，记到深处，已不需要"触物生忆"？也许，到了能漠然地将"记忆"拍卖的时候，就是把一切的一切彻底放下的时候？

观看美国空军飞行表演

这个周末带孩子去马里兰空军基地看一年一度的美国空军飞行表演。我们以前在旧金山金门桥公园看过"蓝天使"的表演,印象深刻,所以大家此次想看的心情更加雀跃。一听还可以把那天的中文课抵掉,三个孩儿更是奔走相告,欢呼不已,像过节一样高兴,让老妈我觉得中文教育很失败。

叽叽喳喳上了车,再叽叽喳喳地奔驰在宽广的首都环城路495号高速上。老爹心情舒畅地开着车,情绪高昂地参与着后排三个孩子那些总是争辩不休的话题。冷不丁看到前头有一辆警车,边上站着的警察朝我们的车挥着手,老爹他以为警察在执行公务,指挥我们绕道而行呢。他便没有减速、很利索地一打方向盘,拐到右道,继续兴高采烈地奔驰在495阳光大道上。

乐还没至极,悲就来了,后面突然蓝灯闪烁。"是闪我们吗?"老妈我对那种颜色的灯光有一种条件反射性恐惧。"我猜是吧。"老爹沉着地对答老妈,好像在回答别人问候"How are you(你好吗)"时,他随口回一句"I am fine, and you?(我很好,你呢?)"那样的顺溜平和。

警察说他超速了,而且不是那种只要把罚单付了就行的超速。因为他刚才在换道时没有减速,嗖的一下就从警察大人面前飘过了,那是鲁莽驾驶,必须上法院去面对法官判决。

美丽的一天才开了一个小头,就半道上被"乌云"了。有那么一会儿的工夫,谁也没有讲话,叽叽喳喳声随风飘去。

妮妮先打破沉默:"爹地,你想知道约翰·泰斯*说的一句话吗?"老爹很高兴这时候能有人用别的话题来转移老妈的攻击目标,赶紧答:"想听啊!是什么?"

妮妮说:"约翰·泰斯曾经讲过,被警察开罚单是一件好事,它能救了你的命,因为接下来的六个

美国空军基地人山人海,"蓝天使"在表演

月里，你一定不会再超速了。"

妮妮"哪壶不开提哪壶"的话题虽然出乎大家的意料，但毕竟用意良好，老妈拐弯一想，也不无道理啊。

老爹转头报以妮妮一个领情的微笑，说："我们不要被这事影响了大家现在的心情，已经发生的我们已无能为力去改变它，去见法官的日子还在遥遥的六月底，将来的事我们此刻又掌控不了，想再多也没用，还不如享受当下的乐趣。"

这样的人生态度有好有坏，好的是你天天都在"玩得开心"，无比愉快；坏的是到死都不会学到教训，一直拿罚单，不是交通类的，就是生活类的。

到了空军基地，真是彩旗飘扬，人山人海。正值中午，骄阳当空，飞翔秀早已开始，有那么一两架飞机在我们头顶上嗖来嗖去地翻跟头，伴随着那震耳欲聋的轰轰声，让人有点身在前线的恍惚。

可周边的人，男男女女，老老少少，一个个神态悠然，步伐闲庭。更有甚者，就地躺倒，枕着爆米花桶欣赏天空的节目。小儿带着一个大墨镜，仰天躺在地上的憨态让我清楚地知道我们是在和平时代，在一个无忧到可以来美国空军基地看战机表演的年代。

在表演的间隙，孩子们无所事事地一会儿肚子饿、一会儿口渴地排完这边卖热狗的队，又去挤那边冰激凌的摊位，吃得不亦乐乎。

女孩子对这类显示威力的东西好像兴趣不大，妮妮、西西两人躲到一架飞机的翅翼下避那炎热的太阳，顺便"消灭"掉一大袋爆米花。小儿宝弟吃完爆米花跑到停在地面的战机里这边看看，那边摸摸，不知道他是真对战机感兴趣呢，还是凑热闹而已。

最后的压轴戏是六架"蓝天使"一起组合表演，它们整齐地排成各种图案在蓝天里飞来飞去，引来人们一阵阵的喝彩。看着那些不停地在空中，像鱼儿在水里般干净利索地急翻身打跟头的战机，不禁想那些飞行员得训练多久，才有今天这几分钟的空中秀？

为了安全，来基地的观众都只能统一由基地安排的校车到一个指定的地点接过来，然后再送回去。来的人，时间不一，还不是太挤。可到空中秀结束，大家都得走，那真是一段既无聊又难熬的等车过程。

在炎热中，大家慢慢地每隔一段时间，随着长队往前挪几步。前面是望不到头的、看着就沮丧的黑压压一片人。西西开始喊头昏，宝弟说肚子饿，妮妮的背开始驼。老妈问大家，明年还来吗？"绝不！"宝弟的声音从某个看不见的人群缝隙里传来，妮妮和西西对看一眼，显有气无力状。

终于轮到我们一家进入预备线，准备登陆那可爱的校车了，大家那个高兴啊，妮妮的背一下就直了起来。登上那高高的校车往后面一看，嘿，后面竟是黑压压好几片人呀！那一刻，我突然有一种莫名的优越感，感到一丝很不厚道的安慰：

咱是比前不足，比后有余啊！

坐在有空调的冷气飕飕的车里，隔着一层薄薄的玻璃，隔着截然不同的两个气温，两种感觉，两个世界。什么叫幸福？感觉比别人舒服就是幸福啊！

按妮妮的"导师"约翰·泰斯*的话来看，早上警察给老爹开的也是通往幸福之路的票。只有平安了，才有可能去享受，去幸福。再想想，能拿罚单，说明你那刻是平安的，比起那些还来不及拿警察的罚单，就直接出状况的人来讲，老爹算是幸运多了。

所以，那一天，我们玩得很开心。

*约翰·泰斯（John Tesh）：美国钢琴家和流行音乐作曲家，以及电台主持人和电视节目主持人，是美国畅销书《智能化你的生活》（*Intelligence for Your Life*）的作者。

中美军乐团在DC肯尼迪音乐中心大型联演

一个多月前，就听下班回来的比尔说："你们中国人民解放军总参谋长将来美访问，并带来一支很棒的军乐团，5月16号会和美国最好的陆军军乐团在DC肯尼迪音乐中心联合举办一场大型音乐会。因为到时会有很多两国军方高级将领出席，为了安全，这个音乐会的票不对外，只在军方内部发。我已经登记了几张我们家的，你如果有什么朋友也想去的话，赶紧告诉我，我再去拿。"

我当时并不觉得这种免费的票，有什么难拿。就随便算了一下人头，报了一个十一的数字。没想到这是一场几十年不遇的国家级活动，很多人想去见识和感受那种场面和气氛，到最后十一张票居然不够分。

几经周折，我"纠集"了我方各路人马一二，基本都是我方"潜伏"在美国的精英人士。大家浩浩荡荡分头从不同大门进入肯尼迪音乐中心，然后手机呼叫，全部在后面临江的喷泉处会合。西装革履的美方代表比尔同志看人头都齐了，就大踏步地走在前头，把我们中方大大小小一溜人，一层一层地领到该去的地方。

华盛顿DC肯尼迪音乐中心我来过好几次了，最早是带孩子来看芭蕾舞，听郎朗的钢琴，观赏宋祖英的演唱等。可像这次来听中美两方军乐团联合演出，这么高规格的音乐会还是头一次。强强联手，作为其中一强的子民有幸来观赏这个盛会，我心中还是有些自豪感的。

前半场由我方先演出，台上一片威武的草绿色，看着就让人肃然起敬。第一个曲子是国歌，全体起立，他们奏得非常庄严和好听。接下来是如歌如泣的交响诗《荣归》，爱看帅哥美女的队员们开始边听、边轮流用我家那个老式军用望远镜巡视台上的人。从左到右，再从右到左，一圈下来，居然只找到两个美眉，这两个还包括那个报幕的女士！失望的男精英当即把望远镜递给下一个女精英。

这个女精英可是一听帅哥就提神的女中豪杰——咱们文学城大名鼎鼎的"美国中国进步女青年"！今晚本应在家照顾两个孩子的她，知道这次来的是咱们十三亿人民当中精挑细选出来、仪仗队式人物的一水儿帅哥，二话不说，当即创造条件，让很想来的外交官老公在家守着，自己一身大红旗袍，凹凸有致地婀娜而来。

望远镜在她手里流连了很久，等到她递给我的时候，只简单地说了一句："都是帅哥啊！"

不会用望远镜的我，举着没对好焦距的那个黑家伙，看台上的人都是模模糊糊，找不到一张帅脸。叫那个摄影师帮我调好焦距，我看了半天，就看到最后一排那个站着的大个还蛮帅的，他有点像我的一个老友年轻的时候；然后看到右边有

曲终，中美军乐团总指挥紧紧拥抱，全场起立，掌声如雷，难忘的一刻

一个人，长得很像那位好像总没吃饱、没什么底气的汪小菲新郎官；前面那个吹铜管的主力，那精干自信的样子挺像我的一个诗人好友。其他的，就没什么印象了，但总体还是很不错的，起码个个年轻英武，而且还有头发，是满头的那种。

接下来是演奏王洛宾的名曲《在那遥远的地方》，没想到，这首这么优柔的曲子，用管弦乐也能奏得那么美，有一种金属的空旷感。我闭着眼睛，感觉自己就在那辽阔的高原上，蓝天白云，绿草肥羊……空灵又恢宏！

戴玉强演唱的《图兰朵》选曲《今夜无人入睡》，让全场起立鼓掌了许久，他的好嗓音和生动的表演给我印象深刻，很喜欢，虽然我一句也听不懂他在唱什么。

半场休息时，看到斜下面的陈炳德总参谋长、美军马伦参谋长等一干高将们离座迈出，颇有政治抱负的"进步女青年"对我说："我们去找他们军人照相吧。"

走到二层，没看到陈将军和马将军，只见到一堆堆穿军服的美军和中军聚集在那里。我说："咱就别找老陈和老马了，估计那么大的官，也不能随便站在这给人合影，再说了，就是合影了，又能拿它来干什么？难不成举着它去中国做军火生意？"

所以，我对"进步女青年"说："你就和眼前这些有些杠杠的军人照几张吧，不就是贴文学城嘛，够用的了。"

"进步女青年"不愧是"进步女青年"，只见她优雅地趋前，礼貌地轻拍了一下那军人的肩，禀明她打小就敬仰军人，现在很想和他们合个影的良好愿望，对方欣然为她摆好姿势。当得知眼前这位性感的爱国女华人竟是美国新招的女外交官时，宾主之间便进行了一个短暂的友好谈话，中央军委某人的邮箱地址就输入了"进步女青年"的手机。

这厢我还没愣过神来，那边她已和一个身上有很多星星及"纽扣"的美军谈上了话。自然，一个笑容满面的美军和咱们高挑美丽的"女青年"即刻被我咔嚓进了镜头。

然后，一个英俊无比、来自五角大楼的高大帅哥只看了一眼咱们"进步女青年"那红彤彤的旗袍，就兴高采烈地站到了她身边，照完相，及时记下了她的邮箱地址，并指出自己的邮箱地址和她的相近之处。

"横扫中美两军"后，就到了该各归各位听下半场的时候，我本想出来拍红地毯相片的愿望落空了。

下半场是美军乐团的演奏。他们也是以国歌打头，旋律虽然也雄壮，但毕竟隔了一国，心里的感动就少了一分。他们所有的演奏曲最打动我的是萨克斯管爵士乐，那优扬、厚重，又带点凄凉的音乐，把一幅美国黑奴在田间劳作的画面带进了我的脑海，还有南方密西西比河上那长鸣的船号声……

闭起双眼，静静地听，有想哭的感伤。

望远镜在下半场的利用率不是很高，因为台上的人，只有极少部分还算青春年少、英俊威武，其他大部分人非老即秃，没有咱中国人民解放军俊朗，起码咱们个个年轻有朝气。老美在这点上就不如咱中国人讲"礼仪"，那种要"对得起观众"视觉的"礼仪"。

像空中小姐、礼仪小姐等必须在人前亮相的工作，咱们都是从几亿人民当中千挑万选出来的精品。可他们老美，常让那些不是"歪瓜裂枣"，就是大叔大妈级的人来做那些事，那些人还做得特自信坦荡，没有一点的"自卑感"，看了不无让人感叹在美国，人的青春是可以延长的，尤其是女人的。

本来嘛，音乐会就是用"听"，不是用"看"的。虽然下半场的人不如上半场的人养眼，但他们的音乐却一点也不逊色，只是因为我没有那个成长背景，听起来少了一份亲切感。

最后两国合起来的演奏，是音乐会的高潮，尤其压轴的那首美方的《星条旗永不落》和中方的《歌唱祖国》，听得全场老美老中一起热血沸腾。我方的摄影师说，他的眼泪都在眼眶里打转。那个优雅的富婆说："中国和美国，这两个世界上最强的国家，要是能和平共处，联起手来，地球上没有人可以战胜了。"美方比尔说："音乐架起友谊和合作的桥梁，中国和美国，国家都这般和谐、这般友好了，那我们家里的'中国'和'美国'，是不是也好了啊？"

说完他看着我，我忍不住笑了。那一笑正式解冻了我们家那几日的"中美冷战"，美国人民和中国人民从此又是和好的一家人。

州长的签名——维吉尼亚州新任州长参加华人春节联欢

2010年2月13日，周六，也是我们中国新年的大年三十。在大雪还堆得到处都是、所有学校都关闭、取消一切活动的寒冷下午，我带着两个女儿去某高中参加华府中文学校的庆新春活动，本来也应该关闭的某高中因本州新任州长、众议员、本地市长的光临而破例开放给我们华人社区。

学校食堂里人头攒动，红灯笼，红布幅，红彩条，在头上、墙上挂着、飘着，很有中国年的喜庆气氛。一些桌椅很简单地排列在一面红布前面，椅子上坐了五六人，看上去如果不是负责这个活动的主人，就是来参加这个活动的贵宾。在走廊里碰到跳舞班里的一个姐妹，我们就结伴在人群里安椅落座，等着一

州长在给华裔小朋友发红包并与她亲切交谈

睹州长风采。

看着两个爱美的女儿趁乱吃了一大堆免费发送的很能长脂肪的糖果和薯片好一会儿后，终于有一个西装革履的洋人站在红布前面对着麦克风讲话，周围的人仍没事似的继续就各自关心的问题热烈讨论着，我听不清红布前面那个人讲的话，也不知道他是谁，本着宁可错照一千，不可放过一个州长的原则，我赶紧举着相机"咔咔"了几张。

他下去了，另一个洋人拿着讲稿站在红布前，念着手中的稿子，向一屋子的中国人讲解什么是中国春节，一开始我以为第一个那个开场白讲完了，这第二个出场的应该就是州长大人了，可从众杂音里飘过来的那几句听得清的，他对着稿子说着的那些弘扬中国文化的话，我直觉州长应该讲比那稍不一样点的内容才对。

接着，轮到一个穿着鲜红西服的高挑女洋人站在红布前，她亭亭玉立，很耀眼。我一时恍惚，还是没听清她是谁，新任的州长是女的？赶紧又"咔咔"了好几张相片，近镜头、远镜头地费了一些电池。

维吉尼亚州女众议员和华人同乐

听到边上有人说那是众议员某某。哇，很有型有款的一位女政客呀！她说完了，换上一个会讲中、英文，好像担任着蛮重要职位的华人在红布前说学中文的重要性，还秀了几句地道的普通话，然后他隆重宣布："现在有请新州长鲍勃·麦克唐纳（Bob McDonald）先生。"

原本还一直嗡嗡响的大厅突然静了下来，红布那边站着的人都一起朝后面的一扇门望去，那个门洞开着，可久久不见有人走出来。坐在我们前面椅子上的人都站了起来，我也只好站起来，眼前一堆脑袋挡着我的镜头，我把相机举过头顶，准备只要有人从那个门里闪出来，我就估摸个大概方位，朝那个方向猛按快门，总会给我逮到一两张我们州长大人健步迈出的"初出"照。

大家的掌声消停了好一会儿了，那门里还没有动静。门外两边站着的"官方人员"伸长脖子齐齐地往里看，显夹道欢迎张望状。这边的群众们不明就里，窃窃私语。"美国的领导也耍大牌？"我对我的跳舞同学笑说，美丽的同学给了我一个美丽的微笑，依然很淑女地静静坐着，没有我那么"迫不及待"。

众人一番翘望后，一个英俊潇洒的帅哥一个箭步从门里蹦了出来，他红发碧眼，梳着七分头，满面春风，看上去非常年轻。他很自然地站在大家面前，非常随意地说着话，中间还鼓励小朋友们好好学习，说，将来你们也可能像我一样，是个州长。

一阵掌声过后，州长开始按中国习俗给小朋友们发红包，小朋友很自觉地排成一串长队，按顺序移动，州长很认真地跟每个走到跟前的小朋友握手，然后根据小朋友的高度，或弯腰或蹲下地与小朋友亲切交谈几句，把红包递给他们。

很有亲和力的州长啊！

看到有人拿着本子请州长签名，妮妮说："这个州长这么年轻，将来说不定会竞选总统的，难保他不会是一名美国总统啊。"西西说："那我们也去找他拿个签名吧。"

想到我一个旧时朋友曾和当时还只是得州州长的小布同学合影，该合影被他母亲自豪地挂在中国老家的厅堂上。小布当了美国总统后，去朋友家的地方领导们，一进那厅堂就有一种油然起敬的心情。如果我有一个美国总统的签名挂在母亲家的门匾上，能不能把可能又要来拆迁的开发商挡在门外一两天？

在包里搜索了半天，竟找不到一张可以让尊敬的州长把大名写在上面的纸片，最后我只好把钱包里那张全家福相片抽出来交给西西，说："就让州长签在相片后面吧。"

西西兴冲冲地跑到红布那边，可这时州长大人已结束派发红包的事儿，已被有关人员安排坐到前排观看文艺表演。西西隔着表演场地和那边的州长遥遥相望，朝我做着一个遗憾的手势。有人从观众这边从背后抄到州长身后要签名，西西说："妈咪，你帮我去拿一个吧。"

憧憬着未来那个可能的"总统签名"，我提了一下精气神，绕到州长身后，轻轻拍了一下他的肩膀。州长笑容满面地转过头来，知道我的来意后，问："你要我写些什么呢？"没想到他这么和蔼可亲，还这么愿意写！早知道应该想好一句言简意赅，叫本州警察赦免我超速罚单的话让他写下，多好！（很中国式的思维啊！）

"请写你的名字就可以了。"从我嘴里说出来的却是一句很"良民"的话。他很愉快地在照片背后签下他的名字，又很愉快地把它翻过来看了看，再很愉快地说："这是你的家人？你有四个孩子？"我说："是啊，四个。"他笑了，"我有五个，你得见见我妻子，你们两个会有很多东西可以聊的。"

这回，轮到我笑了。这就是美国政客的厉害之处，一句唠家常的平常话，一下就让对方对他有了一个良好的印象。下次投票，举棋不定到底选谁时，好印象肯定会在潜意识里起关键性的作用。

回家的路上，西西说她刚才在红布那边，本市市长还和她握了手，她开玩笑地宣布："从现在起，我将不再洗手，因为市长握了它！"

到家后，我也小心地把那张有着州长签名的全家福放到一个当时自以为很好又肯定能记得的地方，结果是，正是由于我的太过小心，后来我怎么也找不到它了。

本人完完全全、干净彻底地忘了我把它认真地放在哪里了。

参加好莱坞影片《巨大奇迹》(Big Miracle)首映式

周四晚上，我裹着一身大红，和比尔一起应邀到美国首府DC参加好莱坞影片《巨大奇迹》的首映式。

《巨大奇迹》是由集制片、导演和表演于一身的好莱坞影星Drew Barrymore（德鲁·巴里摩尔）主演，一部根据真实事件拍摄，关于抢救三只被困在阿拉斯加的大鲸鱼的故事片。该事件发生在1988年美国仍和苏联冷战的时期，可为了大鲸鱼，里根总统管理的美国和戈尔巴乔夫领导的苏联两个大国撇开政治，联手合力营救，终于让大鲸鱼奇迹般地回归大洋。美苏的积极合作发生在那样一个相互敌对的年代不能不说也是一个奇迹。

今冬的DC不仅没有大雪，反而早早有了春天的暖意。我为晚上穿什么去赴晚会颇费了一番脑筋，最后决定穿旗袍。适逢咱们春节，我便挑了那款大红的旗袍，配上高跟红皮鞋，在镜子前"挺挺一立"，像极一条竖着的大红鲤鱼。比尔瞧了连说好，说非常耀眼。西西看了，直摇头，说太多红了，像中国老太太，也太正规，像秘书。她建议我穿黑鞋，上面套一件黑色小褂，这样才年轻些，而且，黑色还和我的头发相配。

我和《巨大奇迹》的小演员在首映式

西西的"时尚"建议，我还是很愿意听的。但这是一个蛮正式的场合，我脱脱穿穿了好几个回合，最后还是在比尔的怂恿下，依然把自己从头部以下全用红色打点起来，怀着豁出去的心情，匆匆坐上了他的车。

到DC时，因路上堵车，我们迟了整整一个小时，错过了走红地毯看帅哥美女的节目，只能直接进剧场看电影了，据说德鲁·巴里摩尔还在大厅里转悠了一会儿。

我们刚刚落座，一个很优雅的女士来到银幕前，她曾经是里根总统的秘书，当时她因为参与抢救大鲸鱼，和担任抢救任务的国防军上校相识相爱，然后结婚。

听起来就非常浪漫，拍成电影会是怎样？

当导演出来讲话的时候，我才想起来拍相片的事，赶紧掏出那傻瓜机抓拍了一张。观赏完影片，大家便移步到岸边的用膳厅。河水清清，灯黄酒红，品尝着从阿拉斯加空运过来的清甜无比的三文鱼及各式美味佳肴，看着楼上楼下，一大厅看上去都很自信的男男女女，我的自我感觉也无端地好了起来。

《巨大奇迹》书的作者也到场，并现场签名赠送书籍。比尔在拿作者签名时，还和对方聊了好一会儿，他向作者求证了影片里的一些情节，该作者当时是一名记者，也就是影片中的那个帅哥记者原型。

现场有不少专业摄影师和狗仔队，他们会主动过来给人照相，只带着傻瓜机的我非常高兴能在他们的镜头前摆姿势。等我灿烂笑完，回到家后，我才突然想起怎样才能拿到相片这个关键问题！

整晚的亮点应该是比尔从厅的那头领着一个小男孩过来见我，那男孩西装革履，大头大眼，非常清爽。我定睛一看：这不是电影里那个古灵精怪的小男孩吗？比尔说，是啊，他就是演那个男孩的演员，从阿拉斯加来的，明天就回去了。他读六年级，和我们宝弟一样。

自然，我的傻瓜机里留下了很多我和这个小演员的合影。

与名人合影的心态和在景点前拍下"到此一游"的心理是很相似的。

愉悦的时光总是没注意就到点了，大家散去时，一份礼物递到每个人的手中。

在美国做房东

1995 年，我们在维吉尼亚州买了第一幢房子。1996 年，因比尔工作调动到加州，我们决定将房子出租。我们的房客是一对年轻夫妇和一双儿女，妻子是学校里的心理咨询老师，博士学历。她穿着职业套装，短发，显得很精干。丈夫却无业，是个音乐爱好者，后脑勺上扎着一条长长的马尾辫，嬉皮味浓厚。

当我们面试他们时，妻子直言不讳地告诉我们他们的信用不太好，但他们从不拖欠房租。我当时觉得这一家人男的"不务正业"，整天只会在家捣鼓音乐不挣分文，全赖妻子一份薪水养家糊口，似乎不大正常，担心到时难收得房租。比尔却说在美国男主内、女主外的现象并不少见，至于信用，他觉得每个人都有他难的一面，应该给人机会。

至今，他们仍租住在那里，十几年来从未拖欠过租金，甚至有一次地下水管爆裂，将男主人设在地下室的音响录制设备淹了，他们也无怨言并极有耐性地等

待当时居住在新加坡的我们远程雇人将一切修复好。也许是我们运气好，也许是他们人好，也许是因为十几年来我们难得提升租金，总之，这第一任好房客让我们对租赁市场信心陡增。

1999年底，因为同样的原因，我们举家迁往新加坡。自然地，我们将坐落在加州湾区圣荷西的房子出租，并决定租给受政府补助的"穷人"，因为政府每月会将约百分之九十的租金直接打入我们的银行账户，这对要住在地球的另一边而不能时时回家的我们来讲是最好的选择。

那天，也是来了一对白人年轻夫妇，他们刚从西雅图搬来，暂住在教堂里。女的穿金戴银，打扮入时，尤其是她脖子上晃着的那颗耀眼的钻石让我纳闷这等人何以获得政府补助不劳而"活"？男的是个英俊小伙子，高高大大的，四肢健全且强壮，他说如果能租得此屋，他可以爬到我们后院那三棵大松树上无偿替我们剪掉那过于茂盛的枝叶以解屋顶积叶之患，我们闻之大喜，当即敲定他们为我们的第二任房客，并允许他们提前使用我们的住址将其一对儿女注册入学。

几天后，他们真的带着工具来作业，当时正值圣诞前，我照咱们中国习惯给了他们一个红包以表谢意兼节日的祝贺。当他们按美国习俗当场打开红包看见里面的钱数时，妻子惊喜之余瞪了她丈夫一眼，一副欲言又止的神情，我当时并不以为意，仍一个劲儿地向他们阐述入住后的注意事项。

次日，比尔意外获知他们其实已于数日前主动撤回已获批的租用我屋的申请，理由是他们担心每月无法支付那百分之十约二百美元的租金。天哪！两个健康年轻的大活人，竟然害怕挣不到那几百元！真不知是他们生性懒惰，宁愿靠政府过那种衣来伸手（慈善机构有衣物赠发）、饭来张口（政府发食物票）的寄生虫日子，还是我们纳税人宠坏、养懒了他们？

还有两天，我们就得起程赴新，这费解的突变让我们傻了眼，无奈中，匆忙将房屋租给了三个刚从大学毕业的年轻人，他们因年轻，无信用记录，无租房历史，而一直租不到独院房子。本以为我们也已排除了他们，最后一刻接到我们的电话时，他们欣喜若狂。几年来，他们不仅按时付租，还实现承诺一直把院子保养如初，屋里屋外也整洁完好，当初先入

1999年，我父母和比尔及孩子们在硅谷圣荷西我们即将出租的家后院

为主拒绝他们，想来颇有些许汗颜。

两年前，随着购房热潮，我们也在北加州购得两栋房子并分别租出。其中一户千叮咛万嘱咐，有朝一日我们如要卖此屋，务必让他们买，因为他们已深深爱上了它。其母初次踏进我们那完善整洁的屋子时喜极而泣，说一定会如自家屋般善待此屋，结果仅九个月后，我们不得不雇律师花了三个月时间将他们驱逐出去，因为他们拒付租金达四个月之久。他们还留给我们一堆堆不堪入目的垃圾，一扇扇猛力撞坏的门，一个个破损的插座及脏破的厨卫和地板。

这几年在美国做房东算是甜酸苦辣味味尝遍。在中国，欠债还钱，欠租搬出，被认为是天经地义的事。在美国就没有"叫搬得搬"这等易事，驱逐住客需通过律师申诉、法院裁决、警察传票等复杂手续及漫长的时间。所以，房东最要紧的是选对房客，而这得依赖于你的判断和运气了。

和美国律师打交道

美国律师给人的感觉是你第一次找他咨询时，个个都是和蔼可亲，耐心至极，有问必答。等到他接了你的案件，态度就来了个大转弯，一副爱理不理你的样子，好像是你在做他的生意，而不是他在赚取你的高额费。

几年前，比尔与他原来工作的大公司打官司，请了一个看上去有点苍老且"迷糊"的美国律师，我说他能行吗？老公讲此生是属于老谋深算、大智若愚的那种，因为比尔做了他背景及经验的功课，对这老头非常的看好。事实也证明了老公的"英明"，这位迷迷糊糊的老者居然还真的替老公打赢了官司，让我们小发了一笔。

巧合的是，两年后我们买房子时，因为没有房屋中介的参与，卖方请了个熟人律师来为双方写合同，该律师竟是那老者的亲弟弟！比尔知道他们的兄弟关系时，觉得这是天意，好像有种"亲上加亲"的莫名欣喜。

看着比尔那种觉得什么事都有原因的"迷信"劲，不得不"惊叹"我这十几年来的同化工作竟有如此的斐然成绩，在某些方面，比尔已青出于蓝胜于蓝，比我还要 Chinese（中国人）。

弟弟看上去比哥哥精干了许多，他很快就替双方办好了一切交接手续，皆大欢喜，比尔不免大感有其兄必有其弟之叹。不久，我们有一房客拒付房租达三月之久，必须花五百美元固定费用请雇律师将其驱赶。本应找房子所在地的律师，可比尔鬼迷心窍地去找弟弟办，好像有点找熟人办事的方便。从此，真正切身体会到了与美国律师打交道时，那种"他说什么就是什么，你拿他一点办法也没有"

的痛苦。

在那地区，驱逐房客对律师来讲本是件很简单的案件，他只需向法院递申请，然后等法院批下来，再通知警察去驱逐，前后大约需三个星期，最多不超过六周，可我们的弟弟律师不知为何拖了近三个月仍迟迟没办好我家的事。

当初接我们的案子时，他也是热情地说："好办好办，很快就给你们办好。"可一二月过去了，一点动静也没有。打电话问他，秘书不是说他不在，就是不能接电话。碰巧在时，磨磨蹭蹭地来接电话，接的当中，还不时地停停，接接另一个电话或去洗手间什么的，再回头不关痛痒地跟我们敷衍一段时间。

比如，我最近很忙，我去哪儿和哪儿度假刚回来，昨天我打了电话给法院，可那边没人接，等等不成原因的原因。然后与你闲聊一会儿，最后说对不起，云云。我们听得一头雾水，无奈"贼船"已上，进退维谷，也只好听之任之。只望他老人家能于百忙中抽出点时间把我家的事给办了，这时候可千万别得罪了他。

一个月后，我们收到了一封来自律师楼的信，不是房客已逐的通知，而是一份长长的账单。上面细列了每次我们打电话过去询问案子进展，催促他尽快办案的谈话时间，短则十来分钟，长则一小时左右，通通按每小时四百美元，每五分钟二十美元计算，共有两千多美元。

我的妈呀，只需五百美元的驱逐案，到了他这竟膨胀成两千多，事情还没办成！他不仅把他那断断续续的通话、四舍五入地连成了整钟，连他老人家"插时"上茅房的时间也括了进来！

什么世道？你律师不及时给人家办事，几个星期能搞定的事，你拖了好几个月，让我们亏损了那几个月的房租都没找你负责一下，你竟然脸不改色、心不跳地来向我们要那令人啼笑皆非的律师费！

我们知道律师是按时间收费的，哪怕是电话上的通话。可我们之所以给您老打电话，是因为我们交了钱而你没办我的事，你不是也为此一直向我们道歉？如果你老人家有办事，那我们就无须打那些电话，也就没有这些收费，可你老又一直忘了我们的事，我们不得不打那些电话，打了，就冒出这些莫名其妙的费用。这这这……这二者的前后关系怎么有点"Catch-22——第二十二条军规"*的味道？

看完那一串账单，我真是"怒发冲冠"，手不由自主地就拿起电话想当即找这精明弟弟埋论一番，比尔眼明手迅地按住电话，说："他就是这么向我们收费的，亲爱的，我打赌他会把你的这通电话也计入下个月的账单里，我们最好写信给他。"

我的性子哪等得了写信这类来来去去慢慢吞吞的事，我一副凡事由我担当的"气派"挪开比尔的手，拨了律师楼的号码。正巧弟弟律师接的，我直截了当地问他，我的这通电话是否也计时收费，我需与你谈账单的问题。大概他听出了我"不善"的语气，竟大方地说，不计不计。我花了约三百美元的时间段与他谈出了一个不

了了之的结果：他将重新查看那些账单，再告知我们正确的数字。

你猜怎么着？下个月寄来的账单，数字不仅没如我们期望的那样变小，反而比他还没查看以前大！我和比尔面面相觑，瞠目结舌，各自都有点欲哭无泪的样子，看来与"弟弟"真是无话可说了。我问比尔我们是不是该去雇别的律师来告这个律师，比尔傻眼瞪着我，脸上是那种你怎么还没痛苦够的不解表情。

是啊，如果找别的律师来告这个律师，很难保证那个律师能比这个律师不更竭尽全力地收取费用，我们哪还有精气神去冒这为脱狼嘴而进虎口的险？再说，也没听说过雇律师告律师的事。比尔说，他已咨询了他那曾经当了二十多年律师的老爹，老爹建议我们应以静待动，且不理它，静观"弟弟"的后续动作，到时再做计议。

如今，已两年多过去了，果然"国泰民安"，房客搬走，"弟弟"的账单不再寄来，也没有讨债公司出现，大概他也有点良心吧。记得公公曾经开玩笑似的对我们说，他行业了二十多年，之所以没像其他律师那样大发横财，就是因为他太诚实。君子不取不义之财，"弟弟律师"明白的应该就是这个道理吧？

* Catch-22（第二十二条军规）是美国作家约瑟夫·赫勒（Joseph Heller）根据自己在第二次世界大战中的亲身经历创作的黑色幽默小说。在当代美语中，Catch-22已作为一个独立的单词，用来形容任何自相矛盾、不合逻辑的规定或条件所造成的无法摆脱的困境、难以逾越的障碍。"如果你能证明自己发疯，那就说明你没疯"，"找工作要工作经验，没人给我工作，哪来的经验"等都是属于Catch-22的矛盾范畴。

与食言的贷款经纪人打小额索赔（small claim）官司

购房大多需要贷款，贷款必须找贷款经纪。经纪人业务能力及本身素质的高低，决定了你所贷的款是否能如期如愿贷到，以及你是否能得到好的专业服务。

近十年间，我们一直用同一个贷款经纪，是一位从北京来的J小姐，她不仅业务精专而且为人厚道诚信，从不出尔反尔或在最后关键的时刻说利率已上升等让你傻眼的事。

这么多年，金小姐帮我们贷了无数次款，回回她都是热情洋溢，不厌其烦地回答我们各式各样的甚至反复重复的问题。虽然我至今仍未见过她的面，可每次在电话上一听到她那清脆热情的声音，感觉好像与她相知好久了似，心里非常地踏实和愉悦。

两年前，我们在佛州迪斯尼世界地区买一个度假屋投资房，因为J小姐没有佛州执照，无法为我们服务，只好另寻他人。

当时B小姐正好在电视上做广告，说她拥有佛州执照，鼓励大家去佛州投资。我们打电话给她，也是一位热情无比的同胞，一口答应可以为我们拿到佛州当地最好的利率，并且有若干美元的rebate（回扣）。在初期准备资料时，B小姐是有问必答我们的任何问题，打她的电话也是次次真人接听，非留音也。我们非常庆幸找到另一位好经纪，便决定让她来做我们的贷款。

没承想，一旦她收到我们的业务后，态度一转一个一百八十度，不仅不再接我们的电话，而且偶尔她打电话给我们，语气也是相当生硬，好像我们在求她办一件不甚厌烦的事。无奈我们过户日期在迫，已被她套在她的缰绳中无路可退，唯有忍气吞声。

在最后一刻，比尔忍不住斗胆想确认一下她承诺的回扣是否还算数，B大人斩钉截铁地说："Yes，只要你们同意将地税按月随贷款一起缴纳。"凭此她可以从供款人处多得佣金。最后，她还愤怒地加上一句："我不想再浪费我的任何时间了，你们到底要不要这个贷款？"可怜我们就像孩子做错了事，生怕母亲大人再骂下去，便乖乖签了字。

事后，我们只收到她所承诺的一半的回扣，而另一半她就不给了，说因为我们表现实在不好，给她添了不少麻烦，所以那块糖只能给一半作为惩罚。她还"安慰"我们："有一半，你们应该满足了，因为我可以什么也不给！"

比尔试图与她沟通，邮件、电话，她一概不回。好不容易打通了一次，她仍是盛气凌人，对比尔说的如不守约就见庭的警告B大人满不在乎："如果你想浪费你的时间，去告吧。"说完她关了机。

对我们而言，问题的根本完全不在那若干美元，而在于一个人的职业道德与诚信问题。如果她赖账能有好态度好言语，事情也就到此为止，我们不会真的为此去

我们买的迪斯尼世界附近的度假屋

对簿公堂。现在冲她最后那句话,我的"积极性"却被调动起来,一贯"随心所欲"的我,不正是闲人一个?浪费了时间又何妨?"妇唱夫随"的比尔到小额索赔法庭递了状。

法院很快就定了庭日,可也很快就给我们送来通知,说传票无法传递,因为 B 小姐拒收法院寄给她的邮件,这样就无法开庭受理。现在的问题是得想办法将传票送到 B 小姐处,法院是不管这档事的,得我们自个儿处理。传票一天送不到,我们的案子就一天也进不了程序。

美国有种公司专门替人做这种"强送信"的生意,他们会像侦探一样先了解对方的年龄、长相(有特征最好),再摸清收信人的工作地方、住家环境及她的行踪、作息时间,等等,然后派一个面生的人瞄准时机,趋上前去,呼一声收信人的名字,被呼之人一回头,当即将信递给她,即使对方拒收,只要把信扔在她跟前就可以了。

我们只好也雇了这类"牛邮"来替我们送法院的传票。估计 B 小姐也得过高人的指点,防范得紧,最后那信始终没"扔"到她本人处,而是"扔"给了一个与她共处一办公室的同事。那倒霉的男同事肯定不知道他说他认识 B 小姐,并替她接收了一封信是完成了法院的传票传递,因为这种间接传送也算数的。

收到传票而不出庭,是弃权,那法院就根据诉方的一面之词来断案了。我们不知道 B 小姐到时会不会到庭,比尔说她一定会来的。那天我和比尔一早穿戴整齐,驱车越过金门桥,到东湾 B 小姐所在地法院。因为是早上的高峰时,交通曾堵塞了一阵,我都以为会赶不及了。比尔的车技还真有两下,七拐八闪地居然还提前十分钟到了法院。

进了法院厅室,比尔领我坐到第一排的座位,我不时地扭头后望,把 B 小姐网页上的玉照与每个进来的女士在心里一一对照,愣是没看到一个有一丁点儿相似的面孔。我小声对比尔说,看来她是不会来了。别看我家比尔平时嘻嘻哈哈,心理年龄大约只在少年和青年之间徘徊,在大场合,诸如法院这种庄严之地,他总能摆出一副气定神闲、不惊不咋的"大将风范",从容得让我着急。他暗示我稍安毋躁,一切有他在呢。

慈眉善目的法官大人终于入场,大家起立又坐下。我再次回头,看到最后一排坐着一个约四十来岁的女同志,脸圆圆的,和 B 小姐相片里那方正端庄的俏照根本不是同一人,我再次相信今儿只是我们的独台戏,心里竟有些许失落,不知怎地,上这小额索赔法庭,总有种闹着玩的游戏感觉,一个游戏里如没陪玩的人,就是赢了,也无趣得很。

很耐心地等到法官大人叫到我们的名字,然后是 B 小姐的名字,没想到那圆脸女士就是 B 小姐!我们各自向法官递交了材料,其实也就是几封相互之间的来往邮件。法官把我们的材料递给 B 女士,将她的给我们,说先好好看看,是不是自己发给对方的邮件,如没异议,就到门外的义务调解员那谈谈看能不能庭外和解,因为很多事情是可以协商解决的。

那调解员仔细读了双方的邮件，问我们愿不愿意退一步让他折中调解，让B女士只付还欠我们那部分的百分之五十。我说我们来这里的目的是为了讨公道，只要表示是她违约了就行，愿意接受调解员的建议。调解员转向B女士，问："行吗？"B女士却斩钉截铁地说："No，我一分都不给，还要把原先给的要回来！"

调解员惊讶地望着她，说，怎么要？凭什么要呢？B女士笑着说，等这庭完了，我再来告，把那钱要回来，因为做贷款时，他们不合作，给了我很多头疼。调解员更糊涂了："他们不合作？难道他们不要贷款来买房吗？过户日期到了没款，买方是要丢那定金的不是？"

调解员真诚地对她说，我觉得这个方案挺不错的，毕竟你在邮件里事前提供人家这个回扣，他们签字前，也再次向你证实，你说yes，他们也按你的要求签了可以让你多拿佣金的合同，白纸黑字的，你现在如果不接受这个调解，等到了里面法官那儿，就不是这个数字了，因为如果你败诉，你不仅得还他们全额欠款，连他们的诉讼费、雇人送传票的一切费用你都得付，请好好再想想。

这期间，B女士、调解员和我们一直围站在一起，轻声慢语地交谈着，不知道的人还以为我们是朋友在那聊天呢，相互间还时不时地笑两声，感觉还真的有点在游戏似的。

调解员见劝说不了B女士，叹了一口气说，那你们进去吧，但愿你不会后悔。

我们又鱼贯而入，到了法官跟前，又各说了一遍。法官大人问B女士的第一个问题就是：贷款经纪可以给顾客回扣吗？B女士说有的供款人允许经纪人把他们自己所得的一些佣金回扣给顾客。法官点点头，低头去看邮件，他很快看了一遍，抬头让我们叙述，然后很认真地听了B女士的阐述，最后问我们还有什么要说的。我正想ABC细细补充一下，法官大人似乎并不想听，匆匆打断我的话，合上资料说，就这样吧，裁决会寄给你们的，你们可以走了。

我们三人又静静鱼贯而退。比尔紧走两步，替B小姐推开法庭那道厚重的门，顶着它，让她先轻飘迈出。B小姐也礼貌地说谢谢，然后大家各奔东西，那情形居然还有点温馨。

比尔说案情是clear cut（明确的），因为法官的态度说明了我们是有理的。我说我怎么看不出来，我还觉得法官挺认真听B女士的话，给她很长的时间叙述，而只是匆匆听我们三言两语就完了，我还觉得我们输了呢。

比尔说正是因为我们的故事很简单和清楚，所以法官大人觉得没必要多听了，但为了给B小姐一个公平裁决，当然得给她足够的时间来替自己辩护。

似是非是，也不知道我们这位"业余法官"的判断是否正确，反正一切是非已交于法官定夺。胜败已不重要，重要的是我们让B小姐看到了，为了原则，偶尔还是有人不怕浪费时间的，话是不能说得太绝的。

在我们快要回中国的前几天，收到了法院寄来的判决书。打开一看，哇，我们胜诉！法官真的判B小姐全额还我们她扣下的那一半回扣，并外加我们雇"牛邮"送传票的费用和我们的诉讼费！信里还说明，如付款人拒付，法院可以发命令从她的工资、银行账户里扣，甚至可以"挂"在她的不动产上，如汽车、房子等，就是说，将来如果她卖它们时，所得款得把这笔账付清了。

最后还说，我们必须在收到判款的一个时间段内向法院报告销案，否则会罚款我们。想 B 小姐不会那么快寄来支票，且胜了，说明我们是对的，这就够了！比尔说等两个月后他从中国回来，到时如支票还没寄来，他再与 B 小姐联系。

三个月后我和孩子从中国回来时，完完全全忘了此事。半年后，一天我突然想起问比尔，他老人家摸着脑袋，想了半天，有点含糊地说，好像有收到 B 小姐的支票啊，因为我回来后记得有打电话给她。

他这么说，我心中就有数了，因为他是一个对钱很没概念的人，记忆也是选择性的。过去了的事情他一概都不记，像这种我们既然都赢了的事还记它干吗？B 小姐的支票嘛，肯定是与另外别的支票一起在 ATM 存款机前填总数存了（他常填错数字，还都是少填，银行回回寄来纠正的账单），我总不能为这去银行调出所有的存款单来查找吧？

我想我和比尔之所以能一口锅里吃饭"混"到今天（尽管锅底也有糊了、焦了的时候），最大的一个因素是我们俩都有一颗孩子心。说得更好听一点，就都是性情中人，做任何事，只要当时觉得喜欢或应该，二话不说，立刻行动，大至跨国跨州搬家、买房卖房，小如上小额索赔法庭起诉贷款经纪 B 小姐，都是凭当时心中的一股"激情"而燃烧起来的，重点燃烧到了，也就过去了，一切继续往前走。

比尔真的有没有收到B小姐的支票早已不重要，重要的是希望此事能给B小姐一个启示：不管干哪一行，都应该守信守诺，这是做人做生意的基本准则，这与钱数多少、哪国人没有关系。

印象五角大楼

五角大楼位于华盛顿 DC 西南部，维吉尼亚州的阿灵顿区，是美国最高军事指挥机关所在地。从空中俯瞰，这座建筑成正五边形，故名"五角大楼"。

那天，比尔带我们全家去见识它。当年国内人人爱看，唯一一份报道世界时事报纸《参考消息》里用来代表美国军方势力的"五角大楼"竟是一座不算太伟岸的五层建筑物！

因为比尔有进出五角大楼的通行证，他以为凭那个"神圣"挂牌就可以把他的家眷带进五角大楼，随他一起走员工快道，没想到走到门口被告知我们需到另

外一个门查ID等有关文件后才能进入。

比尔有点小失望他的"光"没能"沾"到我们,让我们与他一起"昂首阔步"走快道进去。但因为是有牌牌的人带来的人,要求出示的文件相对简单了许多。等他先进去后再绕过来这边门口接我们时,我们也已到达检查口。比尔的光头在小窗户后面闪着,孩子们看见了高兴地叫着他,好像久别重逢似,把门的安检人员看着也笑了,他们快快地让我们通过,好让我们一家人"激动团聚"。

进了五角大楼的大厅,迎面一幅巨大无比的美国国旗悬挂在整片墙上,另一面墙贴满了9·11遇难者的相片。给人一种冲着这面墙上那密密麻麻的人,那另一面墙的国旗所代表的强威做任何事都是正义、不过分的感觉。

比尔像一个老导游似的很溜地将我们带到一个类似购物中心的楼层,那里有麦当劳、中餐店、小型超市、服装店、及银行邮局等,简直就是一个五脏俱全富有生活气息的社区。叫人难以相信我们已置身于世界上最大最神秘的军事重地,一个可以让世界随时充满腥风血雨的军事司令部。

在这样的地方卖比萨或汉堡包等食物的工作人员,是不是也需要绝密的安全检查?恐怕连大楼里扫地收垃圾的都得是三代清白之"良民"才行。

为了能有力气和好精神兜完其他的"角",比尔给大家买了满满一桌的垃圾食品。我环视四周,看到的都是胸前吊着牌子穿戴很正式的男男女女在静静地排队,静静地用餐,每个人的脸上都是那种很放松的神情,看不出来一丁点的"火药味",这些人所做的事可都是和打战有关啊!

也许,当一个人把自己所做的事当作一份纯粹的工作来做的时候,是不会有情感涉及在内的,哪怕该工作所产生的结果是残酷的,尤其是有保家爱国主义垫底,就有了一份神圣感和正义感?

比尔像个小分队队长似的领着我们四个人在大楼里转了一圈,依次看了海军和空军两个好像怎么也走不完的走廊展,看到了许多重量级的人物肖像及相关历史和事件。有几个将军如明星般的英俊潇洒,尤其是那眼神,好有黏着力,既有军人的锐利,又有迷人的深情,让我多看了好几眼。

孩子们津津有味地读着相片旁边的文字,不懂之处,比尔在边上及时解答,等于上了一堂军事历史课。

看完大楼里的,我们走到大楼外面的露天内院,那是一片大大的被五角大楼环抱着的五角形空地。那里绿树成荫,花草遍地,随处散落的长椅,恰到好处地设在每个美景前。

水在流,鸟在鸣,阳光明媚,院子里的人悠闲又从容,有坐在椅子上看书的,有吃东西的,有看鸟的,有发呆的……好一幅安详宁静的太平图!

这样的地方,这样的美景,这样的氛围,让人恍惚是在一个普通的民居大花园里。我怎么也无法把它和美国最高军事司令部,一个能在全世界发动战争,想打谁就打谁的机构连在一起。那么多的流血决策都是在这里策划诞生,可它看起来竟是那么的美丽祥和!

在驱车回家的路上,比尔问大家印象如何,我说:"不错,如果没有战争,就更好了。"

比尔听了扭头看了我一眼,我嘴角略扬,给了他一个意味深长的回视……

美国经济危机天上掉馅饼(pizza)——买店记

(一)

美国经济危机一晃也有年头了,各家各户如果没有铁饭碗的保障,又没有"深挖洞,广积粮,备战备荒"之厚实家底,那日子可真是越过越恼火,越过越怀念克林顿那八年好经济的黄金时代。时至今日,就业机会不见大好转,房价仍在低谷盘旋,大小生意非常难做,人民生活受到严重影响。

形势真是一片不好啊!可伟大领袖毛主席曾经教导我们:要以辩证法看待事物,一件不好的事,到了实在没有出路的时候,就是有出路的时候。也就是咱老祖宗说的"阴极阳生"的道理。

经济不好,什么都在贱卖,那岂不正好是买一个生意来做的好机会?

从夏天开始,隔几天想起来时,我就把"F市生意出售"打入搜索,看在这种四面楚歌的状态下,有没有类似于天上掉馅饼的那种生意在贱卖。

我比较倾向于寻找那种既能赚钱同时又能寓赚钱于娱乐的轻松生意,说白了,就是我"工作"时也能上网的那种。

第一个被我看中的是一个健身中心,有二十多年的历史,要价二十五万,业主可以借款。我想:健身俱乐部,我上班时,岂不是同时也可以把自己时时刻刻健美起来?这有点像我小时候很羡慕的那种电影院的放映员工作,别人是花钱进去看电影,放映员是被雇去看电影,我如果买一个健身中心,别人是花钱健身,我却是健身赚钱,天底下这等好事不多的。而不想健美的时候,就到文学城逛逛,管理自家的那一亩三分地博客,美哉悠哉。

看好目标,下一步就让老板去具体操作。比尔先在网上提交了意向表格,二十四小时之内对方的经纪会回复或直接打电话过来,填一份表明不越墙的合同后,经纪就给你那个要卖生意的地址,你就可以去实地考察了。

可等了两天,仍不见任何回复。老板就给那个经纪打电话,对方说那个健身中心的业主因为再也支撑不了每月的费用,尤其是那昂贵的房租,已经把设备贱卖,

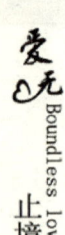

直接关门走人了。二十几年的生意基础啊,就这么说关就关,说倒就倒了?

和朋友聊到此事。朋友说现在经济不好,大家都在节省开支,一般都是先砍掉享受类,比如去旅游、去电影院看电影、去健身房健身等现实生活中可有可无的活动。这种生意是属于人民生活中锦上添花的东西,目前这种经济,还是找那种人民生活再糟糕也得用或买的生意。

那就慢慢看呗,看看有什么是人民需要,"小资本家"又急着要抛售的馅饼。

(二)

后来看到一个印刷(printing)生意在售卖,要价十五万左右,利润六万左右,虽然比那个健身中心当时声称的百分之五十利润少,但要价也少了十万。并且这个印刷生意的广告说该生意有一批固定的客源,像律师事务所、大公司等办公室定期来复印印刷他们的文件。

我就想:这种生意除了可以上网,是不是还可以印刷自己的书啊?带着后面的那个问题,我有点小兴奋地打电话给挂卖经纪,他听了我的问题,冷冷地说,嗯,此印刷非彼印刷也,我觉得这个生意不匹配你想要找的,等等等等,大意是该印刷只是类似于大量批发复印的印刷,跟印书的印刷是两码事,这个印刷还做印招牌、传单等业务。

最后他劝我不要浪费时间去看了,因为根据和我的对话,他已经知道我也肯定会浪费他的时间的,那就各自给对方省下这个时间吧。这个积极性被打击后,我意识到买生意和买房子有很大的区别。

卖房子的经纪接到一个问售卖的电话,恨不得马上就带你过去看,把你的问题要求当作自己的问题要求来解答,哪怕明知道你只是出于好奇来问问,或只是先看看房,不一定马上买,他们都会把你当作未来潜在的客户认真对待,热情帮助。

可卖生意的经纪人就不一样了,因为生意的售卖是不写地址的,所在地门口也是不像卖房子那样挂售卖牌子的(怕影响生意),所以他们一般不亲自带人看生意,只告诉你地址,你先去看,还得不动声色地以顾客的身份前往。看完如果有兴趣,回头再找他谈细节。而在给你地址前,他会先评估一下你的意向和购买力,如果他觉得你不合适,就不愿意把地址给你,因为,卖生意的业主是不喜欢随便什么人都来看的,那样,一会影响他做生意的时间,二会影响顾客的心理,产生不安定感。

所以这个印刷生意就那样被我自己牛头不对马嘴的问题给搅黄了,连地址都没捞到,很是郁闷。

接下来,断断续续又看了一些别的挂售生意。老板N年前在加州时就一直钟爱投硬币的自动洗衣房,觉得那是最省心省力,简直是"坐享其成"的生意。你想想吧,每天只要早上去开一下门,晚上再去关一下门,顺便把机器里的那些硬币倒到一个大袋里带回家就行了,甚至连早上那一趟都可以免了,可以雇一个学生什么的替你去开门啊。

这种生意,一旦设立在一个好的地段,即设在有很多家里不设洗衣机,必须出来洗的公寓楼附近,那这就是一个收入相对比较稳定的生意,因为人民都要洗衣服的,即使在经济不好的日子里!而且别小看这个自动洗衣房生意,如果地段好的话,一年收它十万美金的硬币是很正常的事。

所以我家老板当年就一直想涉足"洗衣圈",只可惜这个圈子的人,一旦踏入了,就像当今的娱乐圈一样,诱惑力比较大,进去了就不大想再转出来了,所以洗衣房一般很少挂卖的。老板那时寻觅了一番,也是无果,只好把那不想存银行的几个票票投到了如今已沉到水下的房子上了。

想起当年的遗憾,老板的"洗衣圈"情结再次被唤起。他如果有搜索,一定是在那个"圈子"里搜。那日,他兴奋地从他的书房叫我:快来看,华盛顿 DC 有一个洗衣房在挂卖。

(三)

那个洗衣房的要价二十二万,声称年利润十万多一点。一个做生意的朋友告诉我,一般来讲,看一个生意能不能买,就是看它的本钱是不是能在两年内挣回来。比如,一个卖二十万的生意,如果一年利润十万,两年后挣回本钱,那就是可以买的生意,否则,就不是好生意,不是好交易。

这个洗衣房基本符合这个概念。老板马上填了意向表送走,很快就得到地址,自然,我们很快就出现在那里,因为是自动投币的洗衣店,业主不在,我们就无所顾忌,很放松地大步踏了进去。

这个洗衣房坐落在 DC 一个西班牙裔和非洲裔混杂居住的地区,在一条不是太像样,也不是太差的街上,边上是一个小邮局,店里有几个人在洗衣服。不大不小的店里,一溜洗衣机,一溜烘干机,大大小小几十台机器靠墙排着,屋中间也是一排机器,所有设备都不是很新。

老板发挥他的爱与人交谈的销售技巧,和坐在那等衣服烘干的几个人聊了起来,大致知道了一般是什么人来这里洗衣,他们多久来一次,这里的治安等状况,以及他们对这个洗衣房的愿望。

老板出来后,站在店门口,环视四周,做深思状。良久,他说,这个地区的人比较杂,这个店距离我们家有四十五分钟的车程,如果有人投了硬币,机器却不工作,得不到及时帮助,即使我们接到电话,也不可能次次及时赶过来,如果遇到脾气不好、心情急躁的人,说不定就会把气出在吃了他硬币的机器上,趁着那股怒气把洗衣机或烘干机砸坏,甚至扔块石头把门玻璃砸了,那我们怎么办?

对呀,这个问题问得好,我生平有那么几次,这次是其中一次地认同了他的思路。尤其知道了不远的地方还有一家新开的洗衣房后,老板的"洗衣梦"近乎破灭。他还是抱着最后一丝美好的愿望给业主打了电话,业主滔滔不绝地在电话上给我家老板先把该店的优点,主要是盈利部分描述了一番,最后还是诚实地说:"那些机器有些年龄了,幸好我是一个 handy man(得心应手什么都会的便利男),就住

在附近,维修工作都是我自己做的,这省了我很多钱。"

这个维修问题彻底击碎了老板的"入圈梦",你想啊,在美国,技术性的人工费是非常昂贵的,有时修的钱,还比买一个新的贵。洗衣房里面有几十台洗衣机烘干机,如果每个礼拜轮流不工作一台,那得花多少钱操多少心啊?

有些想过去,甚至看上去不错的事,不一定真的就是那么回事。

我们家老板最后总结:"我低估了这个行业的复杂性,以为只是开门关门、倒硬币的简单动作。现在知道,想经营洗衣房这个坐享其成的'事业',首先得具备一个条件:你是一个游荡在洗衣房附近的便利男。我可以在家庭基地范围内逛荡随时'便利',但不能跑到四十五分钟车程以外的地方去逛荡再'便利'!"

我本来就对整天只收硬币的这个洗衣房兴趣不大,感觉那有点不像正规生意,像老家小镇上的小商小贩,整天揣着一兜子叮叮当当响的硬币来来往往,没有"老板"的样子。

这个洗衣店不考虑以后,基本就没有其他洗衣店生意再出现。

一日,我看到一个鲜花店在挂售,心里一动:卖鲜花呀?多么美丽浪漫的一个工作啊!每天身处花丛中,不美丽都不行,不开心都说不过去。每天进店门来的人,也一定是带着一个浪漫情怀、美丽心情来的。这种带着美感的生意做起来肯定不累,而且还赏心悦目!

最主要的,这个花店只要六万,说利润也是六万!这简直是天上掉馅饼啊!

(四)

正憧憬着那每天花团簇簇的美好日子,朋友很不顾我情绪地朝我迎头泼了一瓢冷水,说:"经营花店有很多道道的,因为你卖的是鲜花,不是塑料花,是要保鲜的,就是保鲜,期限也很短,这年头,买花的人肯定没有买米的多,你到时怎么处理一屋子的花啊?"

当理想遭遇现实的时候,就有点垂头丧气。我想起文学城城里有一个网友就是开花店的,何不向她了解一下内幕?

她真是一位非常好的人,她很热情很耐心地解答了我所有的问题。她说,以前开花店很不错,一是经济好,大家的口袋厚实,心情自然跟着口袋鼓胀浪漫起来,花儿就受宠了;二是以前没有网上订购鲜花的业务,上花店买鲜花是唯一的途径,现在不仅可以坐在家里,鼠标轻轻一点,任何鲜花都可以满地球订送,连超市、7-11便利店都在卖鲜花,而且物美价廉,去花店买花的人越来越少。

还有,花店重要的客源是婚礼、葬礼和宴会等大型场合,这就需要雇一些精于插花布花的专业人员,那员工费用就很高。

最后,鲜花的保鲜期最多只有一个星期,再好的花,一周过后,通通都得扔掉,这个在生意不好的时候,成本消耗很大,在她所知道的圈子里,就有人撑不下去,卖不动又送不走,干脆弃店而去。

哇,这美国经济还真不是一般的差啊!头一回听说,有想把店送人都没有人要的事，也就是说，即使天上掉了馅饼，落到美国这块土地上，也不一定有人敢捡啊？！

这应该是因为房租的问题。卖生意的人在把生意转到你手上的时候，同时也把房租契约转给你，生意好还是不好，这房租是每月必付的，而且不像民居房租那样，付不起赖几个月，大不了搬走。而生意所在地付不起租金，房东一驱逐就是关门倒闭，连当初买店的本金都会打了水漂。

所以，哪怕生意是白送的，可谁会愿意去接一个不会赚钱的生意而平白无故每个月丢几千块钱的房租？

罢了罢了，看来买生意这个理想和现实的距离还不是一般的大。朋友说，这种经济下在卖的生意一般都是不好或撑不下去了才决定卖的。但这不要紧，要紧的是看这生意有没有发展潜力，生意不好是不是因为管理不善或其他非此经济大萧条原因造成的。这时候买的生意，只要收支平衡，不亏本，那等经济好起来，就一定是赚的。

老板说："要不，去买一个连锁店吧，那年在新加坡时，住在我们楼上三十六层顶楼豪宅的那个由美国派到亚太地区任总裁的邻居，他从新加坡回美国后，大公司的CEO总裁都不做，和他的中国太太买了一个连锁店，收益好到他多次拒绝回大公司当CEO总裁的机会！"

可那是2001年，九年前的事啊，那时候的连锁店比现在有更多的选择性，也便宜。那时候买一个麦当劳只要二十来万，现在一百多万是起价了。我对老板说："再说吧。"

然后，我就回国了，然后我就把这事放到一边去了，然后我回来了，再然后，在调时差的迷迷糊糊中，我用十三天时间买了一个原本根本就没想买的店，这个店买得那个错综复杂，用惊心动魄来形容都不是太夸张。

（五）

在我还没有动买生意的心思之前，一个朋友告诉我，她如果开店，什么店都不开，就开意大利馅饼pizza（比萨）店，她正考虑和朋友合开一家。

我听了不解，多年前留学的时候，我打过中餐馆工，知道中餐馆老板的辛苦和那种油烟味，盈利也不一定好。朋友说，比萨店不一样，它制作简单、便捷，只要一个烤箱就行，没有中餐那么繁杂，更没有那种炸和炒的油腻，基本属于无烟饮食。

比萨是各民族人民都可以接受的一种食品，因此销量大，又有一定的营养价值，不属于麦当劳那种垃圾食品。她有一个朋友，开了一家比萨店后，很快就连开了三家，如果不赚，是不会那么一鼓作气的。

听起来很有道理，问题是：我是一个除了中餐什么都不爱吃，都觉得它们不是"家常食物"的人，与"鬼子"比尔结婚十几年，至今仍不大会用烤箱，做比萨是从没有试过的一项活动。当时听了朋友的话，觉得她那个比萨之"远大理想"

和自己隔着十万八千里。

但她的话却下意识地留在了我心里，在重新开始搜索的时候，我有意无意地会去看挂售的比萨店。一天看到一个比萨连锁店在售卖，就在我家不远的地区。要价十四万，声称利润也十四万，而且特别说明是一个有很好现金收入（cash flow）的好生意。

收到售卖经纪人发过来的地址时已是晚上六点多，天下着小雨，我家老板问我要不要现在就去看看，因为正好是晚餐的时间，应该是一天生意最忙的时候。我们让大儿子看管那三个小的，就去了。

那个店是在一个商业中心地段，周边有十个酒店和很多办公楼。我们记住经纪人的话，不能打扰生意，也不要找业主问问题。进店后，看到一个美丽无比的金发女郎站在钱柜后面冲我们甜甜地笑着，我们赶紧假装是来此购餐的顾客，老板抬头看着头顶上的横幅菜单，我低头看着手中的菜单，装模作样，让金发女郎的笑容继续着。

越过柜台上竖着的一排海报后面，有一双滴溜铮亮的眼睛带着警觉的神情在注视着我们，看过去他有点像我们新疆人，三十岁左右，剪一个小平头，高高的鼻梁，大大的黑眼睛，宽宽的额头，稀稀的头发。我家老板朝他笑了一下，问："你是业主吗？"对方答："是。""这个店在卖吗？""是。"老板又说："我被告诉不要和业主讲话，不知你介不介意我和你聊聊？"

那双亮亮的眼睛快闪了一下，"可以啊，你们是从哪里看到挂卖的？你如果能在两周之内买下，我只要九万，我手上已经有两个出价的人，但他们给的价不够九万，一个八万，一个八万五千，你们如果能给九万，这店明天就是你的了。"说完，他扑闪着那长长的黑睫毛，有点发狠地盯着我家老板。

我听他这么讲，心里窃喜了一下，想：我们还没砍价，他自己就先减了五万下来！以我小农的心理，这可是一桩还没开始讨价还价就先占便宜的事。

老板的境界比我高，他不动声色地听了，依然不动声色地问了他想问的，诸如：你为什么要卖这个店？你经营这个店多久了？确实的利润是多少？有没有近两年的报税单？等等核心问题。

他说："我是土耳其人，名J，她是我的女朋友。我母亲在土耳其病重，我来美国四年，一直没有时间回去看她，现在我必须回去，所以我得把这生意卖了。

"我一年前从前面经营这个店已经四年的业主手中，以十万价钱买下这个店。我去年的营业额是二十七万，纯利润十万，加上我给自己发的三万八千工资，到我口袋的总数是十三万八千美元。

"我今年刚和我的美国妻子离婚，非常不友好的离婚。每年的税都是她做的，文件都在她那里，所以我这里没有报税单。"

说得颇合情，也合理。惦记着家里那一群嗷嗷待哺的孩儿，我们告辞。J送我们到门外，得知我们有四个孩子在等着吃晚饭，他很豪爽地说："那带两个比萨回去吧，省得做饭了。"老板望向我，我正犹豫，J又说："你不想尝尝我们店那闻名的手擀面美味比萨吗？如果你要买这个店的话。"

我这个历来不爱吃比萨的人，吃了J亲手做的那比萨后，对这个店的兴趣陡增。

（六）

问了做过生意的朋友，他们说，一般小生意有很多现金交易，报税单不能完全看出年收入，但至少可以知道这个生意的最低营业额，咱们就以这个最低线来判断该生意值不值得买。

还有一个关键问题是店面的租赁契约，在买任何生意以前，必须确认和店面的房东再续至少三到五年的租赁，否则，万一房东把店面收回不给你用了，再好的生意也得关门！或者，房东看你生意正进行得热火朝天的，随意乱加租，你到时拿他一点办法也没有。

没有税单？那就去站店！也就是说，你们每天得去那个店"上班"，看客流量，并记下每一个订单，看一天的实际营业额是多少，至少得站一个星期的店，把周末和周日，忙的和不忙的天的营业额做一个平均，大致就知道该店的月收入了。

老板沉思：年利润十三万多的生意只卖九万，这有点 too good to be true（太好了以至于难以置信）的感觉。按两年捞本的原则，这岂不只需要一年不到就搞定？天上真的掉馅饼了？而且还是意大利式的大馅饼，捡吗？？？

也许店主真的是个大孝子，为了母亲，宁愿抛售这么赚钱的一个生意？

朋友说，眼见为实，只要站店的数字能和他说的接近，那就大致不离谱。

第二天，老板给J去电话，约他好好谈谈。J说："今天四点在店附近的星巴克见面。"

我们的车一驶进购物广场，就看到J很放松地坐在星巴克店外面的阳光里，抽着烟在等我们。老板进去买了一杯咖啡出来，寒暄了一会儿才切入主题。

老板说："我们不能凭你说赚多少就是多少，也不能完全相信你店里电脑里所显示的数字，任何人买任何生意，都必须看报税单，但你没有，那你得允许我们去你店里'站店'，数数字。

"还有，你说你和房东的租约还有一年多，那远远不够，在卖你的店之前，你必须和房东再续一个五年的租赁合同。"

J那张很有朝气的脸在阳光中熠熠生辉，虽然他头上头发不多，但整体看上去还是蛮英俊的一个年轻人。只是他说话和举止之间，有一股说不来的痞气，让我想起我们涵江老家街上那些不停地磨着手上的小刀卖羊肉串的新疆人。

他看着老板的眼睛说："那不是我们土耳其人做生意的方式，我们土耳其人做生意是这样的。"

他在一张纸上写了一些字后继续说:"这是我的要价九万。那你能出多少,也写下来。我能接受就接受,不能接受就再讨价还价。谈好了,就下定金。下了定金,我才能让你去站店,深入了解我的生意内幕。明天还有一个人要从芝加哥来,他说如果合适,他会马上按九万的价下定金。"

老板笑了,"可你现在是在美国啊!在美国的土地上,得按美国的方式来。没有报税单,又不让站店,是没有人会蒙着头买你的店的,即使你已经有出价的了。"

J的眼神在空中停顿了几秒,回神又看了一眼老板那放松悠闲,不为他们"土耳其法"所动的稳样子,他快快地、有点发狠地说:"那好吧,今天是星期一,你们晚上就可以去站店,到星期天晚上,你就得给我你们的出价。否则,我就要接受别人的价了。"

(七)

老板和我当晚就兴致勃勃地去了"我们"的店。假老板和人家真老板一起站在收银台后面接客算账,我坐在柜台外面的凳子上看着他们忙活,心情是既兴奋好奇又紧张不安。

感觉买这店有点像要过继一个防老的儿子一样,对它一切的一切都想知道,都想了解透。店里的每一样东西对我们都有了一种积极的意义,连电话响或有人进店,都能让我为之一振,这些在不久的将来可能就是属于我们的 $$$ 啊。

假老板在里面非常严肃地盯着收银台里的数字,我在外面非常认真地记着电话响的次数和进店的人流量。一切看起来和真老板所说的情景差不多,那晚的收入符合周一晚上的营业额。

接下来几天我们天天早出晚归地去站店,该店以电话订单外卖为主,电话铃声此起彼落无比悦耳地响着,人流也隔三岔五地来一下,整体感觉蛮不错,我们决定下手。

对方现要价九万美元,我们想砍一些。如果八万以下能成交是最好的了,起码不能超过八万五千吧。

在这关键时刻,我临阵"高瞻远瞩"了一下,对老板说:"虽然还有两年的租约,J也说会和房东讲多续几年,但我们最好还是在出价前和房东方面确认一下。"

老板一听,"我昨天在站店的时候,J给我看了一下租业管理公司的文件,证明他和房东是还有近两年的租约。我记住了那个管理公司的名字,我上网查一下,明天我给那个公司打个电话了解一下续租的情况。"

这电话不打不知道,一打吓一跳!

原来,这个土耳其人已经欠租六个月!代理房东管理店面的物业已把他告上法院,准备驱逐他出店。这周三就是开庭的日子,一旦法院判决下来,物业可以马上冻结店产换锁把他赶走!

哇！真是个天大的意外啊！这么说，如果他在这周三之前没把店卖出去的话，他就会被"净身出店"，一个美元都得不到的。

都到这个份儿上了，J居然还能在我们面前表现得那么镇静，颇有处变不惊的范儿，只是不经意间他的眼神会有些闪烁，没想到他闪的是这等大事！

在最后的时刻老天让我们知道了真相，等于赐给我们一个砍价的大好机会，天上掉比萨馅儿了？

老板和物业公司聊了一通，明白了一个事实：即使我们今天买了店，本周三法院驱逐（eviction）判决一下来，房东和J的租赁合同便立马无效，房东可以收回店面，并有权拍卖其店里的设备等一切东西以抵所欠租金。也就是说，到那时候，即使J的比萨生意属于我们了，我们也不能在那里面经营的，我们买的将是一个空中生意，一堆没有附在皮上的鸡毛，除非房东同意和我们签约，让我们继续留在那个店铺里。

J这不是存心骗害我们吗？他这边收了我们的钱一走了之回土耳其去，不管后面的我们有没有店开。这种情形，不要说我们准备投八万美元，就是八千也是一个跳进去肯定血本无归的虚生意。天上是不是要掉比萨馅饼还不清楚，自己先掉进一个土耳其人安排的陷阱，好险啊！

明天就是周三，老板说："我明天也去法院旁听，看法院怎么判决，也很想看看这小子见到我的震惊表情。他以为他神不知鬼不觉的，在自己将要被拉出去枪毙时，竟然还能捞一个垫背，他肯定正偷着乐呢。可这土耳其人忘了，我娶的可是一个中国老婆啊。"

这有点戏剧，我说："明天我也想和你一起去法院看J的表情。"

（八）

第二天一早，我和老板怀着程度不等的"激动心情"驱车前往法院，在法庭门口看到物业管理员和他带来的律师。走进法院庭室，一眼看到坐在长椅上正转头过来的J。看到我们，他整个人怔住了，平时一直挂在他脸上的那副玩世不恭的表情顿时石化。老板朝他嗨了一下，他才回过神来，也嗨了一声，马上掉头看前面，直到法官判决完毕他都没有再回头。

法官判J必须在三天之内还清所欠一万六千美元店租，否则，租赁合同无效，房东可以立即将J驱逐，店内所有财产归房东所有。

J站得直直的，认真听完法官的判词，他突然指着我们说："法官大人，您能否多给我几天的时间，因为他们想买我的生意，那样我就有钱付房租了。"

法官说："法庭的判决是三天后房东有权驱逐你，至于三天后房东是否愿意多等几天，你得和房东协商。"

散庭后，我们和物业他们聚在法院的走廊里交谈。J走出来，故作镇静地迎着老板直视着他的目光，皮笑肉不笑地说："你们来得正好，请告诉房东律师你

们想买我的生意，对不？等你们买了，我就有钱还他们了，这点，我没有骗他们啊！"

中东人不愧是中东人，在这样的情景下，他还能找出对自己有益的东西来讲，还能在黑暗中寻到亮点。

老板和物业们对看一眼，甚是无语。待J离去后。老板问物业："如果我买了这个生意，你们会让我继续租这个店面吗？"

物业说："知道你们是正派人，我们也愿意把店面租给像你们这样的人。但我们和房东的原意是把J赶走后，把店里所有东西清理掉，包括那套已不值钱的比萨烤箱等旧设备，然后再出租给其他行业的生意人，我们不想再出租给饮食行业了。"

老板问："J不是欠了你们一万六千美元房租吗？看他这样，他是没钱还你们了。如果我们替他把这个欠租还上，你能同意让我们把他的租赁接过来继续做比萨吗？这样，房东就没有一毛钱的损失了。"

房东的律师眉毛一扬，说："这个主意蛮有建设性，我给房东汇报一下，看他怎么说。"

接下来就得和J好好砍价把他的生意拿过来。生意从本质来讲，除了卖的东西好坏之外，客源是决定一个生意能否盈利的主要原因。一个经营多年，已经广为人知，拥有一批固定顾客的店肯定是比刚开张的新店值钱。因为前期筹备，市场营销、广告宣传等很烧钱的事老店都已替你做好了，而且老店还有那既有的客源。

也就是说，如果J不教我们怎么做比萨，不给我们那些比萨配方，和电脑里那些多年积累下来的几万顾客资料，特别是不把店里那个接收订单的电话号码留给我们的话，就是房东同意马上把店租给我们也没用，因为生意是J的比萨及客源，而不是店面。店面只是这个生意必备的硬件而已，生意里所有的软件都在J手中。

所以，虽然我们知道J已无路可走，如果他不尽快卖给我们的话，他将一分钱也捞不到地被净身出店。有点钱拿总比没有好，他现应该是处于一种能捞多少算多少的心理，这也是我们可以趁机大杀价的最好时机。但我们也不能太"贪得无厌"，把他逼急了干脆破罐子破摔，销了电话号码，抱着电脑走人。那不是我们想看到的画面，因为我们很想买这个比萨生意。

我们现在的底价是：低于五万美金，包括替他还房东的那一万六千美元店租。

和J再次在星巴克咖啡店见面时，各自的心态都有了微妙的变化。J没了第一次见我们时那副大老板的自信悠闲，却有画皮被戳穿后，被人掐住要害，虽气瘪，仍不甘就此"死去"的微怒和谦卑。我们从原来心底里希望他能八万以下将生意卖给我们的"诚惶诚恐"，变成有点居高临下的"趾高气扬"，感觉有点"乘人之危"，又觉得是天佑我也，是那种既有点过意不去又特高兴的心情。

（九）

老板开门见山地问："怎么回事？J，你不是说生意很好，平均每天营业额近千，年毛利十万多美元。我们站店时也觉得生意不错，你怎么会连房租都付不起？"

J瞪着那双大大的黑眼珠，说："不瞒你说，我爱赌，我在赌场常年有一个豪华套房，每个礼拜我都去赌，赚的钱都被我赌没了。"

是这样啊？老板和我对看一眼：那生意盈利是真的？不是老板和我原来怀疑的他可能在电脑里改了数字？那几天我们站店时，那么多人来买比萨也不是他给我们制造的假象？

老板略思索一下说："你以前瞒骗我们的事就不提了，你现在的处境糟到什么程度你心里很清楚。我可以帮你还那六个月的房租让你不会马上被关店，继续营业，但价格得重新谈了。"

J死死地看着老板，问："多少？"

老板说："三万。一万六千给房东，一万四千给你。你要知道，如果没有我们替你还那房租，你不仅一分钱也没有地丢店，而且还得对付讨债公司的追债。"

"太少了！"J叫了起来，"我已经告诉物业如果他们不多给我一些时间筹款，我就要去法院告他们把我的个人诉讼案透露给你们，而且他们还有种族歧视。物业答应给我两个礼拜的缓期，我可以找我的朋友借钱还房租，如实在借不到钱，我可以先租个储藏间，把设备拆下来放过去再慢慢卖设备，你就是有了那个店面再去买个设备也要三万多啊。还有，店里那个电话号码上次有人出一万美金想买呢，那两台电脑里面的特殊软件也值好几千，刚才给我那么点钱太少了。你给多一些，我可以免费培训你们两周，把一切都交给你们并教会你们。"

这是我们第一次尝试做饮食生意，而且是比萨。买了生意后，J能否和我们和平移交并教我们如何做比萨是很关键的一个问题。再说了，他店里的那些东西确实值那个钱的。

最后，我们和J以四万六千美金达成口头协议。三万买他的那些设备，包括电话号码及两周培训，一万六千替他还欠租。

三万元我们必须在签合同时付他一万美金。第一周培训后再付一万，第二周培训结束时付最后一万。

老板接着和物业那边沟通，告知我们已和J谈了，如果房东能让我们续租，我们准备把J的设备买下来继续卖我们的比萨，同时我们会替他还那六个月的欠租。

物业告诉我们，基于他们这几年和J打交道的经验，他们对J的人品非常看低，对他的诚信度也彻底绝望，他们再也不想和他打交道或有任何瓜葛。如果把店租给我们，他们希望和我们重新签一个租约，而不是挂续在J的那个租约里。

我觉得一万六千美元欠租的意外获得是他们决定把店租给我们的重要原因，

本来根本无望讨回的钱突然间从天上掉到他们跟前,岂有不捡之理?哪怕他们嘴上一直说还有其他人想租那个店面,他们看好我们的信用才选择了我们。

基本就这么定了:物业拟一份新租赁合同给我们,我们得找个律师帮我们拟一份购买J设备的合同。这两份合同必须同天签以确保我们买了比萨有地方卖,有了地方又有比萨卖,一个皮和毛共存,硬软件都有的完整比萨店生意。

一个最初原售价十四万美元,后来要价九万美元,已营业五年的稳定生意,最后竟以四万六千美元成交!这不是天上掉馅饼是什么?而且还是意大利的比萨大馅饼!这便宜捡得都有点不好意思再去多想什么了。

我上网找了一个附近的律师。该律师即将退休,他有几十年的房地产法律经验,律师收一千美元后帮我们起草合同并确认买卖的合法性。他让我们先去店里清点店产,他这边给J的连锁店总部发函告知J卖店之事。

周一签字那天,我们在走廊里迎面碰到满脸笑意的J。他居然一点也没有店被如此贱卖的沮丧神情,眉宇间还有一丝得意之色,他还挺想得开啊。

等我们的律师终于把自己那硕大无比的身躯从电脑椅里拔出来时,我们和J已经在他的办公室等了一个多小时。律师把他刚刚写好的合同递给我们,在J签下他的名字后,老板递给他一张一万美元的现金支票。

我在边上关心地叮嘱一句:"别拿去赌啊。"J抬头很冲地应:"我的生活,关你什么事?"

这脸一转过去就是屁股啊?

(十)

当天晚上,我们就兴冲冲地去店里当起了真老板。J一直站在老板身边指导,从没有经营过餐馆的老板很有灵气地一点就懂,连晚上在电脑里结账那档我一看就头晕的"难事"我们家老板也一学就会——交接得相当顺利。

周三,老板接到物业的电话,说那天签合同只收店面的定金和租金,现在我们已和J交接完,他们要那笔J的一万六千美元店租欠款,希望老板给他们现金支票。

周四上午,老板一早就去银行开了现金支票后直接送到物业。中午回到店里后,便接到我们律师的电话,说他刚发现在他的传真机里有一份来自J连锁店总部的传真,内容是J店里的那套设备是总部的财产,不属J所有,它是总部租给J的,而且J好久没有交租费了。

律师叫我们赶快停止一切付款。合同里写着三万是买设备之款,可设备不是J的,他这是欺诈行为。我们和他签的合同无效,得找J追回那一万已付款,我们也不必替他付那一万六千美金的欠租。

天!这是什么鸡毛信(电话)啊?老板手握手机,傻在柜台后,直说:"这是什么律师,雇他就是让他替我们把关,这么关键的事他都没弄清?他说传真是周一我们签合同那天传来的,他到今天周四才来电话告诉我!我刚刚给物业送去了钱,而且是现金支票,连马上去银行取消都来不及了。"

这馅饼掉得满地碎渣啊!

设备不是J的,那我们给他的那一万美元岂不白扔了?难怪J一直建议我们改店名脱离连锁,原来他也欠连锁设备的租金!难怪他在签合同时眉宇间有那一丝得意之色,原来是一个局中局,骗中骗,他空手套白狼,竟从我们这儿套了三万美金。

J那种光着脚、亡命之徒式的旁道和狡诈还真不是我们这种穿着鞋、在正道里运用智慧的人能容易对付的。

后来原料供应商、菜单印刷商等许多行业来店里找我们追J欠他们的款项。所幸我们买的不是J的生意,我们没有义务承担他的债务。还有一个不幸中的万幸是:我当初坚持不能一次性付三万给J的决定是对的,那两万幸免于难。

现在的问题是:

明天就是一周生意最忙的周五,我们是等过了周末再和J摊牌?还是马上面对?老板说他明天见机行事。

设备是别人的,那对方要是来交涉怎么办?老板说,最坏的情况是他们把设备拆走。这些设备留在这里还可以用,一旦拆下来,就是很旧的东西,估计很难卖。还不如也租给我们,或我们干脆用那两万给他们买下来。

传真上的日期是周一上午,也就是说,当我们在律师那里等签买卖合同的时候,这份传真已经传来。如果当时律师给我们签文件时能把自己移到传真机前看一眼,J的骗局就无法得逞。而且,他在整整两天后,在我们比尔老板送给物业一万六千美元的现金支票后才发现传真!该律师严重失职!老板气愤地说,我们可以告这个律师!

周五,本来想等打烊后再和J对质的老板还是忍不住把豆子撒了出来,那样做的结果是:

J一开始错估形势地以为那十三天里稳稳温温,对他时有的无礼言语不予计较的老板还会一直像原先那样"没战斗力",所以当他得知那两万美元泡汤还欠我们一万美元时,他非常的气急败坏,当场就在店里发飙并用语言进行一定程度的人身威胁。只见老板大步走到前面把店面打开,手指外面,声不大但冷冷地对J说:"你赶紧离开我的店,我不允许你再踏进我店地盘一步!否则,我报警了。"

J愣了,也傻了。他大概没有想到讲话声音都不大声的老板会这么强硬,气焰顿时下缩,出了店面虽还一步三回头地骂骂咧咧,但很快就没了影踪。

我说老板,你这样把他赶走他会不会真的来人身攻击你?

老板说:"不会,人身攻击是鲁莽人干的。J很狡诈但不鲁莽,狡诈的人不会做那种鲁莽的事。"

老板说得对极了,J的人身威胁没有付诸实施。但他躲在离店不远的某个地方,

用手机把店里他原来雇的厨师、外卖司机等六人全部叫走，他对他们说："如果你们想要我付给你们那几个月的欠资，必须马上离开那个店。"

这招"釜底抽薪"阴毒无比！

因为那是我们接手店后的第一个周五晚上，一个最忙的晚上，突然没了厨师，没了送外卖司机，只剩下根本不知道如何做比萨的我，和刚从J那学了一些皮毛比萨厨艺的老板两个人在烤箱旁相看两茫然。

电话铃很快就响起来了，而且一响就一个接一个地，好像不会停似的。我们只好把从西雅图来访的老板姐姐凯西叫来店里当临时厨师专做汉堡包，把老板的一个大学同学，后来他把老板招进他公司一起工作的同事E唤来和大儿子宝宝一起送外卖。妮妮和我一个擀比萨皮，一个铺比萨面。老板自己跑进跑出地哪里需要他就顶在哪里，整个一个万金油的功能。

大家手忙脚乱地从6点忙到11点，其间有弄错订单送错外卖被顾客一顿埋怨后免费赠送的，也有来不及做时间拖太久被取消订单的，更有订单太多忙不过来连电话都不敢去接的，跟打仗似的，一团忙乱后，那晚的营业额近两千美元。

我们"存活"下来了！J的釜底抽薪法毁了我们那晚约七百美元的订单，我们得花点时间把这些不满我们服务之顾客的心赢回来。

老板第二天就换了店锁，并电告J得把那一万还回来，否则将告他，J从此人间蒸发。

连锁总部派人到店里，说可以把设备给我们，只要我们同意回归大家庭每年上缴一定百分比的营业额。老板说可以考虑，你们先把合同写来我看看。老板说，他查了有关法律条文，这设备即使是他们的，他们也不能直接从我们这里拿走，必须把J告到法院，有了法院判决书后才能和我们理论。

后来，连锁总部的人再也没有出现。

老板给律师打了好几个电话，要求律师纠正他所犯的错误，帮我们找物业把那一万六千美元讨回来。因为律师告诉老板，J的行为属欺诈，我们和他所签合同已无效，我们没有必要和义务履行合同上那个替他付欠租的条款。可律师说他可以去讨回，但我们得付他律师费，气得老板直说要雇律师告他。可到现在老板也没有雇律师，自然，那一万六千美金也一直没去讨。

从三号看到这个比萨店的挂售，到十六号签合同，头尾只用了十三天时间便让我摇身一变成了意大利馅饼比萨店老板娘！

这个比萨店买得弯弯绕绕，买得一惊一乍，但最后的结果还是相当喜剧的。我们总共只花了两万六千美元，这和我们原来准备出手的八万五千美元还是蛮有距离的。这比萨还真有点像是天上掉下来似的，而且掉得莫名其妙。

十个月后，觉得做饮食生意实在不好玩的我们把比萨店转卖，小赚了一把，捡了一块实实在在的馅饼。

第二部分

与"洋鬼子"一起造人记

与"洋鬼子"一起造人记

（上）

与"洋鬼子"比尔结婚两年后，我们决定要个结晶。我觉的，如果你爱一个人或要关系更稳定些，你就会想与对方生个孩子。没有孩子的婚姻就好比翘翘板，时上时下，左右晃悠，没有平衡感，而孩子就像第三支点，在那一放，得，三角鼎立，稳当得多。

说实在，我倒不是冲着安定团结的因素而来。记得小时在老家看电影，正片开映之前，都得先观看一段祖国科研成果的新闻加演片，大多有关农业方面，常常会看到介绍杂交水稻的优良性，该品种不仅耐寒耐温，而且粒粒硕大饱满，穗穗迎风摇曳，好米啊！既然咱老中与这老美也"杂"在了一起，就不能浪费了这自然资源，怎么着也得造个混血的出来瞧瞧，何况这爹娘各自的基因也蛮优质的。

刚开始，我们都觉的那是一桩天经地义不是问题的事，不就"造人"嘛。一年过去了，没有一点怀孕的迹象，"鬼子"有点着急了。我在前婚里已有了一个儿子，心安理得，总坏笑着说这肯定是你的问题啦。因他娶我前从未结婚，也没仔。

"鬼子"瞪着我，一副万分无辜的神情，一时也无言以对，思索一阵，忽然冒出一句："我曾使我的女朋友怀孕过。"他用的是那种好像很光荣的语气。这回轮我瞪着他，心想：这"洋鬼子"的思维确实跟咱老中不一样，哪能在老婆面前如此"放肆"自豪地提这档事，找死啊？

可生命诚可贵，名誉价更高。对"鬼子"而言，不孕等同不举，哪容得质疑！情急之下难免口不遮拦，可以理解。再说咱自己不都有了一个儿子，还不许人家以前的女朋友怀孕？这不成了"只许官家放火，不许百姓点灯"？

罢了罢了，但嘴里仍坏坏地说："口说无凭，再说是不是你的也难以考证。"（不像俺有一大活人为证）"鬼子"眨了眨眼，第二天就去医生那，上上下下、里里外外，全面精查了一遍，一切正常。医生只交代"鬼子"得穿宽松的内裤，不能再泡我家室外那口热浴按摩池，因为过高的水温会杀死精虫，大大削弱团队战斗力。

"鬼子"言听计从，直奔科斯克批发店，买了两打拳击式宽松短裤，回家关了他心爱的热浴池电源插座。我也按医生建议，每每"造"后都不敢立刻起动，

有时还自作聪明地将自己如杂技演员般倒立在床上半小时，好让那些Y哥X妹们待在里面更从容方便地找到它们要去的地方。

公公婆婆知道我们"造人"工程受阻后，也时不时来电问长问短。公公为了鼓他儿子的士气，说他也曾经经历过这种萧条时期，后来经过不断努力，还不是有了你们四个孩儿？他向儿子保证："这是一个艰巨的工作，儿子，但只要你坚持一直工作下去，最后一定会成功的。"（It is a hard work, son, but as long as you keep working, it will work out eventually.）"鬼子"笑着对话筒说："我知道，爹，至少它是我做过的所有工作里最好的一份工作。"（I know, Dad, at least it is the best work I have ever had.）

就这样"工作"了几个月，仍无声无息。"鬼子"自我调侃，说大概是他这心急火燎的美国种子刚到我中国这块陌生土地上，水土不服，晕头转向，一时还难以适应。且人生地不熟，分不清东西南北而迷了路，才有此找不到点无法生根发芽的沮丧事。

他还有心情开玩笑，我倒开始有点担心是不是我的问题了。毕竟咱已属高龄，医生说女性过了三十五岁，受孕机会大大减少，也不一定月月排卵。她建议我们做人工授精。

何谓人工授精？美国医生对他们病人的问题从来都是耐心解答，直到你明白放心为止。

她的大意是：一个正常男人的一次精虫大约有上亿，其中一千五百万到四千五百万是健康可用的，可这千军万马一出家门，到了外遭险恶的世界，真正能存活下来的也只有几百万左右，再经过"万里长征"途中的爬雪山过草地，突破一路上不明液体的围追堵截，绕过道中凹凹凸凸坑坑洼洼的路障，最后能胜利到达卵子根据地的也只剩下寥寥无几上百个而已，那可都是将领级的精英啊！

如果这时根据

我和比尔一起"创作"出来的三个作品（摄于2006年）

地上正好有我们那位卵子小姐（暂称之为小姐）从卵巢处飘然而至，那这幸存下来的几十位男女 XY 精英们就会一哄而上，争先恐后地围着这卵子进行最后的攻陷战。这卵子身上裹着一层厚硬的外衣，精英们必须使出浑身解数，奋力在卵衣上钻洞，以求进入那终级宫殿修成正果。

生死存亡时刻，胜败在此一举，谁先钻进去了，谁就是王，就是君。因为我们卵子小姐只接受一个进殿者，只要有一个捷足先登了，其余的就只能在殿外自生自灭，"革命"的残酷性啊。

如果这次"革命"不成功，全军覆灭的话，我们的卵子小姐会在根据地等候你二十四小时，这期间，你可以稍作歇息，重整旗鼓，卷土再来。如果你仍屡战屡败，也不要灰心，卵子小姐每月都会来此待二十四小时的。有时那些精英们会提前到达根据地，它们也会在那里耐心地恭候四十八小时，所以能否受孕就在这卵子小姐驾临后那关键的二十四小时之间。

医生说人工授精所要做的就是把那上亿精哥精妹们采来，拿到实验室里去煮，即在杯下加热，那些活的精子们遇热就会奋力向上游，老弱病残者只能慢慢抖游在杯里，身体越好越强壮的就越跑得快，直跑到最上面，那些有专业水平的实验员们就会很小心地用很专业的东西将那些浮在最上层之最优质的精英们一网打尽，其实也就捞走一滴而已。可别小看这一滴，医生大人说那一滴里已有几百万的战士，而且是最好的，起码在它所属的兵团里是最好的，个个是活的那也是绝对肯定的。

（下）

现在最关键的是得算计好我们卵小姐的接见时间表以及保证它能如期赴约。医生大人给我一粒丹丸，让我务必在我"老朋友"来后的第五天把它吞下，说是促进排卵，增加卵小姐的赴约几率。有些人会因为那小小的一粒而不期然把卵小姐的兄弟姐妹一并引来，继而产生了双胞胎、三胞胎……等效应，颇有点买一送一，甚至送二、送三的好买卖味道。

我小时最喜欢看那两个长得一模一样的双胞胎，惊讶于"造人"工程奇妙的同时，直纳闷他们的父母怎么区分谁是谁。想那一家子的生活一定天天都充满了无限乐趣和生机，好像每天都有猜谜语游戏活动玩，令我向往。

后来知道如果不是只由一个卵子分裂成的，而是由多个卵子各自受孕而成的双胞胎不仅可以长得不一模一样，而且还可以男女有别，这就更好了，一举两得，品种一下就齐全了。本人目前虽是在努力奋斗求"温饱"便足已的状态，但人性的贪婪竟也让我野心勃勃地憧憬起那生一次就能儿女成群的美好前景，说不定这"仙丹"一下肚，我也能唤弟呼妹地多引几个出来呢。

吞下"仙丹妙药"一星期后，医生大人需用 B 超来查看卵子的成熟状况。一旦发现它或它们已发育成熟，便毫不含糊地给你打一针。如果说吞的药是促进排卵的话，那这针就是强制排卵，它用来保证卵小姐能在二十四小时之内肯定从后方到达前方根据地。

也就是说，二十四小时的时间段里，我们的卵小姐一定会从卵巢处飘然而下，如果这时正好有Y哥X妹在那候着，革命就成功有望。在这生死攸关的关键时分，正是那些将领勇士精英们施展身手，冲锋陷阵，拼个你死我活的时刻。

给我打了那关键性的一针后，XY精英们的老板，也就是我们的比尔先生，必须即刻把他的"子民们"送到医院实验室里去加热精选，继而进入备战状态，等着被直接送去根据地"宠幸"卵小姐。

医生说可以在医院或在家里采集精子，不管在哪里，都必须在一小时之内把所收集的"小民们"送到实验室，否则恐难成活。比尔他老人家第一次干这种"纯实验"的采集，很是别扭，说我还是在家里采比较自在。

本来习以为常的东西，此刻却突然有了神圣的生命意义。自己手中的那个小瓶子里，装着的可能就是自己未来的儿女啊。想法决定心情，心情决定行为，他很小心，近乎虔诚地把小瓶子安放在车上，载着我，直奔医院。

一路上，那是绿灯奔驰，黄灯狠踩油门，红灯擦边闯，好似追匪警车般在车龙里左拐右插，勇往直前。我担心地问："你这样会被警察拦下罚单的。"

老板同志身体前倾，双手紧握方向盘，两眼直视前方，头也不转地，很坚定地说："我这是在争分夺秒送人种，迟了，就有性命危险，这等人命关天的事，他警察大人知情后说不定还会为我保驾护航呢。"

在医院等了近一个小时，我被领进一间小房间。医生手上有一个很细很长的管子，说那里面有一滴精挑出来，都是游在最上面的XY们。他说别小看这一滴，那可是由好几百万XY凝聚团结在一起的最给力的"一滴"！

他准备把那"千军万马"用那细长的管子直接送到卵巢处，在卵子小姐要出来的门口候着，一旦卵子出门口，它们就围上去，几百万没了路途劳顿，精神抖擞，被直接用"火箭"一步到位送到最前沿的精英们同时间进攻卵子。

想想那场面，该有多壮观啊！如果连这么"细算精打"出来的授精都打不中卵子的话，那也太对不起这伟大的高科技了。

整个过程只用了几分钟的时间，不疼，有点涨而已。

做完从医院出来时，比尔满怀喜悦地举着手中漂亮的婴儿海报对我傻笑，好像刚才那"一箭"已造人成功，再过几个月我们就会有一个如画的漂亮宝宝似的，他已经有了当爹的美好心情。

因为他觉得这么精确整出来的东东，没有万无一失，但起码命中率是很高的。可整整一年过去，我们做了十次这种高科技实验，居然没有一次成功，以亿为单位计算的XY精英们全部殉职在前线。

几次失望以后，每个月去医院不仅没了那激动的心情，反而越来越沮丧。医

生说人工授精成功的概率在百分之二十,也就是说,做一百次,会有二十次成功的机会。我们都做了十次了,应该有的两次怀孕机会一次也没有降临到我身上,真是人算不如天算啊。

在第十次失败后,我已心灰意冷。我们便去夏威夷度了十天假,因此便错过了"老朋友"来后第五天吃排卵药的日期。度假回来后再看医生时,我问医生为什么我的所有检查都没问题,比尔的精子也是健康强壮,还用这么科学的方法授精,居然都没成功,为什么?医生大人也不知道为什么,他说,常规检查没问题,现只能做腹膜显微镜,从腹部那里打个小洞,放一个显微镜进去看看子宫里面的膜有没有粘在一起而阻碍了受孕。

一听是手术,虽然是小的,但也得打麻药什么的,我就有了抵触情绪。我告诉医生我得想想他的建议,反正这个月已经错过了日期,而且我的例假过几天就该来了,看看再说吧。

这一看,就不用说了,因为那该来的"老朋友"一直都没来:我怀孕了!自然地怀上了!

我在做了十次人工授精无果,无比郁闷,不再想着怀孕这档事而跑去夏威夷度假后,居然有那么一个X小精灵神奇地越过千山万水,成功地钻进了卵子腹地。

九个月后,一个漂亮可爱的女孩来到世上,那就是妮妮。

闸门一旦打开,来势汹汹的洪水便一泻千里,无可阻挡。西西在妮妮出生八个月后,不说一声就驻扎在我肚里,然后是宝弟,一个接一个,短短四年,有意的、无意的,我一口气造了三个孩子,全部是自然怀的孕!

情在岁月中

那天整理一个堆放在车库里的旧箱子,在箱底看到一条发霉的牛皮带,上面镶着七片很漂亮的不锈钢动物,虽然皮带霉得有点毛绒,但那七片动物仍闪着晶光。

这是二十年前,比尔当时的画家女朋友送给他的礼物,比尔很喜欢那皮带的质地和设计,尤其那些动物,所以一直带着,直到皮带头掉了,仍把身子留着,说不定皮匠能修理呢。

十七年前,比尔第一次在美国指着裤腰上的皮带,告诉我这是他的前女友送的时候,我的心咯噔了一下,按咱中国人的思维,这种信物如果来不及或舍不得扔的话,起码也得藏好,这样肆无忌惮地"张扬"着,还满怀喜悦之情地指给妻子看那群小东西，真是文化差异啊。

西男在"情"的具体操作方面好像总比咱中男少一根筋，至少我家比尔就是那少筋的人。

从发霉皮带上一段一段剪下来的动物钢片

那年在英国，与我闪电成婚，回来面对来往了两年的画家女友，一点不遮拦，不铺垫地对其直白："我结婚了，和一个中国女孩。"画家以为他在开玩笑，说："ya，你去英国公干一个月，结婚？还和不同文化的中国人？结你个头啊！"画家哈哈大笑，一副你今天讲的这个笑话一点也不好笑的样子。彼君也不反嘴，低头从裤袋里掏出钱包，默默地抽出一张相片，递过去。

那是我们在英国某市政府婚姻登记处拍的签字照，片中的我和握着笔的比尔在对她没有顾忌地笑着，画家愣了一秒，再细看一秒，恍然大悟一秒，然后用一秒时间把那张相片撕得粉碎，扬长而去。

比尔不躁也不恼地蹲下，拾起撒满一地的碎片，用一个晚上的时间，仔细地把每片碎片拼凑，粘成一张拼图样的相片。

我来美国后，曾想再洗一张好的替换掉它，比尔说这是他无眠一宿用心粘出来的一张结婚照，虽不是太完美，但他喜欢，其实我也觉得此"破相"有其含义在内。后来我们去巴哈马度假，遇盗，相片随着钱包一道永远失去，让我很是可惜了一阵。

画家人是绝尘而去，心仍徘徊难舍，想两年里在比尔家做客数回，比尔老爹曾与之对饮，相处甚欢，如今半路杀出个中国妹，比尔传统的老爹老娘未必就能接纳，何不"鸣铃禀报"，或许能有一线生机？

走南闯北、周游列国的比尔老爹，半夜接到画家拨过来的响铃，迷迷糊糊中，听到电话那头抽抽泣泣地说"你知道吗？你儿子在英国和一个中国人结婚了"时，心头一震，但毕竟有宽广的阅历镇着，老爹很外交辞令地说："谢谢你的信息，他如果真像你说的那样已经结婚了，我们会祝福他的，谢谢你，晚安。"

挂了电话，老爹是一夜无眠，自己最宠爱的儿子竟然把结婚这么大的事儿一声不响地做了，而且"先斩"了，还不"后奏"，还得由画家这个外人来通报，这是哪儿跟哪儿啊？

天一亮，老爹很有礼貌地敲了敲儿子的门，说："儿子，你起来了吗？我能进来和你说句话吗？"儿子咕嘟着说进来吧。老爹进去后，深吸一口气，装着很

平静地说:"昨晚那个谁打电话来,说你这次去英国,和一个中国女孩结婚了?"说完,他用军人那训练有素的锐眼看着儿子。

少根筋的儿子大大咧咧地说:"是啊,她说得没错。"沉得住气的老爹说:"好啊,那能不能给我看看那女孩的相片?"

比尔就把那张"破相"拿出来,老爹一看,说很好啊,可相片怎么是这样子的?比尔如实相告,老爹沉吟半刻,心中已明了了儿子的心,二话不再多说,只是用力拍了拍儿子的肩膀,扔下一句:"祝贺你,儿子!"

临走前再补充一句:"你像我,当年我跟你妈也是认识才一个月就结婚了,如今我们已结婚四十多年了,你小子十七天就结了,比你爹强,大西洋后浪推前浪啊(他老爹就居住在大西洋边上)!"

很快我就看到画家的相片,一张是她和比尔在深海潜水时拍的,一张是她的个人照,很漂亮的金发碧眼,尤其是那碧眼,那么蓝,那么深,我还从来没见过这么美丽的蓝眼睛!

虽然我当时很中国女人地把它们全掩埋在最不起眼的抽屉角落,但我有时还是忍不住去角落翻看那双碧眼,很不明白比尔同志为什么弃这么美丽的碧眼而娶我这黑黑的近视眼呢?

少一根筋的他说,他和画家的兴趣爱好太像了,和她只能做志同道合的玩友,不适合做过日子白头到老的伴侣。

这是什么逻辑?我突然觉得他少的还不止一根筋呢,照他这个说法,外星人是最佳的伴侣选择了?

画家的相片我雪藏了,但那群动物却频频在比尔腰那儿晃闪着,起初我瞧着它们,就想起抽屉里的那双碧眼,再狐疑地瞄几眼它们的主人,试图找出"身在曹营心在汉"的蛛丝马迹。

可比尔总是神定气闲,一副君子坦荡荡的无邪神情,让我反而有"小人度君子"的心虚。

时间久了,我就发现,其实对比尔来讲,这只是一条很实用、很好看的皮带而已,没有任何附带的想象力或拟人手法掺和在里面,他没有咱中国人那种很深沉厚重的睹物思情、寄物喻人的思维,就像他不明白,为什么我们看到圆圆的月亮,马上就可以很感性地思念起某某人来一样,他觉得那就是一轮满月而已,凭什么看着它,就能浪漫到和千里之外的人同一时间共递相思情呢?何况,你在中国看月亮时,我美国这边只有太阳呀?!

看着他那认真的、很好学的求知表情,我和他能讲得清楚吗?这其中除了文化差异,还加了一个地域差异呢。

想当年东坡居士写那"千里共婵娟"的名句时,一定不知道地球是圆的,估计当时也没有人外嫁到和他昼夜相左的地域,自然就没有人告诉他,他写的那妙

句其实在某些地方，实在很难应景。

比尔注重的是眼下，是当时当刻正在经历的生活和情感，过去的或将来的，他不会去缅怀或担忧，因为前者是历史，无须去想了；后者是未来，不必为还没发生的事伤神。

爱怀旧的人肯定有一颗柔柔的心，不会怀旧的人未必就无情，也许这就是为什么我们比尔他老人家的心理年龄一直停滞在少年期的原因之一吧？

爱怀旧的人是不是也老得快，因为喜欢去翻车库里的东西？比如本人。

那天我就是在车库翻出这条当初让我浮想联翩、现已发了霉的"敌对物"的。我看到霉东西的第一本能就是即刻把它扔进垃圾桶，转念，我又捡起来，看看那仍锃亮的佩片，记得比尔说过希望能把那些小动物移佩到其他皮带上，我也觉得它们挺有特色，就找了一把剪刀，花了一虎一牛的力气，中间因为用力过猛，把自己的手弄疼了几次，终于把那七片小动物从皮带上分割下来，然后冲洗，消毒，烘干。

比尔回来，我把包着它们的一团布递给他，说猜猜我找到了什么？他打开，非常惊喜。我说你不是一直舍不得扔吗？可发霉得太厉害了，只好把它们剪下来，留着它们，可以找条合适的皮带镶上去。

比尔手捧那钢片片，莫名其妙地冒出一句："我好聪明！"看我不解的眼神，他论证："我得到了你，不是吗？"没等我回答，他又说："现在我得想法子留住你。"

二十年的光阴足以把许多抹不开的情冲刷得苍白无色，何况一条发了霉的皮带？我面对的也只是一些钢片片罢了，至于这钢片片来自何方，已一点都不重要了。

重要的是，有人因为一条发霉的旧皮带而想着怎么把眼前的人照拂得"不发霉"。

……

情在岁月里，有的会越来越浓，有的会越来越淡，以致荡然无色。就像一滴落在雪白瓷缸底的墨汁，起初可以那么的耀眼，那么的触目，黑得沉重。可随着时间流水的无声淌入，那墨汁便自花了开去，在水里面淡了那黑色，慢慢的，缸里的水越来越多，那墨色也就越来越淡，终于没了颜色。

画家当年的那个坎，刚开始一定很难跨，可再大的坎，也都有扛过去的时候，一旦扛过了那道坎，一切都会好起来的。

愿她一切都好。

"随军家属"

上个世纪八十年代以前的中国军队,军官与士兵的区分不是以军服上的肩徽或军帽来识别,而是以衣服上的口袋多寡来决定。两个口袋的是士兵,四个口袋的是军官,哪怕将军也只有四个口袋。这多添的两个口袋不仅能给穿衣人带来军队生涯的美好前景,最实惠的利益在于能一步登天般地将尚在家乡的妻小合法地接到军营里长相厮守,称之为"随军家属"。

随军家属一般允许在军营所在地找工作,但不是人人都能找到。级别较低的军官家属大多闲置在军营里,她们大部分来自农村,对自己能"农转非"摆脱农村户口成为城市吃"皇粮"的一分子已感满足,整日价不思进取,叽叽喳喳闲话别人地依靠丈夫混日子,让那些找到工作有事做的妻子们打从心底里瞧不起。

那种优越感不仅是经济上的独立,同时也是本事的认可。她们不再视自己为"随军家属",自觉已撑起社会及家庭的半边天。

十几年前刚到美国时,我曾在华府附近公立学校里代了近三年的课,后因随比尔迁来加州又生了大女儿便一辍而成了"随军家属"。每逢聚会,总有新朋友问我从事何职业,本人总是底气不足地说我没工作。话音一落,大陆的"半边天"们一般会略显惊讶状,语气里透着优越感:"噢,没上班,那你整天在家做什么?要是我老在家待着会闷死。"台湾的传统女会稍带夸张地说:"哇,你好有福呀,不用出去做事。"

当初的我新来乍到,青少年时在大陆所受的毛泽东"妇女能顶半边天"的女权教育理念犹存,也觉得工作与否是体现自身价值的唯一途径。对"有福"之说未能体会,以为那是人家的礼貌而已。所以,为了不被视为或沦为"随军家属",也为了证明自己的能力,我怀着二女便开始进进出出大学的校门,不自量力地选修起电脑课程。

我每天盯着电脑视屏做编程序作业,做到眼球每每都突凸得快与镜片接壤了还不能善罢干休,常常得将比尔呼来"救驾",搞得大学电脑实验室里的老师一直都弄不清我们俩谁是真正的学生。一次,比尔也弄不清一道题,趋前请教我的老师,老师狐疑地盯着他:"你是我的学生?"比尔忙不迭地答:"No no no,我是替我太太问的。"老师微惊,继而一笑。也许他觉得我这样的学生笨得可以,或者勤奋得可以,居然把老公都拉来一起做功课,挺另类的。

就这样死缠烂打，废寝忘食地苦学了两年，至1999年底终于有了结果。美国航空航天局NASA的两个部门居然同时接收我做他们的实习生，并称大多实习生后来都留下转成正式职员。这对我无疑是喜从天降，想想吧，美国航天局！制造宇宙飞船之地，多么神秘权威的地方。去面试时光进那几道戒备森严的门岗就足以让我肃然起敬，更甭提每天去那里面上班占据"一桌之位"了。

这是我开始自己职业生涯的最好途径也是摆脱"随军家属"之嫌的"铁证"，可偏偏此时比尔被公司外派长驻新加坡，我的何去何从成了家中最热门的议题。

本人生平最恨选择，因为那是一种痛苦。比尔也不愿落个将来被无休止埋怨的话柄，说由我自己决定（老外崇尚"一人做事一人当"，不会上你"玩内疚"的圈套，他们不会永远地感激，也不懂适时领情，更不会无止境地内疚）。咨询友人，皆众口一词曰："为自己，留。为家庭，去。"球还是扔回到我手中。

父母在侧却一个劲地叨着"嫁鸡嫁狗"的老理，一片迷茫中，一日，偶然在电视上瞧见高尔副总统与布什的竞选演讲，俩人都是手执妻儿手，振臂高呼家庭的重要性。总统尚如此，何况咱区区一介小民？我忽有茅塞顿开之解脱，当即壮士般大义凛然地对比尔宣布："俺随你去也！"

到了那花园般美丽的岛国，住进宽敞无比、临海伴水的豪宅，再加一个非常专业的从早到晚忙个不停的菲佣，最初的日子是过得既新鲜又惬意，大有乐不思"半边天"之势。

可时间一久，心底深处仍时不时跳跃着惦记着"脱属"自立之理想，也为了不辜负那两年"眼冒金星"的辛勤学习，我尝试着在新加坡找工作。简历寄出后，都有相约面试，让我惊讶不已的是，他们问的第一个问题无一例外都是在美国明令禁问的："几岁？是否有孩子？"如实回答的结果可想而知。

他们觉得年龄大小与智力有关，孩子有否与精力有关。对新加坡人而言（其

2000年在新加坡与刚出生的小儿宝弟合影——他却睡着了

实咱中国人也是），像我这样高龄且已有三个孩子的女人早已失去在外挣饭吃的资本，没啥折腾的。屡战屡败让我心灰意冷，渐生悔意，看来这"随军家属"我是当定了。

极度的失落感让我整日面对风景秀丽的海湾、舒适整洁的家居、鲜活肥美的海鲜都产生了习以为常的麻木感。有失便应有得，否则，怎对得起NASA航天局，怎平衡我心中那倾斜的天平？

思前想后，最后决定再创造个生命，比起那生不带来、死不带去的名利，财富还有这恼人的"工作"，孩子更具无上价值，因为他们是你生命的延续。

既然是创造，那得按自己的蓝图来描绘。与比尔已有两个美丽可爱的女儿，这回得造个儿子才行。说干就干，比尔紧锣密鼓地四处寻幽探秘，网络、书籍，外加我外姨外婆外太姥的种种民间秘方，科学加迷信，实践加实力，果然一炮打响，2000年底我如愿以偿得一千禧龙儿！

那成就感不亚于到NASA航天局去"占桌"，最让我自我欣慰的是，将来我可以毫无遗憾地对儿子说："儿啊，幸好娘当年没去航天局工作，否则便没你啦！"

花国虽美，气候却黏糊炎热，小女一下泳池就哮喘。一年后，比尔只好举家回美。触景生情，NASA航天局就在我家南边上，心中不免时有感叹。

某日，前去看心脏专科，医生问我是干啥活的，我说啥活也不干，寄生虫一个是也。此生眼一亮，满脸钦羡地说："你一定很富有吧？"连尊贵的美国医生都认为在这湾区，一个人能不去上班，整日价在家闲着当"随军家属"，非贵则富。经他这一点拨，我恍然开悟：这"随军家属"在美国还不是随便什么人都可当的，当家的不仅衣上得有多出的口袋，而且这口袋还必须是鼓的（至少不瘪）。能全职打理这口袋里的东西，同时做些自己喜欢做的事，也不失为一快意人生，况且生命的意义又岂止"半边天"？

"洋鬼子"的广爱

与"洋鬼子"比尔成亲至今不觉已有十五载。十几年间，除了和他共同创造了三条聪明可爱的生命这事实让我终身难忘外，他给我感触最深的是他那"鬼子"式的广爱精神。

"鬼子"娶我时正是大小伙子一个，从未婚娶过。当我七岁的前婚儿子从中国即将移民来美时，他兴奋得逢人便说："我儿子就要来美国了！"其弟揶揄他："是凌的儿子，又不是你的，你傻乐什么？""鬼子"认真起来，"哎，凌是我的妻子，她的儿子当然也是我的儿子！想想我多幸运啊，什么事也没做，像换尿布、半夜起来喂奶，等等辛苦事别人都替我做了。现在我有一个七岁现成的儿子，这正是他开始学习的年龄，我可以教他好多东西呢。"越想越讲越觉得自己真是凭空捡了一个大便宜，幸运得不行。望着他那张孩子般纯真的脸，一直存在我心中那丝隐隐的"后爹忧虑"顿时消失了一大半。

接下来几天，"鬼子"紧急恶补一个汉语发音"吃"。他觉得当务之急是不能让孩子饿着，说万一我不在时他可以用那个音来解决我儿子的基本需求。不知是中文发音确实难学，还是他没有语音天赋，总之"鬼子"怎么都发

比尔在教初到美国的宝宝打篮球

不好"吃"音，结果我儿子来美国后学的第一个英文便是他教的"eat"（吃）。"鬼子"常常会一天数次神情关怀，略带紧张地盯着儿子问："BaoBao（宝宝）eat？"边说边一手摸肚一手指嘴，一脸的迫切。

儿子来美时正值圣诞前，"鬼子"满街地窜来窜去，执意要给儿子买十件好礼物，说是孩子的第一个圣诞节，得给他一个大大的惊喜！儿子开始上学了，每天的作业"鬼子"工作再忙都要认真过目和辅导。四年后的1998年，儿子竟然获得加州桑尼维尔市文化遗产征文比赛（Heritage Writing Contest）第一名！当我们全家应邀赴市长的颁奖午餐时，"鬼子"脸上的那副得意劲啊，岂止是后爹之爱能诠释的？

宝宝躺在比尔身上看电视

前年，我的一个表弟从中国偷渡来美国，被移民局关了半年后得释出狱。当他带着另一个狱中难友投奔到我家时，"鬼子"热烈欢迎了他们，并特地带他们去旧金山吃中国菜，游唐人街、金门桥等景点。

沿途，"鬼子"喋喋不休地指着车窗外的景物要我一一翻译介绍给他们，显得比他们还激动，好像是他自己刚获得自由似的。我忍不住问："你为什么

这么高兴?""鬼子"答:"我是为他们感到高兴呀!想想如果是我在狱中关着,以为将被遣送回国,突然间,自由了,可以自由自在地行走在美国这块乐土上,我会是什么感觉?"……"当然啰,"他接着说,"我反对偷渡,这给我们国家造成很大负担。"

旧金山四十九哩风景线上的美丽景致从窗前徐徐掠过,驾座上是我那不会中文,仍满面笑容、热情洋溢的"洋鬼子"丈夫,后座上是我那两位不会英文刚从狱中出来的同胞。此情此景,我心叹然:这就是"洋鬼子"的广爱,是他那豁达包容,好善乐施,不计前嫌的宽广心胸!

"洋鬼子"阳气过剩之糗事

比尔是属于那种很爱满腔热情地去帮助别人的"雷锋式"人物,但他的助人为乐精神却常常因为他的阳气过剩而变成了"成事不足败事有余"的糗事。

记得十几年前我刚到美国的时候,他的祖母、外公、外婆们都还健在。他们家族有点像咱中国人的传统:喜欢一家人住在一块,或离得很近,可以随时走动。所以他们家的奶奶、外公外婆、叔叔姨姨、姐姐弟弟们全住在同一街区,像咱中国邻里那样,非常方便随时随地互相串门。

比尔常常带我走路去他的外公外婆家看望他们。他的外公曾是某大学校长,九十几岁老人了,不仅不住老人院,坚持住家,平时还能自个开车上街买点小东西,因为车速太慢,曾被警察拦下过,警察小弟看到是一位目光炯炯、神清气爽的老者,得知该老者一生从未拿过交通罚单,肃然起敬,尊称老人"Sir"(先生)地放了行。

比尔每次一看到外公,也是"How are you today? Sir"(你今天好吗?先生)一句开头,然后挨着他坐下,聊些

胖嘟嘟的比尔在他父亲手上,周围是妈妈、祖父母、哥哥姐姐

老人感兴趣的话题，末了总是毛遂自荐地问有没什么他可以帮忙的事儿。外公回回总不愿意拂了这小外孙的好意，总能找一些事让比利（比尔的昵称）显显身手而不虚此行。记得有一次，外公说他那泊在后院湖上的小船好像发动不起来了，比利你看看能不能修一下，你和凌就可以用了。

比利自然是"胸中有大竹杠"地说没问题。当下就冲到湖边，跃上小船，拉着发动机的线，用力一拽，啪的一声响，该小外孙用力过猛，还没弄清状况，就把拉线从里面拉断了！

外公为了鼓士气，继续保持小外孙的革命积极性，说，不用操心那个船了，比利，我这还有一张椅子，一个脚不太平衡，你能不能帮外公修修？

比利当然仍是踌躇满志地摆开了阵势。只见他身手敏捷地把椅子放倒，一脚不平，那另外三脚也需要相应调整。他麻利地把椅子竖起，放倒；再竖起，再放倒。中间穿插敲敲打打，几个轮回下来，结果是：不平衡的那只脚还没修好，他那足球运动员似的蛮力却把那另外三只脚也弄瘸了。

外公家有一道门总关不紧，比利来了当仁不让地出手修理。学理科的人，逻辑思维还是有的，关不紧的门一般是时间久了，门下垂所致，只要旋开门扣，把门往上提平衡即可。让比利没想到的是：那门框像主人一样年事已高，那木框得小心轻钻才行。不用讲，经比利三下五除二地用力螺拧，最后那已不是门能不能关紧的问题了，而是整扇门再也关不起来，得换个新门框了。

外婆是一个逢人就笑呵呵的乐天派老太太，每次一见到我，总爱拉着我的手问长问短，没完没了。外婆比外公小两岁，她九十岁时，一天早晨满面春风地向全家族人报喜：爹地杰克（外婆对外公的昵称，后来变成全家族人对外公的昵称）昨晚和我成了好事啦！！！说完老太太脸上还泛有浅浅的红晕。这可是天大的喜事哪！人人奔走相告，家族上下无人不晓，无人不闻之而莞，颇有点像当年伟大领袖毛主席最高指示下达时，举国上下一片欢腾的景象，虽然没有敲锣打鼓，但大家都及时地一一向外婆道喜，表示热烈的祝贺。

外公没活给比利干的时候，热情的外婆就千方百计地找些事来满足比利那爱帮忙的"渴望"，毕竟那是一种值得保留和发扬的优良品德，外婆一般会找出一些小玩意儿让比利修理。一次，外婆找出一块精致小表，说大中针都走得挺好，就是秒针好像不走了。比利一如既往地说没有问题。他煞有介事地旋开表盖，拨弄来，拨弄去，捣鼓了个把钟头，最后镇静而不好意思地宣布："这表坏了。"我拿过一看，不仅秒针巍然不动，连那两根大中针也惨遭"毒手"，永垂不行了。

就是这样不修理还好，越修理越糟的"破坏活动"，外公外婆还是回回都高度表扬奖励比利一番。最实际的行动，就是硬塞几张美钞给比利，边塞还边说"多亏你来"！我在一旁看得直想笑。比利不停地给我眼色，示意我别难堪他。

那年，比利和爹娘去墨西哥旅游胜地昆琨度假。某日，天高云淡，浪平风顺。

小子对老子说，爹，咱们弄个帆船出海玩玩？海军出身的老爹虽然年过七旬，身体还硬朗，想俺潜水艇都开过航行过了，这小小帆船还不洒洒水？（方言：小菜一碟）

父子俩兴致勃勃地上了帆船，摇摇晃晃地朝外海驶去。也就那么一会儿的工夫，帆突然就斜了，紧接着就倒了，船跟着就翻了。老子小子都落到水里，岸上的人远远瞧着，紧张地组织抢救队伍，没等那救助艇驶近，老子已沉着脸，气鼓鼓(穿着救生衣)地游回海滩（老爷子还是有点海军的功底呢）。小子等救助人员到达"出事"海域，帮着把船翻正过来，他就"乘风破浪"地把帆船驶回海岸，还赢来岸上人的一片欢呼声，很有点凯旋归来的样子。

比利掉进海里时，慌乱中，把架在脸上的那副带度数的、他最喜欢的好墨镜丢在了海底。老爹说他的老命差点也陪了葬，说这会是他第一次，也是最后一次与比利一起同船渡，因为一条船上是不能有两个船长的。追究根源，还是比利的阳气过剩造成的错！

你想吧，这驾驶帆船得根据风向用巧力，不能太轻，也不能太重。这浑身"阳"气的小子一上阵，同时为了在父亲大人面前证明自己已"青出于蓝，胜于蓝"之事实，能不使出最大"阳"能量来表现一番？这船不翻也得翻啊！

所以老爷子被掀到海里，家里众人听了也就"噢，我的上帝"一下而已。比利同志却另有说法，老爹也不反驳，大家一笑置之。

我说我不明白你为什么净干这种弄巧成拙的糗事，为什么不慢慢来呢？那么急于求成，尤其是你用那双大手拨弄小表时。比利望着我，万分无辜地说："那是因为我身上有太多的'阳'啊，就是你们中国道学里的那种阴阳说法，我有太多的能量(阳)。"

这也能是个理由？我说："我算是领教了你这'鬼子'式的'阳'了，从今往后，咱家一切精致娇柔的东西都不许你这'阳'插手，还是让我这中国式的'阴'来处理吧。"他点头连连："我就是要你来平衡我啊，感谢上帝！"

话是这么说，可还是有防不胜防的时候，比尔的阳气过剩问题还是时不时地扰乱着家居生活。像他老人家不细思量就拿着冰冻汉堡肉往磁炉上敲，想分开冻在一起的汉堡给孩子们做个午餐，结果是一下砸碎了磁炉那亮亮的表面，花了不少美元更换了一个新磁面才能重新开锅。

比尔阳气过剩之糗事在他父母家，外公外婆奶奶家，姨姨叔叔、姐姐弟弟家，方圆一点五英里内算是小有名气。他老人家也早已见怪不怪，泰然处之，仍保持屡败屡战，永远自告奋勇修理东西的无畏精神。当然他的"阳气"也有带给他人好事美事的时候，这得另篇表彰了。

附：外公直到去世都没去老人院，由爱妻和两个住在近邻的女儿照顾到底，

享年九十六岁。

外婆享年整一百岁，见到了她的最小曾外孙，我的小儿子宝弟，寿星去世前几天还笑吟吟地与我们合影。

比尔这些当初尴尬无比的糗事也成了今天我们怀念外公外婆，回味无穷的乐事之一。

"洋鬼子"的竹子情

比尔从小对动物和植物颇有"研究"，长大后，更是如痴如醉，尤其对养鱼和种植花草情有独钟。

1998年，他第一次去中国，在我老家江南随处可见秀气挺拔绿葱葱的竹子，或成片或数株地在丘陵田间、水边路旁，甚至小巷的拐角处美丽呈现，他心中已是欢喜，待知道了竹子们那"高风亮节"的民族"竹性"和美好生活"节节高"的民间象征性后，他对竹子的感情由最初的一见钟情到"相知"后的钟爱，一发好几千里，回美国后，竹子成了他的新宠。

后来老周和小章在《藏龙卧虎》里那片美丽无比的竹林里"翩翩起武"，把比尔对竹子的爱提升到了一个更高的档次，有一种质的飞跃。如果说比尔以前对竹子只是一种普通人的普通喜爱的话，那老周把他这种喜爱直接带入神化的境界，让他有一份"自己爱得还真有预见"的欣喜。

正巧那年，我们去黄山游玩，游到一处深潭，周围是那茂密的竹林，导游说，这就是小章跳进去捞那宝剑的深潭和与老周"竹舞"的林子。

不管真假，望着那一片随风起舞、嘶嘶作响的美竹，比尔的眼睛迸放着光芒。后来到北京，在很紧的日程里，硬安排出一天的时间，到紫竹院进行较系统的"亲竹"活动。

他开始研究竹子的品种及适合在美国居住地种植的竹子，接着四处购买：网购，电购，店购……湾区及周边凡有卖竹子的地方皆留下他的足迹。

比尔将他心爱的竹子挪进阳光房过冬

如有谁家说他们那里的竹子蔓延过盛，需铲除一些，他马上扛上锄头铲子等有关工具，把我弟弟或宝宝吆喝上，屁颠屁颠地冲去，劳作一番，又屁颠屁颠地杀回来，不管随从人员的疲惫神情和无趣神态，仍兴高采烈地让大家把挖回来的宝一一搬到后院，再趁热打铁，挖坑下种，好一副丰收农忙景象。

他幻想着把后院沿着悬崖的那一片空地种竹成林，虽不能指

我弟弟和大儿子宝宝很没热情地在后院替比尔挖坑种竹

望生成周、章行走的那种美林，起码在观赏太平洋浩瀚风景时，有那秀雅的竹子在眼前点缀镶边，也是一副多么中西合璧的大洋与秀竹的美景啊！

好愿望不等于就能有好结果。我们当时那房子，面临太平洋，地处悬崖边上，一年里只有三分一的时间幸福在阳光明媚中，其他两个三分之一，一个是雾气缭绕，雾茫茫伸头不见你我五官，虽有另一种朦胧的美，但洋和竹都不见了；另一个则是海风呼呼，别说苗条的外嫁竹子了，就是那土生土长大汉一般的野生树，都常常被那大风刮得东倒西歪，一头栽到悬崖下面去。

可想而知我们比尔那些竹子们的命运了，它们不是很快就连根随风飘去，就是在悬崖边沿显欲跳崖状，靠里面的那几株命是保了，但个个面黄肌瘦，完全没了竹子那应有的绿油。

素有屡败屡战精神的比尔，想了一个法子——把竹子种在盆子里！他按等级把一百美元一棵的和二十美元一棵的不同竹子种在不同的盆子里。天气不好时，把那三十几盆竹子全搬到室内，等外面的气候适合它们了，就一盆盆地再搬出去。有时，一天之内好坏天气N次转换，他就N次地搬来搬去，那精心呵护之情，我看了都心怀感动。

2007年我们举家从西到东跨州搬迁，第一件他认真对我说的事是："其他什么东西要，什么东西不要，我都听你的，唯我的竹子必须随我们一起搬到东岸去，我当初买它们时，才几寸大小，现都长成这么高大了，我舍不得它们，它们就像是我的baby（婴儿）。"

如果只有一两盆花草，那不是一个问题。问题是那是三十几盆高大的竹子，怎么搬？我问了好多家搬运公司，都说一是太多了，二是竹子太长不好搬运，因为它们不能摞叠安放，只能每盆平放，那很占地方，硬要搬，费用是很可观的。

爱一样东西，有时是不能用值不值来衡量的，只要自己高兴，享受到精神层

面的愉悦，那就是值得去做的事。

我和比尔最后达成"协议"，扔掉所有可以再买的家具，把搬家公司开来的那有限的集装箱空间，腾出大地方来安放他那几十盆竹子和我那些也不能替换的漂流木。

这批竹子到达东岸后，先寄养在公公婆婆家，如今我们有了自己的家，比尔他就老鼠搬家似的，每去一次他父母家，就搬回来几盆。这几天，天气骤冷，比尔照样发扬他的"搬运工"精神，把它们全揽进温室，与我们共享温暖的同时，让我也能在这寒冷天里，感受到江南的盈盈春绿。

"洋鬼子"的一码归一码

从西岸湾区搬回到东岸华府时，因为比尔没有背景安检，很多和联邦政府有关的工作都无法获得。而这个"安检"个人不能申请，只能由雇主申请，这就成了Catch-22（军规第22条）：没有安检，无法被雇佣，但你如果不雇佣我，谁来给我申请这个安检？

千里迢迢地奔回来却被这个"先有蛋还是先有鸡"的问题活生生地卡在那儿，比尔甚是郁闷，我们也高兴不起来。虽说生活还能继续，但坐吃山空，怎么着也得赶紧想办法把工作落实下来。

我回国参加大学同学聚会的时候，比尔说他也回他父母那儿参加了一次高中同学聚会，见到了许多几十年没见的同学，其中有一个已是大公司老板的同学知道了比尔的情况后，说他可以把比尔挂名在他公司作为他公司的雇员，由他公司帮比尔做安检，不发工资，但做安检那一万多美元费用他公司承担。

没想到美国也讲同学情、讲人际关系啊？！

一个正愁着不知何处去的安检就这样从天上掉到我们比尔跟前。我问比尔，人家帮了你这么一个大忙，你得好好谢谢人家啊。比尔说，我有啊，我给他空运了一包熏三文鱼，他好高兴，一直说那是他最喜欢吃的。

美国人帮别人走后门的回报值还真低，基本停留在我们中国"文革"时送烟送酒的水平。我们比尔那一百来美元的三文鱼就能让对方喜笑颜开，很可以地表了他的谢意。

有了安检，接下来就是找工作了。那几年正是美国经济低迷，失业率居高不下的时候。即使有安检，还不是那么容易就能找到满意的工作。这时，比尔的一个大学同学出现了，他是一个部门主管，他对比尔说，你来我单位吧，我手上正好有一个项目你可以插手,你先来上班,然后我再给人事部说需要你,给你补办雇用手续。

完完全全的先斩后奏,而且连面试都没有,这个大学同学就给了比尔一个工作!如果说办安检的那个中学同学是比尔的贵人的话,那这个给工作的大学同学就是比尔的恩人了——绝对是应该"涌泉相报"的那种。

比尔平时和这个大学同学时有往来,他们两个虽然性格不同,一个开朗,一个沉闷。但他们都是很精神的人,常常在一起讨论人生真谛,关注宇宙奥秘和万物生长,对"我是谁?人死了去哪里"等问题尤其感兴趣。那次他们俩人坐在我家那个大鱼缸前看里面的鱼,大学同学看两只越长越大的大鱼在那有限的空间里慢慢地游动,挤来挤去,轻轻地说:"它们肯定渴望大海吧?"说完他继续默视,良久,小声总结了一句"It is a sad life"(这是一个悲哀的"人"生)。比尔听了不做声,也默默地看着鱼缸里的鱼,和大学同学一起感慨着鱼的悲哀生活。

能为鱼的生命沉思,并深表同情的人,以那样的方式给比尔工作不难理解。难理解的是他帮了别人这么大的忙,竟没有一点"居功要赏"的心思。在美国,人与人之间的关系是如此的简单和干脆,一点也不拖泥带水,施恩和受恩者之间的关系也是就事论事,不需要带太多感情色彩的。

后来我们开了比萨店,大学同学很热衷面包的研制,他专门到意大利西西里岛定购了一种特殊的酸面包酵母,拿到我们店里实验。有时他也会从我们店里买比萨,每次比尔给他最高的折扣,他都很高兴地说谢谢,一点意见也没有地付款走人。我看了却有意见:恩人要比萨,送都来不及,岂有收钱之理?

他们两个对我的提议均感意外,大学同学说,已经给了大折扣,很好了。比尔说,没错,他帮我找到工作,我当时已经谢了他了,我也不能一辈子一直谢他啊,而且我这是生意,不能混为一谈的。

一次大女儿妮妮打电话到店里,比尔和大学同学正聊着天。比尔接完电话后,大学同学顺口问比尔妮妮打电话什么事啊。

比尔很不快地正色说:"我女儿给我打电话讲什么是我们的隐私,和你有什么关系?"

大学同学笑了一下,一点也没有被比尔得罪地继续他们刚才的话题,我在旁边却傻了。

这老美不仅做好事不觉得做了什么大不了的事,做了就做了,不会去记它,别人记不记他也无所谓,更不会有领功或图报的念想,而且被对方抢白了也不记仇,笑笑就过。

对大多数老美来讲,再大的事,一句 sorry(对不起)就行,再大的恩情,一句 thank you(谢谢你)就够。

比尔认为,前面你帮了我,我已经谢过你了,这事已结束,不应该有后续的事,更不能因此让我巴结或迁就你,那是两码事。

不管怎样，在我看来，比尔这个一码归一码的理论多少有点牵强。就像他觉得生任何气都不应该超过五分钟一样，他说生命这么短暂，把它拿来生气多浪费啊。他觉得五分钟前的事就像上辈子的事那样，记它干吗？

他说："Yesterday is the past（昨天是过去），过去的事再纠结也是枉然；Tomorrow is the future（明天是未来），未来还没发生的事再想也没用；Today is the present(今天是现在)，它是上帝赐给我们的礼物（present 也是礼物的意思），我们应该好好享受并珍惜这个礼物。"

所以，大学同学帮找工作的事已属过去，报答他的事看自己将来有没帮他的机会。这两者都不如当下的生活重要，现在该怎么过还是怎么过，该明算账还是算清楚，该说的还是当面就呛过去，不管对方给的恩是"一滴水"还是"一口井"。

比尔说，我以前也帮过别人类似的事，如果这次是我处在我大学同学的位置，我也会那样帮他的，帮助别人是一件让自己感觉很愉悦的事，为什么还要对方回报？

是不是因为美国人一般很难在一个地方长久居住，离开了也许一辈子都不会再回来，人与人之间一旦各奔东西也很少维持联系，甚至老死不会再见，所以好事也好，坏事也罢，该"谢谢"或该"对不起"的都只是一次性活动？不是像咱中国人那样，不管是感恩还是负疚，都是一辈子的心理活动。美国人这种不会一直感恩，也不会一直内疚，更不会一直记仇的"不带着走"文化，虽然没有我们的文化有人情味，但他们没有包袱，轻装上路，他们的生活因此变得简单而充满了活力，也更快乐。

比尔常常说："我都原谅我自己了，你如果还不原谅我，那就不是我的问题了。"

所以，他每天早晨醒来，心情都是极好，不管昨晚发生了什么！

过够生活的洋公公"行李"已打好包

2012 年圣诞节去公婆家过节。婆婆很忧虑地告诉我们，公公 T 现对生活一点兴趣也没有了。原来博览群书，每隔两天就要去图书馆抱一堆书回来的他现连书也不爱看了。每周两次和牌友打桥牌的活动也早已停了，因为他不喜欢其中一个女牌友每次打牌时叽叽喳喳讲很多废话，公公烦透之极叫人家闭嘴，结果第二天东家就打电话来告诉他不要再去那里打牌了。

那他每天干什么呢？我们问。

我的公公和婆婆

没干什么,每天还是按时起床按时睡觉,一日三餐定时定量吃。白天叫他出去走走,他提不起劲。他身体好好的,一切指标都正常什么毛病也没有,就是没了生活热情,bored(厌倦了)。

比尔说他老爹私下对他说,他已过够他的生活,他的人生已经很圆满了,该做的事他都做了,该去的地方他都去了,生活里已没有什么可让他向往或留恋的,他已准备好离开这个世界,按他的话就是:I have packed(我的行李已打包好了),and ready to go(整装待发)。

这是为何?咱中国人说好死不如赖活。公公虽已八十三岁高龄,但他身体健康,生活无忧,妻子温柔,孩子孝顺,好好的,为什么就"打行李"了?

而且,公公是唯物主义者,他不信上帝或鬼神,他觉得人死了就是死了,没有什么灵魂或天堂之类的可以把死去的"生命"延续的事。按理他应该怕死才对啊,怎么反而这么"不想活"?仅仅是因为他觉得已无事可做,无聊厌倦了?

公公年轻时是大帅哥一个,他个很高,脸很瘦,腰板子总是挺得直直的,现在虽然是老头了,但看上去还是很有型。二十年前我第一次见到公公,很惊讶已六十几岁的老人眼睛怎么能那么清亮,那么炯炯有神,像习武或练气功多年的人。他看人时,是那副很聚焦很镇静的眼神,有一种给对方足够的重视又让对方连一点想撒谎的心都不敢有的和蔼的威严。

后来才知道,公公十一岁就被非常相爱的父母送到军队的私立寄宿学校。他聪明异常,连年跳级,十六岁就高中毕业,被保送到某海军大学。只用三年时间,修完所有大学课程,提前毕业,成为当时美国海军史上最年轻的一名军官,可谓前途无量。

两年后,才二十一岁的公公拿到硕士学位。第二年,在一个海军俱乐部看到正从门口迈进来参加舞会的婆婆,公公对身边的战友说,我要娶那个女孩。

一个月后,公公和婆婆结婚,然后一起生了两男两女四个孩子,一路从棉婚到钻石婚一直过到现在。婆婆年轻时非常漂亮有魅力,就是现在,已年盖八十多的婆婆,还是一个对生活充满热情、打扮优雅、爱交际喜活动的老太太。

公公在美国海军潜水艇服役,官至艇长。越南战争时,公公去过越南。共产党和国民党在金门大战时,公公的潜水艇也在那附近转悠。1998年他随我们回中国到厦门时,一直问金门的方向在哪里,然后朝着那个方向凝望了很久,说,当时在那边他是怎么也不会想到有一天自己会来到这边,而且是来走亲家。

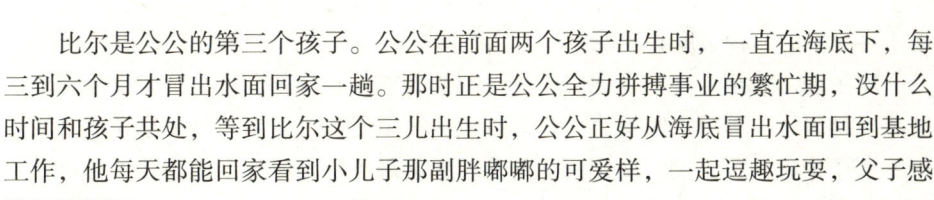

比尔是公公的第三个孩子。公公在前面两个孩子出生时，一直在海底下，每三到六个月才冒出水面回家一趟。那时正是公公全力拼搏事业的繁忙期，没什么时间和孩子共处，等到比尔这个三儿出生时，公公正好从海底冒出水面回到基地工作，他每天都能回家看到小儿子那副胖嘟嘟的可爱样，一起逗趣玩耍，父子感情特别深厚。

比尔七岁时，公公被美国国防部派到美国驻南美某国大使馆任武官，举家搬迁。在南美时，公公的仕途遇到瓶颈。如日中天的公公在南美只待了一年便携家回美，从国防部回海军后没几年便离休了，那年他才四十岁。

对"少年英雄"大器早成的公公竟未能在海军里按人们的预料腾飞，有两种说法。一种是婆婆说的当年在南美，因为婆婆不习惯那里的炎热气候，即使有几个用人帮她带孩子，料理家务，她还是想回美国，公公只好提前回国。

还有一种是比尔听也在海军的姨父说的：公公在某次宴会上不小心得罪了大使，大使给公公穿小鞋的结果。

不管哪种原因，公公离开了他从小就投身的军队生涯。虽然有丰厚的离休金，可闲不住的公公觉得四十岁就退休太早了。于是他用两年时间，拿下一个法学博士学位，成了维吉尼亚州一名口碑甚好的律师。执业二十多年，公公六十五岁后正式退休。

也许是从十三岁起就一直以军队方式生活的缘故，公公的生活非常严谨，有规律，几点睡觉，几点起床，都是固定的。卫生间里漱具的摆放，出门行李箱里衣服的折叠，都是整整齐齐，一丝不苟的。任何东西一用完，一定得马上归原位，他一点也忍受不了凌乱和拖拉。

公公做事干脆简约，不讲废话。他一贯按章办事，从不做不对的事。他非常聪明，但从不用他的高智商去走投机取巧的路。诚实是他最看重的品质，在做律师那二十多年间，公公的钱没有像其他律师赚那么多，他说因为他太诚实。

虽然公公是一个奉行秉公办事的正人君子，但一旦遇到自己亲人的问题，公公会像我们中国人一样的胳膊肘一定往里拐，不管发生什么事，他会第一时间站在自己亲人这一边，那是

2008年公公和宝弟爷孙俩在甲板上剥我们刚采回来的青豆

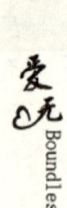

他不容置疑的一种态度和表现。

比尔说，他至今还记得他二十岁时因酒驾被扣在拘留所，公公半夜接到电话从床上跳起，穿着睡衣睡裤直接跑去相熟法官家里敲门的事，公公拿了那个法官给的释放令后又急奔到牢房把闯祸的儿子捞出来领回家。这期间公公没有对儿子说一句责备的话，儿子看到平时很注意仪表的老爸竟那样穿着花格子睡裤出门，而且还把裤头高高地拉在腰上面靠近胸口的地方，又好笑又感动，估计半夜被吵醒的法官也是看到公公的"可爱"样而格外开恩给他释放令的。

公公是一个很顾家爱家的传统美国男人，他对自己的四个孩子处处力求公平对待，早早就把财产按四份平分写了遗嘱。就连他万一中了六合彩该怎么公平地分那笔钱他都考虑到，并事先备好了有关文件。虽然比尔坚持认为自己是老爸最喜欢的那个孩子，而且老爸私下好像也不止一次地那样告诉他，可到分财产这关键时刻，公公对四个孩子的爱是平分的。

那年我们在湾区买房子，公公二话没说给我们出首付。房子买好后正逢感恩节，公公和婆婆准备从东岸飞来看我们的新家，他们订了酒店后比尔回来告诉我。我觉得奇怪，他父母为什么不住到家里来而要去住酒店呢？比尔说他父母觉得这是我的家，没我的同意他们还是不要贸然造访，尤其是他老爸。

在中国长大的我觉得这洋公婆对媳妇也太客气和尊重了，来看儿子还得儿媳妇同意才能住进家里，而这房子还是他们出钱买的！

自然，我强烈建议他们退了酒店来家住，比尔非常高兴地把这一信息告知他爸，公公婆婆就欢欢喜喜地带了礼物来了。因为我们买的是二手房，公公还细心地买了一套锤子钻子什么都有的家用维修工具箱送给我们，并很快发现我们一个卫生间的马桶盖需要更换。

公公自告奋勇地去买了新盖子，并用那新工具帮我们换上去。正当我们赞他好手艺时，公公从口袋里掏出一张纸，对他的儿子说，这是我买这个新盖子的五美元收据，你得记着还我。

这就是我的公公，一个具有很强的一码归一码，丁是丁、卯是卯生活理念的人。为我们付一大笔钱买房是他愿意做也觉得应该做的事，因为那是帮我们建立一个新家，而换马桶盖是我们分内的事。他出人工不计报酬，但买马桶盖的费用他觉得不是他应该付的，尽管只有五美元。

公公虽然非常理性，但又有非常感性的一面。

公公的母亲去世后，公公一直把母亲的骨灰放在自己的书房里。那年他来加州湾区探望我们，把他母亲的骨灰也抱来了。在一个阳光明媚的上午，我们和他一起去半月湾一个非常幽静美丽的沙滩。公公说他母亲生前非常喜欢半月湾，喜欢生活在海边，可直到去世，她都没有实现再回到这里看看的愿望。"我今天把她带来了。"公公低声说。

公公打开骨灰盒，低着头对里面的骨灰说："Mama, here we are（妈妈，我们到了），你就在这里安息吧。"然后他默默地一把一把将自己的母亲撒在沙滩边上的花丛里。我站在后面，看到一贯很挺拔的公公，背突然有点驼了，待他转过身来的时候，他的眼睛竟是红的——那是我第一次看到公公哭。

后来，小叔子离婚，为情所困离开维吉尼亚独自一人搬去圣地亚哥时，公公在小儿子离去后，自己一个人坐在后院甲板上默默垂泪，婆婆说她看着都心碎。

再后来，小姑子得了渐冻症，在与坐在轮椅上的女儿分别时，公公更是放声大哭，一生坚强无比的公公也到了"老男儿有泪当众淌"的时候。

知识那么渊博、情感那么丰富的公公为什么会觉得生活已了无生趣，对什么都很漠然，看任何事物都是一副跟自己已没什么关系的样子？他不再享受生活，早早地就把行李打包好了，静静地等着出发的那一天，等得那么的无奈，甚至有点不耐烦……

为什么？？？

我换驾照

搬来DC大华府这么久了，我一直仍持加州驾照。比尔隔三岔五地提醒我，该去DMV（驾照部门）把加州的驾照换成这边的了，万一被警察拦下，会被罚单的。

我一想到DMV每天那从门里排到门外的长长的队伍，心里就泄气，脑里就抵触，嘴里就随便敷衍几句，过一天算一天吧。被警察发现？哪有那么凑巧啊？

侥幸心理是人最常有又最不保靠的。很不幸地，我上周因为一个小意外，遭遇了警察大人，大人倒不与小民我计较，在给我一张我不该得的罚单时，只"关心"了一下我驾照，并没有再给我开一张"该得"的罚单。

这一"关心"从根本上动摇了我想偷懒的"意志"，回家后自然被我们比尔同志"我告诉过你"了好几遍。

第二天，我还在睡梦中，他老人家一早已去DMV转了一圈回来，摇醒还在梦里被不明坏人追得恨不得马上醒来的我，说："我已去DMV替你拿了一个排队号码回来，你

我和我的墨镜

前面还有好几十号人,估计再过一个多小时,就可以轮到你了,你可以再睡一会儿,但不能太久,万一叫你号码时,没人,那得从头排了。"

从"惊恐"中醒来的我感激地看了一眼站在床前的"救星",记起自己那该换的驾照,想他老兄知道我早上起不来,居然自己先跑去替我拿排号,好让我多睡一会儿,心里又添了一丝感动。

临出门前,比尔手上拿着能证明我们住处的文件,问我带了加州的驾照和证明身份的护照没有,得到我的肯定后,便载着我直奔 DMV。

不一会儿,就轮到我的号码,我们走上去,里面坐着一个很和蔼的银发女士,她看了比尔递进去的材料,说很好,现在测一下你的视力就可以了。

测视力?比尔可没有告诉我必须带眼镜过来啊,虽然我是戴着有近视度数的墨镜,但黑乎乎的,能看得清楚吗?

银发女士说,那就戴上你那墨镜试试吧,不行,就回去拿那正常的眼镜再回来。

扶着我那有点宽大的墨镜,趴在两个小小的洞眼前,我尽最大努力地试图把洞里那似近似远的二十六个字母之若干辨读出来,不管我怎么变换着读法,总是不得要领。比尔在边上先是满怀希望地看着我,然后是着急地盯着我,有点恨不得替我趴过去,把那些字母正确读出来的样子,最后他彻底失望,不再替我着急,说:"走吧,我们回家拿眼镜。"

一进车里,他老人家就说:"来换驾照,你怎么会不把正常的眼镜带上?我说,你又没有告诉我换驾照需要测视力,我怎么懂得?你是知道我白天出门只戴墨镜的。"

车窗外阳光明媚,窗里却是两张不那么"阳光"的脸。我自知有点理亏,这次就不那么积极地去回他的话了。

快到家时,他老人家瞄了一眼我紧握在手的护照,很权威地说:"那女士已经看过它,你不需要再带了。"

若换在平时正常日,我如果没有不听他那一套,起码也会多问几个"为什么",或为了保险起见,仍然带着它。可在此"非常时期",我多少有点想"讨好"他,有点想表示一下对他的言听计从,好让他继续保持那助人为乐的优良作风。而且,我是那种常常脸上戴着眼镜,却满屋子找眼镜的糊涂人,像护照这么重要的东西,能不被我带出门是最安全的。

一到家,我就把护照放回到抽屉里,拿了我平时用的眼镜,再把我库存的另外一副备用眼镜也找出来,就为了那崭新镜片的清晰度,快出门了,想想,又跑回来,把我母亲的低度老花眼镜也借来,好几年没有测试视力了,以防有老花的可能。

这次"杀"回去,志在必得!

兴冲冲再次出现在那可亲的银发女士眼前,她好像也很高兴再看到我们,说:

"有正常眼镜了？好，再给我你的所有材料，包括护照……"

这下，轮我"理直气壮"地转头盯着比尔了，他不接我的视线，看着银发女士问："你刚才不是都看过了，说可以了吗？"

她说，我是看过了，可等下你去那边照相时，那边要重复检查后才给你发新驾照的。

还有什么可说的？我们两人只好又折回车里回家拿护照，我心里其实是不怎么"伤心"的：哈，你老人家犯的错误，竟然比我还低级！我一路往DMV门外走，一路很"没良心"地暗笑着，有点小"幸灾乐祸"。可不，本人刚才因那莫名其妙的不知之过忍了三分之一路程的沉默，由他叨叨。这下风水轮流转，"三十分钟河东，三十分钟河西"，此时不叨他来个"反攻"，更待何时？

窗外依然阳光明媚，窗内照样的不怎么灿烂，唯一不同的是，说话人从正驾位那儿换成了副驾位这里，直到在正驾位开车的那个人嘟囔了一句："你换一个驾照，我一个上午竟跑了四次DMV，来回八趟。早知道，让你自个去换好了。"

人是不是都有对自己身边的人或最亲近的人特别"放肆"的"劣根性"？换了别人，比如，朋友，同事或者邻居，哪怕是远亲，你会因为这么一个小误责备对方，而忘了去领情他为你所做的一切？

所以，我闭嘴了。

然后，在比尔第四次出现在DMV时，我终于成功换到了新驾照，银发女士朝我们灿烂地笑着，说："终于！（Finally）"

我们也带着灿烂的心情踏进一家铺满阳光的餐馆，我说："来此补补元气。"

此一时，彼一时

那年，刚满七岁的小女西西在屋外骑单车。她玩得高兴，竟把她平时积累到前几天生日时才正式到手的五十三片quarters（每片价值二十五美分的硬币）丢了。小人儿抱着那个原先整日随身携带、装那五十三片硬币的粉红小盒子哭得天昏地暗，宛如世界末日一般。

爹地比尔下班回来瞧着爱女那红肿的泪眼，也"同命相怜"地忆起自己七岁时不停地替外公外婆、大姨大伯"鞍前马后"地拿这取那，还不忘乖巧地一路嘴甜，才一个硬币一个硬币地挣到一百片，宝贝得不得了，走到哪儿带到哪儿。

正逢那年父亲被国防部派驻南美，举家搬迁。沿途投宿酒店时，小比尔为了确保那一百片硬币的安全，执意将它们放在自己的枕头下过夜。次日一早，一家

七岁的西西

人整箱理袋,唯独忘了那枕头下的宝贝,而小比尔也因出门旅行兴奋一时忘了自己的"财富"。的士已开了好一会儿,小比尔才忽然记起惊呼:"我的硬币!"哇的一声哭得惊天动地。其父当机立断,以军人的口吻对的士司机说:"掉头!我的男孩忘了他的硬币!"

一家人浩浩荡荡地又折回酒店,唤来整床女士,该女士却矢口否认在枕头下见过任何硬币,可想而知小比尔那时的绝望心情。

事隔三十多年,如今回头一看,比尔说甭讲一百片二十五片硬币,就是一千片、一万片,对现在的爹地来说也算不了什么。人生很多事情在彼时也许非常重要,万一失去了,会很可惜,甚至痛不欲生。但随着时间的流逝,事境的变迁,当时的重要已是此时的不重要,甚至是什么都不是,是不可理喻,傻得冒气。

小女睁着一双湿湿的大眼,一愣一愣地听得似懂非懂,哭声倒止住了。

想自己年少时,何尝没过样样重要,事事认真的求完美傻劲?初恋时爱得投入,爱得死去活来,到头来却因为自己的太过执着而失去了那爱。当时的那种痛,那种伤,那种天塌地陷的绝望,非文字所能涵盖!

如今面对昔日的至爱,不仅没了当年的那份情愫,甚至会奇怪自己当初怎么会那么的如痴如醉,不顾一切?真乃此一时,彼一时也。

世间的很多事,你如果对之太过宝贝重视,非得把它紧紧抓着,时刻看得见,摸得着,或得想方设法地藏着掩着,生怕被人偷了去,结果常常因为藏得太好太妙而忘了藏在哪里,再也找不到,甚至因此而失去它。就像小女与比尔的硬币,不正是因为小女她的太过喜爱而将其二十四小时随身携带,比尔他的太过患失而将其藏匿于枕头下而永远地丢失了?

去旧金山坐缆车

2007年3月19日,我们全家开始为期十一天的从西岸旧金山湾区搬到东岸DC大华府地区的跨州行。

想起2002年我一个大学女同学带着家人从澳州来访,她的丈夫是典型的英国绅士,年过半百,童心未泯,他带着娇妻和三个可爱的孩子兴致勃勃地在旧金山市区坐缆车,说那是他童年的梦想,今日梦想得以实现,激动的心情久久不能平静,以致坐完一大圈后仍不过瘾,让妻儿在原处等着,自己再次跃上车,从头到尾又坐了一趟,才算是了却平生一大心愿。到他们要回去时,妻子说与我相见是她美国之旅的亮点,孩子们说迪斯尼乐园是他们的首选,丈夫说大峡谷壮观是壮观,赌城拉斯维加斯也颇五光十色,但他的亮点是旧金山的缆车!

我听着心中甚是惊讶,我在旧金山湾区生活了十几年,驾车进进出出旧金山市中心几百次,竟从没想过要去坐那缆车,因没觉得它有什么特别,或特别到要专门"为了坐而坐"去乘它。原来它还有如此大的魅力能成为友人越洋之行的亮点,我下次去旧金山时一定也得去乘乘。

可每次到了旧金山,回回我都没成心腾出时间去坐,心想反正就住在这地区,随时都可以来乘,不必就在这次。就好像你会抓紧时间看借的书,但不会急着看自己买的书一样,觉得反正唾手可得,有的是时间,不在这一朝一夕,结果往往是你买了书却从来不曾读它或仔细读它。

我生活在有许多美丽景色的旧金山附近,却从没去过某些景点或去了也没认真观赏,我对他人远道而来特地要经历的东西竟如此熟视无睹,自己反而常常要劳命伤财地跑到他处去"经历"。大概人就喜欢舍近求远,不管人或景,只要远了,就变得美了,就值得花钱花时间去追,去看,去试……哪怕隔山越水,千辛万苦,也心甘情愿,乐颠乐颠的,就因为那人那景不在你的近旁。

直至今天我们就要搬离西岸到相隔三千多英里的东岸,眼看着再不去乘,恐怕以后很难有机会了,我才突然有了赶"末班车"的紧迫感。不行,我不能带着这个在湾区生活十几年竟然没坐过旧金山缆车的遗憾离开这里。

所有的家当都已装运走,剩下那些重要的必须随车带的也塞满了整个面包车,孩子们整装待发,比尔把一块漏运走的我喜欢的石头搬上车后,坐到了驾座上将车启动。我对他说,我想去旧金山坐一下缆车。比尔瞪大眼睛不相信地看着我,"现在?我们已经准备出发了,亲爱的。"我说我们可以先拐到旧金山,坐完缆车再出发去优山美地。人家能从澳洲飞来乘它,为什么我们不能绕点道?就算是咱们跨州行的第一个景点吧。

比尔知己,更知彼。他知道如果这时候不绕州道,以后他的"耳道"恐难清净,何况现在绕点道总比以后搭飞机来省事得多,他掉了头。

我们选那条从鲍威尔街起点到加州街终止的缆车线坐缆车,全程约几英里,需时约十五分钟,大人小孩一律五美元单程。也就是说,你如想回到起点你停车的地方,就得再付五美元搭原车原路返回。想我那澳州朋友的丈夫竟来来回回乘了两圈,付了四趟!真是对缆车情有独钟,精神可嘉。我们坐了一单程便觉愿已了,

心已静；去过那里，做过那事（been there, done that）。虽然当你半边身子在车里、半边身子在车外地吊在车沿，那有一百多年历史的车不紧不慢地行进着，凉凉的风迎面吹拂在你的脸上，那感觉颇是惬意，但大家仍一致同意不花那几十刀再原路坐回（也因时间关系），只付八美元打的回到了我们的车旁。

有朋友不能理解那丈夫对缆车的痴迷，就像不能理解我们为什么扔掉那些实用必需的家当，而花不菲的费用来搬那些根本就不是什么宝的石头、漂流木及竹子一样，这种"爱便是宝"的情结真是只有当事人才能明白，那种不舍不弃的执着也只有"同道中人"才能领会。

比尔看着他的"家民"们个个玩得开心，自己也兴高采烈起来。他老人家最快乐的事便是看到别人快乐，尤其如果这别人的快乐是因为他的"努力劳动"才产生的，那他就在幸福里了。这是他的闪光点，他性格上的亮点。

"好咧！"比尔笑容满面地坐回到他的驾座上，"现在我们去哪里？"他扭头问小的们。

"优山美地！"大的小的齐声喊道。

我的"杯底漏"——比尔突然被送进急救室

命运就像是一个杯子，杯子的大小决定了你所能承载的容量。如果你的杯子不够大，就无法平静容纳盛进的所有东西，就有水满则溢的危险。

如果你的杯子不仅不够大，装进的东西又少，杯底还不断地漏水，那你就是属于那种一直在寻寻觅觅、不断努力奋斗仍一无所获的人。

一般人所拥有的大多是那种不大不小、这边那边有点小漏的杯子。永远不会满，总在时不时地漏水是平常人的杯子，是人生不如意十有八九的杯子。

那种上边不断地充实，下边及时地泄漏，保持杯子不亏不盈，正正好满杯的杯子就是人们传统观念上的"幸福杯"了。

太完美太悲惨都是属于不正常的"杯子"。

（一）

2008年9月的一个周末，在中西部开了一周会的比尔回到家，晚餐时，他说头疼，肚子有点不舒服。我们都以为那可能是路途疲劳所致，并不为意。他平时壮得像头牛，几乎没生过什么病，有感冒发烧什么的，吃两片扑感敏基本就搞定。

那段时间，因为"国事，家事，天下事"，我有点郁闷。他出差前，因为一些我现也想不起来的事，我生他的气，一个礼拜过去，那气还在。他回来，照样表现得好像初次见面似的友好，honey（蜂蜜＝美俚语"亲爱的"）来 honey 去的，我不受蜜糖诱惑，坚持"生气"。

该睡觉了，他仍兴致很好地谈天说地，说着说着，我感觉他的体温很热，伸手一摸他额头，好烫，我跑到车库，翻箱倒柜地把我的那个中国药"百宝箱"从众多还未拆封的箱子里找出来，照例翻出两片扑感敏，倒了一杯水，拿到楼上让他服下，一夜无事。

第二天，他还在院子里捣腾了一会儿，进来说很冷，有点恶心，腿关节也酸疼无力，感觉很不好。虽然我"底气"还在，但那已是另一档事了，我说快去看医生吧，他说周末恐怕只能看急诊，待会儿自己去，我觉得不能让他开车，就让大儿子送他过去。

他在医院等看医生，说看完了给我打电话，再接他回来，他以为应该就是一件看看医生，拿点处方药的小事。

孩子们吃完晚饭，在收拾碗筷的间隙，我去电问进展，他说他的血压只有八十和四十，医生不让他走，说得等血压升到正常了才可以走。等孩子们上床躺下，已两个多小时过去，他没电话回来，我打过去，他说医生仍在观察，血压还是低。

十二点，电话铃响，比尔的声音突然很微弱，说："他们现在要把我送医院，说我是心脏病发作，我的脉搏是一分钟一百四十跳……"说到这最后一句，我很清楚地听到他急促的呼吸声。

我大惊："去哪家医院？要我陪你去吗？我马上过去……"他说："no no no，救护车在外面等着了，我到了医院再给你电话，不要急。"

从此，每隔一会儿，我重拨一次他的号码，他的手机已关机。整整一个晚上，我手握着电话，不知重拨了多少次，迷迷糊糊到天亮，还是关机。

快到中午时，电话响，比尔声如游丝："凌，我在重症监护室，我快要死了……"

我家的院子——老爹、孩子、树屋、狗……

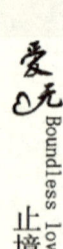

什么？？！！他怎么可能快要死了？昨晚还好好的啊！千万个问题轰地冲进我脑里。方向感极差的我，越乱越错。莽莽撞撞地，我居然还能把车安全地开到医院。

掀开监护室的门帘，一眼看到起降床上的比尔。他双眼紧闭，手指上、手臂上，身上到处是缠缠绕绕的电线。就一个晚上的时间，他看上去老了许多，苍白的脸把他头上那仅有的几根头发也映白了。

我轻轻地走近他，突然觉得好心疼，一个那么强壮大条的人，说倒就倒，现穿着病房那种从后面开启的病号衣，因为无法伸手遮盖，任由自己屁股上的那条"大峡谷"在那儿隐约展现，平时的尊严在病床上荡然无存，他看上去是那么的脆弱和无助，我无法相信这就是比尔！

他睁开眼，虚弱地看了我一眼，喘着哑声说："他们在我身上到处戳扎，好疼。"语气间带着哭腔，我握着他的手，说一切会过去会好的，我得找医生问问，弄清你到底是怎么了。

（二）

医生好不容易出现了，是一个很年轻的亚裔帅哥，他说他是住院医生，目前还不知道比尔到底是什么病，通过从大腿边上插进去的内窥镜，看了他心脏，基本排除了心脏病，现只能做各种各样的检查，一样一样排除，揪出病因。

我说排除了心脏病，就是没有生命危险了吧？帅哥很职业地说："我不能给你下这样的结论，一切还得等查出病因再说。"

发烧，头疼，怕冷，胸闷，全身酸痛，这不是我们中国人所说的风寒症状、病毒感染吗？可我又不能在这医院圣地给人家神圣的医生说我的"诊断"，而且我也不懂风寒那些医学英语是什么，心中甚是沮丧。

医生说完那几句话，转身匆忙离去，在医院里，不管是医生还是护士，人人都是来去匆匆，好像到处都有急救病人在等他们似的，让你想多问他们几句，都有一种内疚感。

我坐在比尔的病床边，握着他的手，望着他，感到一种无能为力的悲哀，我心里想着所有我能想到的人，我多希望此时此刻也能有人来这样握着我的手，告诉我，一切都会过去都会好的。

我决定给我公婆打电话，虽然比尔交代我不要去打搅他们，他们正在赌城拉斯维加斯度年假，说会影响他们的度假情绪，况且他们也帮不上忙，可除了他们，此国此地，还有谁是亲人？

电话那头的公公一听比尔在重症监护，带着哭腔询问了整个过程，最后一再地谢我。

因为家族生意上的事，一直和比尔闹矛盾，很久没来往的比尔弟弟也在和父母一起度假，他让我向比尔转达他的问候，并说他爱比尔。

我曾费了多少口舌，想缓解他们兄弟之间的矛盾，皆以失败告终。今天一个电话，就冰释了一切。人哪，很多时候其实都只是在堵自己的气，一旦意识到这一堵，恐怕再也没有松堵的机会，一切的坚持顷刻土崩瓦解。

　　他弟弟的话让我很感动，想到自己一辈子老在这样那样的"坚持"中浮沉，真是浪费生命，就是这几天，我不是还在"坚持"着一种"心气"，一种让自己和他人都郁闷的与生命比起来简直太无关紧要的"气"？我终于给自己找到一个不用再"坚持"下去的理由，有如释重负的轻松。

　　正六神无主，思绪恍惚间，一个穿蓝衣褂的男士走进来，我连忙迎上，说是医生吗？他摆摆手说no，是来抽血去化验的。比尔喃喃："刚刚才抽过，怎么又来了？今天都不知抽了多少趟了，好像我的血不要钱似的。"

　　在这关头，他老人家还不忘贫嘴。我跟着男士到外面，他问另一个穿蓝褂的，是不是抽过109号的，对方说是，刚抽过。我听了非常不满他们的混乱无章，难怪比尔哭诉身上被戳得到处都是洞。幸好是清醒的病人，如果是昏迷的，那还不出现病人的血被这样莫名其妙不断地重复抽的情况，说不定还因此而需输血呢。

　　美国医生好像不会诊断，只会排除，不管三七二十一，先全套化验检查一遍，既方便又不用动脑筋，更不用负误诊的责任，反正有数据在那儿呢。明明一个普通的连我都看出来的感冒伤寒引起的病毒感染，他们得用重症室的大针大管来把我们的比尔抽插得"死去活来"，还不知道到底是什么病！

　　感觉在美国做医生，其实也没什么悬乎的，只要会开化验单，看那些化验数据，再把那数据和参照表对比，描出医书上说明的药就行，然后就等着保险公司送来大把大把的银子。忽然有点明白，难怪大多医生都不会写字，他们的字都写得像幼儿园的"看图说话"，他们也不大会说话，你等他到"痴情"的份儿上了，他才匆匆进来跟你支吾两声，随即闭嘴离去。

（三）

　　第二天，终于来了一个有点岁数、看上去知道自己在干什么的医生。他坚决地把心脏病排除了，说出和我的猜想相近的诊断，说是病毒感染。至于是哪种病毒，还有待进一步的重点检查。

　　好的医生懂得有的放矢地检查，而不是撒网捞鱼般地海搜一遍。

　　我问什么时候可以知道结果？他说还得几天吧，而且在没找到病因前，病人还必须待在重症监护室里。

　　比尔的精神已好了很多，他那爱开玩笑的禀性就是被人按倒在病床上了也不肯歇息。他说他们之所以硬把我留在这重症监护里，是因为这是最高的费用了，保险公司得放大血。他说我知道自己根本就不是心脏病，可他们硬把我送到心脏专科来，心脏科医生又不是病毒感染的专家，一个医生曾告诉比尔，有关病毒方面的资料他自己也得上网搜索。

这听起来有点匪夷所思,堂堂心脏科医生还得上网搜索资料解答病人的问题?!

比尔的血压已回复正常,心跳也没有问题了,我很想把他带回家,可医生还是那句话:得找到病因,知道用什么药了,才能让他出院。

第三天,比尔说他感觉好多了,一早就有人打电话来,聊了大半天后,才知道人家误以为他是那位在比尔前面住进来的亲戚R,比尔神叨叨地与R的亲戚没有障碍地有问有答,聊得甚欢。他老人家的说法是,既然我在这间重症室里一连待了好几天了,对每个角落的仪器、每根电线都熟得像老朋友似的,正好有人想了解这里的状况和待在这里的感受,我又有机会和人说话,各得其所。

次日一早,我从家里打电话到重症监护室,我问:"比尔,医生来过了吗?他怎么说?"那边的比尔答:"医生还没来,可能很快就要来了。"我说:"你吃了东西了吗?胃口好吗?"那边的比尔说:"吃了,但不是很好吃。"我说:"今天你能出院吗?"那边的比尔惊讶:"什么出院?我今天才进来。"我更惊:"你不是比尔C,我的丈夫?"那边笑:"我是比尔A,应该不是你的丈夫。"

我昏,半天的温情对话竟是和一个也叫比尔的陌生人?我的那个比尔今天一早已"降级"被换到普通病房了,这个与我一来一往温情问答的人是另一个刚住进重症监护室的比尔,此比尔非彼比尔也。

现在明白了我们比尔同志的"各得其所",亲人朋友与病人之间的那套对答话语,真是放之四海医院皆准矣。

临出门去医院前,门铃响,花店送来了一个鲜艳花篮,是比尔公司里的弟兄们送来的慰问。阳光明媚,天高气爽,我提着花篮去看比尔,心情也跟着明亮起来。

比尔看到花篮自是高兴,他也不忘说一句其实看到我比看到花篮更高兴的奉承话,让我也一起高兴。最高兴的是医生说今天再观察一天,如没什么,明天就可以出院回家了。

当天晚上,我带着四个孩子,一家人浩浩荡荡地首次到医院看望比尔,一堆人挤在那间小小的护理室里,人头攒动,比尔是喜笑颜开,好像见到失散多日的骨肉,可外面的护士进来说,按规定,这个地方是不允许十二岁以下的儿童来探

出院后的比尔又是"壮汉一条"

望病人的,因为这里都是那些很严重的病人,一些可怕场面是不适宜给孩子看的。

我们正不知怎么办,她又对比尔说,你的孩子好漂亮!然后转身离去,也许我们家比尔的病例没那么可怕,也许她也被我们的高兴所感染,不忍驱逐我们吧?

最后的诊断终于出来:心肌炎,是那种最急最轻的。第二天我开车到医院接他回家,到了家门口,我下车,他说他没事,坐到驾驶座,踩着油门就去了好又多商店,第二天就照常上班了。

惊险一场,让我放弃了许多自认为很有必要的"坚持",放弃了无谓的郁闷,体会了生命的脆弱和珍贵。珍惜当下,因为你不知道下一刻、下一天、下一年会发生什么。强壮如比尔,都可以在瞬间"病到如山倒",世上还有什么东西能比健康更重要?更值得你劳心劳肺地去折腾呢?

我不该出的车祸

我是个方向感很差的人,也许因为我是女的,也许因为我是南方人。在我们南方,街道不直,小巷弯弯,出门问路只问"向左拐或向右拐",从来不说东西南北。

记得那年到北京英使馆签证,每每迷了路,问人,他们都用那很好听的京腔给我"朝南走,然后朝东,再朝北……"等让我更迷失方向的"方向指南"。我很努力地想在脑里形成一个路线图,无奈根本就不知道哪儿是东哪儿是西,心里很是纳闷:如果没有太阳,或是在看不到北斗星的晚上,他们是怎么判断东西南北的呢?

来美国后,看着比尔每次开车出门,总能很容易又准确地知道东西南北,心里非常羡慕他那超强的方向感,嘴上又不愿承认,每次迷了路,我打电话给他,他一开始也是"朝东朝南",很快发现那根本就是对牛弹琴,只好和我"左右"起来。

多年来,他一直是我的远程 GPS(全球定位系统),每次我一迷路,不管他在地球的哪一个角落,他一般先问我目前在哪条路上,要个路名,然后他马上上网"谷歌"地图,在电话上一条街一条街地指引我左弯右拐,到达目的地。

2008 年出车祸那天他正好出差加拿大,我大女儿在同学家做一个项目,打电话回来说妈咪你得在七点以前来接我回家,平时都是爹地干的活这下得老妈亲自出马了。比尔走以前曾几次描述过那同学家的位置,人到了加拿大,还在即时信息上问我知道怎么走吗?当时我正在电话上,心不在焉地回他:知道啦。

到了最后一刻,我叫上那两个小的,抓了那张写着地址的纸条,冲出了门,

到了车上，心里一闪念：是不是得回去带上手机？看时间已快七点了，平时我很少也不爱用手机（非常不现代化地说），再说那同学家也不远，就算了。

没想到，这一懒，代价是如此惨重！

我一路盘算着时间，看那地址，好像应该就在那某某路上。可开过了那整条路，也没有看到纸片上的路址。看到对面车道有一警车，斗胆"excuse me"（对不起），拦下它，可警察小弟也不懂。拐到路旁住宅区，问那里的人，谁也不知道。心里很懊恼自己没带手机，否则就可以打个电话到加拿大问比尔，容易搞定怎么走了。

兜了一圈，看到公车站旁正好有一女的在用手机，就开过去，我先把紧急灯亮着，再说 excuse me（对不起）。我还担心她不肯借手机，没想到人家很爽快地把手机给了我。比尔在电话上先说一通怎么那么没记性的老生常谈，然后问我在哪儿，开始告诉我怎么"左右"。

弄明白后，我高兴地对他说："Than……k……"舌尖还没来得及从齿缝间缩回，再发 you 字，嘣的咣当一声，我的车猛然被强力从后面推到了人行道上，一部小红车从后头蹿到前头，打了个转，一个轮胎飞了出去，戛然瘫在那儿。

哇的一声，车里两个小的被这突如其来的意外吓得大哭起来，我一愣神，赶紧跳出来，把后车门打开，查看他们是不是无恙。谢天谢地，他们都好！

我看到我的一边后车灯被撞没了，那地方凹了一大角，一个轮胎铁圈飞到路对面，还有一些铁碎片。

再看前面的车里，很慢很缓地钻出一个穿红色职业装的人，她慢慢地，歪着身子朝我走来。

走近才看清，她是一个七十岁左右的老人，她很轻很真诚地对我说对不起。本想问她有没保险，话出口却变成了："Are you ok ?（你没事吧？）"她有点感激地看了我一眼，说："我没事。"并再"对不起"了一次，说这车是她刚从出租行那儿开出来，因为她上周也是因为相似的原因撞了别人的车，自己的车报废了。

这时救护车、消防车、警车，呼呼叫着全来了。救护车的人看到老太太摇摇晃晃的，身子还斜着一边，很难受的样子，不由分说，把她放倒在担架上，绑了个结实。

我在这边看着那升降机缓缓地把她送进救护车里，心想不管是谁的保险，这单大了。

大家都在那边忙活着老太太，我和两个孩子站在寒风中哆哆嗦嗦，没人理我们，好像我们跟这事故无关似。二女儿说没有人关心我们时，我也感到了一丝酸楚，想念起在加拿大的比尔和任何一个此时能给我们一点关心的人。

警察终于走过来问我事故的原因。我如实相告。那美丽的女警察瞪着一双美丽的大眼睛说我不应该在大道上突然停车，尽管亮了紧急灯，但不是紧急事情，就不能紧急停留，言下之意好像是我的错才使后面的车撞上了。

美丽警察说完就走回她的车里，我转头发现那老太太却从救护车上下来了，她再次歪着走过来，我说你还好吧？怎么又从救护车上下来了？她张了张嘴，很艰难地一字一停顿地说："我本来就是这个样子的，不是因为这个车祸才引起的，所以我不让他们把我送医院。"

这老太太好诚实啊！我心里油然崇敬她的这个品质。报纸上登有多少利用车祸"发财"的案例呢，这老太太已经"名正言顺"地上了救护车了，还义正词严地拒绝了这个送到她面前可以大敲竹杠的机会，自己歪歪扭扭地离开了救护车。

我看她那么虚弱，天渐黑，风大又冷，就问她要不要到我的面包车里坐着等警察填完有关文件。她说好，我就扶着她上我的车，她的脚无法抬高，我只好帮她先把其臀部挪进车座里，再把她的双脚抬放上去。

我问，你有没打电话告诉你家人发生的事，来个人什么的？她说她没有家人，因为她从来没有结婚，也没有任何亲戚在维州。她之所以只身一人在这里，完全是因为她热爱政治，她从很年轻起，就投身政治，曾在白宫工作了好多年。

她说每一字之前，都得想一会儿，然后再很费劲地从嘴里发出音来，她脑子里的指令好像很难一下传递到要去地方并马上执行起来。这样一个身体机能根本无法协调的老人，那汽车出租行的人怎么可以睁着眼把车租给她呢？我心里很是气愤。

但面对这样一个无助的老人，我忍不住主动提供（offer）：你的车被拖走了，我想你不可能，也不应该再开车了，你这种身体状况开车，是很危险的。我的车虽然也被你撞坏了，但我家还有一部我先生的车，你如果要去哪里，或需要任何帮助，给我打电话。

她听了非常高兴，马上给了我她的联系信息，我也把我的给她。这时那美丽警察突然出现在车窗口，一愣，对老太太说："咿，我正纳闷你去哪儿了，竟在这里！你们两个车祸者，倒成朋友了？！"

说完，她笑着递一张罚单给她，"对不起，我得给你一张罚单，因为你明知道前面有车，而且有足够的时间让你慢下来或停住，这是两条车道的道路，时速才三十五英里，但你没有做到，因为你不能够，你的身体状况使你无法控制你的车。"

然后她对我说："我也得给你一张，你不该停在半道上。"

各打五十板后，美丽的脸孔便消失了，取而代之的是我大女儿那俊俏的脸和比尔嫂子关切的脸。原来老公当时在电话里听到了那碰撞声和孩子的哭喊，急得像热锅上的蚂蚁，那手机的主人很快就坐公交车走了，他无法知道现况，便打电话给他住在附近的哥哥和嫂子，让他们来看看是怎么回事，并把我大女儿从同学家接回来。

嫂子说："没事了，我把你们送回家吧。"我问老太太："你怎么回家？"

她说不知道。我说:"要不,就让我嫂子送你回家吧,我这车虽然没有后灯,撞烂了一大片,但还可以开,刚才警察说允许我从事故现场开回家。"

老太太万分感激地被我嫂嫂搀扶着走了,我也开着那破车,叮铃咣当地一路响着回了家。根据我们各领"五十板"的事实,我估计我们是无望对方的保险来修我的车了。我们自己的保险只是单保,也不承担任何损坏修理,我这车是废了。

一次忘了带手机,就丢了一部车,多么残酷又郁闷的一起不该发生的车祸!

大雪中的"长征"

(上)

2011年1月26日下午,我有一个医约。去的时候,天空晴朗。四点多一点,我从医生办公室出来,已是满天飞雪。开出车库,路况还好,我只要沿着这条大道开九英里就到家了。

过了一个街口,车速比平常慢了下来,因为地上已铺满了雪,大家都开始非常小心地行驶。再过了一个街口,开始停滞,偶尔往前动动,好不容易挪挪停停到下一个街口,干脆都不走了,即使前头是绿灯,也只能远远地看着它白亮着,一辆车也没有过地慢慢作废掉,很是心疼。但心还是宽的,觉得下雪了,又值下班时分,堵点没什么,一点也没想到这只是我十个小时驶程的头几分钟!

待在驾座上,刚开始还挺认真地密切注意着前面车辆的动静,人家进一点,自己赶紧地跟进,生怕留得缝太大了,显得不专业,让后面的人按喇叭。那时的态度是认真的,心情也是平和的。

待着不动时间久了,该想的事都想了,该打的电话都打了,就百无聊赖地东张西望,看前面有人掉头,心里也曾想着要不要也掉回去走另道,但一想到自己以往那些很不咋地的驾驶历史,及那自己开着特放心、别人坐着老担心的车技,我那颗蠢蠢欲动的心就"熄火"了,忍着吧,它总不能都不走吧?

半个小时过去了,一个小时也到了,眼看着就快两个小时了,情绪在波动,耐心在消失。越来越多的车辆在掉头,连我前面那部以时计费的士也放弃"坐着"赚钱的机会,毅然拐进右边的路。我不敢掉头,怕掉的方向太相反了,越走越远,南辕北辙,可拐道还是可以考虑的,起码大方向没太偏离,而且跟着的士司机走,应该保靠。

念此,我也打灯,跟在那的士后面,右拐进了那条小路。

绕了几条"一点"车也没有、非常通畅的小街，我心情也无比通畅地跟着的士驶过好几个街区，最后来到一个回归较大道路的坡口。的士突然在我前面打滑，然后就停住了。很快，从后面跑来好几个人把的士推到大路上开走了。一个帅小伙子跑过来问我："你的车是不是四轮子的？"

哪部车不是四个轮子的啊？我忙说是啊。那人说："那你试试看，能开上去吗？"

雪已有一尺厚，我的车轮子只在雪里打转，根本走不了。那帅哥说："你的车子不是四轮的，四轮车是指四个轮子一起跑的，你的车只是前面两轮跑，后面两轮被带着走的，力不够，你上不去了赶紧给家人打电话，叫人来接你回去。"

把车扔在这里？我都堵在这里了，来接的人怎么"反堵"进来接我？脑袋一下涨大，外婆那句"避贼跑进贼巷"的口头禅在耳边响起，本只是想能快一点回家，现在不仅回家遥遥无时，连把能带我回家的车都得丢弃在这不知名、大雪封顶茫茫之地了！

而且，刚才为了消磨时间，排解郁闷，和朋友聊得手机快没电了，没想到情况会这么糟。打电话给比尔，他也堵在另一边的某一条道上，却一直要我告诉他我的所在地，要大路名和交叉路名，说马上过来接我。

我哪知道我身在何处啊！顶着像雨一样飘落的雪花，我套着拖鞋跑到前头去看路标，糟糕的是，我下午只戴近视墨镜出来，没有想到会需要晚间用的平常眼镜。开车时，有车灯，还无大碍。可在黑暗里昂头识路名，不是可以一目了然的。

报完路名，比尔还在那唠唠叨叨地问这问那，我说手机已经开始发BB声了，还是省着点，以备紧急时用。说那话的时候，脑海里居然闪过了2008年那个中国优秀男为了妻儿冻死在雪山的事。虽然我没有一点机会成为那种英雄，但被抛在冰天雪地的悲惨大背景是一样的。

那个帅哥又过来劝我把车挪到路边，说："这样后面那些'四轮们'可以通过。"他和那些让我无限羡慕的"四轮"主人们一起把我的车推到边上后，便扬"轮"而去，白白的雪地上就剩下我这个灰灰的"两轮"，可怜兮兮的，瘫在那里。

装备好不好，性能过不过硬，关键

罕见的一场大雪——我家阳台上的雪

时候就体现出来了,而且是那种说都不要说,一看就知道的硬功夫,这和人底子好不好,品正不正,关键时刻一试见分晓,是一个道理。

绝望中,正想着是斗胆到大路边,看有没有好心人能顺便把我带到外面大路上,一个比尔能绕过来接我的地方,或是就在车里过一晚,油桶是满的,应该够烧一晚暖气的。

这时,一个拿着铁锹的年轻人在我车窗外铲着雪。我问他能不能也帮我铲铲我轮子前面的雪,说不定我可以开走。

他很愿意地帮我,并用劲地将我推到铲平的地方,我一踩油门,居然一跃上了大路,顺势赶紧往前开走,本应停下或回头谢谢那个好心人的,却因为太高兴了,也怕一停又滑下去了而没有那么做,但我对自己说:"谢谢你,年轻人!"

那时是晚上七点半,我已经在路上整整开了三个小时,行程两英里。

一奔在看得见青黑色马路的"白光"大道上,心里那个踏实啊,有一种回归主流的欣慰和安心。虽然知道随着这大流,一轮一个车印地慢慢蹭着走,不知何日何时才能挪回家,但只要脱离困在雪地过夜的险情,这点慢算得了什么?何况我还能把我的车开回家,不用抛车野地,这简直就是幸福啊!

随大流平庸无创意,但安全。

怀着喜悦的心情,我用激动的声调,颇自豪地用一格电也没有,只剩下一闪一闪,显示电池已经濒临绝电的手机给比尔打电话,告诉他别来接我了,我已经OK,开着车回家呢。

他说好啊,那他掉头回家不来我这边了,不过这个头他至少也得一个小时才能掉回去,他希望自己能在午夜十二点前到家。

十二点?我觉得他有点夸张,现在还不到八点呢,他所在地离家比我还近,用四个小时开五英里回家?

我幸福地想:嘿嘿,一会儿我先到家,美美地煮一锅地瓜稀饭,然后泡个热水澡,然后上文学城*网逛逛……

* 文学城:海外一个最大的中文网站,是一个全世界华人聚集在一起交流的大平台。

(下)

幸福这个感觉跟着我走了约一个多小时,堵车期间,我不时把挡位挂到停车,座椅推后,两脚盘起,调一个音乐台,闭目养神,有一种"既堵之即安之"的阿Q式放松。

看到有人从车里出来,故作休闲地捂着裤袋向雪地深处、建筑物后面走去,我心中莞尔:再尊贵的人,到了该拉撒的时候,多不体面,也得把事办了,不会因为顾全高贵就把自己憋死吧?平时的光鲜,在这种老天爷说了算的平等生存环境里，已不再重要！

刚才那些"鹤立鸡群"、勇猛无比的"四轮们"，离开了那特定的路况，一样和我等"两轮们"一起堵在这平坦的大道上，一点战斗力也没有了，呵呵，平等的感觉真好。

我下意识地四顾了一下车里视线能及之处，万一我也有忍不住的时候，是否有物可盛，不至于流落雪地？

那么一想，出门时只喝了一杯水，我那里面什么也没有的肚子开始做响，我觉得饿了。

嵌在我卧室窗框里的白色之画

口袋里摸到两粒糖，吃了；包里还有两片泡泡糖，嚼了。嚼完舍不得吐，想万一需要的话，把它吞下去会不会抵挡一些饥饿感？这总比那些树皮什么的更好下口一点。

熄火，起身在车里七个座位下面及过道里摸索，看看有没有孩子们遗落在车上的零食，平时很气他们丢三落四的坏习惯，现在却希望他们近期正好丢下一些能吃的东西在某角落。

记起每次把超市买的菜放在后箱，常有东西滚落出来忘了捡起，连忙猫到后面探索，居然在边角上摸到一个苹果！哇，天无绝人之路啊，虽然苹果已有点黑心了，也不脆，可第一口咬下去，美滋啊，连平时不喜的酸也觉得酸得特别，有甜味。

到了必须左拐到另一条更大的路上时，四个路口的车全挤在中间，什么红灯绿灯，统统都不是灯了，是两种瞧着就叫人心焦的颜色。

这时候的我，肚里有了点货，脑子又转了，开始对本已认可的现状又不甘心起来。"好了伤疤忘了疼"，在我这里就是"安全了就忘了险"，潜意识里有"反骨"的人，恐怕很难一直安于现状，不求突破的。

我看着 GPS 上面的路线图，心躁动着：右拐的道看过去挺畅通的，那边可以上高速，印象里，那条高速可以绕回家，虽然远了很多，但不堵的话，反而会更快。高速上的雪一定清得比这里快，即使堵也会比这里有"前途"的，这里已经"无途"了。

这次，我谁都没跟地自个就右拐了，底气还挺足，觉得到了自己比较熟悉的地段，又是大路，安全肯定没有问题的。可一进高速侧道，暗光里，看到前面稀稀的两部车，一部横着停在前头，一部过不去，也歇在那里，我心里一声哀叹："妈啊，我能倒回去吗？"

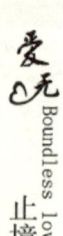

倒回去是不可能了。谢天谢地，第一部车被第二部车的人推直了，居然开走了。待我也提心吊胆地开过那段侧道，上了高速，才知道什么叫"天下乌鸦一般黑，天下道路一样堵啊"！

眼前那叫一个车山车海，而且是静止的！在小路上时，望不到太远，没有那种直观的被多少车挡着的视觉冲击，心里仍存着殷殷希望。此刻，放眼望去，绵延好几英里长的车，一部接一部地挨着，车后面的刹车灯，红红点点，静静地串成四大条长长的灯河，颇有"一条大河，灯浪宽"的壮观。呜呼哀哉，我何时能到家呀？

时间已是十点。六个小时过去，我只走了不到五英里的路，而且现在是朝着与家相反的方向开！GPS说，开三点四英里，然后在四号出口，再右转。我定睛一看，那不是我早先报给比尔来接我的地名吗？那右转的路，不就是我刚刚耗了两个小时才挪出来的路呀？！昏啊，我千方百计地想快点回家，结果却是花了六个小时绕回原地？开车能开出这种水平，也是一种境界啊！（自嘲一把）

多希望在第一次从旁道侥幸上了正道后，我能老老实实地跟着大流走，不再折腾，现在说不定已经挪过了那个十字路口呢，"改邪归正"这种事真不是一件容易做的事。

什么叫"欲速而不达"？这就是！什么叫"南辕北辙"？这也是！

两个小时很容易地耗在这条三英里的高速路程上。比尔十二点准时来电，说他已到家，问我现在哪里？我说："我想快点回家，结果弄巧成拙地到了一条更堵的路上，而且是朝着原起点的方向走。"

他说："你怎么会到那条高速？那不是越开离家越远了吗？但也没办法了，你就安心堵，小心开吧，我已经把稀饭煮上了，外面的灯都给你开着，车位的雪也清出来了。"

那听起来很像我每次回国时，母亲总在电话上说："一路平安啊，已经给你买好土笋冻，放在冰箱里了，让你一到家就能解馋……"那样让我口水连连。不曾想，这几英里的回家之路居然也似回国般那么的遥远。

好不容易看到一个出口，我赶紧下去，却转到一个像地铁站的地方。GPS也乱了，报出来的指示比我还糊涂，还常常左右乱分。我让那个GPS"闭嘴"后，自己横冲直驶地找到一个回到大路上的出口。

噢，我的上帝啊！我居然歪打正着地掉头了，居然上了一条不堵的、朝着正确方向延伸的大路，这是我整个晚上，第一次走的一条最英明正确的路！看到沿途悬在半空、迎面而来，写着我家那个地区地名的路牌，觉得它们是世界上最美的字了！那情形宛如万里长征正精疲力竭、不知所在时，突然看到延安宝塔，我那激动的心情啊，有一点久地不能平静。

非常爽地以三十英里的时速开了很长一段路，路上行驶的车辆不多，丢弃在路边或路中间的车辆倒是比比皆是，比起它们的主人，我庆幸自己的好运，起码

我还开着我的车，车里有暖气，有音乐，还有两片必要时可以吞下去的泡泡糖渣。

胜利在望，麻痹不得，我非常小心地关注着路标的指示，生怕错过了要出的口，得再掉头，那又得到那边去堵了。宁可早下，还可以朝对的方向走当地的路。所以，一看到我区地名的出口，我很自信地下了。

一到下面，顿时傻眼，又堵了！眼看着马上就到家了，实在可恨！好在有了经验，看那堵况一时半会是动不了的。挂停我都觉得费油，干脆熄火，趴在方向盘上小息。

不少人提着油桶，从我车边走过，想必这么多小时下来，就是不走，光停在那儿，开着暖气也会耗完很多人的汽油的。生平第一次，我对雪有了不好的印象。以前我并不觉得下雪天有什么不好，一下雪，学校就停课，孩子们在家玩雪球，垒雪人，老妈端着一杯热茶，望着窗外的飘雪，听着孩子们的嬉闹声，再应景地码一些无病呻吟的风花雪月文字，多么美好的时光啊！

看来任何事都有两面性，同样的事情或东西，不同的时间和地点，不同的人和心情，对其感觉就会完全不一样。今天这雪对我来讲，就下得太不是时候，太可气了，如果能晚十分钟下，就没有这十多小时的郁闷，不仅地瓜稀饭早已下肚，文学城当日的主要新闻八卦基本掌握，热水浴活筋通血，此刻也早已梦游四方，见了许多醒着无法见到的人。

唉，这就是生活，碰到了，就面对。好歹我总算到了家，门口的灯通亮通亮的，比尔迎出来，指引我把车停了，说："地瓜稀饭热在电热煲里，快去吃吧。"便上楼睡了，他第二天一早得上班。我看了一下时间，是凌晨两点三十分。

九英里的路，我从下午四点开到下半夜二点半，开了十个多小时才到家！几乎等于从旧金山飞一趟北京的时间！

不小心当了一回"名人"

每个星期六是我带孩子到中文学校学两节中文课、一节画画课的铁定时间，下课后，我一般会顺路带孩子到中国超市买点菜。如果小的们那几天表现不错，我会允许他们在超市里各挑一样自己喜欢的零食，以资奖励。

那天正逢奖赏日。我们一迈进超市，孩子们即刻分头鼠窜寻美食，我推着购物车漫游着。超市里人来车往，甚是拥挤，突然传来一声清脆的女音："这孩子，这三个孩子，你们的妈妈呢？妈妈在哪里？"

声高气促，我远远听来，好像是谁的孩子做了什么错事，那人正找寻大人来

处理。我趋前二步,一瞧我那三个小的正围在一个摊位前,一位端庄女士正站在我孩子边上,急急地问:"你们的妈妈呢?妈妈呢?"

走近,我小心地答:"我是他们的妈妈,发生什么事?"女士一转身,盯着我,惊喜地说:"你就是他们的妈妈?"

"是的……"警觉里带着不解,我也盯着她。

"你,你是……"她一时不知说什么好。

"我们认识吗?你认识我?"我越发一头雾水。

"你……是文学城里的那个土……笋冻!"她最后肯定。

我心里一惊,下意识地把背直了直,顺手飞快理了一下耳边的头发,当时的第一念头是:"完了,这样被人认出,好丢脸,以后出门得好好化妆,这模样与文学城里贴的土笋冻美照太有距离了。"

我不置可否,她很快又说:"刚看到你那三个孩子,我就想妈妈一定就在附近,你果然是土笋冻!我很爱看你的文章,是你的粉丝。"

最后一丝想否认的念头消失殆尽,三个孩子正在我身边像鲫鱼似的来回蹿着,虽然个个衣冠不整,小脸脏兮兮的还留有画画课上不明不白的颜色。毕竟人家已确认了孩子,顺藤摸瓜推理到咱这儿,"人证物证"俱在,再说人家是喜欢咱的东东才认咱,应该高兴才是,一味否认不仅没礼貌,也显矫情。

念此,我就放开了,"你哪里的?是不是曾在我博客里留言过?"

"没有没有,我从来不留言和跟帖,只读文章。"她笑了笑,"不过,这次我会给你留言。"

记得曾有一湾区的网友给我留言,说她每次去中国超市,总企望能遇到我,因为她根据我的一篇文章认为我和她同住湾区某一区。当时看到这则留言,心里既感动又庆幸。感动她想见我的热诚,庆幸我早已搬离那地区,超市"遭遇"安然解除。

没想到一年后,"遭遇"却发生在三千英里之遥的另一个超市!著名于福建沿海的土笋冻小菜,居然在美国超市得到发扬光大,有了粉丝。

惊定思惊,我仿佛对那些真名人的隐私困扰也有了一些理解。记得曾看到一个名人访谈节目,主持人问帅哥费翔他是不是不管去哪里,都一定

我 2012 年在美国大华府的家后院阳台

穿戴得体，注意自己的形象，费翔肯定地说那是一定，因为他不能破坏观众对他的印象。哪怕只到住处拐角买个东西，他也得确保自己与电视上或相片上一样的有型有款。

  这点我现也有皮毛层的切身体会，虽然我只是偶然当了一次"名人"，还仅是 ID 型的假名人，但心里还是有那种突然被人识了庐山真面目，被"打假"了的不好意思。博客里贴的相片，一是本人善相；二是近镜头的有化妆，远镜头的看不清；三是贴出来的自然都是精挑的倩照。这些跟现实中真实的我相去甚远，尤其是地心引力在脸上的明显作用让我一直回避与网友的相见机会，毁了自己的光辉形象不打紧，吓了人家就不好了（现严重考虑拉皮反引力）——女人的虚荣心哪！

  一回到车上，我语重心长地对小的们说："听着，从今往后，你们出门得注意自己的仪表举止，要对得起妈妈贴在博客里的你们的相片。妹妹你，那一头漂亮的头发赢来多少赞美，看看你现在这披头散发的草窝样，妈咪给你剪短了，你还是不肯梳，这下被人认出来了，让妈咪多没信用啊；姐姐你对弟弟妹妹讲话要温柔点，得有淑女的样子，像相片上那样，特别是在公共场所；儿子你画画时别往脸上抹得黑一道、红一道的……"

  孩子们望着我，"妈咪，我们出名吗？"我大言不惭地答："还没有，但会的。"转头重点对大闺女说："靠你了，妮妮。"

  话是这么说，其实心里委实不能确定我真的希望孩子们将来出名，就这小小的一回"超市名人"，我都觉得有太多的压力和遗憾：真不应该素面朝天，真不应该穿拖鞋，真不应该让孩子那样不修边幅，真不应该那样呵斥吵架的孩子以致"恶母"形象外漏……应该这样，应该那样，那孩子们将来万一成了真名人，要承受的何止老妈的这些杂碎？

  做人还是不要那么累，随心所欲，快乐自在是我想过，也希望孩子们过的日子。

  所以我下定决心，在2008年崭新的一年里，我要克服的心理障碍是：勇敢地"碰面"文学城网友，大胆地赴见跨坛好友，不管"地心引力"地参加所有聚会，并继续把拖鞋穿下去。

  嘿嘿，预告已发，大家到时万一被吓到，就不是我的错了。

野 营

  讲了好久的野营计划，终于在这个周末成行。

天才蒙蒙亮，爹地就起了个大早，把昨晚亲自串好的各色烧烤串装进保冷箱，开始静悄悄地把野营所需各等什物一箱一箱地装上车。孩儿们好像昨晚一夜没睡，守夜到天明似的，一个个很自觉，井然有序地从各自的房间里抱着被子枕头往外走，尾随他们的爹地，把东西装到车上，然后再进屋搬别的。

我迷迷糊糊地被大女儿妮妮叫醒，冲了澡，妮妮帮我找了一双说到时爬山时要穿的鞋，还有一套厚的衣服。她认真地告诉我，山上晚上很冷，在帐篷里得穿着它们和袜子睡觉。我生平不是很热衷在野外"过日子"，总觉得好好的床不睡，特地跑到野外去睡土地，好好的汤面稀饭不在家吃，却大锅小锅地搬到野外去烤得黑乎乎的，煮得很将就地吃，有点没事找事，自讨苦吃的味道。但孩子们的情绪是高涨的，兴趣是浓厚的，老爹的态度是积极的，行动是勤奋的，老妈我也只好迷迷糊糊地随他们上了车，在车上迷迷糊糊了两个小时，到达雪兰野营地。

我印象里有记忆的野营有两次。一次是那年在新加坡，带着肚子里六个月大的胎儿，两个女儿，一个儿子，外加一个年仅十九岁的菲律宾小保姆，由比尔统一领导，"率团"出国到马来西亚的海滩上野营。

马来西亚的海滩是美丽的，细细的沙，蓝蓝的水，绿绿的椰子树，还有那徐徐的风，都让人心旷神怡。摇晃在椰子树下的吊网里，更是有一种不必食人间烟火的超脱。

到了晚上，赤脚埋在冰冰的细沙里，抬头望去，漫天的星星啊，一粒一粒，那么的晶亮，那么的纯净，铺天盖地，好像一张缀满钻石的网，贴在你的头顶上方触手可及之处。

可是，必须睡觉时，仅两岁的二女儿西西，手指着远处的灯光，那堆模糊的房舍，直说要到那里睡觉，不在帐篷里睡。爹地说野营就是要体验那种以天为被、以地为床的豪迈野性，

宝宝、妮妮、宝弟登上山头

来自海边的菲律宾小保姆大概从小睡腻了那种"野性的床"，自己一个人躲在车里，在后座上美美睡了一宿。

老妈我其实也和小女一样，很想到灯光那里面去啊。

第二次是在加州，和另外三个家庭一起到某山头上野营。其中一个家庭，还不辞劳苦地把一个小型乐队的乐器带上了山。妻子打鼓，丈夫吉他弹唱，琴瑟和谐，好不浪漫。爱唱歌的孩子们也跟着音乐，看着谱子，摇头晃脑，牙牙学唱，呈现

出一派欢欣鼓舞的美好景象。

晚上的篝火，熊熊燃烧，映照着篝火旁一张张通红的脸，音乐之家的夫妇，是个能唱能喝的团体，他们自制自带了许多美酒，微醉中的吟唱自有一番天籁之声，滴酒不沾的我和好友就着篝火的温暖，说一些平时不说的话题，倒也是野营的另一种境界。

要不，就独自一人静静地盯着火苗发呆，什么都不想，那是身心放松的最高级！

最后还是睡觉问题，当时我们仍是没有像音乐之家那样把野营变成家庭的一个传统节目，事无巨细、面面俱到地备齐一切，更没有像他们那样也带着气垫床。我们还是得睡在硬硬刺刺的野地上，那一刻，心中还是想念家里那张大床的，尤其是深夜内急时，更是无限憧憬我主卧室里的那个抽水马桶啊。

今次的野营，在老妈一再不积极的态度下，为了端正老妈我的态度，爹地专门去买了一个气垫床，知道我不喜肉，尤其不爱烧烤的肉，一些海鲜和蔬果也列入携带的食物里。到达目的地时，野营租地全满，只剩下一个路边的地方刚空出。我问路边的地块和树林里的地块有什么不同？爹地很沮丧地说："路边的地方，车可以就停在边上直接卸货，树林里的得走一段路，把东西搬进去。"

我说："这是好地块啊，怎么还不高兴？车外面就是野营地，野营地边上就是装满野营用品的车，多方便啊！"

爹地不置可否地看我一眼，把要说的话明显地又咽了回去，脸上是那种不想惹争议的表情。

刚开始张罗着煮午餐和设帐篷时，管理处的人就来通知，有一个树林里的地块腾出来了，大家高兴极了，急忙装车，再卸车，十二只手提着力所能及的东西来来回回好几趟，总算在一个深邃的林子里安了寨。爹地非常心满意足地满头大汗着，孩子们非常雀跃地满林子乱跑着，我非常难受地在帐篷里昏睡着——高原气压引起我心脏的非常不适！

然后是参加野营地安排的各种各样的节目，老妈我只参加了一个晚午的"逛山"（hiking）活动，回到营地"家中"，望着一家子忙碌准备晚餐的热闹和谐画面，我对爹地说："人干吗非要住房子呢？像这样住帐篷，吃烧烤也可以生存的，多简单省心啊。"

爹地笑笑，还是那种不置可否、沉默是金的表情。

除了我，人人都很投入地吃了篝火烧出的晚餐，餐后去野营中心听了一场现场的音乐，回来一家人围着篝火烤棉花糖吃，天开始变冷了。

半夜突然下起了倾盆大雨，风声，雨声，还有那感觉身在野岭的荒凉，再想想今天管理员说的此地平均每一英里就有一只狗熊的事实，我对爹地说："人，还是需要住房子的。"

天亮了，雨停了。帐篷上面的树叶还在滴水，一滴一滴地落在篷顶上，很凝重。

我一个人躺在帐篷里,听着那滴落声,从开着的小小篷窗往外望去,湿湿的绿漫山遍野,叶尖不停地滴着水,风声阵阵,很静穆,很孤独,也很诗意。

野营的美妙,升华在那瞬间,一切的辛劳、烦琐,为的是心在野地的流放和与大自然的合二为一。

生活中很多看似不值得去做的事,跟野营一样,不去试一试,怎么能知道其中的美好呢?

今天我去投了奥巴马的票

一大早,比尔就悄悄地起床,我眯着眼,翻了个身,想今天孩子们的学校放假,不用早起给他们准备早餐,送他们上学,他起这么早干吗?

迷迷糊糊中,好像比尔又进来了,感觉耳边有股热气,他不作声地拥着我,我咕哝:"你干吗起这么早?"他答非所问:"听广播说,早去比较好,晚了,得排很长的队。"

我一警觉,全醒了,看他穿戴整齐、热情洋溢的样子,记起今天是选举总统的投票日,难怪他老人家一早这么神秘兮兮,很亢奋的样子,原来他"贼心"不死,仍想怂恿我跟他去投小奥的票。

我对这次的总统选举没有以往的热情,因为我觉得两个都是烂苹果,无从选择,所以决定弃权。比尔却义无反顾决定投小奥一票,也极力劝说我跟他的决定走。

暖暖的被窝,睡意正浓,哪肯为小奥而放弃,任凭他好话说尽,并再次简述小奥的美好理想及美国人民将要获得的好处,我就是赖着不起,无奈,他唤来小儿帮忙。

七岁的小儿钻进我的被窝,先给我一个经典熊抱,然后很坚定地对我说:"妈咪,跟爹地去投票吧,投 Obama 的票。"我笑:"你怎么知道 Obama 会是好总统?"

小儿很认真地说:"妈咪,中文拼音里的爸爸妈妈不是 ba 和 ma 吗?'噢,爸妈'就是 Obama,爸妈的话不会错的,选他!"

我大笑,"还有这样拉票的?你这臭小子,谁教你的?照这么说,Obama 这名字本身就是'父母

在投票站外

官'的意思？哇，Obama阵营怎么没有发现你这位拉票小天才啊？"我说："儿子，你应该去申请这项'发明'专利。"

觉是睡不成了，那就跟比尔去一趟吧。我告诉比尔："别以为我跟你去就一定和你投一样的票哦。"

到了投票站，感觉还是蛮好的，因为我那一票是算数的。

清秋的一个周末——波克湖（Burke Lake）

慵懒的星期六中午，睡到自然醒的一家人陆陆续续地从各自的房间里摇晃到厅里，横七竖八地斜着、躺着，说着今天该去哪玩或做些有趣的事。

童心未泯的比尔总有许多自己也兴致勃勃的计划和节目供孩儿们选择，难调的是老妈我的口味：去的地方不能太热太晒，玩的事儿不能太累太疯，等等。

为了把不爱动，整天只爱窝在家里，盯着眼前那块"魔方"小视频的老妈我诱到外面大自然里去，老童与小童决定今天就去一个凉爽的地方踩秋并玩十八洞高尔夫"碟"。

这听起来挺新颖有趣，老妈我"秋心"一动，最后依恋一眼刚打开的"魔方"，毅然挪开抱着的笔记本电脑，收拾一阵，也乐颠乐颠地怀揣一塑料"飞碟"随夫儿迈出家门。

到了波克湖边上那一片秋意盈然的彩林，孩子们熟门熟道地直奔第一"洞"，可心的小儿不忘紧随左右，妈咪长妈咪短地指点着。我定睛一看，地上只有一三乘八英尺的长方形水泥块，前方是那间距不宽、纵横无则的树林，我正纳闷这"飞碟高尔夫"如何玩法，大女儿已倒退前进，小跑着将手中的"飞碟"摔了出去，但见那红色的圆碟转着圈子，飘着在那林子间飞舞，煞是好看。

比尔说前方有十八个篮子，就像高尔夫的洞，它们星罗棋布、弯弯曲曲地巧妙散立在这片林里，每人手中的"飞碟"

三孩"探险"波克湖

以飞进那十八个篮子为目的，谁以最少的次数把碟扔进，谁就是赢家。这就需要力度和技巧来绕过那错综复杂的天然树障，情形和规则颇似玩高尔夫球，故名"飞碟高尔夫"。

来美十多年，第一次见识这因地制宜、寓娱乐于徒步远足的"飞碟高尔夫"，老妈我真是孤陋寡闻之极，也怪自己平时太不积极参与孩子们的室外活动了，心里快快地惭愧一下，便马上身姿"状似轻燕"，手势笨拙地扔出手中第一碟。

林子里静悄悄的，从树缝中，偶会见到两三人影晃过，听到脚踩落叶的沙沙声，很快一切又归于安静。

我们就这样一路扔着，一路捡着，一"篮"一"篮"地兜进着，不仅玩了，松动了筋骨，还踩了秋，一路观赏了满林的秋色，真是举一得三，心旷神怡！

扔着扔着，眼前霍然一亮：一泓碧绿的湖水近在眼前，几只野鸭在湖边漫游，虽然还只扔到十"洞"，我们决定"弃洞投湖"。孩子们欢呼着奔向湖水，喂着不惧人的野鸭，摸拣着湖里的小蛤，释放着小孩那特有的寻得"宝贝"的欢快心情。

夕阳西沉，柔柔的光罩在湖上，折射着岸边的彩林，映出那如梦如幻的倒影，那色彩，那光影，竟有些许九寨沟的神韵！我和孩子们徙着拖鞋，水里水外地忙活着，流连忘返。

童心其实永远都在每个人的心里深处藏着的，不管你长到多大，曾经了多少沧海，那颗心仍会因为某个感动而闪现，就看你愿不愿意、敢不敢把它亮出来而已。

很感激比尔和孩子们的恩惠，把我从沉静的电脑旁拽到这鲜活美丽的大自然，感受了清秋的爽气，湖光树色的静美，孩子们的欢笑声，合家游乐的温馨天伦。

在迪斯尼世界

今天终于回到自己的"草窝"，恨不得就此窝在那熟悉的"草丛"里睡它三天三夜。玩，有时真是一件很累的事！

迪斯尼世界我前前后后去了五次，从十几年前第一次带当时才七岁的大儿子宝宝去迪斯尼时的那份新奇、好玩，到后来一次比一次觉得"已去过，也做过"的寻常，不那么好玩，至现在许多很能"激动人心"的 rides（游乐设施），我已不再胆敢坐上去，只有仰脖看着头晕的份儿。

如今，我去迪斯尼只是为了孩子，为了他们的喜欢，和能在一旁看他们欢喜。

迪斯尼世界据说是全世界被访最多的一个旅游点，又适逢圣诞节和新年的高峰期，这次的人流量，比半年前的美国春假我们去时多了好几倍。

和平时总是人烟稀少的美国其他地方相比，迪斯尼里的人好像聚集了全美国上街的人，那是美国一个可以用人山人海这个成语来形容的热闹地方。

我们从上午十点进入魔方王国，到下午四点回我们的度假屋稍作

2012年1月1日我戴着环球影城发的"新年好"纸帽和小的们合影

休息，整整六个小时，孩子们只坐了三个rides，平均每一个ride要排两个小时的队！我站得腰酸背痛。

可一大园子的人，没有人抱怨，没有人不悦，男的，女的，老的，少的，推着小儿车的，坐着轮椅的，所有人的脸上都荡漾着假日的笑容，都有一种身在乐园的愉悦神情，哪怕一整天大部分的时间都在排队，一整天只是或坐或站的杵在那里看人来人往。

这种怀着快乐的心情"花钱来排队"的景象让我莞尔。比尔开玩笑说："也许美国人太少，相互间又没有什么来往，朋友也不多，平时太孤单了，难得有这么一个时候，这么一个地方来'群处'，即使不认识，有这么多人围绕在你身边，看着感觉就好，心情就舒坦啊！何况还有那美丽的人造景致和好玩的rides。"

和我们一起来的比尔那个英俊弟弟也说："我很乐意每天付一百美元只是仅仅进到这里面来。"

也许，这也是放松心情的一种方法，站在那里，什么也不想，只等着一步一步地挪到前面，坐上能给自己带来惊喜和刺激的rides。

也许，再会享受孤独的美国人，有时也需要"人气"的熏陶，因为，人毕竟是群居动物。

记得2005年比尔和他弟弟随我去中国旅游，我们跟着旅游团去昆明、丽江等地转了一圈，八天的日程是马不停蹄地早出晚归，非常疲惫。小叔子非常不习惯这样地赶着看风景、赶着旅游的度假方式，他说："我来中国是来度假（vacation）的，度假应该是很放松休闲的，怎么反而比我上班还累呢？"我调侃说："在中国，上班是度假，一杯茶，一份报纸，慢慢喝，慢慢读，工作慢慢来，非常放松休闲；假日度假才是'工作'，必须急急忙忙，在规定时间内，把该做该看的都赶紧做了看了，要不，过了这个点，就没有那个景了。"

想他们美国人到一个地方度假，很多人可以在一棵树下或一片沙滩上，放下一把椅子或铺上一片毯子，便可以在那上面或看书或闭目地静静待半天，他们不

会太在意有没有在哪个地方哪个景点拍照留念的问题，他们的假日度假（vacation）概念和国内大部分人的假日旅游（travel）概念是不一样的。

所以，像这样兴致勃勃、熙熙攘攘地涌到一个地方来"你看我，我看你"的情形在美国还是比较少见的，我看他们也是看得兴趣盎然，不亦乐乎。

新年除夕平安夜我们是在环球影城度过的。在新年的倒计时秒钟倒数到零的时候，"新年好"的呼喊声响彻在广场上。在那一片沸腾声里，不例外地夹着孩子们对我说"生日快乐"的祝贺声。喜爱留影的老妈及时地和他们合影存念，还不忘臭美地把刚刚在礼品店里给自己买的那对耳环戴上。

第二天驱车回北维家的路上，我们照例小拐到海边，让孩子和小狗在海滩上互相追逐了一段时辰。因为是我的生日，大家提议在重新上路，剩下的时间都将在途中度过之前，去吃我爱吃的海鲜，尤其是我喜爱的生蚝和蟹肉饼。因此，我们就到一家很漂亮的餐厅搓了一顿晚餐，然后便抚着满足的肚子再鱼贯钻进车里，为该次出游画上了一个比圆满还多一撇的逗号。

我家的圣诞节

妮妮、西西、宝弟和圣诞老人

2008年圣诞节时我认真数了一下放在圣诞树下给孩子们的礼物，大大小小一百零九件！难怪我和比尔两个人从十二点忙到下半夜两点才把一切包装好。

每年圣诞节前几月，比尔都会要求孩子们把他们想要的礼物写下来，说如果你们表现好，融洽相处，说不定圣诞老人会送来你们希望的礼物，否则，就只有你们日常需要的袜子和短裤了。

这是比尔一贯的"伎俩"：总是先给你一个很低的期望值，然后不管出现的是什么，都一定比那低期望高，如果高很多，那惊喜是百倍的，他喜欢这种戏剧性效果。

十几年下来，他那招在我这早已不灵了，对小的们的作用也已处在危机线上。今年，我还没等他开口说"对不起，我今年没给你买什么，只有一些袜子时……"就打断他，说经济这么差，有袜子就很好了，何况，从裤袋拿钱或从衣袋拿钱是一码事，要什么我自己会去买，你就别为我的礼物操心了。

四个孩子，只有最小的儿子听了"袜子宣言"时，抱怨抗议了一下，毕竟年幼无知。其他三个都是一副不置可否，由你蛮说蛮去，反正到时肯定会有和袜子截然不同的东西出现在树下的宽心样。

从十一月份的感恩节开始，"买袜子"的人就开始大漠小漠（mall=美国大型购物商城）、大店小店地购买"袜子"了。

我是个很不喜欢购物的人，尤其不喜欢漫游在大商场"漠"里，对抱着一堆衣服，在小小的试衣间里，脱了穿、穿了脱的动作，很不热衷。我如果需要什么，我会写下，然后根据那名单去买，买了就走，好像我的时间很宝贵，日理万机得不能随便浪费掉似的。有时，我也会陪朋友一起逛店，但在买了自己需要的东西后，我一般都百无聊赖地坐等在某一处，看着朋友在试衣间那儿开门关门地高兴着。

基于我的这个不良爱好（哪有女人不爱逛街的），我家的购物工作大多都是由比尔同志来完成。大到材料店买门窗，小到超市买牙膏，中间还有孩子们的学习生活用品等，都是他在"一马奔腾"，而且乐此不疲。

一次他帮我买"姨妈用品"，在某架子前犹豫不决，问旁边的一位白人女士，说我妻子要的那种这里没有，哪种可以替代？该女士先惊讶他居然会替妻子买这种东西，然后热情建议，帮助完后她给比尔一个赞许的目光，说"幸运的妻子"，走老远了，她还给他一个回头率。美得比尔回来后，深有感悟地说："得给我那些单身的哥们儿说说这一体会：女人的心很容易被一些在我们看来一点也没什么的小事所感动，千万不要因为事小而不为啊。"

一百零九件的"袜子"，大概只有十几件是我买的，十几件他父母姐弟寄来的，其他都是他的斩获。每次他购物回来，都是先不动声色地把所有"袜子"留在后车厢，等孩子们都睡了，再神神秘秘地把那些"袜子"抓着一闪而进，很激动很阴谋得逞的样子，还频频嘘我，意思是别弄响声，惊醒了孩子，坏了他的"袜子计划"。他的这种比圣诞老人还圣诞老人的参与劲，让我都怀疑他到底是在给孩子们过圣诞呢，还是在给自己过圣诞？是不是做了一整年的大人，好不容易逮了个机会再做回一次儿童？

看孩子拆礼物是整个圣诞节的亮点，圣诞节对不是基督教徒的人家来讲，其实就是孩子们的节日，大人忙忙碌碌好几天，除了弄一桌好饭好菜与亲朋好友共享外，剩下的就是撕包装纸了。

我凌晨三点上床睡觉，第二天八点不到便听到楼下一片惊叫声，接着是一阵紧奔上楼的脚步声，三个小的涌进来，激动地说下面有好多礼物，我们现在能拆

吗？比尔一跃而起，也真激动地问哪里哪里，是真的吗？率着三个奔转下去，随即一声高八度的比尔式"哇"叫声响彻楼板，我心里笑着翻了个身，知道这就是比尔想要的第一个效果，等等还有孩子们看到"袜子"时的第二个、第三个效果呢。

估计孩子们被告知得等妈咪起来后才能开礼物，三个人又鱼贯而入顺到我床边，轮流呼唤老妈起床。

披头散发的我举着相机，对准开包者咔咔一阵闪光，妮妮一开始开的都是各种各样的镜框，因为在她提供给爹地的名单里，有一项镜框，结果爷爷、叔叔、和我都给她买了紫色镜框（她最喜欢的颜色）。这孩子心态好，虽然每次一撕开那美丽的包装纸，都是镜框，她仍很高兴地唱一声："又一个镜框，不是袜子！"后来开到一个ipod，她也一样分量高兴地长吟一声："哇！是ipod，不是袜子！"逗得大家哈哈大笑。

比尔今年给西西买最多的"袜子"了，在购物的时候没觉得，等到包装的时候，就分出多寡了，我知道比尔最宠爱西西，因为他觉得西西幼时没有得到我足够的关怀，他应该多补偿给她，所以每次买东西，爹地都会不自觉地给二女儿加点"奖金"。

我在包装时，怕其他两个孩子到时数各人的礼物件数时，会心理不平衡，就故意把西西的多件礼物合起来包装，这样她的件数就不会太多了。

结果当西西看到姐姐有ipod，而自己没有时，就开始不高兴。妮妮从小已经得到足够的爱和关注，对什么都有一种无所谓的平常心，而西西就有不自信的攀比好强性格，我再次感到内疚。

我凑近西西的耳边，悄悄地告诉她："其实你的礼物比他们多好多呀，真的，妈咪包装的。"她才破涕为笑。

小儿宝弟那是从始至终都是处在一种很高很亢奋的过节情绪中，因为开了那么多包，还没开到一双袜子呢。

拆完所有的礼物，老妈我便开始抱着笔记本电脑陷在阳光房的沙发里干我码字的"老本行"了，另外五名家庭成员全在大厅里大呼小叫地玩起了wii式网球，大儿子和比尔及孩子们的快乐喊声让我第一次感到了节日的热闹气氛。

谁说圣诞节只是孩子的节日？

蹦蹦跳

今年圣诞节孩子们得到的一个共同礼物，是一个能承载一百公斤重量的"蹦

蹦跳"。上个礼拜因为天冷，下雪，去婆婆那里参加保罗的葬礼，那一大箱东西就放在太阳房里供孩子们走来走去地"干看"，不能拆，让他们心痒痒了好几天。

昨天从南边开车回来的路上，爹地说，明天如果天气好的话，可以把"蹦蹦跳"安装起来。小的们听了非常兴奋，相互之间友好了许多，连平时该吵的架竟然都不吵了。

今天是2010年的最后一天，是一个明媚的大阳天。爹地按常规给他自己和孩子们做了他最喜欢吃，老妈从来不碰的培根、煎蛋和香肠等典型西式早餐后，便开始到院里清整安放"蹦蹦跳"的地盘。

老妈仍在梦乡里，隐约听到窗外落叶被收刮在一起的窸窸窣窣声，爹地与孩子们高一声低一声的说话声。老妈我不想错过这个"历史性"时刻，便起床下楼观看，自然，手上拎着照相机。

地方整好了，爹地开始开箱。把箱子打开后，爹地做的第一件事自然是看说明书，然后把各零件排列在地上。孩子们怀着愉悦又迫切的心情紧紧地围在"家中央"爹地周围，外加一个已经是大人的大儿子宝宝，他很愿意帮忙地站在"中央"边缘，随时伸出援手。

爹地总指挥把安装要领和他的中心思想向下属四个"工作人员"大致说了一下，然后大家各就各位，非常默契地配合爹地要这要那、扶高扶低、装左安右的指令。

萧冷的岁末，光秃秃的树木下，是我所有的亲人，热热闹闹地在装"蹦蹦跳"。老妈站在篱笆这边，举着相机，远远望过去，心里竟有一份感动！

不管前一刻和后一刻是什么，这一刻是满足和幸福。

毕竟是冬天了，虽然是阳天，气温还是有点寒冷。想外面干活的人，个个都只穿着单衣，老妈回屋，开始在厨房烧水，煮一锅阳春面。鱼丸、虾、橄榄菜等等大家爱吃的东西和面一起煮熟了后，老妈对着外边的人群一声喊："吃面了！"大家鱼贯而入，有点像生产队收工回来的样子，然后人人手捧一碗热腾腾的面汤，围在一起稀里呼噜，把老妈我看得特有成就感。

终于完工可以蹦跳了。为了安全起见，防止蹦跳之间撞到对方，爹地规定每次只能上去一个人蹦跳，每次三分钟。

按从大到小的自然顺序，我们的"小尾巴"宝弟是最后一个才能上去的人。可怜的宝弟很耐心又不耐烦地站在地边上，不停地看手表，四十秒、二十秒、十秒地向正在上面忘情地蹦跳的人报时。一到十秒，小人就

十秒，九秒，八秒……宝弟开始倒计时……认真做到分秒不差，非常严格

开始倒计时,把"秒"之严格,态度之认真,堪比奥林匹克竞赛教练。

这有点痛苦。等爹地从四川店取水煮鱼外卖回来,老妈想和他商讨一下:能不能一次两个人一起跳?按一百公斤的重量计,宝弟不管和哪个姐姐一起蹦跳,都不会超重的,希望爹地能批准。

离 2011 新年还有五个小时。再过五小时,我又得往前进了一岁,虽然心里非常不乐意,但也没有其他办法。

唯有祝自己来年身体继续康健,想蹦能蹦,想跳能跳,让生命犹如"蹦蹦跳"似充满动感和活力。

我跳傣族舞

一年一度的大华府元宵节晚会终于于 2012 年 2 月 18 日圆满落幕。

今年元旦一过,北维妈妈舞蹈团就紧锣密鼓地开始排练要演出的《梁祝》群舞,从没认真学跳舞的我,自然跳不来这支高难度的舞蹈。每次上课,演员们排队形时,我就发扬"党需要俺在哪儿就安在哪儿"的螺丝钉精神:替没来的同学站队形。这种形式的跳舞课,对我有点"慢条斯理",很难把汗跳出来,磨蹭几次尚可,如果一直那样磨蹭着,就失去我去上课的动力,因为我跳舞主要是为了出汗,锻炼身体。

对上跳舞课一直都是本着"不得不"之心情的我,此情此景正好也给自己一个偷懒的正当理由:这学期就不注册跳舞了,给自己放几个月的假。

享受了两周不必匆匆忙忙"不得不去锻炼"的美好夜晚,一日,和好友 M 在电话上聊天,她说她在梁红的舞蹈室跳傣族舞,也要参加元宵节晚会表演,而且,服装非常漂亮!她叫我去看看。

在妈妈舞蹈班有一搭没一搭地跟着学跳了近一年《梁祝》的我,觉得自己离舞台还很远,只是在"站队"的水平,去跳从没接触过的傣族舞?去台上演出?还是那种卖票的演出!而且离演出只剩下四周的时间了,一周就是上两次课,也只有八次的课,这不是天方夜谭吗?就是梁老师让我混进去了,我能对得起买票进来的观众吗?

除了客观条件不行外,主观上我不喜欢这种有压力的事。一辈子懒懒散散,几乎没什么压力地过下来了,老了更怕任何有压力的事,而且那上课的地方离我家很远,开车得四十多分钟。

但最后,我还是斗胆去了。M 告诉我,傣族舞其实很简单,抓住其特点"三道弯"就是：胸一道，腰一道，臀一道。把这三道左右错位就对了，再给脸一副嗲嗲的表情，就有了傣族舞的要点，性感和妩媚也就出来了。

听起来蛮简单的，可做起来就不那么容易了。这"三道弯"要"弯"得正点，不那么"芙蓉式"，光动作正确还不够，还得有那种从心里呼出来的妩媚气息及韵味才行。我很努力地把自己的身子"左三道""右三道"地折腾了半天，仍"错位"得很不正点。边上的一位老队员对我说："梁老师说傣族舞很多动作都是和吸气呼气有关，臀沉下去时，吸气，浮起来时，吐气，身子跟着自然摆动就好看了。"

得此真传后，我好像一下悟出了舞蹈的"真谛""三道弯"开始有质的变化，"弯"得有点意思了。我也越来越爱看镜子里自己的"舞姿"了，从"不得不"锻炼身体到"享受跳舞"就从这"三道弯"开始，从梁老师的傣族舞开始。

有了美感，便有了美好的心情，就会乐意为这有美感的东西或事努力和付出。反之，就会有"不得不"的心情，应付的态度，甚至失去继续的兴趣。

而感觉这东西真是只可意会不可言传，在还没有找到感觉时，再多的努力都是徒劳，踩不到点上。就像处男女朋友，没有感觉的关系总是隔着一层真空地带，无法投入。

自2010年开始，我一周一次，断断续续上了两年多的跳舞课，一直不知道自己居然还有这个"潜力"跳"三道弯"的傣族舞，还能对舞蹈产生感觉！这人的可塑性还真不是一般的大，都这把年纪了，居然还能跳出据说还蛮有味道的傣族舞，这些剧照似乎也证明了这点！

我的"三道弯"造型

华府买房记

（一）

自2007年7月搬来华府已有些日子，前段时间因为房市仍在下降，我们不

想一进去,就眼睁睁地看着自己买的房子贬值,便一直在有一搭没一搭地看房,没有认真地递出价合同,直到春天来了,房源也多了起来,六月初我又要携子回国,很想在走之前把家给安好了,到时母亲和朋友来时,有个比较像样的地儿。

第一个看上的房子是在一个第二好的高中学区。全国评比好学校的最高等级是十级,该学校被评为八级。去DC和机场的交通都很方便。房子七十年代建,五房四卫,还带一个大书房和一个桑拿室。屋后三层大阳台俯视着后院的游泳池和一个正规的网球场,并有小溪流过,连接着几十英亩县属原始自然园林。

这种布局是比尔的最爱:私密,安静,接近大自然,最要紧的是除了有无数的树木,氧气充分外,他还可以给孩子们盖他们一直盼望着的树屋。

我也喜欢这样的环境,但我更喜欢室内的现代化,我觉得一个人生活在屋内的时间比在屋外多,屋里的舒适应该比屋外重要。这房子是屋主付不起贷款被银行收回的产业,屋里的所有家用电器都被拆走变卖,连吊灯、壁灯都被挖走,不是搬进去就能住的条件。所以虽然价格比屋主当初的买价低了三十万美元,我心里还是挺犹豫。

而且这三十万刀的差价,有点 too good to be true(好得难以置信)的感觉。即使是银行拍卖,县里派人正在后院进行的加固地基的工程让我总担心滑坡的可能性,这么贱卖是不是因为地基有问题?

等到比尔做了一系列的调查终于说服了我那地基没有问题,把出价合同递上去时,已有好几个人先递了,其中一个已被接受,我们只有做"备胎"的份儿。

比尔郁闷了几分钟,回过头来反安慰我说:"天意(Meant to be),再找别的房子吧。"

这时我们的经纪人告诉我们她住的那个县,就在我们地区边上,相差几分钟车程,学校也不错,同样的价格,甚至更便宜,在那边可以买到更好、更大、甚至全新的房子!不妨去看看?

不看则已,一看就觉得以前看的或住的房子都是破房了。好家伙,那里的房子不仅新、大、好,而且盖得非常气派,是那种一进门,你就会即刻爱上的格调和布局。

第一次,我们俩同时喜欢上那里一栋在水边的两年新的房子。难得啊,比尔对室外大自然的喜好和我对室内现代化的要求终于得到了统一。我们马上写了出价合同,很高兴地回了家。

那晚,比尔把孩子们送上床,安顿好后,回到客厅,看我孜孜不倦地在那里码字,半天没响。我抬头问怎么了,他深吸了一口气,试探性地问:"还记得当初你为什么坚决要从西岸湾区搬到东岸华府这边来吗?"

"为了这里全美数一数二的好学校啊!"我想都没想地应他。

"那如果我们买了这房子,就不在你要的数一数二的学区了,虽然那边的学校也不错,但他们没有'天赋教育中心',我们的两个孩子好不容易都考上中心了,这样放弃了,你不觉得可惜吗?"

"天赋教育中心"是这个县教育局通过考试成绩、老师评语和孩子本身条件的综合评估,从各个学校把最好的学生抽调出来,集中到中心重点培养的一个教育项目。这有点像国内的那种重点班,也像国外的私立学校,唯一不同的是这"私立学校"是在公立学校里面,而且一切都是免费的。

在中心里面,老师会根据学生的程度来制订教材。水涨船高,全班学生的程度一样高,老师教的东西自然也高于其他普通班。我大女儿现上五年级,她们班的老师教的却是六年级的数学,八年级的英文。

当初我不就是冲着这个砸锅卖房,"逼"着比尔跨州搬回来的?现在我却因为自己的私欲而忘了初衷,要置孩子的教育于第二位?

人生有时有很多选择,人在选择时,常常会因为很感性的东西偏离方向,而忘了那很原则的问题,我和比尔都意识到我们今天做了一个不分主次,很情绪化很感性的决定。

虽然很可惜,第二天一早,我还是打电话给经纪人,告诉她昨晚签的那个出价合同不要送了。我们还是决定在这边的县买房,贵就贵一点,旧就旧一点吧,目前还是一切以孩子的教育为主。

(二)

我们在看房子前,先在网上寻找自己要的房子,当然,是以好学区为唯一的前提。我们把认为还可以的高中名字打入搜索,就在那范围里挑选。

小学和中学好的学区,不等于高中也好,所以高中是关键。在那个全国好学校评比网,你可以把美国任何一个公立学校的名字输入,就能得到等级。我三个孩子中已有两个考上"天赋教育中心",只要在这个县,不管房子买在哪个学区,两个孩子每天都会有校车接送到中心里上学,所以我们其实只是在为二女儿西西找好学校。

我们的要求是:小学、中学、高中的等级至少得八级以上,再好的房子,只要学校的等级低于八级,我们就坚决将其排除在外。

一日,我在网上把菲县最

我们冒着大雨看上的房子,并当即递了出价合同

好的高中之一，等级九级的一个校名输入搜索栏，意外地看到一个刚上市才两天的挂售房子，还是银行收回的房产，1992年盖的三层红砖房，也是五室四卫，带一个书房和一个室外热浴池，后院也是连着成片的原始自然园林。

我们马上约了经纪人，在房子那见面。一进门，我们就喜欢上它宽敞的布局和十英尺高的天花板，这种高天花板的房子比八十年代前盖的、只有八英尺高天花板的房子，感觉明显的亮堂和宽畅。

我们还在后院欣喜地看到树林中一只鹿妈妈带着三只小鹿在那儿悠闲地排着队穿行，静悄悄的，只有落叶被鹿蹄踩到时，发出一点细碎的沙声，有一种很世外桃源的静穆。

虽然同样也是银行拍卖的房子，但屋里所有的家用电器皆在，其他的设施也更新得很好，我们马上写了出价合同。

第三天，经纪人打来电话，说祝贺我们，卖主和银行已经口头接受了我们的出价，正式的签署文件随后就到。

我们很高兴，马上有想再去看一眼"自己房子"的冲动。比尔带上全家老小，兴冲冲地开车到那里，也像那鹿妈妈那样，他在前头，我们一溜跟在他后面，悄悄地"潜"到那房子的后院，每个人心中都把那房子当作将来的家，东西南北憧憬了一番。

比尔很快发现外面原有的热浴池被拆走了，甲板也被拆得零散。屋主已经接受了我们的出价合同，她是不可以这样拆卖任何已写在合同上的属于房子的东西的。

我们把这情况告知经纪人，很担心屋里的东西是否也被她这样拆卖，她说她会查明是怎么回事。

次日，经纪人来电说，在这个房子上，屋主贷有两个贷款：第一贷款和第二贷款。房子卖的价格只够还第一贷款的大头款项，第二贷款的银行收不到钱，不肯签字放行，所以两个银行之间得谈判达成协议，我们才能完成交易。

那被拆的东西呢？经纪人说，房子卖得这么低的价格，都不够还银行的贷款，如能得到那两个银行的同意，尽快拿到这个房子，就是一个非常好的买卖了，那些东西是小事。

虽然心里觉得不爽，但也觉得经纪人的话不无道理，只好作罢，耐心等待那主要的。

过了几天，我们被告知，那做牙医的屋主，突然决定申请破产了。这意味着银行也无权卖她的房子了，我们的出价合同和他们的接受出价合同都宣告无效。

经纪人说："屋主这招够狠，这一申请破产，就得由法院来裁决了，等法院判了，才能卖房，这得到猴年马月啊？"

一切又回到原点，我们再次郁闷。

（三）

有了这次经验，我们觉得买银行没收的房子不适合我们的计划。虽然价格上会比其他正常售卖的房子便宜许多，但这样的房子大多得稍微修复后才能入住，而且你不知道什么时候才能成交过户，因为银行方面有时可以很费时的。据说有的银行可以把所有手续放在那里大半年后，才开始考虑办理，更不用提如果还有第二贷款银行的介入了。

所以我们决定还是找"正常的房子"，这样才能在我回国前把房子的事搞定。

比尔经常出差，到网上筛选房子的重担自然就落到我肩上。他有时也会在老远的地方突然从雅虎即时信息框里给我弹出一些挂售房子的链接，把埋头码字的我吓一跳，突然记起自己的职责：找房子、找房子、找房子，而不是这样不务正业地码字、码字、码字！想比尔他时不时地"弹出"，大概也是含蓄地提醒我：干正事吧。

我一般先挑一些我喜欢的房子，然后传给比尔，他把它们按前后顺序把路线图打出来，然后我们就一家一家地实地"侦察"，几乎每个周末我们都在起劲地到处"猎房"，有时即使不是周末，只要他在家，一结束完他的电话会议，他就说："我们走吧。"我就和他跳上车，看房去。

一日，我意外地看到一个刚挂出来一天的出售房，居然跟那个牙医的房子在同一条街上，到网上一查，位置还比牙医的好，在街院里面，更私密和安静。告诉比尔，他老人家照往常那样很及时地来一句'天意'的老调，意思是当初那牙医的房子卡了，原来是老天有更好的安排呢。我说那时你一听说牙医的房子是建于1992年，你不是也"天意"了吗？说我们正好也是1992年结的婚，多有意义啊，房龄与婚龄一样。

老人家他不置可否，悻悻然曰："人有时就得需要'天意'一下，就像你们的阿Q精神，这样才不会陷在过去里，让自己往前走，永远保持愉快的心情。"

我很快约了经纪人。可以想象，我们和孩子都很喜欢那房子，除了房子里面更新和维护得很好外，后院大阳台上还盖有一个小亭子，有一个长长的小木桥从那亭子连到后面的小山坡上，非常别致。该房子占地一英亩，坐落在那个街院的最里面，只有对面和左边两家邻居。屋外错落有致，漂亮的地貌把整个房子很优雅地包围着。

那鹿妈妈和她的三只小鹿也及时地出现在后院的树林里，孩子们好像看到老朋友一样地高兴，他们又很兴奋地指给我看，说那边还有一只狐狸。

比尔已经在勘察哪棵大树可以用来盖树屋了，老老小小都满意，我们马上递了出价合同。

卖方经纪人收到我们的出价，说早知道这房子会这么火，才出来一天就有这么好的出价进来，那他就不要花那几千美元来打广告和印精致的传单了，甚是

懊恼。

屋主很快就接受了我们的出价,一如既往,我们一家又兴高采烈地"旧地重游"。没有递出价合同之前,你看的只是"房子"而已,这"房子"太多了,看着看着,都不记得哪栋是哪栋了,等一旦签了出价合同,那这房子就是可能的"家"了,那就需要认真地、仔细地,带着浓厚的感情、满腔的热情和丰富的想象力再去"看"了。我想这情形和找配偶有点相似,平时可以泛泛地处朋友,瞄一个整体感觉,一旦决定是结婚对象了,心情和眼光就会变得不一样了。

孩子们欢快地在后院的树林里探险。我和比尔其实也有和他们一样的童心,只是不好意思表现得那么淋漓尽致而已,我们在树林里穿梭着,竟窜到了一条自行车小道上,迎面与一个骑单车锻炼身体的高大帅哥撞上,比尔那好与人交际的本性让他很自然地就与那帅哥攀谈上。

带着头盔的帅哥其实是老师哥了,他说他曾是驻菲律宾大使,住在这地区已有二十多年了,现在是移民律师,他说这地区非常安全,他的家就在后面那条街上,周围的住家大多是像他这样要么替政府工作要么自己开业的高收入家庭,虽然学区不是太好(高中等级七级),他们的孩子大多由政府出钱送私立学校或自己送,所以不太在乎学区。而我们想买的这个房子,虽然邮政编号跟他房子的一样,挨得也很近,但它很奇怪地却被县教育局划到十五英里外的好学区(高中等级九级),几十年来一直没变,校车每天来回各四十五分钟地接送。

既是好学区,又有好邻居,房子虽然比牙医的小了一点,但一切正常,可以如期过户,看起来真的像我们家比尔所说的,"天意呀"!

(四)

问题出在邮政编号,也就是地段上。虽然这房子归属于好学区,但它所在的地址却是房价跌得最厉害的地区之一。申请贷款时银行先要求估价房产,我们付三百美元请估价公司做估价。因为该房子周围近年来几乎没有买卖交易,估价公司只能按原则以该房的邮政编号为界找方圆三英里内,三个月内已卖掉的相等指数的房子,结果做出来的估价竟比我们的买价低了近十万美元。

银行只能按估价总数的百分比贷款。比如你买的是八十万美元的房子,估价出来却只值七十万,你本准备付四十万的头款,本应该向银行贷另外的四十万,可根据估价报告,银行只肯按七十万的价值贷给你三十万美元,那十万美元的差额,得你自己想办法,这样你的首付款就得加十万成了五十万美元。

如果我们真是非此屋不买的话,倒可以自己解决那差额,但将来如要卖这房子时,再售时的价值会遇到同样的问题。如果只差两三万的话,也可以考虑,1998年我们买加州圣荷西的房子时,也是以高于估价近一万的价格买的。

如今要买的这房子毕竟在好学区,我们也喜欢这房子和环境,最主要的是我们有点厌倦一直看房了。

我们想与卖主协商，就让我们的经纪人把估价报告给他们看，说你的房子真正的市价是这个价，不管谁买你的房子，都得经过估价这一关，我们很喜欢这房子，价格上能不能稍微和估价得出的数字相匹配，退一点，做成这买卖？

对方看了报告，却说那估价没做对，除了这个那个没算进去外，最主要的是这个好学区，它本身就值八到十万。我们的经纪人也在旁边加油添柴，说学区好坏，可以有十万左右的差别，并举例说她的一个朋友，买的房子原来是在一个一般的高中学区，后来重新划分学区时，被划到另一个很好的高中学区，她的房子一下就增值了十万，她说你有三个正在上学的孩子，想想如果你不在好学区，得送他们去私立学校，那费用是多少？

听起来好像也有道理，我们就同意让估价公司根据卖主的要求重新再审核一下该房子的价值，想如果能有所提升，差小几万就买了算了。

可第二次估价报告出来后，竟比第一次的还低了五千，原因是他们找到更多可比较的数据，估价人说，他们评估一个房子只把房子的新旧、大小和装修等看得见的东西与同地区相似的已经卖出去的房子进行对比，学校的好坏不在评估范围内。

再说这房子正好在好学区的边缘地带，离它目前所归属的好高中有十五英里的距离，离差的高中却只有四英里，很难保证将来好高中的学生人数饱和时，教育局不会把这个边缘地带划出去，归到离它近的差高中里。在现在这种房产售卖低迷、供多于求的买方市场，我们不值得这样来买房的。地段、地段、地段，说的就是这道理。

我们最小的儿子才七岁，当初从东岸搬回来时，我和比尔就说好，这次得好好在一个地方至少安定到小儿子高中毕业。在过去的十六年里，我们搬过十二次家，间隔最短的三个多月，最长的也才三年。虽然大多数是让搬家公司来全权打包，装箱，再拆包，组装和安放，他们会把你的一切，包括叉子筷子等琐碎东西全包装好，我只需动动嘴，站在边上告诉他们什么东西要，什么东西不要就可以了，但我已经不喜欢这种搬来搬去的不稳定生活了。

年轻时，觉得每隔一段时间，随比尔换一个地方，是一件挺有趣，也有点浪漫的事。但随着孩子的逐渐长大，自己年龄的不断增长，我开始渴望安定了，渴望有一个我真正能安居的家了。虽然我们每挪到一个待较长时间的城市时，都会在当地买一个属于自己的房子，但因为我心里总有过几年得走的潜意识，就一直不能把自己的心真正地安放在任何一个"家"里，真正花心思来打扮那个家。

还有十二年，我最小的孩子才能高中毕业，如果在这十二年间，学区被重新划分了，那我的初衷，想让孩子们有个好学校上的计划岂不落空了？

后来比尔到县地产税网站查了这房子去年和今年纳税的房值也与那估价值相近，最后统一了思想：还是放弃吧，也许这又是天意？

（五）

这次购房的失败带给我们长时间的沮丧和郁闷，这小心情跟当下次贷款风暴引起的美国低迷经济之大环境很般配。我们甚至不再说看房的事，好像各自都被什么伤了一样，又不知道谁是"凶手"。

我开始挑比尔的茬，说他当初就应该查一下那房子的地税值，地税局征税的房产价值一般会比市场价值低一些，但不会差太多。如果我们当时知道地税局按多少价格来收那个房子的房产税的话，在递出价合同时，就不至于那么头脑发热，给对方一个高于市价那么高的价，你都出那个价了，人家心理上怎么可能接受其他低的价呢？如果一开始就给个合理的价格，说不定这房子就买成了……吧啦吧啦。

"天意"先生这下除了天意还是天意，没有其他的解说词，让我更气不打一处来，郑重宣布："从今往后，别指望我替你找房了，你自己折腾吧。"说完我就理直气壮地码我的字去了，好像买房子只是给他一人住，与我无关似的。

比尔的可爱之处就在于他的真和纯，他不知道我说的这些只是中国的某些女人为了"泄愤"而说的气话，赌气是她们常常用的招数。比尔他真以为我不买了，说："那你把钱从你的私人账户转到我们的共同账号吧，你回中国时，我就可以自己买了。等我买了，你要是不满意，可别怪我呀！我知道你肯定会不满意，所以还是忘了过去，向前走，与我一起看房吧，嘿嘿。"

他以为他抓住了我的软肋，甚是得意，因为他知道在买房这等大事上，我是不可能放心让他"单方面"看好就买的，所以才这样激我，其实我是不能放心把财政大权交给他，俺也嘿嘿。

离回国还有近两个月的时间，我心里隐约有种感觉：一切都会好的，一切都会解决的。

那天，我带着孩子去中文学校上课，天正下着倾盆大雨。我坐在车里，听着外面那哗哗的雨声，望着车窗上飞速流淌的雨水，带点困意地发肥呆。

手机突然响了，是比尔那兴奋的声音："一个很好的房子刚上市，你赶紧回来，咱们去看！"

顶着狂风暴雨，几乎看不清十英尺以外的东西，我非常小心慢速地把车开回家。

那是一栋在当地颇有名气的高中学区里的房子，也是在街院里面，门前有三棵盛开的樱花树，房子是殖民地风格（colonial style），房子正面还有上下两层的阳台走廊，后面是一圈非常大气的甲板阳台，同样的，是我们喜欢的后院，也是连着大片县属原始自然园林，该房产也拥有近一英亩的地。

刚才走得匆忙，没带雨伞，我只好顶着一个超市的塑料袋和光着头的比尔冒着大雨，沿着那房子走了两圈，两个人都淋了个湿透。

钻进车里后,我即刻打电话给我们的经纪人,让他尽快来带我们进去看,并叮嘱他把写出价合同的所有文件一起带来,如果里面看了满意,马上递合同。

(六)

原来的买房经纪人三个月签约到期,而且经过这么多次的失败,我们双方都觉得有点失望。特别是这最后一次,本来经纪人应该可以给我们提供更多的信息,比如这房子2008年最新的县征税估价情况,在我们递出价合同的时候,她没有说出来供我们参考,她给我们的感觉,就是最好能把价出得越高越好,即使我们已经决定了一个数字,她回家后,还会打电话来问,要不要再加一点,再加一点……非常的推。

所以我们重新签了另一个经纪人,他是一个从IT行业改行过来的成都小伙子,他说他已经做了三年房产经纪人了,收入比做IT工程师好多了。

这下冒雨赶过来的就是那成都小伙子V,他开门带我们进屋,我们即刻就被屋里的大气布局和非常时尚的装修迷住了。尤其是厨房那里另外加盖出来的阳光房,楼上主卧室的时尚浴室,二楼外面连着主卧和另一个房间的大阳台,让我们很是喜爱,更不用说后院那气派的大型甲板阳台了。

唯一不足的是,这房子只有四卧四卫。每个孩子一人一间的话,秋季大儿子从中国北师大学完中文回来就没房间给他,更不用说我申请来美国探亲访友的母亲和大学好友来了,我们会有独立房间给她们住。比尔说,下面有独立门户的地下室,空间那么大,很容易围两个房间出来,因为下面已经有一个正规卫生间了,他说别担心,等你们从中国回来,一定有足够的房间迎接你们,不要说只有宝宝、你母亲和一个朋友,就是你弟弟和他老婆想从旧金山搬过来,我们也有地方给他们住。

就这样,我们又满怀激情地就在那房子里写了出价合同。V倒一点都不推,他还告诉我们,目前的房市一般都是以低于要价的百分之五成交。我们很想买成这房子,只写了个低于要价百分之三的出价合同。V说很好了,他马上给卖方经纪打电话,告诉对方他今天就把出价合同传真过去。

卖方经纪很快回话,说收到我们的出价合同,但另外一个出价合同明天也会递进来,她只能等收齐了后天再一起递交给业主定夺。

又有人跟我们争?自从我们开始递出价合同以来,总是同时有另外的人来争买我们看中的房子,这如此低迷的房地产市场来讲,是一件很奇怪的事。比尔说,我们看中的房子,都是刚上市的物美价廉的房子,虽然房市不景气,但外面还是有不少像我们这样急着买房的人,只不过这些人跟我们一样地挑剔,都在虎视眈眈地等着好房、好买卖而已。所以如果是好房好价格,一出来,就有人来抢。

很难熬地过了一天,这期间,比尔忍不住故技重演地带着全家老小跑到房子那儿又转悠了一下。第三天一早,V打电话来告诉我们,卖方经纪刚才给他电话,

说另一个合同出的价比我们的高,首付也跟我们一样多,他十点半要与业主见面,把两个合同一起给业主决定要哪个,问我们要不要在他去之前加价。

我最恨这种竞价的情形了,感觉有点被人"逼"着玩"你加不加,不加就没了"的游戏。比尔那好玩争胜的性格这时却完全被调动起来了,就像你本来不是太热爱那样东西,还正在犹豫要不要买的时候,突然有一个人冲过来说:"我出更高的价钱买它!"你一愣,当即从可有可无的心情变成志在必得的决心,其原因除了意识到"原来是个好东西啊"外,也有"我正要的东西岂能容他人拿走的"情绪。

那时已经快九点了,形势紧急,没有时间容我们像往常那样先来一番讨论,然后争执,最后达成协议的"交流"过程,那刻我们就像处在火线的"同一战壕的战友",过往一切的"谁对谁错"之历史遗留问题既往不咎,现以拿下那房子为统一目标,我们告诉V把买价加成他们的要价,一点也不讨价地原价买,并要V问对方经纪人,我们这样的出价有没竞争力,要是不够,请一定告知,我们愿意……等等等等。

文件传真给卖方经纪,一个小时过去了,没有回音。打电话给V,他说他已经给卖方经纪打了两个电话,她没有接,只好留言。

过了十点半了,我们忍不住,又给V电话,V说他又打电话了,还是没有人接,可能她正在业主家与业主商讨那两个出价合同呢。

鉴于他们的经纪人一直不回我们的电话,我心里已经感觉到我们是拿不到这房子了,但不愿打击我们比尔的热情,我也不开口说任何负面的话。

再一个多小时过去,整十二点,V打来电话,说业主把房子给了另一个人,因为那个买主在出价合同上写了一句"逐步上升条款"(escalation clause),即使对方出的价比我们的还略低一点,但就是因为这句话,我们是怎么也争不过他们的。

我们在美国大大小小买了近十个房地产,从来都不知道买房子还有这么一条能"置人于死地",稳操胜券的东东!

(七)

"逐步上升条款"是买主为了保证拿到他所出价的房子,以防有其他买主出高于自己的价而特意加在自己出价合同里的一个条款,大意可以是这样:我愿意逐步上升我的买价,出比最高价还多 $$$ 的价格来买这个房子。

这是在房市鼎盛时期,一个好房子上市,有多人在"抢"的情况下采用的一种"保证赢"的方法。买主可以无限制地匹配最高价并再加$$$,也可以设个天花板,只追加到一定数字就不跟了。

而在目前这么萧条的房市,竟也出现这种"你死我活"的抢购,V说他做了三年多房产经纪人,第一次遇到这种情形。一贯乐观,很爱"天意"的比尔这回

也"天意"不起来,明显地郁闷了。

为了安慰他,这下变成我对他说"天意",我说那房子不是公共用水,用的是井水,虽然可能比自来水还好,也省了每月的水费,但毕竟不现代,得有自己的过滤系统。还有他们没有公共下水道,是用化粪池,每隔几年得请人来抽一次,等等我所能想到的"阿Q精神",他老人家看了我一眼,不作声,转身坐在他的旋转椅里继续郁闷着。

很快,比尔出差去了,两天后回来,他又生龙活虎地,一进门就说:"这几天有没什么新的房子挂售?咱们明天看房去。"

这次我们改变看房方向,开辟一条新的"战线":到城市的另一边寻找物美价廉的家。

那地区的中学高中还不错,就是小学差点。想我二女儿只有两年时间就上完小学了,其他两个都在"天赋教育中心",所以这地区还是可以考虑的,这样选择范围就广阔多了。

我很喜欢一栋在水边的房子,红红的樱花,绿绿的大草坪,悠悠的清水,水上还有那闲闲的彩鸭,一幅美丽无比的桃源画。

比尔一开始也喜欢,后来看到在后院与水之间有一条小径穿过,水边有人在钓鱼,说这环境美是美,可不私密,孩子在后院玩,还得不时盯着,不是百分百的安全。

最主要的还是那县地税的估价与要价有很大的差额,虽然业主说那是因为他们那儿的房子极少售卖,县地税局一直无法估出确切的价值,说五月份县里会来重估一次。但有了上次的经验,比尔很是犹豫。

这就是我梦想的居住环境啊:地绿水秀,恬静如画,不会输给我们原来在湾区太平洋边上的景致:那个是壮观,这个是美丽。想象每天坐在大甲板的太阳伞下,手捧一本好书或电脑笔记本,眼眺美景,是何等的惬意!偶尔有人在后面走过又怎样了?咱中国人就喜欢人气,如果住在太没有人的地方,还令我害怕呢。

至于那价格,这房子上市已经一百多天了,就是因为要价太高,一直没有人问津,也就是说,没有人会跟我们"抢",业主又很着急想卖,我们正好可以按接近于县地税局的估价来试着出价呀。

吧啦吧啦……自从回家后,我就没有停过诸如此类的叨叨,我们比尔同志听着听着,也许是被我说动了,也许是不愿一辈子听我说"当初,那美丽的水边房子……"也许纯粹只是为了让我保持安静,使自己耳根清静会儿,他终于说:"那给V打个电话,明天我们再去那房子里面仔细看一遍,递出价合同!"

Bingo(好极了)!我当即给V电话,约他明天十二点整在那水边房子里再见,记得带上所有递出价合同的文件。

（八）

跟往常一样，与孩子轻吻道晚安，把他们房间的灯熄了后，我和比尔要么一起看看影带，要么各就各位，抱着各自的笔记本电脑，沉浸在那无声的网络世界里。

也许是想到自己那"不要看到邻居"的居住环境之理想，明天就要随着我们再见V，买那水边房子而彻底破灭，比尔多少有点不甘心，他怀着最后一丝希望，不动声色地把最好学区，也是最好地区的邮政编号输入房屋搜索栏。

那个地区本来就是我当初想搬来东岸的主要原因，因为十几年前，我曾在这个地区的公立学校里代了近三年的课，从小学到高中，几乎去过每个学校，知道它的系统，也知道哪个学校好。该地区不仅学校是最好的，房子也是最贵的，我们曾踌躇满志地以为把湾区的房价概念挪到这里，应该可以买到一个蛮不错的房子，可随着房产经纪人转了一圈，才发现要想在这个地区买到稍微像样点的房子，照样得有湾区那种奋不顾身的"扔钞票精神"。

按理，我们也略具备这种精神的，问题是全国房价依然坚挺的地区也就那么几个地方，美国绝大部分地区的房市仍在持续下滑，我们几年前投资的几个房产也掉进了这旋涡，原本计划卖掉其中两栋，把钱集合起来到这地区买栋好房子的打算也因不愿降价卖而搁浅，现兜里揣着那有限的几个现银，望着该区里一栋栋很想买却买不动的房子，我们只好望房兴叹，退而求其次，到低一档的地区找房，我也逐渐把那地区的名字从脑海里忘却，不再去想它了。

过了午夜十二点，比尔突然在那边的电脑桌前兴奋地叫着："凌，快来看，一栋在X区的房子刚刚挂出来，在我们的价格范围内。"

我正抱着电脑陷在沙发里，除了不愿意动外，也不大好他说的在那区里会有我们价格范围内的好房子，想他明明知道我已经约好V明天递出价合同买水边的那房子，都大半夜了，他还在网上搜索，做最后的垂死挣扎。我说我不想爬起来，你把房子链接发给我。

老天还真是给他开了天门了，一栋非常不错的房子居然只要了一个比市价低好多的价格，而且是在那个最好的地区里！我心里不禁也为之一振。比尔说："我们现在就去看那房子！"我看时间已快下半夜一点了，问："这么晚呀？"问完自己也觉得多余，因为我们不仅常常心血来潮不分白天或黑夜地想看房就去看房（只在房子外围转转），而且十年前我曾有挺着一个八个月的大肚子，跟比尔趁着月色，也在夜半时分趴在人家的篱笆上往后院瞄了几眼，第二天就把那房子买下的历史。

念此，我和比尔相视一笑，心照不宣地以最快速度出门上了车，开了二十来分钟就到了那里。那屋子里面还亮着柔和的灯光，四周静悄悄的，偶尔一两声蛙叫声。

暗摸摸的，比尔在前探着路，我在后跟着，他一只手向后伸着，牵着我的手，

从车库的车道那里，我们慢慢地、蹑手蹑脚地潜入人家的篱笆门，因为屋里还有灯光，我们大气不敢出地绕着后院转了一圈，感觉这房子很大，后面的树林像丛林一样的深邃，比尔已是欢喜。

又开了二十几分钟的车回来，下车还没走到家门口，他老人家突然一激灵：手机没了！刚才在那里因为没有看到售房的大牌子，他曾掏出手机照了一下门口的信箱，以确认门牌号码，他说当时在后院深一脚浅一脚地摸索，可能掉在那里了，叫我先回家，他得回去找。

我说你一个大男人，深更半夜只身一人"鬼祟"在别人的宅院，万一惊动了屋里的人，人家不把你当贼才怪，弄不好，一枪崩了你，成冤头鬼，还是我再陪你走一趟吧。

女人体质的柔弱有时颇有万金油的作用，抹在哪里，哪里即刻就会有些许的"冷却"，让人感觉好点。

我们两个又屁颠屁颠地钻进车里，比尔说用你的手机打我手机号码试试看。我心里虽然担心着如果手机丢在那边，这一打岂不吵醒人家？但还是拨了他的号码，那熟悉的音乐竟然在他的驾座下响起，此时此刻，真乃天籁之美音啊！我们欣喜若狂，一惊一乍的，我和他又钻出车门，再屁颠屁颠地折回家，那时是凌晨两点。

回家上网一查，2008年该县地税局对此屋的征税价值竟比卖方的要价高近二十万！比尔说这是一个难得的好买卖，比以往所有那些我们想买而没有买成的房子都好，因为这是一个遗产房，不是个人在卖，是政府在卖，所以这么便宜，叫我赶紧给V发个邮件，让他明天改道，先到这房子与我们会合看看里面，然后再去水边的房子。

（九）

第二天，我们到了那里，V还没来，打电话给他，他说他正在去水边房子的路上，我说我昨晚给你邮件，先不去那里，来X区。V说他早上没有查邮件，他已经给水边房子的业主预约了，我们十二点要再去看她的房，现只好给她打电话延时，他马上掉头来X区。

V一到，那遗产唯一受益者——原业主的女儿刚好从外面回来，她很热情地把我们让进屋，说请原谅屋里的凌乱，你们随意看。

屋里一片狼藉，每个房间都有一些随便堆积在地上的东西，那女儿说她这几周来，一直在卖和清理东西，等一切处理清楚了，房子就会显得美好多了。

房子真的非常大，上上下下，加上那些加盖的，全算起来，有五千多英尺，光卧室就有七间，还有阳光房和书房。房子有近三十年的房龄，是她父母亲当年从意大利西西里移民来美国时自己设计的房子，从房子的装潢可以看出当初的金碧辉煌，因为他们用的都是那些亮晶晶、有点古典的优质墙纸，而且每个房间都

不一样，估计自从那次装修后，他们再没更新过。所以，房子虽然是可住的，但需要一些重新装修，这就与我希望一次性到位、一切坐享其成的初衷相去甚远。

比尔说："反正你很快就要回中国了，等三个月后回来，我肯定把房子弄好。就像加州那海边的房子，那年你不是也是房子一过户，连家都还没搬，就去中国了？六个月后你们回来，我不是连带滑滑梯、秋千、沙池等全有的小操场都盖好了？"

我说后院密密麻麻都是树木，我喜欢绿草地。他扑哧一笑："那还不容易，靠近房子的那些大多是灌木丛，到时我如法炮制，到建材店租个推土机，把它们铲平，然后给你铺上草地就是。"

他指的是那年在加州湾区，我们买了那栋在太平洋边的房子，后院连着悬崖，他也是租了工具，愣是掘地三尺，把后院那生命力极其旺盛的杂草和灌木连根拔起，在上面铺一层塑料片材后再种上草坪，彻底杜绝了它们"春风吹又生"的生机，把悬崖上原本杂草丛生的荒地整成了一块很温馨的小乐园，惹得隔壁邻居那位优雅的老美主妇无端羡慕起她还没见过面的我。她对比尔说："你妻子都不在你身边，你还天天顶着海风，扛着烈日，趴在地上刨啊挖啊种啊，只希望让妻子高兴，孩子快乐，到时给他们一个惊喜。我与我老公结婚十几年，从搬进来的第一天起，我就期盼他做你现在所做的，可十几年过去了，我家后院还是荒草一片，外加一大堆他的破烂。"

我知道他爱弄园艺，相信他能给我整出一片绿地的，可水呢？水边那房子的水景是整不出来的呀，树林再大，草再多，无水不秀呀。他老兄居然很认真地许诺："不用担心，我会弄个水给你。"他的意思是：他可以在后院盖个景观鱼池或者人工小瀑布的"水景"。

我嘴上不置可否，心里却有点被他的话所感动，再往深处想，他是家里唯一挣面包的人，十几年来，都是他一个人在养家糊口，有时我父母弟弟和亲戚一同来访，一大家子十几口人住在一起，也只有他一个人忙里忙外地工作，而家里的任何大事却得我同意后才能启动，以往买任何一个房子，也都是我来做最后决定。现在他更喜欢这个房子，尤其喜欢非常私密的后院和连着的那片几十英亩的树林，我是不是该让他一次？轮也应该轮到他做一回主了，起码我可以借此领情他为这个家，为我，做了十几年任劳任怨、"苦大仇深"的长工。

何况，从孩子的学校方面来考虑，这房子就在最好学区的中心地带，不必担心将来重新划分学区的问题，可以一劳永逸地一步到位解决我们的一切需求，包括有足够的房间把大家"疏散"开，将来再售，这房子是肯定增值及好卖的。经纪人V说："尽管别的地方房市不景气，但在这个地段的一个公寓都卖到七十万美元，这么大的房子，你买了，稍微维修一下，我保证一个月之内给你卖掉，赚个十五万美元是最保守的估计。"

没想到好几个月的猎房，兜了一大圈，七波八折，还是回到了初选地，难道冥冥之中，真有什么超然的东西在为我们做安排？也就是比尔老爱说的那句话"天意"？

（十）

在那乱糟糟的房子里，所有东西都标价出卖。有两件古香古色的中国家具吸引了我的眼球，那是一个镶珍珠贝的黑木衣柜和一个同样装饰的梳妆台。女儿说那是十几年前他父母从一个古董店买回来的，原主人是七十年代美国驻中国的外交官，是他们从中国运回这两件"古董"。

我看了标价，衣柜两千美元，梳妆台一千美元，我说我如果有买你这房子，那你就不用卖或搬走这两件笨重的家具，我连房子一起给你买了，你的实价是多少？她说一千五百美元和七百美元，我说来个整数吧，一共两千美元？她说好，并写下了我们的名字和电话号码，说她会在递进来的所有出价合同里注意我们的名字。

这时，又来了两个看房的，那女儿说，房子昨晚十一点多才在网上放出去，这边连售房的广告牌都还没来得及在自家门口挂起来，今天一早她就已经收到五个经纪人的电话预约来看房。

离开后，我们便随V到那水边的房子，因为已经约好了的，而且我心中仍很放不下那美丽的水景，也想再去看看，照一些相片，最主要的是，有了以往多次失败的经历，在没有拿到房子之前，是不敢从此就不再看房了。

到了水边房子，业主正着急地等着我们，看到我们，她高兴地说，上午接到我们不能来的电话，还很失望，谢谢再来。

在后面大甲板上，面对那一片美丽的景致，我不免又是一番叹息，比尔在后面拥着我的肩，轻轻地说："相信我，我会给你造个水，不会跟这个一样，但是水。"

至此，我知道我的"这个水"大势已去，不甘愿似的，我咔嚓咔嚓猛拍着相片，好像要把那里所有景色都收藏走似的，得不到，至少可以看得到，这也是一种安慰吧。

然后我们又去看了一栋都铎王朝风格豪华型的房子，那房子里面是没得说的美好，可就在公路边上，噪音大，自然不是我们想买的。就在那美好房子里，我们和V填写了买那女儿房子的出价合同，这回，我们不仅没有讲价，而且还出了一个比要价略高一点的价格，并注明外加两千买她的那两件中国家具。最最重要的是：我们这次也学了那"逐步上升条款"的招数。V说这是他第一次替人写这个条款，还真不太清楚该怎么写，问比尔能不能自己写一个。比尔大笔一挥，写下如果有其他出价比我们高的，我们愿意匹配它，并再多加$$$。

V说有了这个条款，你们这回肯定可以拿到房子，回家等好消息吧，那天是

星期三。

到星期三晚上，V告知我们，卖方经纪说他已收到五个出价合同，其中也有像我们那样附着"逐步上升条款"的合同。对方说星期四才能决定接受谁的出价。比尔一听，好家伙，才上市一个晚上的房子，就已经有了五个出价合同！他的士气一下焉了，说既然这么抢手的房子，那五个人当中肯定会有一个比我们的价出得高，我们是没戏了。他很悲观地又开始在网上搜索起来。

星期四上午，我们又出去看了其他另外几个房子，与那房子的地段、大小和价格相比，我们当然是扫兴而归。

下午的时候，比尔一反常态地上床小睡，傍晚时分，V的电话进来，激动地说："你们的出价合同被接受了！"

我扔了话筒，冲进卧室，叫着："比尔，我们拿到房子了！！"孩子们也兴奋地叫着："我们拿到房子了！"我们比尔同志闻声睁开眼，不相信地看了我一眼，"我们拿到房子？？？"我说是的，我们打败了其他四个，得到了这个房子！他还是不大相信，说："这只是他们口头的话，以前我们不是也得到过口头的接受出价合同，后来照样没了。现在，没有看到他们签了字的合同之前，我不相信。"

他这是在跟自己玩"不希望就没有失望"的心理游戏，当一个人太想得到一样东西时，为了不使自己万一没得到而产生太大的失望，有时会故意去抑制那种愿望，或不去期望它，这样，如果没得到，心里不至于太难过，如果得到了，那是加倍的惊喜和快乐。

比尔平时是一个非常容易满足、高兴和激动的人，以前那几次出价后，他都是非常激动，总爱把大家再带到那房子，让孩子们挑他们的房间，选盖树屋的树等。可这次，他没有这么做，他说以前这么做，房子都黄了，这次得迷信一回，不真正买到房子，不带孩子看。

现在他不想让自己高兴得太早，故意装出一副无动于衷的酷样子，让我看了有点好笑：这也太不像比尔了。

我给V打电话，说我们比尔不能相信我们这次有这么好运，非得看到对方签署的合同后才能"激动"，在什么时候你能得到他们的签署合同，好让我们的比尔真"激动"一回？V说对方经纪现人在外面带客户看房子和办其他事，得晚上回家后才能把签署合同传真过来。

接下来的那几个小时可真长呀！九点时，V说对方经纪给他来电，说路上堵车了，估计得十点以后才能到家，得过了十一点才能把业主签好的合同传真过来，问会不会太迟了。

我们说："不迟不迟，绝对不迟，不管多晚，你千万，一定，麻烦，拜托，把那签了的合同尽快传来，否则我们一夜都不会睡着的。"

V原话照搬过去，对方经纪在电话那头哈哈大笑，说："OK，我要他们去睡觉。"

差十分钟午夜十二点,我们收到了V电子邮件过来的所有签署了的合同,确确实实,我们拿到了这个房子!

那晚,极少打呼噜的比尔奏起了很有"层次"的"交响乐"……我睡不着了。

尾 声

买房其实是一件挺感性的事,有点像找对象,在基本条件,像学区和地段,都"门当户对"的情况下,剩下的就是看能不能在某一时间、某一部位对上眼了。比如,当你一进门,屋里或屋外的某个布局、某个设计或某个什么,让你一下就喜欢上,有一种"就是它"的感觉,也就是我们所说的"缘分"。

比尔说,前面我们之所以没有买成其他的房子,那是因为老天早已安排好这个房子给我们了,所以我们当然就一个也拿不到了。

比尔和孩子们在后院

买了房子不久,出现了一个问题,不管我们干什么或是买什么,人家一听你们住在X区,马上就来一句:住那里的人,应该……应该……

像那天陪大女儿到一个琴行买钢琴,挑好一个一万多美元的kawai三角琴,在填写送货地址时,那卖琴的说:"嘿,你们住在那个地方,应该买七万多美元的Steinway钢琴才对。"

请装修师傅来家里估价,他们一进门,都说,装修这地区的房子,应该用这材那料,否则与这地方不相配。

最可笑的是,那天去家附近我们的一个出租房看物业要求我们做的事,碰到租住我们房子整整十三年的房客,他一听说我们在X区买了房子,马上笑着说:"哇,你现在是有钱人了,那我们可以不付这里的房租了?"比尔说:"我们一点也不富,只是运气好,碰巧买到那里的房子,我们其实是挤在富人堆里的穷人而已。"

房客说,不管你是真富还是假富,只要你住在那里,人家就认定你富。我晕!

我和比尔面面相觑,想这下可"闯祸"入了误区了:有富人的地盘,可没有富人的口袋,以后这日子可怎么过?那天去"村"的超市买食物,连牛奶都比外面的要贵,就不用说其他的东西了。

我对比尔说:"熬十二年,等不再在乎学区的时候,我们把这房子卖了,抓着那一把钱,到中国去享受生活。"他老人家看着我,"那我要到夏威夷去享受,我们不是还有块地在那里吗?到时用这钱到那里去盖个漂亮的房子,多好!"

家还没搬完,就开始想着卖了,看来我们就是这个折腾的命。我想我只有安家中国,才会有不再折腾的心。

2000千禧年春节,我们一家从新加坡与定居在新加坡的小外婆一起回涵江,在林家祖屋老宅与我父母、姨妈一家、舅舅、舅妈等亲戚们合影。

第三部分

我的四个孩子

孩子命名记

大凡为人父母者，都有绞尽脑汁给自己的孩子起个好名的"创作"经历。中国人给孩子起名大多图好义，好音或好形，同时寄托着父母望子成龙或望女成凤的美好愿望。西方人给孩子起名就容易简单得多，因为英文里可用来做名字的字实在有限，八九不离十的不是John（约翰）、Bill（比尔），就是Peter（皮特）什么的，如果名不与姓连叫的话，你当街大呼一声比尔或约翰，准保不止一人回头。他们取名也顶多是纪念家族中的某一成员而已，名字本身没似汉字般有义。

生大儿子时，因其父是学中文的，所以我就将命名的重任全权授予。结果他"赐"儿名：贾达济。

我的四个孩子：达济、千龙、雪妮、雪娜

取自"达则兼济天下，贫则独善其身"的文人名典，勃勃"野心"昭然若揭。没想到儿子上学后却因这好名而成了同伴们的笑料，"达济"被叫成了"大鸡"，而且还是"假"的！可怜儿子小小年龄便有了累名之苦。来美国后，他用DJ缩写取代了"DaJi"，既保全了父亲大人的美意，又没了"大鸡"的难堪，可谓两全其美。

大女儿还未出世，我和"洋鬼子"丈夫比尔早已从书店购回了多本命名书，展开全面的研究。要想从英文名字中找到一个使用率不高，又能有所含义，再加音译成中文时也有好义好音的名字还真不易，最后我和比尔终于达成共识：将源于苏格兰的Shani之名定为爱女的官方名（孩子们有N个小名）。Shani是美丽的意思，音译成中文"雪妮"也"秀气可吸"。正名有了，中间名理所当然地用我的姓Song（宋）来填空，也算是比尔对我"嫁鸡随鸡"连本姓都"随"没了的一种补偿吧。

二女的名字就追随姐姐之后，按中国姐妹名之间相差一字的传统，叫Shana。该名也源自苏格兰，意"聪慧"，音译成中文即"雪娜"，一点也不比姐姐逊色。我的名Ling（凌）做了她的中间名，这样，两姐妹的中间名合起来便是我的全名：Song Ling（宋凌）。比尔赞我有创意，我更是沾沾自喜。一日，比尔忽然醒悟似的喃喃自语："哎，将来女儿结婚后随夫姓，我的姓将消失，而你的名字仍会保留下来伴随她们一生！"我窃笑未语。

其实，我还有一个比尔他永远也猜不出的拐了弯的小肠肠：万一将来她们两姐妹像类似台湾大小S那样成了名人，当人们把Shani Song C 和 Shana Ling C 一起叫的时候，尤其是在颁奖大舞台上由专人大声念她们的全名时，我的大名岂不也能混在其中被提起，不动声色地达到我"曲线出名"的效果？起码可以让认识我的人，特别是那些"失散"多年的老同学老朋友们有一种恍然大悟的惊讶："啊，原来她们是宋凌的女儿！"

小儿生于2000千禧龙年，比尔的父母及家人一致认为应照搬他的名字叫Bill F C，因为比尔祖父的名字也是Bill F C。我说我们中国人从不让小辈的名字与长辈的重复，觉得不敬也不吉利，有相克之说。比尔一听这还了得，平时听到乌鸦叫他都会忙不迭地学着我妈连吐三唾沫以解晦气，哪能让儿子的名字将自己push out（推出）克掉？再说父子同名同姓同"中间"，在生活中会产生诸多的不便，先不说叫一声"比尔亲爱的"该谁应，将来银行账户、房产等的名字怎么区分？

比尔毅然决然地撇开了自己，决定叫儿子Dragon（龙）以示儿子是龙年所生及如龙般强大。公公Tom说在西方，龙的形象并不如在东方那样正面，有时甚至代表邪恶，怕孩子将来在学校被人取笑，更何况还有"dragon breath"（龙的呼吸，意熏天的口臭）之说呢。比尔不甘心，便上网启事征名，其中有一英国学者回应道，drake在古牛津大词典里也是龙的意思。比尔大喜，采纳后告之他老爹。我那广阅博学的律师公公只是淡淡地说："Well，drake 也是公鸭的意思。"

公鸭就公鸭了(我家可是"鸡鸭"都有了)，比尔阿Q地说："唯有高文化的人才知道drake也是龙的意思。"为了安抚他爹，比尔将Tom填进了儿子的中间名。在中国，我却唤儿"宋千龙"来讨我老爸的欢心。

我的四个孩子

（一）有"距离"的大儿子宝宝

小名宝宝的大儿子在中国出生，长到七岁才移居美国。他小时受到有文化奶奶的良好教育，他奶奶是典型的闽南贤惠女性，说话细声软语，对儿子影响很大。

儿子性格温和，为人诚实，心地善良；他思想传统，做事执着。这些品质，现在都不知道是优点还是缺点了。

他小时候很黏我，现在是唯恐距离不够远。无奈经济基础尚未建成，只好"忍辱负重"委屈在老妈

已长成男子汉和老妈保持一定距离的大儿子

的屋檐下，每天开一只耳、闭一只耳地在老妈的"噪音"中穿行，以卧薪尝胆的精神默默地筹建"基础"，期待着哪一天的腾飞，携着心中的梦想，奔向自己那个家的"上层建筑"。

大儿子天性淳朴，一旦和谁交朋友，必忠诚到底，有宁让天下人负我，我绝不负天下人的好男人情怀。而且不管刚认识一天还是一年，他一定把老妈的"谆谆教导"一字不漏地搬给对方，名曰："交友得真诚，不能瞒人家。"气得老妈大叹"儿心不古"，二十年的养育之恩竟不如人家的几日之情。

（二）小时最乖的大女儿妮妮

小时最乖的大女儿妮妮

大女儿妮妮是我和比尔精心打造两年才得以出笼的"产品"，颇有点品牌的味道。人到中年再次做母亲，我好像比年轻时懂得母亲这一称谓的含义，懂得怎样用心去爱自己的孩子。所以大女儿一出生，就有着我从头到尾的爱和关注。

她聪明伶俐，学什么像什么；她性情恬静，不善与陌生人攀谈，性格里有一种天然的矜持傲气，也有一份处变不惊的沉静。不管好事坏事，到她那里有如一拳打到棉花里，总不痛不痒，搅动不了她的心——她有不惊不乍的大家闺秀风范。

妮妮酷爱阅读，每周去图书馆抱回一堆的书，名副其实的书虫一个。她上卫生间必携书一本，久蹲不出。

一日，她把辛辛苦苦谱写的作曲本带到马桶上做进一步的研究。起来后，她不慎把整个本子掉进桶里一道哗啦啦，害得老妈我得以一不怕脏二不怕臭的大无畏精神，伸手捞取，抢得数片，洗净后再用吹风机小心吹干。

妮妮敏感也善感，看到或听到感人伤心的事，都会情不自禁流泪，并偷偷地别转脸，把泪悄悄擦掉。

（三）爱打扮的二女儿西西

二女儿西西是我不孕的闸门开闸后，洪鸣而至，挡也挡不住的一次"意外"。当时妮妮才八个月大，我在大学修课，心中也曾闪过流产的念头，但随即就被"那是一条生命"的思想打了回去。

爱打扮的西西

二女儿出生后，我母亲正好在美国。断奶后，她与姥姥一起睡，因为妮妮必须摸着我的脸才能睡，妹妹只好挪位。西西得到的关注远没有姐姐的多，这是我一直深感内疚的地方。

西西性格开朗，热情好动，总是主动结交朋友。每到一个新学校，西西总是很快能得到同学的邀请去对方家里过夜，让骄傲的姐姐也不得不佩服和羡慕她。有时为了也能跟随妹妹到她的同学家玩，姐姐不得不屈尊讨好妹妹，让西西感觉好极了！

西西是个很会为他人着想的孩子，和她来往的同学，即使不在同一个学校了，她们还会和西西保持联系，互寄礼物等。小时候西西和大人一起出去，人家给她买东西，她总会想到姐姐，挑好心仪的东西后，她会婉转地说一句："我还有一个姐姐在家里。"自然，不管买什么，每次人家都很乐意地一式两份买给她，说感动于她不忘姐姐，有好东西一定想到姐姐的那份情意。

西西不爱看书，一本书她三个礼拜都看不完。她爱画画，爱做手工，爱时装。上幼儿园的第一天，她自己搭配衣服，还头戴一顶精致小圆草帽，撅着小屁股迈着猫步进教室，让老师笑开了怀，说她很女人。

她放学回来，喜欢做一种"换不同衣装"的运动，最高的一次纪录是连换五套衣服。她不停地在房间和客厅之间穿梭，楼上楼下地扭来扭去，认真地展示她的"时装"，很是自得其乐。她平时还会给姐姐很中肯的建议，教她怎样穿才"时尚"，姐姐听完了，还是那副有个好脸蛋什么都不在乎的随便。

遗憾的是，她七岁那年去旧金山面试模特时，因为她的身高和重量的比例不符合要求，她没有跟姐姐弟弟一样被选上。我们正想安慰她，她倒先开口了："他们没选我是他们的损失，他们做了一个非常糟糕的选择。"

我和比尔对视一眼：这样的年龄，有这样的心态，比我们都强啊！

（四）最黏妈咪的小儿宝弟

小儿宝弟（意：宝宝的弟弟）是我那年在新加坡无所事事时和比尔共同策划

的"作品",因为也是用心去做的一件事,创造出来的东西就比较有作者的意向,所以他和大姐姐妮妮长得很像,连脾气、智力、口味都相似。

宝弟人小智不小,历来都是班上最小的一个,也是最聪明的一个,因为他是他们班上唯一一个考上"天赋教育中心"的学生。

可能他是我的老幺儿,我造他时的"粮库"已近罄盘,他的

2011年最会"马屁精"老妈的小儿和我在迪斯尼世界

个子就没有像他老爹那样大条。他今年七岁,上三年级。第一天上学,有同学问他是不是一年级的走错门了。

宝弟爱吃零食,不爱吃正粮。每餐盘子里那最后几口饭,都得我用喂的形式把它扫进他的肚里。他是那样的瘦小,两个姐姐戏称他为"牙签"。有一段时间,他稍微胖了点,姐姐们及时地把他提升成"筷子"。说希望他再接再厉,能尽快再得到升职,获得"擀面杖"的头衔。可他很不争气,一不留神,便又回到牙签的形体,至今他仍在牙签和筷子之间徘徊,让老妈头疼不已。

小人儿得尽老妈的呵护,不免招来众人的嫉妒。两个姐姐常联合起来编排他的不是,并不时地到她们的老爹那儿告状,顺进一句"妈咪总是袒护着他"的逸言,企图扩大联盟。

宝弟知道自己势单力薄,可以归类的大哥哥又不常在侧。为了融入姐姐们的圈子,他随唤随到地听使遣。姐妹俩常常把卧室门关着,门上贴一条纸:免进。可怜宝弟只能候在门外,静听里面的热闹。良久,门缝下会有纸条递出:宝弟,你如果想进来,得帮我们找一把剪刀来或拿杯水来,我们便考虑你想参与的申请。可怜宝弟常常被诸如此类的指令弄得在屋里忙得团团转,到处翻屉倒柜。

宝弟人小嘴甜,是公认的妈咪马屁精。他每天至少说一遍:"我妈妈很漂亮,她很聪明和善良,我有一个全世界最好的妈妈!"甚至表示了将来老婆如不肯接纳老妈同住,就将其踢进海里喂鲨鱼的决心。听得老妈心花怒放,信以为真,他要求什么都是可以考虑的。

我家四个孩儿,小时候,老大和老三好,老二和老四好。小孩对紧挨着自己出生的兄弟姐妹,心里有那种觉得父母的爱被抢走的不满。等到再来一个,已习惯了这种人口激增,又隔了一层,就没有那么强烈的不满和威胁感了。就好比省长不会觉得县长会对他构成威胁,副省长就有可能一样,大人和小孩的心思常常都是一样的。

大儿子长大后,远远地撇下他们自个玩了。他们三个,只要是其中两个在一起,

就家泰室安,水乳交融,和平得很。可一旦第三个加入,那一切就乱了套,争吵声,呼叫声,哭喊声,此起彼落,场面是鱼炒虾的混杂。

"第三者"在任何时候,任何场景都是不安定因素啊。

我的四个孩子,各有各的个性和特点。看着长大成人的大儿子,我深感年华的飞逝;拥着仅七岁的小儿,又觉得心中那股年轻的心绪仍在飘荡;望着两个如花似玉的女儿,似看到了自己当年的影子……

生命在延续。

我感恩!

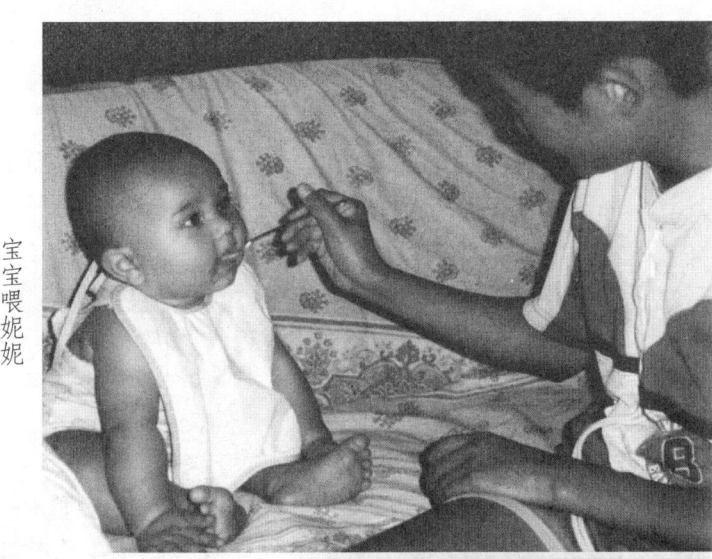

宝宝喂妮妮

妮妮喂西西

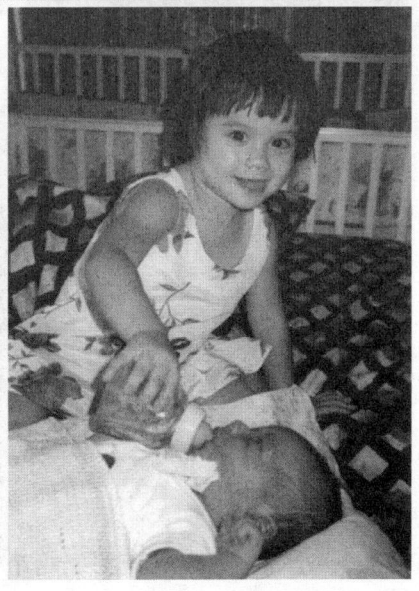

西西喂宝弟

带孩子回国求学记

（一）

1998年，比尔与他父亲第一次随我一起去中国，当时克林顿一家也正好到中国访问加游山玩水。比尔与他爹除了刻意步总统大人后尘走了上海、北京、西安、桂林那一线外（他们觉得总统去的地方一定是精线），也玩了我老家的厦门及武夷山，回程时我和比尔及孩子又顺带逛了香港和日本，历时一个多月，玩得筋疲力尽，却也心花怒放，从此一发而不可收。

每年我都得带孩子回中国待上几月，一是孩子还小，没有耽搁学业这一顾忌；二是我乃家妇一个，随想即动，没有上班档期的约束；三是我家比尔也喜欢去中国，虽然他不能像我那样一待就是几个月，但他起码能以护送妻儿跨洋回去之名或接老小过海回来之由也乘机去趟中国放松"腐败"一回。

最主要的是他也认同我的孩子必须懂中文知中国的道理，这不仅是因为他们的娘是中国人，也因为这娘的娘家越来越"惹不起"，越来越像模像样，精神抖擞，大有追星赶月之势，他不仅得好好"巴结"这娘家，还得让孩子们去那"家里"学一两招"绝技"以便将来能拥有一个强劲的竞争力，多一个好的饭碗机会。不过，我家大闺女的志向可是当美国第一位女总统，小姑娘近来正愁着克林顿夫人万一竞选成功了，她的"第一"之远大理想就破灭矣。

2002年，我正式带孩子们去北京上学。当时他们分别是五岁、三岁和一岁多。我在北京没认识半个人，这所学校也是网上找的，我与校长电话里约好接机时间，就兴冲冲地拖儿带女登上了民航。

一、二、三，我胸前吊着小儿，一手各牵着一女，一溜的小人儿团在我身边，吱吱叽叽，整个感觉好像端着一窝老鼠，

妮妮、西西、宝弟在机场

时不时还得紧密注意别闪忽丢掉一个。所幸的是，我的孩子们从一出生就开始飞来飞去地随父母空中漂泊，已颇有"飞行"经验。

就拿我那才一岁多的小儿来说吧，他出生在新加坡，一满月，就被我带到中国老家，九个月时，爹地飞来中国将妈咪这只大老鼠和她的三只小老鼠一窝揣回美国。十一个月时，爹地去澳洲公干，妈咪没去过那地方，碰巧又有一个必须相聚的大学死党在那城市，爹地就让公司租了一个房子把一家大小又带去澳洲玩了一个多月，这期间，我趁爹地去菲律宾出差一周的空当，又拽着他们仨顺道飞去新西兰见了另一个死党。不到一周岁，小儿就这样跟爹娘"转战南北"，行程两万多英里，绕地球横半圈竖半圈，遛了五个国家！

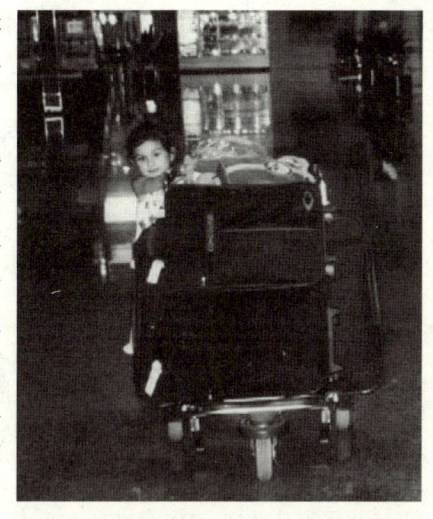

五岁的妮妮推着行李车跟在妈妈后面

所以，我的孩子对上了飞机后该做什么，不该做什么，一清二楚。一坐下，扣上安全带，没听到头顶上解除安全带的"叮咚"声，绝不会擅自解开。再听到"叮咚"声，赶紧扣回去。渴了、饿了，自己会懂得按铃礼貌地向空姐索要饮料点心。吃饭时间一到，懂得将躺椅弹回原位，好让后面的人放下他们的饭板用餐。遇到飞机升降气压忽变的不适，不吵也不叫，知道那过一会儿就好。闲时无聊就看小人书或用彩笔涂鸦彩色，我倒也不似外人想象的那么累。

到了北京机场，我和大女儿各推着一重一轻两部行李车转出大门。五岁的孩子人还没行李车高，撅着屁股低着头卖劲地推，从前面看去，只见车走却不见人，行人笑望。

校长带了助手早已等候在那儿，寒暄后，就直接把我们装上车送到幼儿园附近的一个宾馆，从老家雇来的从未谋面的保姆已先到一步在那等候，拿了房间，大家都非常香地睡了一觉。第二天一早，我出去买了一张报纸，打了几个房屋中介的电话，跟其中一个去看了几处房子，当天就租下一套最靠近幼儿园地段的公寓，马上住了进去。第三天，三个孩子就开始去幼儿园上学了。

本来这一切如刮一阵风似，呼啦啦我一下就搞定了，心里还有些许得意，想幸好没让比尔兴师动众地请假陪我来。当一个女人真的要去做一件她想做的事时，她的韧劲与潜力是男人无法想象和企及的。这就是比尔一直不明白为何我平时"歪歪倒倒"整天只想睡懒觉的一个"懒虫"，一到关键时刻，说来神就来神，瞬间就能生龙活虎，斗志昂扬的奥秘，而且还挺能折腾的。

可能就是因为我太能折腾了，老天爷就专门摊了一件事下来——我的大女儿在上学的第一天，整个脸突然肿了起来，而且奇痒无比。

（二）

离开美国前几天，我与比尔、两个女儿曾到后山爬山，平时都是沿着小道爬到半山腰路尽头就折返，可这次大女儿说马上要去中国了，好几个月以后才能再来，我们为什么不自己开道爬到山顶上去看另一边的太平洋呢？那景观肯定很美。

我望了望前方那一片绿葱葱的灌木，山顶与天之间有一道亮亮的阳光横亘在那儿，顶着天，触着山，似远非远，给人无限的遐思，很让人有种想去看看那片阳光背后汪汪大洋的冲动。

我从小就喜欢这类"曲径通幽处"式的探险：没路找路，逢水垫石，遇崖踩隙，一片石，一根藤，只要能让你的手脚有那么一刹那的支撑点，你便能一跃而过，跨过他人认为无法逾越的路障，到达另一边或另一处，那种心理愉悦很是美妙，就更不用说那"山穷水尽"时，忽然"柳暗花明"的幸福了。

我望向比尔，他老人家也是一副蠢蠢欲动的神情。二话不再多说，大女儿已冲向前方。比尔喊住她，递给她一根树枝，说跟着爹地，用它开路。我牵着小女，看着他爷儿俩在前头披荆斩棘，也慢慢爬行在他们后面。

就在眼前不远的山顶，大家奋力爬了一个多小时，仍然还在不远的眼前。山顶上的那道阳光越来越瘦，天已不如以前灿烂了，可爷儿俩怎么开路好像也无法开过面前这片看似不大的灌木丛。

2002年妮妮、西西、宝弟在北京"求学"时

比尔对大女儿说："天晚了，先回家吧，下次再来。"三岁的小女也稚稚地说："姐姐回去吧，太阳都要回家了，天都快要没了。"

姐姐依依不舍地扔下手中的树枝，回家泡澡时说手脚有点痒。想是"开路"时被野草划碰到，那是爬山常有的事，我给她涂了凡士林，也就相安无事。其实她那时已是中了毒漆树poison oak（有一周的潜伏期），我们太大意了，差点毁了她的脸蛋。

话说第一天去幼儿园上学，大家起了个大早。我一眼看到妮妮的脸红彤彤的，也大了一圈。她说好痒，伸手就挠，我赶忙止住她，让保姆先带小女西西和小儿宝弟去学校，我带着大女儿妮妮直奔附近医院。

医生看了看，说是过敏，开了进口的消过敏药和药水，说一两天就没事了。两天后，妮妮的脸更肿更痒了，可我又不让她搔，怕把脸蛋抓破。妮妮也蛮听话的，拼命忍着，实在忍不住了，就拿毛巾在痒的地方按一按。看着她那么难受，我心里是疼急相交，校长建议应去北京儿童医院找专科医生治。

到了儿童医院，嚄，第一次见识了医院也可以那么地人山人海，如集市一般，好像全国生病的孩子都慕名到这儿来了。我突然非常怀念起曾"深恶痛绝"的美帝国主义"斯文"医院：十点的预约，你"初级"静候到十一点护士才点名让你进小诊室"高级"等候。三十分钟后，医生大人敲门，你说请进，他进来瞧你，一句两句，你正恍惚间，他老人家已"接见"完毕，说"nice to meet you（见到你很高兴）"走人，你答"谢谢你"也走人，可懵懵然仍不知自己是啥毛病。美帝医生"玄"是"玄"了点，如今与这万头攒动的拥挤相比，那"玄"已成为我奢望的享受了。

好不容易轮到妮妮的排号，专科医生也没得出新的诊断，仍是按皮肤过敏来治，开了更贵的进口药。妮妮的脸是越涂越红越粗越肿，连双手上的朵朵红斑也越漫越广，两个腮帮子胀得像两个大馒头，整个脸都变了形，宛如一个涂了红漆的圆锅盖。

痒哪，小姑娘想抓痒不能抓，难受得直想哭，可泪水会让脸更痒更疼，她只能泪眼汪汪地望着我，硬忍着。五岁的孩子能那样忍受奇痒与刺痛，那毅力连我都自叹莫如！比尔在大洋彼岸也急得一天好几个电话打来跟进病情，说不行就赶紧回美国。我这不才到，哪能就打道回府？

我决定再去儿童医院找专家会诊，我就不信全国最好的儿童医院里找不到一个能治妮妮的医生。打的士过去时，不知司机是真的迷了路，还是故意绕道，反正他转了一大圈还是把我母女俩送错了地方，在离医院蛮远的地方就说前面不能停车你们在此下吧。

我牵着妮妮的手朝医院的方向走着，快到大门时，迎面走过来一对进城打工模样的夫妇，他们与我都擦身而过，那男的突然又折回来对我说："你的孩子别去那里面了，儿童医院的医生没人懂得怎么治你孩子。"

我愕然。他接着说，他刚才一瞧见妮妮的脸就知道那是什么，因为他是江西山里人，去年他五岁的儿子回老家玩，在山上碰了有毒的草，回北京后他的脸也是变得像妮妮一样，他自己的姑姑就是儿童医院里的主治医生，一直都治不好此症。

北京大城市的孩子根本不可能，也没地方和机会去接触到这种有毒草木，故北京的医生们极少甚至从未有过这方面的临床经验，即使偶然遇到，也都是不明就里全按皮肤过敏来治，其实不是过敏，是中毒！

他说全北京只有一位在郊区部队里的老中医能治此症，他小儿当年就是该老中医给治好的。我下意识地抬头望了一眼灰蒙的天：感谢啊，感谢天，感谢地，感谢祖宗八代神灵，菩萨与上帝，让那司机多绕圈，再开错路，停在这条街上，让这位懂此症的陌生人也正好走在这条路上与我相遇，多一分钟、少一分钟我都

我的四个孩子

有可能与这"路人"失之交臂,这是契机,或是运气?这概率何止万一!

千谢万谢这位好心的陌生人,并写下老中医的地址后,我拦了部的士,直奔长城郊区。

(三)

到了郊区那部队医院门诊部,有点像保健院的规模,就诊的人也稀稀拉拉的。问了老中医的大名,有一穿着白大褂的小伙子出来先问了情况,瞟了一眼妮妮的脸,似乎很熟悉妮妮那张脸,他公事公办地说老中医正在看别的病人,稍等一会儿。

十来分钟后,小伙子又出来,说跟我来。我们随他进了一间大房间,房中间有一张大桌子,后面坐着一位年约六十多,戴着一副眼镜,非常儒雅的老者,与外面的环境和那些走来走去的其他穿白大褂的医生或工作人员有着截然不同、格格不入的反差。

老中医抬头示意我和妮妮在桌前坐下,他看了妮妮的脸左右各一眼,问了一句是否去过没开发的山林,我愣了一秒,随即明白他所说的"没开发"是指没经过人类肆意践踏侵犯过的"原创"之地。妮妮所爬的那美国山不就是原汁原味的未开发之山林?——其实美国几乎所有的山都是"未开发"的。

妮妮的脸刚刚消肿后

我使劲点头并问他怎么知道她爬过山,老者温和地笑了笑说这症状是接触了有毒植物所致,而这有毒植物只长在原始或人迹罕到的山林里。太有才了!这么一句平凡又重要的话,全国最好医院里的医生竟然没一人向我问起过!真是山不在高有仙则名啊,没想到在这座相当不起眼的郊区"保健院"里居然藏着这么一位高人。

老中医把了下妮妮的脉,问什么时候开始肿痒,便低头写处方,这期间他自始至终都静静地微笑着,与美帝医生的温文尔雅貌似之外,神情上更多了一份亲切感,毕竟是咱娘家人哪。老中医开了一副长长的有二十几种草根的药方,说熬好后,喝了药,再把药渣敷在脸上手上,药汤解内毒,药渣去痒,三天后再来见他。

我赶紧回家如嘱照做,看着妮妮能那么听话,一声不吭,细脖一仰,"二不怕苦"地咕噜咕噜将那一大碗黑不隆咚的苦药汤全倒进她那小小的肚子里,我看得佩服,想着欣慰:她年仅五岁,竟能如此明白事理,忍受成人都难忍受的,且有这般坚强,不悲天怨地的心理素质,此小女将来能成些气候(当时我还不知她竟有当第一女总统的远大志向),起码她有处变不惊的潜质,有一种在困境逆境中不轻易退缩的毅力和韧劲。

几大碗药灌下去,果然见效,当晚妮妮的脸已不再扩大,她说也不似昨日那

么痒了。第二天,立竿见影,脸明显地变小了,痒也退化到她可以忍受的程度,形势一片大好,第三天是越来越好,等到再去见老中医时,已清晰可见妮妮那美丽动人的原来样貌了。

老先生看着妮妮的脸,满意地微笑着,一副尽在意料中的自信。他再写了一个药方,说跟前面那个一样,只是去掉了几味药,其他的药量也减少了。他说再服完这三天的药,应该就会好了。我是从心底里舒了一口气,也再次感叹世事的偶然与必然。如果那天没有阴差阳错歪打正着地邂逅那位走过去又走回来的热心陌生人,我几辈子都不会知道此老中医的存在,更不用提这座远郊的诊所了。是什么超然力量让那么多的偶然汇成了由这位"神医"治好妮妮的必然?难道万物冥冥中真的都早有定数?

第二帖药服完的时候,妮妮的脸也基本完好如初,重新明艳起来。我心里那个高兴啊,释然啊,激动啊,感激啊,等等所有欢快形容词都可以用来形容我那一刻的心情!欢欣鼓舞之余,我不由为自己是中国人而庆幸,继而无比骄傲起来。

你想吧,这中医是咱中国的国粹,任你美帝医生或英帝医生都只能对着那根根瘩瘩"望草兴叹"。全地球只有咱老中有这"化腐朽为神奇"的道道,能把那些不经意的草木化成治病救人的药材,能治许多西医束手无策的疑难病症,咱中国人,一句话:有才啊。

至此,一切该"言归正传",开始我带儿女到北京求学的主题了。没曾想一波正平,一浪又起,我突然被警察局通知第二天得去派出所走一趟,送通知来的那位传达室老太太话说得含糊,神情也暧昧,平添了一种神秘感,我心里是咯噔一沉:咋了?革命尚未成功啊?

(四)

怀着忐忑不安的心情,七拐八绕,我找到了派出所的大门。

门口值班的民警传了那位要我来的区段民警。他和气地问我从哪里来,什么时候来,住哪里,要住多久等类似查户口的问题,我一一作答。他递给我几张表格,说外国人来京皆需登记。

仅此而已?我正窃喜,他又冒出一句:"还得麻烦你去趟××区公安局。"为何?不是登记了吗?我纳闷。他说你去了就知道,便不再言语。

我再次辗转来到了区公安局。上了五楼,进了一间办公室,里面对排着两张办公桌,各坐着一胖一瘦两个穿制服的男士。胖子笑眯眯地接待了我,请我在他桌边坐下,他客气地又

将我的"小老鼠"全兜着

问了一遍刚才那民警所问的，另外问了为什么来北京。

我说我是专门千里迢迢带孩子回国感受祖国文化并学中文来的，说着心里就有一股自豪感腾起。但愿胖子也能领会我拖儿带女的不易，还有我那肩负着的"伟大使命"，不管什么麻烦在前头，希望他们能因此放我一马。

胖子边听边点头边从抽屉里抽出一张纸推到我面前，说："这是政策规定，外籍人士来华必须在二十四小时之内到当地派出所登记，你来北京一个多星期了才登记，已违法了。"

我憷："这是什么时候定的政策？我去年还回老家待了三个月，派出所就在另一条街上，他们怎么从没找过我？也从没人告诉我此规定？"

胖子不置可否，仍笑眯眯地指着纸上的某一条款答非所问地说："这上面写的很清楚，逾二十四小时没登记者，执政机关可对其实行拘留……"

我一听就急了，"你拘留我？那我三个孩子怎么办？他们晚上都得和我一起睡觉的，能否一起带进去？"

胖子脸上总是那种不笑自喜的表情，"……或者罚款，你是要拘留还是罚款？"

"这还可以选择的？谁说咱中国欠民主？""当然是罚款了。"我的心放回原位，开始觉得整件事情有点滑稽。胖子也相当理解，他很快拿出收款发票，"你身上带有多少钱？"

"你要罚多少？"感觉有点在地摊讨价还价。

"规定一千元人民币。"胖子看着我的挎包说。

我拿出钱包，里面只有六百元人民币，剩下的是美金。胖子与瘦子互望了一眼，很豪爽地说："那就六百吧。"这也能商量打折？早知道刚才就应该少报点。

瘦子接了钱，我放好收据，胖子说下次记住了，如没住宾馆，一下飞机就得去当地派出所登记。

还下次？这次是不知道，官方私方都无人告知我，否则，哪有这档折腾？费了时间，破了点小财，都是其次，最郁闷的是忽悠了俺的神经系统，满腔热情地带儿女回国求学，大女儿的病刚折腾好，忽然又蹦出这个，一惊一乍地弄得我神经兮兮，好像潜入中国的特务，惶惶无安日，连做梦都梦到自己端着一窝老鼠四处漂泊，不得安身。

过了两天，正好有一个在外交部当官的朋友回国述职，与其谈起此事，我不免"怨声载道"，他问我去中国领事馆签证及入境时有没被告知登记之事，或在海关显眼处贴有此告示？我说绝对没有（现在就不知道了）。

该外交官也只能用外交辞令安慰我：是应该被告知的，但难免有忽略。

我趁机谬论一番：其实中国政府应该对像我这样专门带孩子回国求学的人大开方便之门才对，甚至应该专门出台一些政策来吸引海外一切有中国血统的孩子来华学习生活，说不定几十年后，这些曾来中国学习生活，懂中文的"小老鼠"们，长大成人，成了一条条活跃在各个领域的"龙"，难保其中有些人会成为美国社会重要领域的精英人物，万一不小心有人成了帮总统出主意的幕僚，甚至当上了总统，那这有中国血缘的幕僚或总统，能不对咱中国友好吗？世界能不太平吗？

看人家老美时时处处都在发掘培养"亲美情绪"，为将来可能的"颠覆"做隐性投资，我们有这么好的"颠覆"苗子，为何不好好灌溉，最大限度地培养他们的"亲中情绪"，或"第二故乡情结"，那和平演变它美国岂不指年可待？到时想不"颠覆"都难！这等事半功倍的好事何乐而不为？如果美国印地安人真的也是咱华夏子孙的话，那岂不是物归原主了？

就像妮妮三岁时在中国，大家问她是中国人还是美国人，小姑娘想父亲是美国人，母亲是中国人，不知该说哪国才好，为了不厚此薄彼，她便想当然地大声回答："美国中国，都是我们的！"多大的口气，多么美好的理想啊。

厥词大放完毕，还是回过头来脚踏实地先把"小老鼠们"调教成"龙"后再议"颠覆"吧。明天开始，我家整窝"老鼠"一起正式去"北方之星幼儿园"上学去。

（五）

"北方之星艺术幼儿园"是一所私立，名列北京百所名园的住宿学校，它设有中文、英文、钢琴、架子鼓、国画、民族舞等课程。

三个孩子分别在小小班、中班和大班。我给两个女儿都报了钢琴、舞蹈和国画课。每天除了正常的中文文化课外，钢琴老师会在固定时间到教室把女儿带到琴房上一小时一对一的课，下课后再把女儿送回教室，每周两次的国画课和舞蹈课也是如此运作。

这样让孩子觉得好像上学本来就应该是这样的，便会心平气和地、乖乖地去上，不会产生那种放了学再去上额外课的抵触情绪。即使是小孩，也会有大人那种"分内事该做的没话说，分外事做起来就有很多为什么"的心态。

所以，"愚民"政策偶尔用用还是有点成效的。就好比一个贤妇，整天忙忙碌碌，里里外外，把家弄得干干净净，三餐顾得周周到到，要是哪一天该贤妇不小心旷了一天工，家乱了，饭也没做，那招来的肯定是一片你应该做而没做的怨声，贤妇心里也会内疚不已。可如果一开始就是一个"懒妇"，进进出出都是那袜子、鞋子随处可见的居所，餐餐不是吃外卖，就是剩饭，不期然哪一天该懒妇心悦情浓地大显身手一番，把家收拾出一个样子，炒出几盘像样

即使是平的山路，母亲也习惯挽着比尔的胳膊走

的菜，那当家的一定喜出望外，大大领情一番，人有时真是很傻、很"贱"的。

任何事只要把它变成"应该"的责任概念，执行起来就容易，被执行者也"心甘情愿"，什么叫基础是关键，就是这个道理。初始观念影响着人的行为、态度和标准。我家的"贤女"当时每天学好几门"功夫"，在琴房练琴一坐至少一个多小时，有时两三个钟头，一句怨言也没有，还挺喜欢在琴房多待，因为回教室还是一样得学东西，弹琴还有点玩的味道。不像现在，每天在家里让她练半小时的琴都得进行一番痛苦的"谈判，劝降，威胁，专政"的"拉锯战"。回美国后，她们早已迅速转型变成"懒女"了！

话说孩子们天天乐滋滋地去幼儿园，噼里啪啦地学了一大堆东西，一放学又兴冲冲地奔回家，没有作业，没有压力，日子倒也过得无忧无虑。可恨我这为娘的有吞象之贪，觉得既然大老远颠颠而来，有如去西天取经的美猴，一波三折地到了圣地，还不多抱几本佛经回去？

所以我又把两个女儿每周两个晚上送去附近的宣武区少年宫学正规的舞蹈课（据说那里曾是章子怡的舞蹈启蒙地），周六再去西单学花样滑冰，那里的教练也曾经都是堂堂国家队的健将呢（京城就是牛啊）！大女儿妮妮是学得不亦乐乎，二女儿西西却是有精无采地跟着，小儿那时才一岁多，就天天在幼儿园上那时髦的蒙氏课程。

转眼半年过去，孩子和娘的日子过得各有精彩。我不仅慢慢逛了京城的所有名胜古迹，还趁此良机，将父母、大姨、表姐、表表姐、侄女侄儿，等等凡是对京城有仰慕之情的亲朋好友全鼓动来我租的陋室走马灯似的欢聚，大尽山寨版地主之谊外，还兼当义务导游。

妮妮、西西在涵江姥姥家自编自演小舞蹈

我最大的成就，是让十几年互不讲话的母亲和失明的大姨在长城上相搀相扶，两姐妹终于和好如初。我趁兴又带她们及表姐、侄女、小的们去内蒙古看那蓝天白云和绿草，并在那片天下面，那青草上骑马，其实只是遛马而已。我大姨什么也看不到，冲的是那份愉悦的心情和新鲜的空气。

母亲和大姨她们回去时，我直把她们送到卧铺车厢里。我左叮咛，右嘱咐，生怕她们路上过不好。离别在即，自然有难舍之情，再看母亲与大姨那血浓于水的和美，我很满足于自己的"希望工程"有此圆满的结局。

我"唾沫横飞",喜形于色之际不免乐极生悲:火车悄然启动,我竟毫无知觉,待我醒悟过来,已为时过晚。守在车门口的乘务员那没有一点同情心的木然表情告诉我,我只能跟着这趟列车一起走了——到前面最近的天津站下来,补票出站,再买票进站,搭北上火车回北京。

我心里叫着上帝啊保佑我能在孩子放学前赶回北京到幼儿园接她们。大姨笑说,你这叫"千里十八相送",至今她仍会乐不可支地津津细说我的这段"光荣历史"。

到了天津,出了站,我被告知得到另一个地方买票进站。以为那地方在较远处,天又飘着毛毛雨,小小广场上候着几辆出租三轮车,我趋前问一司机,知道那地方吗?他老兄二话不说,点头,示意我上车。我刚爬上车,屁股还没坐稳,车已噗噗地开走了,我才把前倾的上身拽回稳下神来,它又停了,正想问咋了?他从前面扭过头,用浓浓的天津口音说:"到了!"

什么?这不是就在同一地方嘛,两步路而已,连广场都没出!他老兄也不管我的疑问,实实地说"两元"。我不禁扑哧一笑,这天津人还真淳朴得可爱,明明就在眼前的地方,你要坐车,我也不告诉你其实走过去就行,毕竟他是以载人谋生,生意来了没有自黄的道理。可他又不会像北京那些刁钻的士司机,故意绕弯路来多收费,实实在在两元就是两元,不会看你是外地人而趁机诈一把,尤其在火车站这种混乱地方。我对天津人油然有了好感,一个仍古朴善良的城市!

后来比尔来京"探亲",我们又与母亲到黄山、南京等地逛了一圈,可惜的是那天黄山浓雾重重,能见度只是眼前的台阶,大伙只能根据导游的动情描述来想象前方的峰呀松呀什么的,好不扫兴,乐观的比尔却把它看成一定得再来一次的最好理由。母亲虽然什么景色也没看到,但上山下山、登阶下级中,比尔不离不弃的胳膊挽胳膊的全程搀扶,是游人眼中一道尊老爱老的别样风景,"这老外还真不错,对咱中国老人这么有爱心……"的评语不时从擦肩而过的游人口中飘进老妈的耳里,让老妈心暖暖的同时,完全、彻底地改变了对这"洋鬼子"女婿的成见,当然我是知道这老外女婿倾力巴结中国丈母娘的"底细"。

因为幼儿园可让孩子周托寄宿,本人还策划组织了一次与来自五湖四海的死党们畅游长江一周的快意事:干净整洁的豪华油轮,丰盛美味的一日三餐加清淡夜宵,轻松逍遥的每日靠一岸游一景点,别出心裁的晚会及深夜甲板上"酒逢知己千杯少"的海阔天空……船在水上走,人在风

两个女儿与影视演员迟帅在摄影棚

里"飘",多么美丽的人生,人生的美丽!

小的们也斩获不少,三人中文大有长进,还带点京腔;大女儿弹琴进步得让老师赞不绝口,并以此为例向其他犹豫不决的家长证明多小都可以弹好钢琴;花样滑冰从扶着小凳子学走路开始到能在冰上小展舞姿,民族舞也跳得颇有"专业影子";国画除了其大名老师代签外,其他都是自己涂鸦得也蛮像个样子;这里就不提两年后再来时学的那架子鼓,可是打得震天价响,一路打到电视台的舞台上,拿了头奖。

因为大闺女伶俐甜美,校庆时被园长选去升国旗,那可是全园孩子们都盯着的角色,女儿自然也满心欢喜,园长转念一想,不对呀,此小女非国女也,岂能升国旗?幸好还有园旗可升,女儿积极性依然高涨地穿着绿色的园服,牵着黄色的园旗,昂首走在队前,自信十足。

在少年宫学舞时被中央台"小神龙俱乐部"剧组看中,让大闺女去摄影棚混了一天,当了一天的"前布景",与《金粉世家》里的柳医生扮演者迟帅主持人,"晴格格"儿子的扮演者嘻哈了一天,也合了影。小姑娘第一次展示了做"艺人"的潜质:整整十二个小时待在那热棚里,大人都有疲惫的时候,可她一直保持精神抖擞的良好状态,不得不令人佩服。

后来中央十套的一个栏目在幼儿园看到我那三个小的,得知是我不辞万"险",单枪匹马地携儿千里求学,兴趣徒生,对我们做了一个专题专访,我在里面谈了自己教育孩子的浅见。

我说我之所以让孩子在学中文以外,还学这学那,是想让孩子尽可能多地接触不同领域里的东西,增长见识,激发脑力,培养综合素质而已。他们每学一样东西,我都不指望他们能成"家"或将来以此为职业,我所做的是把孩子领到那五彩缤纷的世界,再帮他们打开一扇扇里面藏有无限风光的门,引他们进去看看,喜欢那风景的,就多待会儿,多逛逛,甚至待下来认真欣赏;不喜欢,就退出来,再去别的门里瞧瞧,这样,对每道门里的景致都有个印象,将来长大些,对小时候曾看过的某个"景点"有印象和兴趣,说不定来个"旧地重游",那就会真正懂得欣赏那里的"景色"了,如有这样的潜意识效果我就心满意足。因为做父母的,只要尽到了责任就应无憾,剩下的便是孩子自己的造化了,"天生我材必有用",顺其孩子本身条件的自然是我遵循的大方向。

比尔来学校"考察"后,也认同了我的"开门看风景"论,自己也兴致勃勃地义务为幼儿园的小朋友们开了一扇教唱英语儿歌的"一次性景点门"。

诚实地说,我年年带孩子回国求学还有一个"不可告夫"的自私目的:回国的日子是我放松"腐败",呼好朋,唤挚友,给生活添彩,给自己充电的假期!

是不是有点打着为人民(孩子)服务的"革命"旗号,谋私利的嫌疑?

在美国养孩子和打孩子

在美国养孩子,什么都好都方便,唯一"不好不方便"的是不能打孩子。

我在美国生养了三个孩子,头尾只相隔四岁。每次回国,不管认识我不认识我的,看到我带着一溜的小人,啧啧羡慕之余,最后都同情地总结一句:养三个小孩真辛苦,我们养一个都累得不行。

2004年四个孩子在加州湾区的家

养孩子最累的阶段应该是在一岁之前和学走路阶段:不能睡全觉,一夜得起来数次喂奶换尿布;生病照料,哭闹时不停地抱哄着走来走去;生怕营养不够,使尽手段地喂汤喂饭;学走路时鞍前马后地弯腰搀扶,等等,都是非常劳心劳力的辛苦。

记得当年在国内带大儿子宝宝时,外婆母亲,加上保姆,熙熙攘攘四五个大人围着一个小人都忙得大家眼黑皮干,筋疲力尽,还三天两头地把儿子往医院急送。大瓶小瓶常在他小脑袋上悠晃,还养得面黄肌瘦,常被人冠以"越南难民"称号。

我在美国养的这三个,所有劳累加起来好像都还没有养大儿子宝宝一个人时多。

细想原委,除了下半夜那换尿布喂奶(我泵好的奶)的工作,我们比尔好同志全"接管"过去,让我夜夜睡全眠觉外,应该是这里的大环境干净少污染,孩子们很少或几乎不得病,也就没了抱哄和照料的辛苦。

美国的医生认为孩子真饿了自会吃,没必要跟在孩子后头软硬并施地填喂,这就省了那"斗智斗勇"的心力。

这里的房子都是"儿童安全"设计:电源插座密封,家具无棱角,地毯干净软厚等,孩子天天都在地上滚爬摸索,时候到了,该站起来他就站起来,该走他就扶着屋里的东西走走,我都记不得我那三个小的是什么时候开始自由直立行走的,当年搀着大儿子学走路的腰酸背疼不再出现。

可美国不应许父母用打来管教孩子,原因是每个人一出生就是一个独立的个体,都应该受到所有人的尊重和平等对待,包括父母。

孩子小,体力上明显地悬殊于父母,所以你才能在不满或生气时想打就打,假设孩子的力量与你一般大,甚至更大,你敢出手吗?说到底,父母还是欺负人,颇有在羊面前当狼的可恶。

所以美国的警察叔叔对"狼",哪怕只是披着狼皮,其实皮下是比"羊"还要"羊"的父母实行说一不二的管制。他们不知道"恨铁不成钢"的披着狼皮的"羊"的心理,更不知道"棍棒底下出孝子"的中国"真理"(手掌底下都不行)。

以前在加州有一个邻居,是墨西哥女子,她带着一个五六岁的女孩独自生活。有一天她告诉我她其实还有一个十一岁的女儿在墨西哥,是去年才把她送回去的,女儿每次在电话上都不停地求母亲把她接来美国,她全用绝对的no来回答。

起因是该女儿那年暑假去参加夏令营时,不知道怎么,也不知道在哪里碰青了胳膊,回来后,正好与母亲发生矛盾,因为母亲不满足她的某要求。第二天到学校,她胳膊上的青块被老师看到,问之,女儿说是母亲所为。警察马上被唤到学校,母亲当即被捕。保释出来后,是那没完没了的听证、取证。然后法院判决母亲劳改半月,可以分多个周末来服刑,还要做扫大街义工八十小时。最烦的是,从此社会工作者会时不时到她家里探头探脑,看看孩子的床单干不干净,家具上有没灰尘,进而再婆婆妈妈地问你们吃什么,开冰箱看里面有没足够的健康食品,等等。

一句话,他们竭尽全力地要确保孩子从此没有受到母亲的任何虐待。再有任何风吹草动,政府将把孩子带走,寄养在安全人家,你的孩子再也不是你的了。

她说她因此也永远失去了入籍美国,成为美国公民的机会。诸多的麻烦让她一气之下把大女儿带回墨西哥交给父母照看,永不让她踏进美国。

先不说她对自己亲生女儿的这一做法是否妥当,就孩子在美国所受到的这种绝对保护,由此可见一斑。这让很多来自有打孩子传统习惯的国家的父母只好忍气吞声地与小人儿平起平坐,孩子不听话时,最多就是让他们待在自己的房间里关禁闭,顺便再把那里面的东西捣鼓得更凌乱些。父母实在忍无可忍时,稍微打一下小屁股,那是美国最高级的,不至于把你自己弄进班房的体罚了。

比尔说他读小学二年级时,一天因为实在太淘气,老师电话他父亲,问能不能打他儿子的屁股,当军人的父亲很干脆地赞成,小比尔得到了一个实实在在的还把裤子扒下来的抽打。至今他父子俩人仍就"有没授权"这一历史问题各说不一,父亲坚决否认自己有那么狠心,儿子绝对记得如没你爹地的首肯,哪来我那小光屁股的疼痛?

但那是几十年前的美国,如今的美国学校再也不可能抽打任何学生的屁股了,但拍打屁股这一动作好像还能偶尔在家用用。

大儿子宝宝在中国长到七岁才来的美国，那关键几年里他所受到的轻微"棍棒教育"，让他对父母充满了爱戴和尊敬，最显著的实例是：你讲一句，他只回一句（现在是一句也不回了，嫌你烦了），绝不会像他在美国生养的弟弟妹妹那样，你讲一句，他们会应十句，而且比你还大声！

因为他们知道天是塌不下来的，最悲惨的结局不就打屁股嘛！只要把小屁股捂好了就万事大吉，一切安全，不会有皮肉之痛。

每当他们一惹麻烦，意识到问题的严重性时，第一件紧急要做的事就是赶紧用双手反抱着小屁股，脸上摆出那种无辜加可怜的表情，眼泪汪汪，但坚定地永远正面向着你，你想绕到后面都困难，不管你朝哪个方向努力，他们总能机灵地一直面对着你，并把小屁股掩在你够不着的角度。因为他们认为打屁股的终极目标只在屁股，其他地方都不是你可以下手的（确实也是），所以就和你玩"眼不见屁股为安"的"护股游戏"，常让怒火冲天的我忍俊不禁，一笑泯 spanking（打屁股）。

所以，每次回国，一过中国海关，我最爱讲的一句话就是："大家听好了，现在是在中国，妈咪是可以打不听话的孩子的。"说时心里是由衷的高兴，脸上是酷酷的严肃。

孩子们看了我一眼，再互相对视一下，共识迅速无声达成，接下来的姐弟姐妹关系分外的融洽，假期充满了和谐气氛，连小屁股都不需要特别的"呵护"了。

实践证明：心理暗示不管对大人或小孩都挺管用，孩子有时也可以很审时度势的。

打麻将在我家

我七岁就会打麻将。

我从小由外婆一手带大，外婆的嗜好之一就是每晚在林家后厝一间隐蔽的房间里，在一张铺着厚厚台布能消声的四方桌上，与她的公婆、妯娌，或我的父母亲、大姨姨父一起搓麻将。

那时候打麻将属于赌博的违法行为，麻将属赌具，市面上连扑克牌都没得买，更不用说麻将了。外婆偷偷请人用厚竹子刻了一副小麻将，每日天一黑一家人悄悄打麻将是林家人最喜爱的娱乐。大家一吃完外婆统一管理的"共产主义大锅饭"，抹着嘴，便鱼贯而入到那间特定的房间，个个神情兴奋，嗓音低沉地在方桌旁各就各位，才几岁的我也总是随着外婆在她右手边的高椅上把自己安顿下来。

我先是在一旁自玩外婆的"东西南北春夏秋冬"和碰吃下的麻将牌，后来就帮外婆垒牌排牌,再后来就私下与表叔表哥表姐们关起门演练,到七岁时,我已能在外婆紧急"方便"时,替手上阵,有板有眼地玩真的了。

我的四个孩子在打麻将——宝弟的牌又被碰走了,瞧他那表情

长大后,我"麻艺"渐进,上大学,工作,结婚,在部队机关生活大院里,与包括前夫在内的大小官兵们"打"了几年,我的"麻艺"已近炉火纯青境界。后来出国,"手艺"荒废,在学习打工身心俱疲之时,最想的人是儿子,最馋的食物是土笋冻,最瘾的玩意儿是麻将。

与"鬼子"比尔结婚后,他老人家为了融入中国文化或我的生活习惯和爱好,除了积极学吃腌菜腐乳、稀饭皮蛋等正宗"国菜"外,他还学"国粹"麻将。

不久,我打麻将的启蒙老师——当年驰骋在麻将桌上,如今坐在轮椅上的老爸和也会打麻将,但"麻艺"远不如父亲的老妈,一起移民来美。老爸平时闲来无事,腿脚又不便,在家最爱消遣的活动就是打麻将了。

正常情况下,我们一般不邀洋人比尔"参战",因为他老人家打得非常慢。虽然打的规则一讲他就明白,但他对"万条饼"就像他学中文一样,没有天分。

他不光得很费劲地辨认"万"的四五六七八九,在"条"和"饼"面前,他也无法马上一目了然地看出几条几饼,他得一条一条地数,一饼一饼地喃喃自语才能知道是六条还是九条,是六饼还是八饼,然后才决定能不能吃或和了。他通盘全神贯注,打得认真费劲极了,我们看得也难受痛苦极了。

在大儿子不能参加、三缺一的情况下,比尔还是我们力邀的唯一人选。他总是有自知之明地说一些自己打得很慢,怕我们等得不耐烦等等谦虚之词,我们也总是很包容地说没事没事,你已经打得很好的鼓舞之语。尤其是我父亲,他觉得这个"洋女婿"能这样语言不通地、极其耐心地陪着老人打麻将,这本身就是一件让人感到高兴和温馨的事,虽然等着看他久久出不了牌,老丈人是有点替女婿着急,但他数条数饼的样子,看着就让人乐,可爱呀!

后来比尔私下对我说,他很不明白中国人为什么那么喜欢打麻将,四个人围着一张桌子,直着腰杆,一坐好几个小时,半天才能和一盘输赢一次,效率也太低了呀,真想赌,还是到拉斯维加斯赌得省时省力,也痛快,他觉得玩麻将太费时了,得不偿失。我说我们大多数中国人玩麻将玩的是亲情和友情,赌是其次,在洗牌垒牌之间,家长里短、国内外要闻八卦同时穿插,人际沟通自然进行,这是我们的文化,可惜你不是中国人,当然无法享受玩它的乐趣了。

这一激,他越发认真地数饼数条了,有时还热烈要求开桌。在新加坡那一年,他除了出差东南亚各国,平时到公司转一圈,大多时间在家守着妻儿,附带陪我老爸老妈打麻将。

记得我最后一次与他打麻将是小儿出生那天。

那天我顶着一个临盆的大肚子,与老爸老妈和比尔在阳台砌长城酣战。我手气奇好,连庄不断,赢了一大堆拟钱扑克牌,有通吃三家的大好趋势,心里正憧憬着待会儿用这些扑克牌兑现那花花银子。就在那当口,肚里的小人儿也高兴地一咯噔,一股水随即涌出来,我顿感不妙:羊水破了!

阵痛随即来临,比尔顺手把我爸的轮椅拉过来,把我抱扶上去,推着就往门外跑,我不忘回头叮咛一句:"这圈还没打完,等我回来再继续。"意思是我已赢了那么多,你们不能因为这意外而一笔勾销。老爸在后面哈哈一笑,"都不算数了,快把我孙儿生了再说。"

"洋女婿"比尔在新加坡陪中国的岳父母打麻将

转眼,小儿今年也已七岁,他"子承母志",也能与哥哥姐姐们并成一桌了。毕竟有中国基因,他跟哥哥姐姐一样,很没有问题地认识"万条饼",只是他常常会因为想"吃牌"被哥哥姐姐碰走,气得瞪眼撇嘴,或心疼得大哭不止。

据说,毛主席他老人家曾说过,中国有国粹三样:国著"红楼梦",国骂"他妈的"和国玩"麻将"。我家四个孩儿起码懂得其中一样,看着他们四个热热闹闹地围成一桌,有模有样地"碰来碰去",让我很有一种"对得起毛主席的"的自豪感。

比尔在电话上得知孩子们比他还溜地玩麻将,兴冲冲地说等他下月来中国,三缺一时,他可以补缺。孩儿们想着老爸的"数条数饼"故事,赶紧说:"我们四个正正好,不会三缺一的。"

我家适龄儿童踢足球

我家四个孩子从小无一例外地都被我们比尔同志送到绿草坪上跑来跑去,名曰踢足球,在老妈我看来,就是在大太阳下,一会儿这头,一会儿那头地追着,把脸晒得黑黑的,把腿练得粗粗的,时不时这儿撞,那儿摔的。每次爹妈还得赶场似的送完一个接一个,弄得像职业足球之家似的。最后每人手上捧着一个凡参加者都有份的小奖杯美滋滋地回来,堆放在家中某个角落里,终年与灰尘为伴。

这一切的一切皆因为老爸他自己年轻时曾经是一位足球健将,据说当年那英姿飒爽的身影还上过报,他还以此体育强项拿奖学金上的大学。如今虽老矣,但那份对足球的热爱仍常在心中荡漾,一遇到合适的时候,就会不自觉地冒泡泡,比如一看到家里有适龄儿童,马上就把他们送出去晒太阳,练大腿。再忙,日程再紧,他也是热情满怀地安排着他们的足球活动。

四个适龄儿童,大儿子宝宝对足球的热爱随着年龄的增长日渐消退,猫在家里打游戏比出去跑得满头大汗更有吸引力,纯中国孩子好像更喜欢室内活动?

妮妮在踢足球

二女儿西西本来就不喜欢太剧烈的运动，学校每周的体育课，她是唯一一个要我们写纸条给老师说她今天这个不行，明天那个不能，老想逃体育课的人。在老爸一股热劲的怂恿下，西西踢了两个季度的足球，但态度总是不积极，在草地上跑的样子也不如其他小朋友那么着急，她基本上都是以走的形式在参与，球正巧滚到她跟前时，她才会踢踢，还不一定踢得准。

老爸看在眼里，急在心里，问西西为什么不跑，西西先是说脚疼，可不能次次都脚疼呀，最终她还是如实承认，说，不喜欢跑，是因为不喜欢那种汗渍渍的感觉。别看她的小肚子比妮妮圆得多，淑女的范儿一点也不输给姐姐，甚至还更规范。怕出汗的理由听起来有点太娇小姐了，但很女孩子啊，老妈喜欢！

姐姐妮妮生得娇嫩白净，恬美安静，可一到球场上，她就变了一个人，追着球的那份执着，让谁看了都会觉得她天生就是一个踢足球的料，老爸更是深信不疑，未竟的"事业"终于有了传人。那份喜悦是发自内心的，落实到行动上那就是一个百分之二百的支持，哪怕踢球的时间和日常生活的诸多活动有多么冲突，老爸都以踢球第一的次序，排除万难地把妮妮送到大草坪；哪怕太阳再大，老妈再反对，他们爷儿俩总能有办法逃过老妈的视线，偷笑着直奔球场。

最让老妈担心的是妮妮那双原本修长的美腿，会不会因为踢球而变得粗壮？女孩子家有一双粗腿，毕竟不好看，尤其穿裙子时。

老妈认为，女孩子嘛，跳跳芭蕾，雕塑形体；弹弹琴，修身养性；踢足球，那是男孩子玩的东西，可碰到家里这么一个一看到孩子踢足球，自己浑身就来劲的老爸，老妈我除了千方百计阻扰，破坏一次算一次外，剩下的只有郁闷了。

妮妮对老妈强调的年轻时被太阳暴晒，以后上了岁数就很见老的道理嗤之以鼻，觉得那是中国人的迷信，没有科学根据，因为约翰·泰斯没有说过这档事。她老爹也在一旁说三道四地搅场，让老妈我恨得牙磨磨，休他的念头都有了。想如果都是中国人，这明摆的晒太阳太多皮肤会老化得快的道理，用得着我这么苦口婆心地叨叨吗？而且还不认真听进去！

中西方文化，其中观念的差异，看问题的不同角度，有时还真的有点说不清的费劲，常常有"鸡同鸭讲"的沟通障碍。

小儿宝弟，倒是一个足球爱好者，可惜他人小了点，在球场上，他又很爱指挥其他队员，告诉他们快去那边堵，速去这边踢，他在那儿喊得满头大汗、情绪亢奋，一副大领导样，可好像没人认真执行他的指令，老妈都怀疑有没人在听他的喊话，那些小朋友个个自己忙自己的，该踢哪儿踢哪儿，该撞谁就撞谁，完全把"领导"的话当耳边风。

抱着球的宝弟——酷吧

有没有人听宝弟的不重要,重要的是小人把自己很当回事地在那吆喝着,把站在场边的老爸看得乐开了怀。

我家目前适龄儿童里老妈唯一支持去踢的人就是宝弟,这孩子太单薄,个也不是很高。九岁了,去游乐园玩老是差那么一丁点(半英寸吧),愣是坐不了那些超刺激的像太空过山车那样的设施,他沮丧,大家也不尽兴。老妈除鼓动他餐餐多吃外,一直鼓励他踢足球,多跑跑应该会帮助长个吧?

就是跑成大象腿也没什么大不了的,男孩嘛。

将来在某世界杯上,如果有看到一个胳膊小脸小、大腿却粗壮的足球健儿,在那儿像泥鳅一样灵巧地穿梭,同时不停地吆喝同伴,说不定就是我家宝弟呢。

你们用哪种方式造了我

已经五年级,刚满十岁的小儿,上个礼拜在学校上了一堂"家庭生活教育"课,知道了基本的"造人"原理,很是震惊。他回到家,愣愣的,时不时做沉思状。到了晚上要关灯睡觉的时候,他终于忍不住问老妈:"妈咪,我是你们用什么方式造出来的?"

老妈我顿了两秒才明白他的问题。记起以前小人老问"婴儿是怎么来的"疑难问题时,老妈我次次只能泛泛地告诉他,有两种方法制造婴儿:一种是人工的,医生把爹地的种子放到妈咪的蛋里面;一种是自然的,是爹地自己把种子放到妈咪的蛋那里。

五岁时的宝弟——纯净极了

那爹地是怎么放的呢?这是一个小儿一直想不明白,一直想知道,一直想从妈咪那里听到答案的神秘问题,妈咪也一直无法正面回答,只能忽悠,说,等你长大了些,老师自然会告诉你的。

这一天终于到来,不知道英明的老师是怎么向小孩解释这个难以启口的话题。反正小儿提到"自然法"时,说了一句:"那有点恶心。"

美国五年级就开始性教育,告诉十岁左右的男孩女孩,男女是什么身体结构,人是怎么造出来的。记得妮妮、西西当年,我们是有意推延她们去上这个课,直到她们六年级时,才签了同意表。老爸说女孩子还是尽量让她们的思想多纯洁一段时间，尤其是我们比尔家的女孩！而宝弟不延期，老爸说，男孩嘛，早点知道没什么坏处。

这什么话？这"男女有别"思想与我们悠悠大国的大男子主义传统观念有一拼。我们的宝弟才满十岁啊，一个纯纯小男孩的纯纯世界从此不再纯净。

老妈深切"哀悼"小儿痛失"童贞"之余，不免回忆起我们宝弟四岁时，他第一次开口涉及到这个问题的纯纯样。

那天，老妈我和他走在涵江的街上，去接在上钢琴课的妮妮，他突然问："妈咪，爹地说当男孩把他的种子给女孩的时候，女孩就会有孩子，对不？"

"是的，儿子。"老妈有点惊讶他的话题，但也不以为然。

"我有种子吗？妈咪，因为我是男孩呀。"

"你会有的，儿子，等你长大以后。"

"如果我把我的种子给一个女孩，那个女孩就会有一个baby（婴儿），对不对？"

"对啊，但你只能把你的种子给你所爱的女孩，不是随便什么人哦，儿子。"老妈有点得意自己的及时"爱之教"。

"哦，"小人沉思地点了点头，说，"等我长大，我要把我的种子给你，因为我爱你，妈咪，而且我要你有十三个婴儿！"小人的语气是坚定的，表情是憧憬的。

"No，no，no！"老妈啼笑皆非，忙不迭地同样坚决地否决了他的那个远大目标，说，"你不能把你的种子给妈咪的。"

"为什么呀？妈咪，是不是因为等我长大了，你就太老了？"

"因为……"老妈在肠肚里搜刮合适的答案。

"妈咪，种子在什么地方？"还没等老妈想出一句好句来回答他那个好笑的问题，小人紧接着又问了一个他更关心的，同时用左手指着右手的臂弯处问，"是在这里吗？"

"不是，它是……它是在肚子那里。"老妈急中生智，找了一个自认为最恰当、最靠近正点的地方。

正说着，沿着街边石阶上下蹦跳的小人，一个不小心，跌倒在地，刚好碰疼了他的私处，小人捂着它，放声大哭。老妈赶紧现场"教育"："Oop，你伤到你的种子了，儿子，你得非常小心爱护它，要不，你将来长大可能不会有好种子的。"

小人听老妈这一说，立马停了声，惊恐地盯着老妈那张关切又认真的脸，看了一秒，随即更大声地哭了起来。

那可是他要造十三个婴儿的粮仓啊！

小儿的纯情是如此地让人莞尔。三岁时，他就开始表示长大后，他一定要照顾妈咪，他一定要像我现在背驮他那样地背驮我，如果到时老妈老得走不动的话。他甚至要擦老妈的屁股，如果老妈将来老得叮当响，连如厕都需要助手的话。

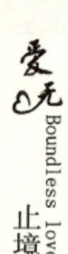

老妈说，你长大了，是大男孩了，大男孩是不合适擦母亲的屁股的。他一听就哭了，边哭边坚持他到时必须得像现在妈咪天天擦他的屁股那样擦妈咪的，要不，他就一直哭下去。老妈我只好承诺他，等妈咪老了他一定可以替妈咪擦屁股，才止住了小人的眼泪。

多么美好、纯净的童真啊！

如今，一句"你们用哪种方式造的我"结束了那个无菌年代，宝弟知道人是怎么造出来的，而且评语是"恶心"。

十岁的孩子有必要知道这个吗？

小儿学中文

小儿在新加坡出生，满月后，便随我回中国八个月，母亲、我，外加两个保姆围着他一个小人转，耳闻的是涵江方言和些许普通话。学讲话时，正是我频频带他们回国上艺术幼儿园的时候，应该说，小儿的母语是中文。

2004年，小儿四岁那年，他们三姐弟一起上中国电视台，在演播厅，小儿在观众席上被前面站起来的人挡了视线，他会用很婉转的话说："阿姨，你能不能坐下来？要不然我看不到。"

"能不能……要不然……"四岁小儿当时的中文用词准确性和婉转度相当于我们北美希望中文学校至少四年级的水平！

在电视台的采访中，他更是妙语连珠，即兴发挥，当主持人问："如果妈妈以后想和你一起住，而你的女朋友或老婆不同意时，你怎么办？"

宝弟的回答相当"男人"，他很干脆地说："如果她不让我妈妈和我一起住，那我就把她踢到海里去……"还没等大家反应过来他那句话的"暴力性"，他又悠悠地添上一句："让鲨鱼吃掉。"

全场爆笑，主持人对他的"残忍性"及时地评点了一句："美国人就是狠，难怪会打伊拉克。"

在休息时，女主持问他："宝弟,姐姐她们有没有欺负你呀？"宝弟很实诚地答："今天她们还没欺负我。"这个"还没"的用法逗得女主持人差点掉了手中的笔记卡，说这小混血儿好玩，宝弟这么说，听上去他好像挺失望姐姐们今天还没开始欺负他，蛮期待似的。

最让人大吃一惊的是：他居然懂得中文字的褒贬义，以及它背后的逻辑关系。

那天我们去爬山，他喊累，我表嫂就背起他，很快他又说不累，一溜跑到前面去了。表嫂说:"宝弟你骗人。"小人很认真地,看着对方的眼睛回答:"我是跟你玩儿,不是骗你,玩不是骗,不一样的。"

众哗然,行啊,这小子的Chinese(中文)说得很Chinese(中国)呀!

那时的宝弟,中文不仅说得溜,而且还有点幽默的小火花,让老妈我很为自己每年不辞劳苦,屁颠屁颠地带他们回国学中文而得意。

可好景不长,回美国开始上学后,学校里、电视上、与他老爸和姐姐们之间的日常交流,都是英文。渐渐地,宝弟把他在中国学的中文一句一句地忘了,以致后来他都听不懂自己在电视上讲的那些中文是什么意思了。看大家听他说"让鲨鱼吃掉"那些话在那儿哈哈大笑,他一脸茫然,很着急地问大家:"我说了什么?我说了什么这么好笑啊?"

我晕啊,宝弟居然听不懂自己说的话,就那么一会儿的工夫?

大人的忘性如果也能像小孩那样,该有多好啊,一切的烦恼痛苦说忘就忘,说丢就丢,别人在那里津津乐道你的"悲惨"故事时,你趋前纯纯地问一句:你们在说谁,怎么那么惨呀?你每天的心情肯定无比顺畅,比谁都快乐!

宝弟这情形让我很痛心,也很郁闷,那几年回中国的机票费、住宿费、学费、人情费等之费全废了!

赶紧送中文学校吧!一到周末,我就把他们三个一溜赶进中文学校的大门,宝弟三年前开始上一年级,现在还是在一年级!书本越读越破,中文懂得越来越少。

每次临出门前,他总是很匆忙地把一堆纸一样的东西塞进书包,一些是课本的散页,一些是皱巴巴的作业。如果我没有检查他的书包,里面一定没有老师要求必须有的铅笔,到了课堂上老师一定得借一支给他,他一定忘了还,下次去一定得再向老师借。

书包每次倒是都记得带回来,但书本常常不在书包里,一不留神,宝弟不是错拿了其他孩子的书本,就是干脆什么也没有拿,包里空空如也,他还背得兴高采烈,一路跑回家。

等到下堂课,老妈我发现书包里只有一个空夹子,干净得没有一片纸,惊问:课本呢?宝弟用那双有点绿的眼睛瞪着你,也是和你一样不解及询问的神情。老妈我只好满学校问"谁拿了写有宝弟名字的书呀?这又是谁家孩子的书被我家宝弟错拿了啦"等等我每隔一段时间就要问大家的问题。

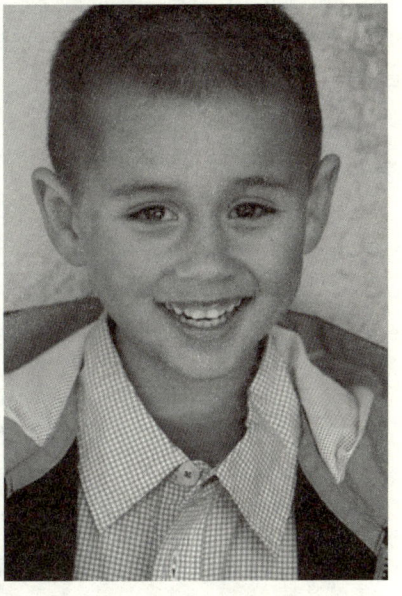

兴高采烈的宝弟

去中文学校唯一让宝弟有点精气神的事,是去学校走廊那些零食自动机投硬币。一到课间休息那十分钟时间,他总是第一个夺门而出,兜里没钱时,他会奔到我健美课上探望妈咪,也躺在妈咪身边的地上跟着伸伸胳膊、甩甩腿什么的;如果他兜里有那么几个硬币,他一定直奔自动机,把嘴巴吃得红红绿绿的再回到教室上下半节课。

前不久,发生了一件有点神秘又不可思议的事:在快下课的时候,老师还在他后面指导他在课本上做作业,下课铃一响,他一溜就出去了,等他再慢吞吞地回转到教室,桌上的课本却不见了,老师和他一起在教室里找了好几圈,没影!问了班上所有同学,皆摇头说"知不道"。

温和美丽的老师对我那"书不会自己走掉"的原理深表赞同,对我怀疑宝弟一开始就没有把书带来的设想给予坚决否定,说她刚才还在上面写过字呢。

那书呢?宝弟微张着涂满颜色的小嘴,也做惊讶状。

这至今仍是一桩谁都觉得奇怪的悬案!

怎么办?只好把老师的书借回去复印一本了。老师说她已经给过宝弟两本旧学生留下的书了,他都毫不含糊地一一丢掉。老师对宝弟有一种母性般的怜爱,说喜欢他那副很无辜忧郁的神情。

这个美丽老师是宝弟三年来一直在一年级学中文的第一年老师,第二年在别的老师班上,第三年又转回到她这里。转回来的主要原因,是因为第二年的那个班,学生中文程度实在太差,差得连宝弟都笑话了。

那天,我到他第二年的班上"陪读",老师很认真地对面前那帮和宝弟一样看上去很高兴很心不在焉的同学们说:"现在大家跟老师读课文。"

她"弯弯的月亮"一句,下面也齐声"弯弯的月亮"一句;她"小小的船"一句,大家也"小小的船"一句;正跟得融洽,宝弟在那东张西望,老师侧过头,朝他挥挥手,说:"宝弟看书!"众小朋友们竟也齐刷刷地高声跟道:"宝弟看书!"……

老师扑哧一笑,宝弟哈哈大笑,我也笑:儿子这中文学的,那叫一个一年不如一年啊,他什么时候可以升二年级呀?

小尾巴的痛苦

二女儿西西2009年做了一个脚底的小手术,缝了几针,必须卧床休息几天,走动需要撑着两个拐杖支走,爹地及时宣布"战时共产主义互助政策":只要西西需要帮助的时候，比如，拿一下她的书包，端一杯水过去，给她支拐，站在旁边扶她，等等日常生活里的日常事，妮妮和宝弟都得随时应招，无条件为西西服务，因为西西现在是病人。

刚开始，妮妮和宝弟看到早上还好好出门的西西，回来时却是一个一只脚缠着厚厚的绷带，爹地抱着进门，看上去很重伤的病员，俩人心里油然产生出一种助人为乐、帮助弱势人群时，那股既热情又满足的亢奋情绪。对西西那个有求必应，关怀备至，老妈看了都觉得"灾难"有时还真不一定全是坏事。平时妮妮和西西是每天都要看对方不顺眼好几眼的人，这回，却因为西西的"灾难"，而让妮妮前嫌尽弃，和宝弟一起团结在西西的周围，不仅平时的争执声没有了，而且一派和谐景象，老爸老妈倍感欣慰。

西西毫不客气地充分享受起这个千载难逢当女王的好机会，就是后来她能健步如飞地支着拐杖满商场里穿行，她还是爱指使别人为她做事，颇有当领导的素质。

西西只能泡澡，那只缠绷带的脚不能碰水，只能架在浴缸外面。妮妮贡献出她音乐室里那张可以调节高低的架子鼓的皮椅子，放在浴室里专门给"女王"搭那只有裹脚布的"香脚"，并每次给她调节高低度，宝弟则在一旁负责拿浴巾。

可好景不长，妮妮很快就放弃做好人的辛苦，对西西的帮忙呼声能听不到就尽量听不到，实在躲不过去了，就指使宝弟去具体实行西西的要求。

长期以来，一直在妮妮、西西两座大山压迫下求生存的宝弟，只要两个姐姐不联合起来集体揶揄他，说他是妈咪的小婴儿，说他是爱哭的婴儿，说他看上去像一年级学生，说他在学校乐队里吹的那根长号比他人还长……等等让他感觉很不舒服的话，宝弟就很愿意把自己变成她们的听差，随叫随到，奉献一流服务。

尤其是没有进"天赋教育中心"的西西，对在那里上学的宝弟的攻击内容，更是包罗万象，花样翻新，常常让宝弟泪眼汪汪地问我："妈咪，西西为什么总是取笑作弄我？我没有做错任何事啊！为什么我是最小的一个孩子，而不是最大的？为什么我不是家里唯一的孩子呀？"

一连串声泪俱下的"为什么"问得老妈我也心酸酸，也闪过"要是宝弟和妮妮的生日能调换，把宝弟生在妮妮的那个位置，让那两个'刻薄姐姐'变成宝弟的弟弟就好了"的遗憾。

现在西西有"难"，平常的伶牙俐齿没了，而且是一副楚楚可怜相，唤起宝弟的名字来，都有一股姐姐味。宝弟听了，那叫一个感动，跳起来响应西西的召唤都恐来不及。

那晚，近来突然时兴光背睡觉的宝弟，读完睡前书，息了灯，合上眼。我蹑手蹑脚地给他一个亲吻，准备离去。西西突然从她的房间那边大声叫了一声"宝弟"，老妈我刚想冲过去制止她的夜间喊话，宝弟在黑暗中及时应了一声"yes"。

"给我把书包拿来!"

"OK!"

老妈我还在惊讶宝弟怎么可能在睡眠里如此迅速地反应西西的召唤,小人早已从床上跃起,只穿着一条短裤,露着凸突着两根肩骨的小光背,一眨眼就消失在门框外了。

待他回转来,老妈问:"为什么西西一叫,你就得那么听话地立马响应,你都已经睡了啊?"

"我也不知道。"宝弟耸了耸肩,"也许我只是想讨好她,这样她就会对我好些。"

愿望是良好的,可现实总是残酷的。在老妈这里懒得要命的宝弟,不管他在西西那里怎样地勤快,怎么努力地巴结西西,怎么委曲求全地"忍辱负重",到头来发现竟然都是自己一厢情愿在瞎忙,因为西西脚稍一好转,该揶揄宝弟的时候,一点也不含糊,也不念情,照样思路敏捷、语言生动地把宝弟气得跳脚。

宝弟想不通

人一般可以"负重",但不能"忍辱"。宝弟虽小,但一样有一颗容易受伤的稚嫩的心,一样有一个不能被一而再、再而三"伤害"的幼小的心灵。他可以鞍前马后,甚至在睡梦中跳起来为西西效劳,西西不领情也罢,但不能看自己一心想讨好她,反而变本加厉,一点也不珍惜地"作践"自己对她的好。这种越来越不把宝弟放在眼里,不管宝弟的感受,全盘否定姐弟情的做法,真是士可忍,孰不可忍!

所以,宝弟决定"起义"。

小人不再随叫随到,也不再接收西西的任何指令,除非那个指令是来自爹地。

失去了,才觉得珍贵。西西失去了宝弟的 VIP 贵宾服务后,颇感失落,尤其被妮妮气哭的时候,更是怀念宝弟的种种好。

有那么一两次,西西睁着一双动人的眼睛,用无比温柔的语调对宝弟说话,并提出服务要求。宝弟先是受宠若惊地看西西一眼,随即狐疑地再望西西一眼,同时及时地把被西西需要的喜悦之情压了下去,耸耸那没有一点肉的瘦肩,转身走开。

这种"造反"行为带来的是没有尽头的"恶性循环",西西和妮妮"战争"被老妈管制的时候,宝弟就成为她们的出气筒,自然,老妈便出头替宝弟打抱不平,两个姐姐,特别是西西,下次对宝弟的揶揄就更有内容。可怜的宝弟,只能一次一次地问老妈:"为什么我是最小的一个?"言下之意:如果我是她们的哥哥,她们敢这样欺负我吗?

是啊,做小总是吃亏的。

唉,这种做小尾巴的痛苦有谁能知(除了妈咪知道外),何时是了?

小儿的意中人

小儿不到五岁就上了幼儿园。

史密斯夫人是位快退休的幼儿老教师,妮妮和西西都是在她班上完成的幼儿教育。我们有意安排小儿到她班上,是因为觉得史密斯夫人对我们的"家族史"比较了解,对小儿可能会有帮助。

刚开始上学时,好长一段时间里,小儿常常在课堂上想念他的妈咪。在上课当中,他会突然哭起来或者神情忧郁地表示着他的伤心。老师问:"宝弟,你怎么了?"他会瞪着一双棕绿相混的大眼睛深情地回答:"我想我的妈咪。"快六十五岁的史密斯夫人听了很理解地,也伤心地说:"我知道,我也想我的妈咪,宝弟,但我今天必须在这里教,而你也必须在这里学,等我们都完成了我们该做的事,你的妈咪就会在这门口接你了。"

那个年龄的小儿最心仪的意中人除了妈咪还是妈咪。每天睡觉前的摸脸活动中,他总是重复着那些将来要和妈咪结婚,以为只有那样才能永远和妈咪在一起的童言稚语。

一年级时,小儿的班上来了一位很精巧的小女孩,她名叫海丽。海丽的爸爸是日本人,妈妈是美国白人。小女孩白白小小的脸上,各就各位的五官非常的精致和漂亮,披肩的棕色细发,有时柔柔地垂在肩头,有时在一条美丽的发带下,很一丝不苟地飘着。她个子也小小细细的,每天穿着熨烫过的白色小上衣和蓝色小短裙,黑色小皮鞋,配着镶边的白色袜子,整整齐齐地出现在校园里,安安静静地站在队伍中,非常引人注目。

我每次去接小儿放学回家,到了小儿班级门口,把自己的儿子狠狠揽进怀里后,总不自觉地喜欢用视线找寻她,想看看小姑娘今天是什么样子。我问小儿,你和海丽在班上一起玩吗?小儿有点沮丧地说,她很少说话,我们互相从没有讲过话。

好可惜啊!妈咪故意夸张地表示遗憾。那你喜欢她吗?妈咪装得漫不经心,

随便问问的样子。

妈咪！小儿很严肃地阻止了老妈想窥探小人隐私的企图，但老妈从小人那故意装出来的生气样子中，已经明了儿子和老妈是一个档次的货色，喜欢的东西是一样的。

一年一度的校才艺秀开始了。我家三个孩子秀的节目是妮妮谱了一首钢琴曲，并填了歌词，然后由妮妮伴奏，西西和小儿站在台上合唱。歌词说的是爹地每天去上班，妈咪每天在家，他们每天去上学的家庭画面。音乐欢快，歌词风趣，小儿和西西引颈高歌，场面甚是动人。

尤其是宝弟，小小的个子，小小的脖子，站在西西举着的麦克风后面，为了能对上麦克风，小人得尽最大努力地把自己往上拔，脖子伸得老长，用最大的气力试图发出最大的声音，脖子上那几根青筋清晰可辨，很认真，很敬业。

晚上，又到摸脸时刻，东西南北闲聊一阵，小儿突然忍不住地告诉妈咪，今天他唱完，从台上走下来，回到班级时，海丽，那个美丽精巧的海丽，特地走向小儿，第一次对小儿开口："宝弟，真不错，我喜欢你的歌声。"窘得小儿快快应了一声"谢谢"，便跑开了。

哇！妈咪当即表示祝贺，"你的歌唱一定非常打动她，她那样说，你高兴吗？"小儿点了点头，马上又说："谁那么说，我都会高兴的。"

嘿嘿，妈咪就不多说了。

又过一年，我们举家搬离了湾区，海丽一家好像也搬迁了。在大姐妮妮的多次开导下，小儿终于明白自己长大后

宝弟和他的女同学在学校的才艺秀现场

是不能和妈咪结婚的，不仅因为到那时妈咪已经太老了，而且孩子是不能和自己的父母结婚的。儿子道理明白了，心结依在，妈咪问他将来想找什么样的人结婚做老婆，他马上说，找像妈咪这样的人。

"妈咪觉得你不应该找像妈咪一样的人。"老妈知道自己的德性。

"为什么？"

"因为妈咪脾气不好啊，找像妈咪这样的女孩子做老婆，你得一直讨好她，你会很累的，儿子。"涉及到自己儿子的终身大事，老妈觉得还是实话实说得好。

"……"

"除了妈咪，你最喜欢哪种女孩子啊？"老妈想知道小人的喜好。

"……"

"是不是像海丽那样的女孩子？很整洁、很漂亮的？"老妈很不厚道。

小儿很用力地点了一下头，说："是啊。"

看来海丽这个小女孩给小儿的印象也是很深刻的。

新学校也有才艺秀。那天小儿上台表演了一个小品,表演完下来坐在同学当中,他旁边坐着一个像海丽一样很整洁很漂亮的小女孩,她无限羡慕地侧头望着小儿,小儿却一副心不在焉、目不斜视、名草有主、不为所动的好男人样。

老妈我看到这张相片,忍俊不禁,说:"宝弟,看上去你这个同学很喜欢你啊,她跟海丽很像,你喜欢她吗?"

"妈咪,"小儿叫,"你在说什么啊?再说了,她和海丽一点也不像!"

这回,小儿是真的生气了。

小儿今晚值班

自从晚餐由四个孩子轮流摆桌的"制度"实施后,最让我母亲、他们的姥姥看了既惊讶又心疼,不停地摇头感慨这么小就要帮大人做事的人,要数小儿宝弟了。

小儿虽已八岁,读三年级,但他的个子在同龄人里属偏小形,加上他不爱吃有营养的食物,瘦瘦的,看上去就更显小了。

他值周五和周日的班,每次他都是像一枚飞镖似把自己嗖的一下投飞到台面上,从悬在半空的上层杯柜里,拿下所需的杯子,先放在自己站着的台面边上,跃下,再左一个杯子、右一个杯子地把它们摆到餐桌上,然后转身,再嗖的一下闪回到台面前,把脚前面的柜子门打开,踩上里面的层板,再使劲把自己拉长,够着上面碗柜底层的碗和碟,大声问今晚谁要用碗装饭,否则全部是碟子地摆到餐桌上。

他就这么来回"嗖"几下,一切都在两分钟内搞定。筷子、调羹什么的,都在小儿触手可及的高度,是他的"举手之劳"。可就是这看似简单容易得像"一块小蛋糕"(a piece of cake)的筷子摆放,昨晚却让小儿阴沟里翻了船。

不知是什么原因,小儿昨晚在按人头往餐桌上摆放筷子时,却把那双专门烹调用的特长筷子放到了大姐妮妮的位置上,等大家在爹地的呼唤下,鱼贯入座时,妮妮一眼就注意到自己眼前的那双特长筷子,马上抱怨说:"宝弟,你怎么值班的?怎么把这双妈妈做菜用的长筷子拿来吃饭?快给我换一双正常的来。"

宝弟快速忽闪了一下他那长长的睫毛,气定神闲,很外交辞令地说:"这个嘛,我已经做了我的职责,你如果不喜欢它,那就自己去换一双吧。"

妮妮也不是吃干饭的(尽管我们天天晚上都吃干饭),说:"今天你值班,你摆错了,当然得你来纠错。"

小儿开始逻辑思维,"你今晚是不是要用筷子吃饭?"妮妮答:"是。"

"那我给你的是不是筷子?"小儿步步为营。"对呀!"妮妮脸上一副你这是什么问题的不屑。

"那我的错在哪儿?你不喜欢它的长短,那是你的选择,你不能要求我为这个给你再走过去换一双,因为那不是我的分内事。"

别看妮妮因为 IQ 高和其他综合素质好被录取在"天赋教育中心"上课,她的舌头灵活度绝对没有她的小弟弟好。那刻,她结舌了,她张目左顾,发现大哥哥宝宝的位置还空着,这说明宝宝目前不能在现场"为自己辩护",机会就在眼前,妮妮抬手就把自己手中的那双长筷子,以迅雷不及掩耳的速度把大哥哥宝宝的那双正常长度的筷子调换过来。

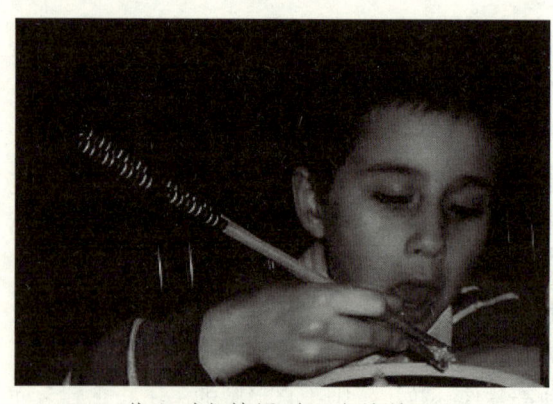

什么叫坚持原则?这就是!

等宝宝像往常那样,迷糊糊从电脑上撤下来,半睁着眼,在自己的位置上落座,拿起筷子,感觉不是很顺畅,睁全眼一看,不对呀,这筷子也太长了吧?他问:"今晚谁摆的桌呀?怎么摆一双这么长的筷子,怎么用呀?"

大家异口同声地喊:"是宝弟!"妮妮的声音在那同声里显得特别高亮和亢奋。宝宝望向宝弟,说:"宝弟你能不能给哥哥换一双短的?"

自己所敬爱的大哥哥都开口了,本没有不起身走两步再"举手之劳"一次的道理,小人环视四周,看到边上妮妮那个等着看热闹的坏坏的笑,正准备站起来的脚又放了下来。

事情到了这个地步,已经不是走几步的问题了,这已经事关小人的尊严和谁对谁错的原则性问题了。

小人一咬牙,把自己手中的筷子递给哥哥,再接过哥哥手中那双奇长无比的筷子,不再说一个字,握着它,低头吃饭。

大家看着他那么小的手,握着那么长的一双筷子,样子实在滑稽,笑劝:"去换一双吧,宝弟,筷子筒就在那边,走两步而已。"小儿不理大家,尽量技巧地掌控着那双不怎么听话的筷子,他无声地告诉全桌的人,特别是妮妮:我没有错,我做了值班日该做的事。

是啊,走两步容易,但要让自己因那两步而承认自己错了,是不容易的。

小儿昨晚失眠

自从我制定了"挣工分"才能打游戏机的家规后,响应最热烈的就是八岁小儿了。

平时只知道玩,不知道帮忙的他,现每隔几分钟就会跑到我跟前问:"我能帮你做些什么吗?妈咪。"态度之诚恳,心情之殷切,眼神之纯洁,让我每次都有想把他拥入怀中,亲他一口的冲动,同时心里不忘再佩服自己一把:居然能想出"工分制"这么一个英明制度!

我的"制度"是:你如果想打游戏机,得挣分钟。比如,叠一件衣服,一分钟,你叠三十件,那你就挣得三十分钟打游戏的许可时间。扫地板时,根据扫的面积和难度,我先目测毛估,然后报价(分钟),每每我说十分钟或十五分钟时,精灵的小儿总是要讨价,一般都是在"原价"上加五分钟。

我故意坚持一会儿,然后很无可奈何地说,好吧。他就很高兴地,屁颠屁颠地干活去了。

争取来的东西总是让人有一种满足感,不管是力取还是智取,哪怕是赖取。

小儿跟他大哥哥一样,打起游戏来可以很快进入忘我境界,常常等也"忘我"的老妈下网,回头看钟时,他那微薄的几十分钟"工分"早就超支了,他马上摆出一副不知不罪满脸无辜的表情,我也就睁一只眼闭一只眼地不与他细算了。

同是网络沦落人啊。

昨晚临睡前,他拿着一支笔,在贴在冰箱上的一张纸上面画来画去,最后很沮丧地宣布:我现欠债了!

二女儿西西趋前一看,皮笑肉也笑地,非常高兴地说:"爹地就是比妈咪严格,你打游戏超时了,这下是负二十分钟了。不过没关系,我那天帮妈妈做饭,挣有三十分钟,我又不爱打游戏机,你如果多巴结我多听我使唤,说不定我就给你我的那三十分钟。"

满头满身都贴着"躁动不安"类似词汇的小儿

小儿先是眼睛一亮，随即翻个白眼朝天花板凝视数秒，回眼很酷地对二姐说："不用，谢谢，我宁可多干活，自己挣工分，也不要让你来折磨我。"

西西颇有趁火打劫、乘虚而入的不良动机，可惜天时地利有，唯缺人和。

话是这么说，小人心里从此开始郁闷，好端端的，本无债一身轻，现一不小心变成了负债，外面的大经济如何糟，倒不必在乎，自己在家里这一身不怎么景气的小经济，该如何捞回来？这意味着自己接下来的几天，得不停地找事做，如果"东家"没活给干，不仅打不了游戏机，连债都没机会还呀。

九点是他必须关灯睡觉的时间，十点时，我和比尔在他的书房闲聊，他突然从楼上喊了一声："妈咪，我睡不着！"比尔喊回去："闭上眼，倒数一百只羊，就会睡着了。"

半个小时过去，他又出我们意料之外地喊过来："我倒数了三百只羊了，仍然睡不着。"那刻我心中已略知一二他这小东西今晚是怎么回事了。

我到他床边，问他："你是不是在担心你的'债务'呀？"心想这孩子将来是绝对不会陷入诸如"次贷款危机"之类的困境的，就这几十来分钟的"工分"，都让他这般无眠，那大房子的债务还不让他连五十只羊都数不下来？

他听我问那"债务"，马上很男子汉地说："不是的！妈咪，我没有担心那个。"

知子莫过母，我笑："儿子，你就安心睡吧，那个'债务'我给你一笔划掉了，你现是零债务，明天你帮妈咪按按摩、捶捶腿、踩踩背什么的，你就又有三十分钟的'工分'了。"

黑暗中那双亮亮的眼睛越发贼亮，"四十分钟如何？"——我铁信这儿子有商人潜质！

他很快睡着了。

第二天，我的背也被他很应付地"蹂躏"了几下，皆大欢喜。

小儿发烧

这几天猪流感蔓延，人心惶惶。老妈我前两日从冷冻柜拿出一块猪肉解冻，想给大家炒一盘青椒肉丝。闲散间，踱步到多日没去的文学城，城门赫然挂着"猪流感"夺人命的头条新闻，把老妈我吓一跳，想比尔这几天一直在告诫我和孩子们，最近有一个很恐怖的致命流感在蔓延，大家务必饭前便后，用消毒剂勤洗手。

他说目前还不知道是什么引起这流感，也没有解药。我一如既往一个耳朵进、一个耳朵出地不怎么知道他在说什么，想他老人家有时总爱夸大事实，来点"众眼所归",认真听他激情演讲的戏剧效果。

文学城的新闻让我的神经顿时紧缩,顾名思义,这猪流感不就是因为猪吗?那吃猪肉不是很危险吗?转身就把那块猪肉扔回柜里。第二天,城头又飘着一则告示:猪流感和猪肉没必然的联系。既然没关系,那青椒肉丝就可以大吃特吃了,我又把那块肉从冰箱里拿出。

昨天下午,小儿放学回家,无精打采的,说很累很难受。我一摸他额头,挺热,用温度计一测,一百零二度。发烧是猪流感最显著的一个特征,老妈我的神经这回不仅仅是紧缩,还打结了。我对他爹说,咱们赶紧送医院看急诊吧?他爹倒有临危不慌的大将风范,说那流感还没到维州呢(听起来好像还挺盼望呢),别慌,先给他吃点退烧药。

端着药水,来到小儿的小床前。小人深沉的双眼含着忧郁的眼神,他用很忧郁的语气对我说:"妈咪,我就要死了。"老妈惊问:"为什么?"忧郁小人答:"因为我昨天吃了猪肉,今天在学校,班上有一个同学吐了。我想我得了那猪流感了,所以我要死了。"

有时感觉距离你很远的事,会因为某一件事或一句话突然就靠近了你。虽然我觉得小儿被传染到那流感的可能性微之又微,但也不是不可能,他现不是在发烧,浑身无力吗?一想到万一他真的被传染了,我心里就开始乱,然后就害怕。

熄了灯,我故作镇静地安慰着正在"怕死"的小儿,以为他睡了,正欲离去,黑暗中一声忧郁的声音飘过来:"我爱你,妈咪。"那语气,那声调,听起来不像往日那样高兴和安详,有点生死离别的不舍,我又蹲下去,拥着他,轻轻地说:"别担心,儿子,妈咪向你保证,你不会死的!"

第二天清晨,我去摸他的头,烧已经退了,小儿也醒了,问他感觉如何,他还是那种很忧郁的表情,说:"很难受。"但他的眼睛已经开始发亮,闪着他平时惯有的那种机灵光,我知道他是想趁机逃学一次,在家看电视,玩电脑,逍遥一天。

躺在他身边,我说:"你昨晚以为自己要死了,假如真是那样,你最想告诉妈妈的最后一句话是什么?"他想都没想地说:"我爱你。"老妈心中那个感动啊。再问:"还有呢?"小人这次花了几秒想了一下,说:"我房间衣柜上那只小公鸡大肚子里的那些钱,百分之五十给你,百分之四十给爹地,百分之十给哥哥宝宝。"

分给老妈的"遗产"居然比给老爹的多百分之十,老妈我心里又是一阵感动的

肚里装着小儿全部财产的公鸡

闪电划过。老妈又问:"那妮妮和西西她们呢?你都不给姐姐她们留点吗?"小人张了张小嘴,正想列数她们平时欺负他的罪状,转念,大概想到人之将死,所有恩怨都该一笔勾销的道理,他一副大人不计小人过的大公鸡大肚子度量,很干脆地说:"那好吧,妮妮百分之十,西西百分之十,宝宝百分之二十,你和爹地各百分之三十。"

停顿了一下,他又补充:"妈咪,凡是属于我的东西,都按这个百分比分。"俨然一个富有的老财主宣布他名下之物的大口气。

刚才那闪电的余光还在我心里的某个角落激动着来不及隐去呢,这小子就已经把他老爹拉上来与老妈我平起平坐了?这小人的脑子转得也太快了,第一次的分配是一种情不自禁的感情在用事,第二次的分配却是冷静的理智在"世故"。

老妈在感到些许失落的同时,也明白小人不想厚此薄彼的心,他是一个很懂事乖巧的儿子,平时,不管说什么,做什么,他总坚守对妈咪爹地平等对待的原则,不管我怎么糖衣炮弹,他都能守住最后那一道防线,很有做儿子的"职业道德"和操行,坚决不说出让妈咪"快"、让爹地"痛"的偏心话。就是老妈那个"妈咪和爹地同时掉水里,你先救谁"的难题,他都能四两拨千斤地以一句"那我和西西掉水里,你先救谁"的反问句直接把老妈呛得哑口无言。

可智者千虑,必有一失。今早,他第一次的那百分之十的偏心大概是因为他昨晚发烧了,松懈了警惕性?

刀枪不入的小儿

自从小儿把老妈我与他爹地以各分百分之三十他大公鸡肚子里那些"财产"为象征,平等对待后,老妈我心里就一直耿耿于怀,很是"不忿"。想俺怀胎十月,哺乳十月,再把屎把尿两个十月,晚上"陪聊陪躺陪睡"若干十月……等等那些只有妈咪在做的事,爹地一样也没做啊!怎么着,于情于理,小儿也得对老妈我稍微厚爱一点,哪怕多给妈咪百分之一的份额,也是一种肯定,一种对妈咪那特殊的、额外工作的肯定。

那天送他去踢足球,老妈我开始动心思:"宝弟,妈咪觉得你应该给妈咪至少多百分之一的分成,百分之三十一给妈咪,百分之二十九给爹地,如何?"

"为什么?"小儿很警觉。

"因为妈咪怀了你呀,你在妈咪的肚子里待了近十个月,吃住都是妈咪在管,而且还屁屁尿尿和噗噗在妈咪的肚子里(不知道胎儿是不是有这么一出?先按外面世界的活法，增加一下老妈的工作量再说），是不是？爹地一点也没管你啊，还有，你从妈咪的肚子里搬出来后，也是妈咪在管你的吃喝拉撒好几个月呢。"

"妈咪，"小儿在后座坐直了身子，很严肃地说，"那是因为爹地做不了那些事，我相信，如果爹地能做的话，他一定会为我做的。"

老妈："好嘛，就多百分之一给妈咪？"宝弟："mmm,让我想想……"

老妈语塞，好厉害的一张小嘴！没想到他还能这样反向思维，老妈我心中乐着，嘴里仍继续蛮缠，"那你每晚睡觉前都要妈咪陪你躺着，摸妈咪的脸才睡，你为什么不让爹地陪你呢？爹地也可以做这事的啊？"

这是小儿的软肋，他从小有这个习惯，现逢周末或节假日，他有时还会要求我陪他躺着直到他入睡。

他无语了数秒，然后用一种很正气凛然的口气说："妈咪，我一样地爱我的父母，就像你一样地爱你的孩子们那样，对吧？想想其他人，妮妮和西西，她们只得我公鸡肚里钱的百分之十。如果你要更多，对她们也不公平，别太自私，妈咪。"

正面扔过去的球，小人都接得游刃有余，还随带教育了一下老妈，让人有点"无地自容"的惭愧。但不厚道的老妈，仍在做最后的垂死挣扎，"你看，每次爹地打你屁股时，不都是妈咪在安慰你，摸你的疼屁股吗？妈咪可从来没有打过你的屁股啊。"

"那意味着爹地关心我，因为我当时做错事了，他是在管教我呀，妈咪。"

震撼啊，老妈我从后镜里看到小人瞪着我的那双微眯着的忧郁眼睛，很坚定，也很生气。我有点惊讶，看来，咱中国"棍棒底下出孝子"的理论，小儿融会贯通得很深透。

这好心有时还不一定能得到好想和好报呢，打屁股的人倒被领情，有功劳；摸屁股的人不仅没有被感激，反而什么功劳都没有？这男人和女人的不同思维是不是从小男孩和小女孩开始就不一样呀？

老妈我那个郁闷哪！想这小子将来长大，一定是那种很有是非观念，忒会坚持大原则，能把衣裳和手足分得很清楚的明白人。

"就百分之一嘛,你难道就不能给妈咪多百分之一?我不会告诉爹地的。"老妈我仍心有不甘,做最后"一磨"。

"无论你怎么说,你将只能得到百分之三十,和爹地一样,妈咪!"小儿一副"案子已结",不与你就这无聊的话题再纠缠下去的斩钉截铁样。

真是一块刀枪不入的小钢板!

"好吧,不讲鸡肚子里的钱了,那你心里的爱呢?能给妈咪多百分之一的爱吗?"妈咪扭头望小人一眼,眼神是那种祈求式的。

这是一个不同的问题,看得到的钱财是绝对得公平分配,但心中的爱,看不见,摸不着,只是一种念想,一种感觉,对妈咪的念想和感觉是可以多一点的呀!

这时,车已到了足球场,小人下车,手扶着车门,站在那儿顿了一下,很犹豫地说:"mmm,让我想想……"

"别想了,只百分之一嘛。"老妈觉得这希望的小火苗必须趁热劲吹,不能燎原,起码可以把那百分之一的"协议"吹下来。

"好吧,你将比爹地多得百分之一,只百分之一,没有更多的了!"

穿着一身略嫌宽大的足球队衣的他,站在门边,一副急着关上门、马上投身到足球场的迫切,但又不忍就这样弃唠唠叨叨的老妈在后面,仍在那百分之一里"悲愤",只好大丈夫似的快速了断。

看着他那好像解决了一件棘手的重大议题的小大人样,老妈我忍俊不禁,说:"快去吧,儿子,我爱你。哦,百分之二如何?"

汗,有这么得寸进尺的吗?

小儿丢了

每天下午四点,是孩子们从学校放学回到家里的时候。因为校车就停在离家门口不远的地方,平时有时是他们自己走回来,有时比尔和我会轮流或相伴一起走去迎接他们。

2009年的某个夏日,比尔不在家,我也有事外出。在下午四点我匆匆赶回家时,看到几个孩子也正好显省略号形式,拖拖拉拉地朝我这边方向走来,我用眼睛快速数了一下人头,连邻居家的那个小姑娘算在一起,也只有三个人,我那调皮、注意力老集中不起来的小儿呢?

两个女儿各板着一张酷酷的脸。妮妮严肃,略显得意之色;西西也严肃,但有愤怒之气;她们一前一后,一言不发地走近我。看到她们两姐妹这副架势,我

知道肯定又是妮妮用她那些最拿手的自我感觉良好的语言把妹妹给惹了。

"宝弟呢?"我问她们。"不知道。"她们互望一眼,齐声答。

"他没有跟你们一起下校车吗?"我提高了声音。"没有。""那他是不是和你们一起上车的?"我开始着急。"也不知道。"两个人还是那样不急不慢地回答我。

"什么???"我几乎喊了起来,"你们竟然不知道自己的弟弟从头到尾有没有和你们在一起?"

但现在不是责备她们的时候,我冲到电话旁,给比尔打电话,想也许他今早送孩子上车时,有给小儿写纸条,同意他放学后到别的同学家玩,让司机允许他在别的站下车随那位同学回家。

比尔说:"我今早没有给宝弟任何纸条,我正在会议中。你赶紧先给学校打个电话,什么情况,马上告诉我。"

学校那边说,除了课后活动的孩子,其他的孩子都走了,没有宝弟啊。我说我的宝弟没有和他的姐姐们一起回来啊。学校那边说得跟我大女儿妮妮问详情。妮妮接过电话,我站在一边,开始害怕。

小儿惊恐中紧急画的给爹地的道歉卡

报警吧?我只剩下这个主意和念头了。比尔在电话那头的语气还挺平静,这给了我一点安慰。他说:"先别急,给我学校的电话号码,我打过去再问他们一下。"

如果没有了宝弟,我会怎样?一个从来没有想过的问题,此时却如此清晰地占据着我的脑子。但我又觉得我不能去想这个问题,这让我心碎,让我抓狂。我开始一会儿睁眼,朝天花板向所有的神祈求;一会儿闭目,左手握着右手,喃喃自语地使劲保佑着。

我甚至开始检讨自己以往可能做过的所有错事,向自己保证,以后再也不"犯错"了,再也不"欺负"比尔了。不仅要对自己的家人好,还要对普天下所有的人好。就是让我不上文学城也行啊。只要我能不失去我的宝弟,不失去我的任何一个孩子。

脑子正在前思不搭后想地乱转着,外边突然传来一声美妙无比的哭声,噢!上帝啊!那是宝弟的声音!我从沙发上跃起,在我几乎拉开门的同时,一个小小的光头也从门外跌挤进来,和我撞了个满怀。

"宝弟……"为娘的大叫一声。"妈咪……"为儿的也大哭着,一头扑进我

的怀里。像劫后余生，多年未见的母子，我们紧紧相抱。他在委屈地大悲，我在心有余悸地大喜。

原来，小儿那注意力不集中的老毛病今天在校车上达到了顶峰。到了站，该下车时，小人一恍惚，竟忘了下车。两位亲爱的姐姐正沉浸在相互的"战争"中，也无暇关注弟弟的存在和安危，等到他一激灵，醒悟过来，校车已在下面好几站的地方了。

校车驾驶员说，他现不能掉头，只能等把所有孩子都送回家后，再把宝弟送回来。

这短短一个小时，我好像从地狱到天堂飘忽了一趟。小儿在最大委屈当中，仍不忘深刻反省造成今天这个重大事故的主观原因，他在我怀里正准备认真地深痛恶哭一场，我也忙不迭地安慰他时，他突然抬起那泪流满面的小脸，说："我得给爹地做一张道歉卡，因为我没有注意我应该注意的。"

来不及阻止他，他已一溜烟跑进爹地的书房，十分钟后，他递给我一张自制卡，页面首部写着："对不起，爹地。"下部画了一个光头，光头里面是一双无限可怜的眼睛，正流着两行清泪，那眼泪都快流到那懊恼下滑的嘴角了，想象再生气的爹地看到此画也会被深深打动的。

如果说，页面就足以收买爹地的话，那翻开页面，里面那用真心和真泪写的举一反三的文字，让妈咪我读了都感动得心疼了。

他写道："我很抱歉我错过了下车站让你担心了，我很抱歉我没有集中注意力，我很抱歉我的成绩单上没有每科都是优秀，我抱歉所有的事情，您能原谅我吗？"

然后，又是一个留着两行泪水，唇线下弯的光头。唯一不同的是，原先那双睁着祈求的眼睛，此时已痛苦地闭上了，看上去竟有点"你如不原谅我，我也没办法"的破罐子破摔相。

爹地回来，自是先给小人一个大大的熊抱，看了那道歉卡，更是无语。他转身把那两个不负责任的"客观原因"唤来，狠狠地训了一顿："做姐姐的哪能对弟弟这么不上心？弟弟才八岁，上车下车你们都得确认他和你们在一起，因为你们是一家人，懂吗？尤其是十二岁的大姐姐妮妮你，今天这个事，妮妮得负大部分责任。都给我回自己的房间，闭门思过去。"

小儿站在那里，看着两个姐姐代自受过，有点错愕。他很不明白：为什么有时他觉得没什么大不了的事，却能招来大人的一顿好训，而有时，自己觉得很大的事，却反而安然无事，一切担惊受怕的情感过程都白经历了。

小儿不知，当一件无价的东西失而复得时，获得者除了欣喜和感恩，还有什么是重要的，值得去说的呢？

小儿的注意力问题

小儿年仅八岁,却已是三年级学生,2009年下半年就升四年级了。他不在普通班上课,而是通过州统考成绩、IQ测试和老师评语被选进了"天赋教育中心"。班上的同学都是从各个学校抽出来的不是"天才"就是"秀才"的优质生,个个都觉得自己比别人略胜一筹。

最小的年龄,最小的个子,遗传了我小骨架的小儿混在一堆人高马大的小纯洋人当中,显得特别的纤细,就是那些小姑娘看上去都比他更有长度和宽度。

小儿聪明伶俐,身手敏捷,外加能言善辩,反应极快。但他毕竟只有八岁,其心智和班上那些九岁,甚至快十岁的同学比起来,便显得很幼稚和不成熟了。

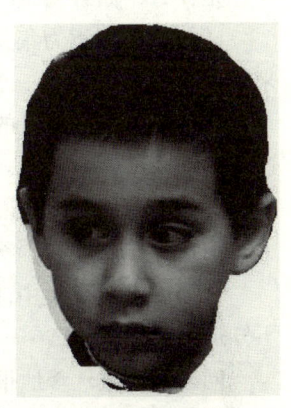

我有注意力问题吗

每次做课堂作业或考试,小儿想的不是如何把题答对答好,而是想怎样尽快地把它草草做完,好享受那种第一个交上去的,众人看得见的"第一"胜利感,同时也有剩余时间做别的他喜欢做的事。

可想而知,他不仅得不到好成绩,而且因为匆忙,字迹潦草,让老师多次在他那本与家长交流的本子上留言,使得爹地对他这好大喜功的行为很是不满。

最让爹地不快的是,小儿在课堂上注意力老是不集中,他不是东张西望显无所事事状,就是爱与桌边发展友好关系,不停地和近桌或远桌进行对话,表现得很兴高采烈。

这样的结果导致他老是不懂或不记得什么是当天的家庭作业,等回到家,爹地查大家的家庭作业时,他才睁着一双无辜的眼睛,茫然得有点泪水汪汪地问:"是啊,今天的作业是什么啊?老师布置了吗?我当时在干什么呢?"诸如此类,一大堆他不知道,别人更不知道的疑难问句。

就是这样玩似的上课,他居然也能把试考得不是全班倒数第一,而是居中还稍偏上一点。老师的报告评语最后都是以年幼、情感不成熟来总结他,好像他的一切所作所为都是情有可原似的。

可爹地望子成龙心急急,意切切。成绩单上没有很多代表"优秀"的缩写O(outstanding),让做父亲的很是不高兴,他布置给小儿一个功课:明天到学

校，要主动找老师谈谈，我宝弟要怎样做才能把成绩单上那些代表"满意"的S（satisfactory）变成"优秀"的O？

老师第一次碰到一个这么求上进、不耻上问的小学生，心头一热，很怜爱地说："宝弟，你非常聪明，课堂考试你都没有问题，主要在平时的家庭作业，只要你认真做，按时完成，你的很多S都可以变成O了。"

望着小儿那双纯净无比、依然闪烁着童稚光芒的眼睛，老师继续给"小费"："要想把家庭作业做好，你首先必须知道当天老师布置的是什么作业，要想知道作业是什么，你必须做两件事：

"第一，注意力集中；第二，遵循指示。只要你做到这两点，一切就会好起来了。"

背着还算有点重量的书包，像往常那样一下校车，就乐颠颠地往家跑的宝弟，迎头碰上来接他的爹地，顿时记起今天从老师那里讨得的两个纪要，赶紧说："爹地，我问老师了，她只说了两点。"

"哦，哪两点？"爹地的眼神充满了企望。

"第一点要我集中注意力，第二点……第二点……第二点嘛……我，我，我不知道第二点是什么……因为……我没有集中注意力。"

问题很严重，爹地很生气，小儿打游戏活动暂时无限期停止。

第二天放学，小儿高兴地对爹地说："爹地，我知道第二点是什么了，是遵循指示。"

爹地精气神一提，也高兴地说："好样的！那今天家庭作业的指示是什么呢？"

Oop……小儿一副老师傅碰到新问题的尴尬："我忘了指示是什么了。"

"为什么？"爹地很有耐心。

"因为我在课堂上记得遵循老师的指示，但我忘了集中注意力去记下来。"小儿很诚恳地说。

听上去很有前因后果，感觉却好像这小精灵在玩"文字绕口令"游戏。

爹地在啼笑皆非的同时，意识到问题的严重性，觉得是到了该他亲自出马，去会见老师的时候了。他必须就共同关心的小儿注意力问题，与老师好好地交流一下，看看能不能找到一个圆满的解决方案。

预约好老师，西装革履的，爹地一早就在孩子们上学前去了学校。

一个小时后，他回来。我问："老师怎么说？"他很失望地说："基本上，老师让我退后一点，说宝弟虽然智力和班上同学相等，但心智还是比班上同学，甚至同龄人小很多。他常常可以长时间地坐在那儿读一本书，说明他可以集中注意力，是一个正常的孩子，他只是心理上和情感上，更像一二年级的学生而已，我们不应该推得太猛，应让他自然发展。"

"那我们是不是应该让小儿留级一年，这样，他就不会是最小的了？"老妈

我想问题比较粗浅。

"那也不行,老师讲那样在课堂上宝弟会觉得很无聊,更不集中注意力了。"

注意力,这是小儿一个重要的问题,是我和比尔必须给予高度注意的"注意力问题"……

老妈我在说什么呀?

小儿是最大嫌疑人

(上)

今天晌午起床,我懒懒地刚蹭下楼,老板就很激情地向我描述他如何在堵塞的马桶里弄出一个只吃了一小半,还包着核的桃子。他说,不知是他那三个宝贝里的哪个臭小子干的,这么没常识,害得他捣鼓了半天,最后还得冒着极大的恶心用手把它从马桶里捞出来,幸好弄得及时,否则,后果不堪设想,吧啦吧啦吧啦,很是"义愤填膺"。

肯定是宝弟的"杰作"!我的直感告诉我,能干出这事的非小儿莫属,他切合"案情"轮廓。不仅因为他年幼,不懂桃核不能水化的道理,而且因为他历史上,有把不喜欢吃而必须吃的食物,尤其是晚餐上的营养菜,含在嘴里,借口紧急肠胃或膀胱问题,跑进卫生间偷偷吐进马桶冲刷掉的"前科"。可以说,他有这方面的经验,也是"惯犯"。今天早上把吃不了,或觉得不够好吃的桃子一手扔进马桶,按一下冲水把手,转身若无其事离去,这小子做起来一定非常得心应手,还以为神不知、鬼不觉呢。

老板毕竟是老板,不带成见判是非。他说:"不能就这么想当然地下结论,等下午他们都放学回来,我假装很随便地问'今早上,谁吃桃子了',然后再很随便地紧接着问'谁不小心把没吃完的半个桃子落到马桶里了',看他们脸上那一刹那的表情,就应该知道是谁干的。"

六岁的宝弟已会摆不动声色的酷酷表情

这主意听起来不错。老妈我也希望有人能勇敢地站出来承认这个错误,知道如果老板兴

师问罪地直接问他们，肯定是一桩"打死也不承认"的无头案。但如果先给他们制造一个不仅"坦白从宽"，而且还"坦白有奖"的和谐气氛，说不定就有人雀跃举手，起码那个扔的人应该会没有心理负担地"自首"吧？

怀着破案的迫切心情，我和老板终于把那三个嫌疑人盼回了家。爹地还是像往常那样，以一句"你今天过得怎么样呀"开场，依次和蔼地问那三个兴高采烈的嫌疑人，就在他们很放松地向爹地汇报着各自精彩片段时，爹地话锋一转，好像突然想起来似的，问："你们今天早上都吃了桃子吧？"

是啊！三个声音一起回答。

"哦……那谁的桃子没吃完，不小心掉到马桶里了？"说完，爹地瞳孔放大，眼光像激光一样在那三张小脸上来回扫着。

大女儿妮妮好像没听到似，一副"你这是什么弱智问题，根本不值得回答"的不屑表情走开忙自己的事去了。妮妮这个举止说明她心里很坦荡。

二女儿西西高声喊道："爹地，你知道如果是我不小心掉进去的，我一定会告诉你的，我才不会那样不负责任地走开的，再说了，我吃完了我那一整个桃子的，哪来另外半个去掉呢？"西西这个回答符合逻辑。

朝小儿望去，他脸上是那种很冷的表情，没有惯常那种好像被人冤枉的激愤，也没有做错事的惶恐。他不激动，也很泰然。小子这回表现得超乎寻常的沉着，一副很问心无愧的样子，说："不是我。"

他那样子也太酷了，有那么一秒钟，老妈我都怀疑了自己的直觉：莫非真的不是他？那会是谁呢？

可那一秒钟一过，我哑然失笑：这小子有长进啊！扮酷的技能是越来越高了。从以前那种一心虚就高声否认，甚至委屈流泪的初级阶段，一眨眼就突飞猛进到面无表情、眼神空洞的大智若愚之境界。

记得前天他放学回来，爹地看到老师给他做的"每日报告"上写着他上课不注意听讲，和邻座讲话的不良表现。小儿的解释是，他没有想讲话，是邻座那个同学一直在找话题烦扰他，正当他忍无可忍回他一句时，老师也正好转过头来看到他的嘴在动。

爹地说："那你干吗不向老师解释一下是邻座一直在烦扰你？下次碰到这种情况，你得对老师讲清楚。"

这倒好，第二天小人的"每日报告"本子上不仅仍有上课讲话那条报告，还加了一条打扰课堂的劣迹。

小儿的解释是："班上一个同学在大家面前介绍他的作业项目，正当全班同学聚精会神地听那同学的热情解说时，我不小心放了一个屁，然后我邻座那小子就笑了，然后他开始就那个声音展开进一步的点评，然后全班同学都笑了，然后老师便认为是我在打扰课堂和那个同学的介绍，仅仅因为我不小心放了一个屁？

那是一个事故,我怎么能控制它呢?这很不公平啊!所以我试图向老师解释是怎么一回事,正如你昨天告诉我的我应该做的那样。可老师她根本不听我的,反而更生气了,所以她就把它记下来了。"

哈哈!爹地听了小儿的解释,忍不住笑了,说:"儿子,不管哪种声音,你是把同学的介绍给打断了嘛,这是事实,老师说得没错。虽然是你的邻座把事情复杂化了,但起因是你啊。"

这样能言善辩、古灵精怪的小人,老妈我岂能被他那临时加上去的表情给迷惑了?

老板经过一番逻辑推理后,也认定小儿是"马桶桃子"事件的最大嫌疑人,他说:"从今往后,鉴定小儿有没干'坏事'的方法就是看他的反应,太激动,太冷静,都是他'心里有鬼'的特征和表现。"

但毕竟没有证据和目击者,我们必须证明小人的"有罪",而小人不必向我们证明他的"无辜"。所以,目前我们只能把他列为最大嫌疑人,等待他提高觉悟后的坦白。

(下)

话说小儿用他那冷表情酷酷地声明马桶里的桃子和他无关以后,老板觉得深究下去意义不大,只要把桃子不能掉马桶的道理深入人心了就行。老妈我本着那不愿承认的,一贯偏心小儿的心理,也想放小人一马,便把那桃子一手扔进垃圾桶:结案。

小儿站在垃圾桶边上,看着那罪证葬身垃圾桶深处,虽依然面无表情,但眼漏喜色地正欲离开是非之地,平时总爱与他作对,看到他有麻烦就禁不住高兴的二姐西西一个健步奔过来,说:"等等,我有办法知道是谁干的!"

西西虽然平时不怎么爱看书,与一天就能把一本大部头书啃完的姐姐妮妮相比,西西算是"书盲",但她的近视度数却比妮妮深七十五度,而且还有五十度的散光!这说明她平时看东西不仅比妮妮认真(费劲嘛),而且还得聚焦,她能注意到很多妮妮看不到的细节。

西西微眯着她那双褐色的眼睛,神神地递了一根红萝卜给宝弟,说:"宝弟你咬一口。"

宝弟知道西西鬼点子多,一出场,总没好事。小人接过红萝卜,狐疑地看着西西,高声问:"为什么?"

西西不看宝弟,抬着头对她的爹地说:"看看宝弟咬在萝卜上的齿痕是不是和桃子上的一样,就知道那桃子是不是他今早吃的,如果是他吃的桃子,那肯定是他扔进马桶的。"

高啊,西西!!老妈我不得不佩服这十一岁小侦探的破案能力,看来这近视和散光不是白得的!低头看小人,他有点幽怨地瞪着西西:在这敏感时刻,拒绝

咬吧，正说明自己心中有鬼，西西这鸟人就会咬定自己是"案犯"；咬吧，那齿印会不会真的和桃子上的一模一样？那岂不是铁证如"齿"，横竖都是死？

"咬啊，宝弟。"西西嘴角挂着斜斜的笑催着。小人抬眼看看爹地和妈咪，一狠心，咬了萝卜一口；一闭眼，把萝卜递给西西，一副豁出去的大义凛然。

西西接了那根印着宝弟齿痕的萝卜，从垃圾桶深处掏出那个桃子，一对比，惊呼："看啊，这两个齿痕一模一样！"

老妈我凑近鉴定，也觉得那两个齿印有相似之处。西西的眼睛冒着金光，有当场降住要犯的喜悦。小儿镇静着，表情没什么变化，但眼神开始闪烁。

老妈不忍逼迫小人，找了一个梯子，对小儿说："你再想想看，是不是你今早上太匆忙，不小心掉下去的？"

这梯子搭得及时，小儿抓着就下，说："也许是我，也许不是我，反正我不记得了，你们知道，我历来有不注意事情的老毛病的。"

嘿嘿，这说法虽然有点牵强，但也说得过去。爹地和老妈相视一笑，知道小人也是爱面子的人，就给他留个面子吧。

没看到所希望看到的麻烦，西西颇失望地转身离去，小儿也快步撤离。随即，从客厅那边传来一声小儿的喊叫："爹地，西西她在客厅里吃东西，这是不允许的！"

卖糕的（My God——我的上帝）！这梁子是结下了。

小儿非常郁闷

7月4日美国国庆节那天，我家领导比尔同志坚持要不辞劳苦地背锅携炭，大保冷箱小保冷柜地到附近公园湖边去烧烤，说可以边烤边等天黑了看国庆焰火。我一贯不喜烧烤，觉得那些大肉大排什么的，本来就够难吃的了，再好端端地拿去烧烤，变得黑不溜秋，吃起来先闻焦糊味，太有"野生动物"的粗犷。对我来讲，烧烤活动主要是烤气氛，吃其实是次要，为了有个像样的气氛，我们和朋友一家结伴而行，我家四个孩子加上朋友家的两个，"气氛"很热闹。

朋友有一个比我家小儿小两岁的儿子，非常聪明，也很精力充沛，他站在那里，小小的脸蛋往上仰着和你说话，眼光是炯炯有神的，表情是虎虎生威的。

小儿和他一见如故，从一开始绅士般面对面有一定距离地站着问你喜欢什么，我喜欢什么；然后像老朋友似头顶头坐着，嘻嘻笑着述说各自的秘密；到最后觉得应该来段代表男孩雄性特征的活动，两个人从烧烤地角斗到大草坪上，八岁的

小儿竟然被六岁的小朋友屡屡压在下面,乐得自己的大哥哥和大姐姐大笑不已,妮妮更是像裁判一样认真关注战况,爱不释手的书也可以暂停不看。

士可杀,不可辱!小儿那颗小小的心灵受到了前所未有的冲击。如果对方和自己一样大,也就罢了,偏偏人家比自己还小两岁;如果没有人看到也就罢了,偏偏自己最崇敬的宝宝哥哥和平时最爱嬉笑自己的妮妮姐姐都现场观摩了;如果一开始不要那么认真,随便玩玩也就罢了,偏偏自己以为胜券在握,一副不把对手放在眼里的自我感觉良好。

唉,如今这般情形,出现这般丢脸的事,是自己一辈子里,头回遭遇到的心中无比不好意思,面上却得装着无比若无其事的尴尬事,小人心中那个郁闷啊,真乃只可他自己意会,不可他人言传。

大哥哥宝宝当场给小儿分析他为何"战败"的原因,随便还教了一两招角斗相扑的常识,佩服得小儿当即拜师为徒,表下从此要天天"受训"的决心。

第二天一早,小儿冲到大哥哥的房里,按"教练"的旨意,先做二十下俯卧撑,然后一大一小两个人,开始出门跑步,从家门口一路跑到大路边的停车牌处再跑回来,来回一个英里,中间还有一个坡需要使劲。

进了家门,喝了两口水,小人脱下汗渍斑斑的上衣,露出背上那清晰可数的几根排骨,转身,很热情高涨地要求哥哥再陪他跑一圈。哥哥看看外面那也热量高涨的太阳,说:"明天吧?阿哥累了。"扭头碰上阿弟那愿为"事业"献身的大无畏眼神,一狠心,说:"走吧。"

光着背,小小的脑袋晃在薄薄的身板上,小儿憋着一股冲天壮志,很努力地把自己往前推,大哥哥自己却骑着单车跟在"排骨"后面,慢悠悠地骑骑停停,不时指点几句,颇有教练的派头。

毕竟是才八岁的小孩,又刚跑完一英里的路,体力和精力都有点不支。哥哥便扔了一个足球在小弟前头,让他追着球跑,说,寓跑步于玩球中,不觉得累,也不会太慢,一举两得。

晚上,小儿很难得地比平时顺溜多地吃完晚饭,一头栽到沙发上,过了一会儿,他开始呻吟喊疼。老妈趋前,以为他肚子疼。他说,肚子是疼,但其他地方也疼,尤其是大腿和"排骨"两侧。我说你今天锻炼得太过了,明天就休息一天吧?

次日早晨,我睡眼蒙眬地从楼上下来,一抬头,看到一条小小的、光光的背在客厅的咖啡桌后面一闪一闪地起伏着,撑上落下

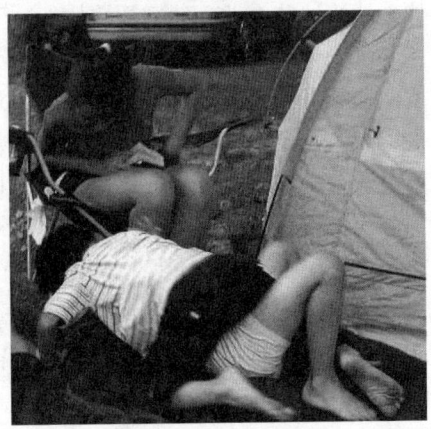

小儿被比他小两岁的玩伴压在下面,妮妮饶有兴趣地观战

得很有节奏。我定睛一看,居然是小儿一反假期睡懒觉的习惯,起大早在做哥哥规定的每天二十下俯卧撑!

老妈心疼,说你今天不要跑了。转身交代大儿子,别让弟弟过度了。哥哥带着满意的笑说:"知道了。"

虽然小儿的理想不是太远大(只要下次再相见,能把六岁的小朋友压下去),但决心是不容更改的。下午,他仍然求哥哥出门跑步,这回,两个姐姐也兴致勃勃地加入出门的行列,但除了小儿一人在跑外,其余人全骑着车跟在后面看热闹。

可怜的小儿,跑得上气不接下气地回家,还真心实意地视大哥哥为"大内高手",鞍前马后地随时听"师傅"的使唤,连爹地平时都得大声命令的事,大哥哥只要小小声地说一下,小人马上屁颠执行,惹得爹地醋意大发,表现得家中大小所有人都能看到他的"红眼"。

小儿已连续坚持了好几天的"常规训练",看样子,没有想停止的迹象。平时做任何事,都需要人不停地在一边督促的小儿,这次居然能因为那丢面子的郁闷,自动发挥出如此之大的毅力和耐力,就为了有朝一日掰回那个"面子"。

面子这东西,看不见,摸不着,却能实实在在地左右人的心绪,大人小孩都一样。

满地找牙

小儿放学回来喜欢骑着自行车在家门口的那条安静道上转悠,道上有一个坡,他爱快快地骑上坡,然后再快快地冲下坡,很享受那段和风一起赛跑的刺激。

那天他照样戴上头盔,骑着他的小车和西西一起出去溜达,不一会儿的工夫,西西连骑带喊地奔回来,急呼:"快来啊,宝弟从坡上翻下来,受伤了!"

大家急忙冲到事发地,只见宝弟满脸是血,捂着肚子,躺在地上哀哭,旁边是横倒着的自行车。爹地扑过去,抱起他,连问发生了什么事!

西西说宝弟从坡上冲下来时,不知怎么的,突然就倒了,她在后面,看到宝弟就那么从车上飞了出去。

宝弟后来说,他当时摔下来时,心里额哦了一下:完了,我要死了。着地的那一刹那,还不觉得疼,只是担心西西在背后肯定会笑他,他告诉自己决不能在西西面前哭,可两秒后实在是太疼了,由不得自己不哭,只好号啕了。

换了谁都得哭啊:一颗门牙断了半截,满嘴血红一片;上唇顿时变得奇大无比,肿得跟鼻子一般高;额头上一个大泡,黑紫黑紫的,像一个突然冒出来的小

脑袋；手上、腿上、肚子上，都有斑斑血迹。小儿后来自己认真盘点了一下，说有十一处伤痕，那语气听上去似乎有点自豪。

爹地查看宝弟没什么大碍后，急忙就地找那断了的半截牙，想也许可以再接回去，大家一起找了几圈，都没找到。爹地把小儿抱回家将伤口处理，安顿好小人，天色已晚，他带上强光手电筒，再去现场满地找牙，依然无果。

第二天，小儿自然告假在家静养，晌午过后，小人兴冲冲地告诉老妈，那丢失的半截牙找到了。

"真的？在哪找到的？"老妈半信半疑。

"在我那肿肿的上唇里啊，我感觉到，就把它拔出来了。"小儿说得轻描淡写，老妈我听得心惊肉跳：牙是硬的，唇是软的，硬的牙被软的唇拗断，嵌在里面，那得有多大力的碰撞啊？！当时那是一种什么样的疼啊？！

尽管断了半截牙，尽管嘴上仍有糊糊的血迹，小儿还是高兴地参加演出

老妈我心疼不已，小儿竟说没什么，因为肿得太厉害，在弄它出来的时候只觉得麻而已，不疼。

不知是真的，还是这小子想充英雄好汉，反正小人是一副一点也不疼的样子。他牵挂的是明天学校的两场演出，他得穿上白假发，小黑背心小黑裤小黑皮鞋，把自己扮成十八世纪的小老美到台上演出，而且还有一句单独的台词要对观众讲。小儿怕我们明天不让他去上学，还得在家休息，直说："我没事了啦，真的，妈咪，我现在非常 OK 了。"

顶着头上那个大泡，张着合不拢的、看上去有点小恐怖的嘴，还有身上那另外九处大大小小的伤，小人很勇敢地就那么跑去学校吓人了。他所到之处，无不引来师生们的一片"发生了什么事啊"之叫声，外加一个惊叹号。

面对大家先震惊后关怀的无比关心状，小儿脸上泰然处之，心里却异常受用，嘴上得不断重复着那句同样的话："我从自行车上摔下来啦。"边说边走，一副没什么，不必大惊小怪的的酷表情。

到后来，被人家问得和看得烦了，尤其是被那些"别有用心"的顽皮男同学用"你的脸怎么这么乱七八糟啊"来挪揄他时，小儿干脆用"关你什么事"直接回敬过去，大有昂脸走自己的路，让你们看去，我就这副面孔，关你啥事的目中无人气概。

老妈我赶去看他的第一场日场演出。小人站在第一排,一如既往地东张西望,一只脚在那扭来扭去。看他那身小绅士装扮和脸上的那些凹凸,老妈我又心疼又好笑,这儿子还真有点像他妈,随心所欲,从不在乎别人怎么看,自己觉得好就行。他脸都花成这样了,还自我感觉良好地站在第一排面对观众喜笑颜开,不把自己的"破脸"当回事,更不把看"破脸"的人当回事。

这心态好得比他老妈还过分。

第二天母亲节,小人一早就神兮兮地递给还赖在床上的老妈我一张大卡,说是他写给妈咪的一首诗,随即抑扬顿挫地朗读起来,诗写得是那么真情感人,读的音调是那么稚嫩好听,再看一眼他的"齿牙咧嘴",老妈一把将小人揽进怀里。

"妈呀,我的嘴!"很夸张的童声带着笑声响彻天花板。

绅士的小儿

小儿很小的时候,就很有绅士风范。

他才三岁多的时候,每次出去,凡需要开门进去的地方,他一定一溜先跑到前头,用力打开门,因为他人太小,体重轻,厚重的门常常会把他反推回去,他就撅着屁股,使劲把自己顶在门上,然后,伸出一只手,很绅士地往前一撩,高声地说:"女士优先(Lady first)!"

即使猴在树上,小儿也很有绅士的范儿

等老妈笑呵呵,很"淑女"地通过了那个门,他急忙跳开也跟着跑了,因为那重重的门不是他那小小的重量能长时间顶得住的。

一晃他已十岁,现在的他思想成熟了许多,可其个子和体重长势还不是太旺。虽然他现能比较轻松地顶住门,但看过去他还是比门轻许多,还是有一种如不赶紧跑,就有可能被门夹到的紧迫感。

那日,我们去漠大商场,他照样一个小跑,冲到前面开门,这回却说了一句:"年长人优先美女(Age before beauty)。"

什么时候咱从"淑女"变成了"年长人"了?老妈正欲抗议,还没开口,他早已笑嘻嘻地追着姐姐们去了,边跑边说:"不是美女,是帅哥,因为我是男孩。年长人优先帅哥(Age before

handsome），哈哈！"

在孩子眼里，父母真的是很有年龄了，哪怕父母们自己还不觉得，或不愿正视自己那个确实、真的、已经"老了"的现实。

但愿小儿长大后，不管"淑女"也好，"年长"也好，他能一直有为女士开门、顶门，然后说"美女优先"的绅士风范，让所有真假美女们，都能高高兴兴地在他面前走过。

"那年我已经死了"

小儿上三年级时，年段举行一个词汇表演，要我们大家去观看。

我看他故意穿了一件他老爸大大的白衬衫，上面贴满写着英文字的各色字条，有骚乱（disturbance）、动乱（turbulence）、骚动（commotion）、搅动（stirring）、动荡（turmoil）等，看上去像极涵江街头那个喜欢往身上贴满花花绿绿麦当劳打折传单的叫花子。

老妈问小儿："这是哪一出的词汇表演呀？"小儿指着他头上箍着的那个黄色纸圈上的字说："我今天要表演的是这个'躁动不安'（agitation）词所代表的意思，贴在我身上的这些字都是跟它相关的词汇。这样不仅我知道它们都是近义词，别人看到也会有印象的，今天我们每个人都要根据自己所分到的那个词汇来表演的。"

那是我第一次看到美国学校用这种寓教于乐的方式对学生进行情景教育，既调动了孩子的积极性，又不容易忘记。

小儿到了台上，很夸张地躁动不安（agitation）着，他一会儿手插裤袋，脸像裤底那么皱地在台上走来走去；一会儿情绪高度亢奋地手舞足蹈，很形象地把"躁动不安"这个字的意思表达出来。

我看到一个孩子身着一套黑西装，提着一个黑公文包，头戴一顶黑呢帽，鼻梁上架着一副黑墨镜，双唇紧闭，一本正经，冷冷又酷酷地走上台，他身上贴的字是"神秘"。

还有一个写着"抢劫，偷窃"（robbery）字的学生，肩上扛着一个大麻袋，哈着腰，东张西望地贴着墙根爬上台，引来台下一片笑声。

"我是黑人大法官马歇尔"

"马歇尔大法官"在回忆:"咦,那年我已经死了呀!"

一个多小时的词汇表演,每个人都富有创意地把自己所代表的那个字表达得既准确又有趣,既有场景又有情节,整个学期所学的英语词汇就这样被大家牢牢记住了。

后来母亲和闺密来美探访,小儿四年级的历史课正好在做一个美国历史人物的项目,在班上做示范介绍时,我带她们一起去观看。

我们刚踏进教室,迎面飞来一面旗,举着旗杆的是一位穿着十九世纪灰白连衣裙,梳着那个年代发型的小姑娘。她像蜡人一样静立在我们面前。我问:"你是谁啊?"

我话音未落,她唰地一脚大步跨前,将手里的旗顺着身子高高地送了出去,大声地说:"我是伊丽莎白·斯坦顿(Elizabeth Stanton),美国历史上第一个女权运动主义者。"

我和闺密先是被她的动作吓一跳,接着便乐开了:多认真,多敬业,多入角色的一个可爱女孩啊。

教室里的课桌按两人一组布置成像商场一样的小铺子,小儿的小铺子在教室的最里面,我们穿越了好几个铺子的"历史人物"后,才找到小儿。

小儿扮演美国第一位黑人法官马歇尔(Marshall)。他手提一个大大的黑皮箱,穿着白衬衫,外罩一小黑蓝马甲,脖系一条老爸的大领带,嘴贴黑胡须,鼻架无镜片黑色镜框,硕大无比的镜框圈进了他三分之一的脸部面积,整个人看上去滑稽极了。

小小的他站在一个由课桌拼凑成的铺子里,铺子周围都是比自己高出一大截的纸板海报,海报上面是该法官的生平介绍,有文字也有相片。看到有人在自己的铺位前停留,小儿马上积极地"自我介绍"一番,恨不得把"自己"一生的经历都一股脑儿告诉对方。

"我是美国史上第一位最高法院的黑人大法官,是我成功地取缔了种族隔离制,让黑人可以和白人同校上学,我也发对死刑……"

小儿如数家珍:"在种族隔离制被取消三年后,黑人领袖马丁·路德·金才开始他的民权活动。可以

可爱的女权运动领袖"伊丽莎白·斯坦顿"

这么说,我先把门打开了,马丁·路德·金从中经过。

"1961年,肯尼迪总统任命我为美国第二巡回上诉法院法官。我做出的一百个判决,没有一个判决被联邦最高法院推翻。1965年,约翰逊总统又任命我为司法部检察总长。"

"那克林顿总统呢?他给你什么头衔?"对克林顿颇有好感的闺密开玩笑地问。

克林顿?小儿把滑到下面的大镜框扶回到鼻梁上,嘴里默算了一下,说:"克林顿1992年当第一任总统的时候,我已经退休了。1996年他当第二任总统时,我已经在1993那年死了。对不起,无可奉告了。"

闺密和老妈看着小儿那副真把自己"入了角色"的一本正经样,还"我已经死了"呢!都忍俊不禁齐齐笑了起来。老妈我一把将"大法官"揽进怀里,说:"不管你是第一任黑人法官,还是第一任白人总统,妈咪都得给你一个亲吻,你太棒太可爱了!"

情景教育让学习变成了好玩。投入了,就不会忘记,进入角色了,就能记住细节。小儿这样替历史人物"活过"几遍后,恐怕一辈子都不会忘记对方的生平,乃至他的趣闻逸事,只要"他"那年还活着。

小儿很"不孝"

近来小儿突然迷上了中国武术,我给他报了一个没限制课次的武术班。他干劲十足地恨不得天天都去那里吼两声,踢几腿,把老妈从优哉游哉的"宅妇"直接变成一个每天都得往外跑的专职车夫。

那天我把满头大汗、脸泛红光、心情极佳的小儿从武术馆接走,顺道去他最爱的餐馆喝面汤。点完餐,在非常放松非常温馨的氛围里,母子俩相看两不厌地闲聊着(其实只是老妈目不转睛地盯着经过汗水的浸泡,脸显得特别滋润帅气的儿子看),儿子看老妈那么慈爱地看他,笑了一下,很自然地说:"我爱你,妈咪。"

"我也爱你!"老妈赶紧"爱"回去,并加大力度,"妈咪是那么地爱你,都可以为你去死。"

"谢谢妈咪。"小儿抬了一下眉毛,给老妈一个深情的目光。

"你会为妈咪死吗?"坐着也是坐着,老妈突然想逗他一下,心里很想当然地以为这个问题根本就不是问题,哪个幼儿不会给母亲肯定的回答?而且是我贴心的宝弟!

"不会,我不会为你去死,为什么啊?"小儿不跟老妈开玩笑,态度非常认真,

语气十分笃定。

如果说用"晴天霹雳"来形容我那刻的心情太过夸张的话,那"跌破眼镜"是起码的程度。

老妈我弱弱地再问:"为什么不能呢?你是妈妈生的,没有妈妈哪有你啊?如果妈妈有难,你不救妈妈吗?"

"我当然会尽力地救你,但我不会特地为你去死,虽然我的生命是你给的,虽然我爱你。"

"那你会为国家死吗?"老妈"垂死挣扎",心里有点"阴暗"地希望他能一视同仁,那样我心理会平衡些。

"会,我会为我的国家牺牲我的生命,如果国家需要我的话。"小儿不假思索地脱口而出。

这下是晴天霹雳!

"为什么?妈咪的命不如一个'国家'?对现在的你来讲,那所谓的'国家'只是一个概念啊。"

"没有国家,就没有我(他加重语气在'我'字上)。"小儿睁着那双忧郁的眼睛看着我,"我不想失去自由变成奴隶,如果国家没了。"

哇,这小子这么小年纪就懂得"皮之不存,毛将焉附",国亡民奴的大道理啊。

我们中国人所说的"自古忠孝难全",在十二岁的小儿这里,一点问题也没有,太能全了。他眼都不眨地、坚定不移地选择了"忠",他一点"孝"的概念都没有!他压根都没有想到"孝",也不知道"孝"为何物,因为英文字典里没有"孝"这个字啊。

老妈我给他生命是一件已发生的事,是一件现谁也改变不了的既定事实,你不能用这个事实来要求他"孝"你,为你献出生命,因为他已是一个独立的个体,并不属于你。你和他只有情感关系,你死了,他会悲伤,会思念,但生活还会继续(go on)。可国家,是他灵肉存在的地方,是一个承载

十一岁的小儿和妈咪依然亲近

着他尊严和美好生活的物质实体,他和它紧密相连,是一体的。没有了它,就没有他的自由和尊严,沦为亡国奴的生活是无法继续 go on 下去的。

"国仇家恨",国是仇,家只是恨而已;"报仇雪(解)恨",仇是要报的,而恨只需"雪"或"解"一下即可。

所以，小儿愿意用生命来捍卫他的"国"，也觉得他应该和必须为这"国"献身。至于属于"家"范畴的老妈，是不能和"国"平起平坐的。

这种思路其实就是爱国主义精神。小儿那么清楚他的责任所在，那么泾渭分明地把"忠孝"分开，而且忠永远是在孝前面。

他才十二岁，这种潜意识的爱国理念从何而来？

是不是和他们美国学校从幼儿园开始到高中结束，每天上第一节课前全体学生必须起立，手按胸口向美国国旗宣誓效忠的潜移默化教育有关？在美国的任何一个地方，哪怕在迪斯尼乐园那以玩乐热闹著名的地儿，只要国歌一起，所有人马上自觉放下手中事，停止一切声音，面朝国歌响处，手按胸口静立，直至歌停。每个人做得那么自然，那么必须，那么虔诚，爱国情愫已自然地渗入他们的血液，它也在小儿那小小的血管里。

"唉，不管怎样，妈咪可是创造了你的生命的人哪，你居然肯给国家你的命，而不肯给你最亲爱的妈咪。"

老妈心里虽然明白和赞许小儿的深明大义，嘴上还是"撒娇"着，想捞点面子回来。

"妈咪！"小儿提高声音，"再说了，等我长大，你都已经七老八十了，不值得人为之献生命的，可国家里有许许多多年轻的生命啊，我如果能为了救那许许多多的生命而献身，是一种骄傲啊！妈咪，别那么自私！"

想讨个好听的话，却讨来了一个"七老八十"的评语。老妈郁闷哪："喂，你长大也就几年的时间，你的妈咪哪会老得那么快，一下就七老八十了？"

小子你不孝就不孝吧，不带这么雪上加霜，拿老妈的年龄说事的。

小儿不想长大

2012年临近放暑假的某日，我正坐在太阳屋的电脑前码字，应届小学毕业的小儿突然满脸泪水地走到我跟前，他张着那双忧郁的眼睛，哀怨地问我："妈咪，我为什么得长大？"

老妈大吃一惊，赶忙把他揽进怀里。块头还不是太大的他竟还能像婴儿那样横躺在我手上，虽然头和脚从两边各伸出去了许多。

从天窗射下来的一缕阳光正旺旺地照在他悲伤的脸上，老妈心疼地说："你怎么了？儿子，每个人都得长大啊，长大是一件让人期盼的事啊，妈妈小时候就一直盼着长大呢。"

小儿哭着说:"我就一点也不想长大,我只想一直待在小学里,不要毕业。人为什么要长大啊?"

老妈哑然失笑,原来是留恋小学不想上中学啊,不喜欢中学的繁重功课?也不对啊,小儿学习一贯很好,而且学得很轻松,虽然吊儿郎当,常常让老师写字条回家,但不至于因为不想读书而拒绝长大啊?

"上中学可以学到更多的东西,也可以交到更多有趣的朋友。"老妈开始列举长大升学的好处。

真希望永远能这么快乐啊!

"我才不要认识新同学呢,我只要小学的同学!"儿子打断我,用的是那种不容置疑无比坚定的语气。

哈,老妈恍然大悟,想起不久前,他告诉我他班里那个女同学丽萨下学期不和他们一起去"天赋教育中心"上学,而决定去当地的中学。这个女同学长得非常甜美,妈妈是哥伦比亚人,爸爸是美国白人,美国和西班牙的混血儿是非常漂亮的。记得小儿五年级时,我们去他学校看他的才艺表演。他表演完后和另一个男同学A一直跟在那个比小儿还高一个头的丽萨后面,在大厅的人堆里跑来跑去,当时老妈心里就有点"起疑"这小子的情窦是否在抽芽了,感觉那两个小男孩在围着丽萨角逐。

老妈私下悄悄地试探过小儿是否喜欢那个女孩,因为那个女孩有点像小儿幼儿园时的"意中人"海丽的样子,那时小儿是矢口否认,今天他这么一哭,真相太大白了!老妈心里乐了。

"哦,是这样啊……"老妈在寻思怎样有效地安慰他,说,"妈咪知道你不想长大是因为你不想和丽萨分开,你以为只要你不长大就可以一直待在小学里,和你喜欢的同学在一起,是吧?"

小儿使劲点头,泪花在阳光里闪闪发亮。

"可人都得长大啊,即使你不长大,别人也会长大的呀。他们都长大了,你就是一辈子留在小学里也没用啊,因为长大的丽萨是不会和没长大的你玩的。"

"你说的一点也不安慰人啊,妈咪。"小儿很失望老妈那隔靴搔痒,不得要领的安慰,继续流泪,继续沉浸在那一想就揪心,无法再和丽萨做同学的伤感情绪里。

其实,小儿悲伤的不是长大的问题,他悲伤的是不能再见丽萨的事实。面对各自有各自的路要走,谁也改变不了,他无法掌控的局面,他唯能用孩子的思维天真地希望自己能不长大,大家都不长大,一直在小学把同学永远做下去,不分开。

这种不舍、不愿放下的心理其实谁都有过。成年人一般不作声，在心里闹腾；而孩子会把它表达出来，大声地，哭着告诉你他的不舍和眷恋。

开学了，丽萨的母亲说她有一盘孩子们参加毕业晚会的相片要寄给我。老妈建议去丽萨家取好了，顺便把老妈在中国买的一个小工艺品送给丽萨。

小儿一听喜上眉梢，很积极地把礼物用一个很漂亮的小袋子装好放在床头柜上，说每天一进房间就能看到它，到时不会忘了。

老妈和丽萨妈妈约好某天下午四点去她们家，那天我出去办点事时，小儿的电话是每隔几分钟打进来一个，问我什么时候能回家。问他什么事，他不好意思明说，只说没什么啦，只想知道你什么时候能回来。老妈明白他的心思，说，才三点呢，来得及的。

离家之前，小儿还特地去卫生间往自己的头发上泼了点水，把发型弄成酷酷的样子。老妈看了心里暗笑，不当回事地把心潮澎湃面上又装得很平静的小儿送到丽萨家。

小儿太着急了，竟忘了床头柜上的小袋子，车开到半途才猛然想起。本可以回头取去，老妈说："那就下次吧，那样你还可以有理由再去一次丽萨家呢。"小儿听了眼睛一亮，非常感激地看了老妈一眼，附带一个大大的正中下怀的微笑，是心照不宣的那种。

丽萨开的门，比小儿高出很多的丽萨给小儿一个熊抱，小小的小儿被丽萨抱在怀里的画面看过去很喜剧。老妈进屋和丽萨的母亲在客厅进行了一番很友好的交谈，小儿和丽萨到地下室的活动室叙旧，直到比尔电话进来我才记起小儿有足球训练，大小宾主依依不舍道别而去。

在路上，小儿特别交代老妈别把今天的造访告诉任何人，特别是妮妮和西西，他说："她们会取笑我的。"

在同意成为他同盟的同时，老妈要求他无偿给老妈按摩五分钟，小儿讨价还价，最后以三分钟成交。

秘密是拉近距离的捷径。小儿首次对老妈承认，他一直喜欢像海丽那样干干净净、清清楚楚的漂亮女孩。从幼儿园开始，他就觉得女孩比男孩干净，漂亮。

十二岁是儿童期的最后一年。愿敏感的小儿能快快乐乐地长大，把情窦的初芽慢慢开在来年的青少年（teenager）"季节"里。

各有所长的孩子——家庭小品剧《讨价还价》

我家二闺女西西虽然没有像她的姐姐弟弟那样爱读书，在学校的学习也不如姐姐弟弟出色，但她有自己独特的长处和天赋。

她很有创造性，有很强的组织能力。晚饭后，他们姐弟三人常常会躲在房间里编排一些小剧，然后到大厅表演给妈咪和爹地看。"剧情"一般都是西西的创意，她也是主要的"导演"，每当这时候，姐姐都得听她的调遣。印象最深的是她排了一个在市场和人讨价还价的"戏"，她穿着"戏服"，模仿墨西哥人讲英语的口音与扮演买主的弟弟在"摊子"前扯着嗓子尽力地想做成一笔交易，惟妙惟肖，让妈咪和爹地笑破了肚皮。

中间的孩子总是比头尾的孩子勤快乖巧，因为他们受到的关注相对比老大或老末少，所以他们就很努力地表现自己，很努力地去讨好别人，很会替别人着想，等等。这就是为什么很多中间的孩子长大后一般都比较有出息的原因之一吧？因为他们从小就学会了怎样在夹缝中求生存，与"头尾"和睦相处的道道，他们成人后的人际关系一般都很好。我想一个人的成功除了必备的那些知识元素外，最后的决定因素还是看你是不是一个善于和人打交道的人。

西西是家中唯一会帮我做家务的孩子，她是真的喜欢做饭和做女红一类的事，她也是最有爱心、最不自私的一个孩子。

她非常喜欢画画，任何一个东西或一幅画，她看几眼，就能把它们画出来，让傲气的姐姐很是羡慕。

《讨价还价》"剧照"

西西找了一块染色花围巾，把自己的头包起来，故意穿着浴袍，当作有异国情调的长袍。她说她那是墨西哥大妈的打扮，我觉得更像中东人的装束。

她在卖她的"产品"，瓶里的那些石头都是她价值连城的"钻石"什么的。她惟妙惟肖地学着墨西哥人讲英语的口音，极力向扮"卖主"的弟弟宝弟兜售。

西西只把"剧情"梗概告诉宝弟，没有给他具体的"台词"，一切都由宝弟临场发挥。结果当宝弟挑三拣四完，进入讨价还价高潮，西西喊出"好吧，四十美元如何"时，宝弟也以一副没得商量的语气叫回去："五十美元如何？"

西西大喜，赶紧喊："成交！五十美元！"

后来宝弟抗议说，他要当卖主，他们就调换"买卖"角色。西西当顾客，宝弟变成"小老板"。西西手上拿着心仪的东西，带着墨西哥大妈口音,问："多少钱？"

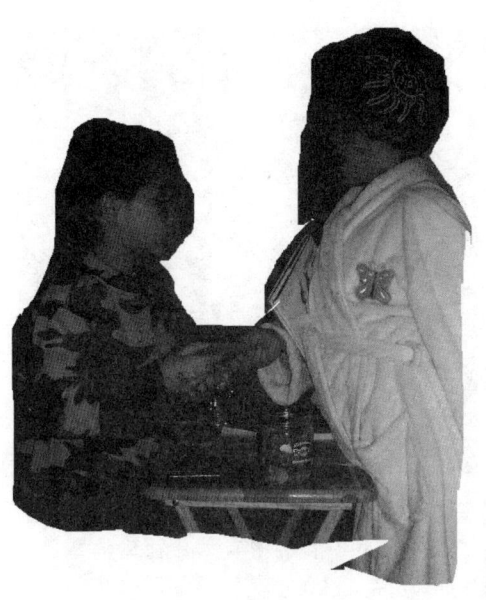

小儿答:"四十五美元"。

西西讨价:"四十美元如何?"小儿再次喊:"五十美元如何?"

晕,西西大笑:"你是一个很糟的生意人,兄弟!"

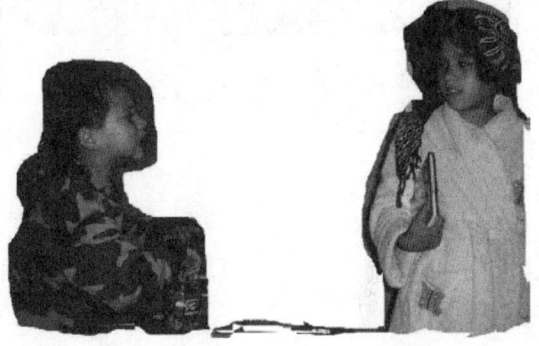

"顾客"姐姐想走了,"小老板"弟弟仍不依不饶,咬牙切齿地吆喝着:"行啦……只五十……刀啦……别那么小气啦!!!"

(注:"刀"是海外华人对美元 Dollar 的"昵称")

西西自编自导的家庭小品"剧照"选

【复活节的鸡蛋】小品主持人妮妮在介绍主要演员西西

用废纸捼一个模拟话筒,宋家"三人组合小乐队"倾情演唱

雪妮·宋和雪娜·凌正演得起劲,没戏份的宝弟不甘,擅自从后面偷偷露脸

【邮递员Bob】小品里扮演Bob的宝弟终于把邮件成功递送,圆满结局剧照

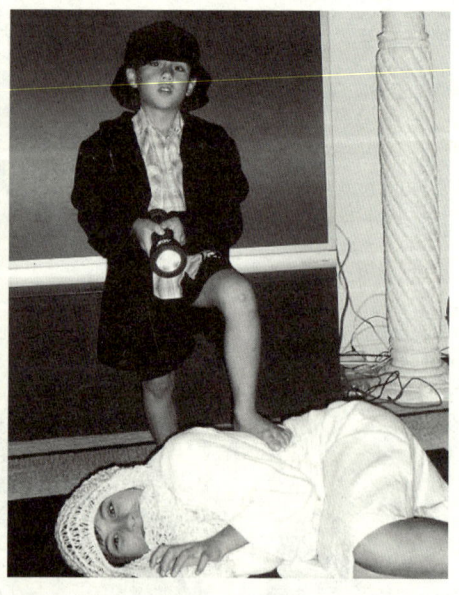

【侦探与小偷】小品里扮演侦探的宝弟逮住扮演盗贼的妮妮

心灵手巧的二女儿西西

西西从小爱做手工，喜欢捣鼓烹调、编织、剪裁女红之类很"家庭妇女"的事。七岁的时候她便会使用针线。她常常自作主张，偷偷把自己的袜子剪得七零八碎给芭比娃娃添新衣，剩下一只孤零零单袜，让老妈我满屋找不到配对而嚷嚷。

西西只比姐姐妮妮小十七个月，比弟弟宝弟大三十个月。她夹在中间这前着"牛村"，后连"旺店"的不景气地带，该不利的地理位置使其天然竞争力疲软。老妈我当年四年内赶着制造了他们姐妹弟三条生命，若干年里都处于顾头顾不了尾、顾了头尾也顾不到中间的不安定状况。西西从出生到三岁，基本是由我母亲和保姆带养的。

小时候她和姐姐弟弟一样，每次睡觉都希望能被妈咪抱着睡。无奈老妈我天生只有两只手，娇气的妮妮总霸着我的右手，幼小的宝弟老占着我的左手，可怜的西西绝大多数时候只能躺在妈妈的两腿之间，枕着妈妈的小肚子入睡。

每次出门，老妈我一手牵着妮妮，一手牵着宝弟，西西只能在我后面抓着我的后衣角，像我长出来的一个大尾巴似的，慢慢跟着走。至今她仍时不时讲起她当时的委屈，让老妈我愧疚不已。

知道自己"自然条件"不如姐姐和弟弟，西西非常乖巧，她从小就很懂得观言察色，审时度势。

记得她大约两岁多时，我带他们回中国度假。因为她和宝弟都太小，无法单独行走太久，我和表哥表姐们周末去爬山时，一般只带上从头到尾会自己一直行走的妮妮。

为了不让西西知道后，因不能跟大家一起走而哭闹，我们都讲一些暗语，悄悄地打点行装。

小小的西西，从大家诡异的神情上早就心知肚明大人们在玩什么把戏，她没有像一般孩子那样，采取一哭二闹三滚地的传统做法，她不动声色地在大人堆里走走看看两三圈，然后悄悄地自动离开了。

林家大院有前大门和后小门两个出口，待我们一干人鬼鬼祟祟，像地下工作者似的，鱼贯地从后门溜出，正想洋洋得意"潜逃"成功时，抬头霍然看见西西那小小的身影在前头那能望得到大门和后门两个"溜口"的"制高点"上，楚楚地站着。

她无声的行动,最大限度地表明了她想跟大家一起走的决心和意愿,也充分显示了她那善于思考,不管你们怎么个偷溜法,都得经过我这个关卡的"战略"认知,还有她不吵不闹,以静待动,以柔克刚的灵性。

众表姐们惊讶中透着感动和震撼,走到她跟前,实在无法回避她那双渴求的眼睛,个个怀着为西西献身的大无畏精神,轮流着把她背上了山。

那年在新加坡,只有一岁多的西西最爱讲的一句话是:"这一点都不好笑(It is not funny)!"每当大家笑吟吟地看着她生气的可爱样,她就手叉腰,背微拱,脖前伸,一字一顿地大声说:"这一点都不好笑!"为了表明她真的非常非常生气了,她会跑到我们那部七十二英寸的大电视前,展开双手,企图挡住屏幕,不让大家看。

可她是那么小,不管她从哪个角度遮拦,大家还是能看到屏幕的大部分,丝毫也不影响大伙的观看,反而乐了。气极的她搬来凳子站上去,挥着圆白粉嫩的小胖手,大声说:"这一点都不好笑!"样子可爱极了,那镜头,至今是我们晚餐上爹地最爱回忆的西西小时趣事。

西西善解人意,说话婉转,有一次,三岁多的她,不知干了什么坏事,我父亲想向我禀报,西西没有直接阻止或反驳姥爷的话题,而是像大人似,很委婉地对姥爷说:"阿公,你为什么讲那么多话啊?快吃饭吧!"姥爷听了,扑哧一笑:这小女说话有技巧,将来可以往外交部发言人方面发展。

2004年我们从北京回老家,在福州火车站,我那个随身紧带的装贵重东西的包被小偷从我眼皮底下偷走,我非常懊恼和郁闷。才六岁的西西安慰我:"妈咪,别郁闷你丢掉的东西了,人比东西重要,没有人,钱什么都不是,只是纸而已。人比钱好多了,因为钱是人制造的。别伤心了,妈咪,我会用我的爱温暖你让你快乐起来。"

六岁的孩子就能这样看待钱和人的关系,大她那么多岁的老妈我,还有什么不能释怀的?

西西爱烹调,电视上大妈大叔、康师傅什么的烹调节目,她能很专注地从头看到尾,我家厨房里也能常常看到她那小小的、围着一个特大围裙、在灶台前操勺舞筷的身姿。

她也爱看时尚服装节目,尤其喜欢看的有两档节目:一档是怎么把一个乱穿衣的人,重新设计,变成一个很时尚的穿衣者;另一档是怎么把一个乱糟糟的房子装饰成时尚坊。她边看边语重心长地对老妈说:"妈咪,我觉得你应该看看这个节目。"一句平常话把老妈我说得直翻白眼。

虽然她很抨击老妈的不修边幅,但她总爱到我的衣柜里搜拿我的小衣服穿。每天她都一定穿不一样的衣装去学校,颜色款式,连同发式,她都能搭配得非常得体,好看。

西西不爱看书,更不爱读中文。在湾区那几年,每个周日,我把他们三个全送去旧金山一个中文学校学中文。当时还是乖乖女的大姐姐妮妮,和还是什么都听妈咪的小儿,均认真完成中文作业,唯独西西从来没有作业。问她,她总是睁着一双很纯净的眼睛说:"我没有作业,老师没有布置啊。"老妈把她的书包拿来翻了一遍,确实没有像妮妮或宝弟那样的作业纸。

一次二次没有作业,还说得过去,怎么可以从来没有家庭作业啊?这中文老师也太懒了吧?老妈终于忍不住找到一个机会,问了老师,老师非常吃惊,说:"每次都有布置作业啊!"

唤来西西当面对质,她低着头,很不好意思的样子,老师说:"我每次发给你的那些作业纸张呢?"

西西很细声地说:"我走出学校大门前,都把它们扔到垃圾桶里了。"

老妈差点背过气去:这样的点子她都能想到?

西西喜欢花花草草,前院后院都有她播下的种子和盛开的花。她也热爱画画,她从不按画画老师的样本照实临摹,总爱凭自己的感觉来变动,达到神像形不像的效果。前几天,她的绘画课老师找我谈话,说她已经教不了西西,建议我给她找一个好老师,好好培养她那与众不同的绘画天赋。

这次学校做一个项目,她自己上网找了相关图片做参考,按自己的思路画了一个天主教主教的服饰,然后向我要了一个旧窗纱和一块旧被单,找了几张废报纸,自剪自缝自彩了一套天主教主的衣服和帽子。昨晚,她穿着它,款款地从楼梯上迈步下来,所有人眼前一亮:

哇,多么心灵手巧的妹妹(她的小名),我们的西西啊!

利用旧料,西西设计裁缝了参加学校活动的天主教主教服。帽子是她用报纸黏糊,漆画而成

西西的骄傲

上高中前西西不很在意学习,却很在意自己的形象。每天早上六点起床,西西会花近二十分钟早晨那宝贵的时间在发型和衣服的搭配上,每天的款式和造型都必须是不一样的。

放学回来,她不像姐姐和弟弟那样,赶紧把作业先完成了,而是到厨房做吃的,内容包括烤各式糕点,做不同的饮料,煮意大利面,或按她从网上搜来的菜谱做她想吃的东西,一会儿工夫,大家都有了一份可口的点心果腹。

有时老妈不想做饭,就说:"西西,晚上你做一餐给大家吃,如何?"她会满怀热情地应许下来,屁颠屁颠地在厨房忙乎开来。看着才十二三岁的她,像模像样地煮出一大家人的晚餐,我就想,将来谁要是娶到我这个女儿,可享福啊!老妈嘴里同时就会问:"西西,以后妈咪老了,和你一起生活,好不好?"

"好啊!"西西总是忙不迭地回答,然后平举着沾着食物的双手,侧过身子把脸凑到我的脸上蹭一下,说,"在我家,你永远是受欢迎的,妈咪。我会有一个大房子,你可以和我一起住,我会照顾你的。"

服装"设计师"西西和她的模特儿在时装秀上

我问:"你怎么能有一个大房子啊?"西西说:"我会画画,我也爱缝纫,我更喜欢时尚,我将来要做一个非常出色的时装设计师,赚很多很多的钱。"

九岁那年,对色彩很有感觉的西西设计了第一款"迷你"时装。她先画了一幅由四种不同颜色的叶子层叠起来的无袖长裙图,然后根据图,自己一片一片地手缝了一件八寸大的小"时装",非常精巧。她给这款时装起名"四季彩裙",因为裙子上有"春夏秋冬"四个颜色。

今年圣诞节,西西得到一份她盼望已久的礼物——一架缝纫机。从此,家里到处都是她剪得七零八碎的新的、旧的,能穿不能穿衣服的碎片,直到爹地把她带到布料店买回一些布料,才救下她衣橱里那些衣服。

昨日,她把自己关在房间里两个小时,开门时,身上穿着她缝制的第一件衣服。乍一看,老妈还以为是商场里买的时尚衣呢。她对老妈说:"我要给自己起一个品牌名,就叫'西西',你觉得好吗?"

记得我十三岁时,也曾自己缝制过一件衣服,但我那是花了很多时间,先用报纸剪了衣样,再描到布上剪裁的,而且完成后,也只是高兴一下而已,一点也没有成名成家的想法。

十三岁西西自己设计、剪裁、缝纫的第一件"时尚"服装

西西没有借用报纸,她是以很"专业"的方式缝制那件衣服的。先不说西西的这件衣服是否时尚,一个十三岁的女孩,用两个小时时间,自己设计、剪裁、缝纫出一件合身的成衣,这就足以让老妈震惊,接着骄傲了。

而且这小女子一开始就做大牌设计师的梦!

这梦很快便得以小现。次年,西西高中学校举行时装展,十四岁的西西设计了一款大红晚装。她找了一个高挑的女同学做她的模特儿,量了对方的尺寸,去布料店买了布料,然后剪裁缝纫,缝缝拆拆几天,很快完成了作品。

在时装秀那个夜晚,西西以设计师的身份和那件穿在模特儿身上的作品一起出场。她穿着黑色服装,脖子上挂着一条尺子,看上去专业极了。西西优雅地站在她的模特儿后面看她走T台,全场掌声如雷,气氛相当热烈。

好样的!西西,接着做梦,接着努力,老妈等着住你的大房子!

家有女儿要时尚

一眨眼,家里有一个长得比老妈高,一个和老妈差不多高,可以穿我衣服的两个女儿了。

她们开始不要穿任何从 Target、Costco 或 Kmart 等地方买的衣服,尤其是西西,她说,如果穿 Target 或 Costco 的衣服,她就进不了她的同学圈子,因为她学校里的同学,个个都是穿从漠大商场里买的有牌子的衣服,每次她们在讲她们的衣服时,她根本插不进嘴,因为她不懂她们在讲什么,时间久了,她就会被留在她们的圈子外面了。

妮妮一开始还对西西不注重脑子的基本建设,光注意穿那档子虚荣的东西,不以为然,并嗤之以鼻。说西西你应该把精力放在学习上,在同学间,用好成绩来感觉良好,而不是用衣服这种外表的东东来增强自信,吧啦吧啦……

西西反驳:"你那是在'天赋教育中心',个个神叨叨的都是'特异功能'者,大家都以学为主,以学为荣,穿稻草衣去学校都没人说你,当然有境界了。我在普通班,普通人讲的当然都是普通事,比如穿衣,玩乐。我在那种环境里,就得随大流,要不,我就没有朋友啦……"

听上去似乎有道理啊。为了不让自己的女儿因为衣装而没有了朋友,继而产生心理问题,老妈我只好改掉不爱逛漠逛商店的"坏习惯",周末强打精神带西西逛漠。

一两次与西西单独外出后,妮妮对西西脸上那种"只有妈咪和西西的逛街天"

的得意神情感觉不爽,也坐在车上跟着走。虽然妮妮像老妈一样不喜欢在试衣间不停地脱了穿、穿了脱,她还是跟在西西屁股后面,穿梭于各牌子店里。

西西像个老道的购物者,知道什么牌子是比较有名气的,什么款式是目前比较流行的,而且像个很会持家的主妇一样,专围着打折的地方转,然后提着大袋小袋的"斩获品",拖着疲劳的双腿,坐在漠里敞开的旋转寿司吧里,美美地吃几碟可口的寿司,再由老妈这个专用司机把她们载回家,两个人脸上均是那种抑制不住的喜悦之情:多么美好的生活啊!

刚开始几次,我把她们放在漠门口,把车停在车场里,我人不下车,继续坐在车里,要么闭目养神,要么用笔记本码字,等两位小姐逛好出来,马上启动回家,西西不理解为什么这么有乐趣的事老妈却不感兴趣。后来因为她们逛完要吃东西,好吃的老妈我,这个自然得参与。所以,我便从在车里等候挪到在漠里面等候,在她们购物的某一个店的外面等候。

世上恐怕没有什么比在漠大商场里面等人购物更让人觉得百无聊赖了。我枯坐在某一个位置上,看着面前那过来一批、这边过去一群的人流,中间兼东张西望无数次,时间还是不怎么流逝。

为了打发时间,我就顺便拐进边上的店里看看,偶尔看到一两件心仪的,就顺了。有时小儿宝弟也在,这小子很会给老妈挑衣服,他小猴似在衣架间沉没几次,手上就会出现一些颜色、式样都蛮适合老妈的衣服。老妈很惊喜,一直表扬他,宝弟很有成就感,就不停地消失在衣堆里,乐颠乐颠的。

买是很高兴地买了,到家后,往衣橱里一挂,什么时候穿它们就不知道了,这厢西西却惦记上了。

虽然西西自己已经有很多"时尚"的衣服了,可她还是喜欢到妈咪的衣柜里翻找她觉得"时尚"的东东,然后,不说一声,顺手就拿走了。

等我想穿时,却怎么也找不到。问妮妮,妮妮脸上依然是一副"你这是什么问题"的不解表情。问西西,她有时会承认她"借"了,笑嘻嘻地说:"妈咪,既然你买了衣服又不穿,挂在那里挺无趣的,我就帮你穿了。"有时她会睁着一双纯净的眼睛,说:"没有啊,不信你去我的衣柜里看。"

顺了老妈的黑上衣去配小黄短裙,戴着自制珍珠项链的西西

悠闲的时候,我心里笑一下,套上另一件就算了。可当心里早就想好要穿哪一件衣服,忙着要出门的时刻,突然发现原先好好挂在那里的衣服怎么不见了,把衣橱里挂着的衣服一件一件地捋过去细找一遍,再原路捋过来二遍,没有。再跑去两个女儿的房间仔细

勘察一遍，依然没有，心里那个气急！

衣服没有脚，不会自己走掉啊！

西西说："妈咪，肯定是你自己忘了放哪儿了，好好想想，再好好找找，我这次肯定没拿，别老问我啦。"

她说得是那样的坚定，脸上表情是那样的无辜，语气是那样的不容置疑，一刹那间，让我也恍惚起来。

莫非真的是自己放在哪里，而忘得一干二净了？

赶紧打国际长途电话回中国问母亲，是不是我忘在涵江了？母亲在那头根据我的许多越想越是的"好像在那里"翻找一番，然后，扔回来一句让人很沮丧的话：没有！

这很严重，这已不是一件神秘失踪的衣服问题，这已经是牵涉到老妈心灵深处最关心的，是否已进入更年期，健忘，甚至前期老年痴呆，等等"老化"问题。

看着镜子里的自己，虽然脸皱了点，发薄了点，但依然满头原生乌发，满口原生牙齿，看上去还不是太老态龙钟，自我感觉也还青壮年，咋就"更"了？

想想西西一贯的"臭美"，我还是很自信地怀疑是她顺了那衣裳，心里一机灵，换一种说法："妹（我对西西的昵称），也许妈咪真的忘在哪里了，那你能不能帮妈咪找出来啊？如果找到了，有重奖。"

一抹亮光在她眼里闪过。嘿嘿，姜还是老的辣，你这臭丫头想和老妈玩"讹诈"，害老娘很是沮丧了几秒"人老不中用"之现象，看你怎么"帮"我找回来！

次日，那失踪的衣服被西西在我衣橱下面最里边的角落里"惊喜"发现，她说："妈咪，这不是吗？它从衣架上滑落下来的。"

"那个角落妈咪曾找过的，还找了两遍！"我看着丫头的眼睛说。西西脸一红，嘿嘿笑着，小声地说："对不起，妈咪，昨天妮妮就杵在边上等我惹上麻烦，然后再取笑我，所以，我不承认。今天我把它送回来了，我保证下次不会再来这里搜拿你的衣服了。"

"失而复得"总是让人高兴的一件事，而让我更高兴的是自己没有"老糊涂"，脑智和心智都还在正常阶段。因此，我给了西西一个熊抱！

家有女儿要时尚，不仅费时费神，还费腰包。但也有可喜的一面：她们褪下来，不要再穿的衣服，老妈就一件一件捡起来，套在自己身上，让原本不时尚的老妈居然也有了一点二手的时尚气息，而且还是装嫩版的。

西西的小小爱心

2012年暑假前，西西就一直强烈要求今年要跟我一起回国看姥姥。她说她小时候都是姥姥带着睡的，现在姥姥老了，她有五年没看到姥姥了，非常想念她，也想念那个热闹的涵江小镇。

想她姐姐和弟弟对回不回中国均抱着一种无所谓的态度，难得有这么一个洋生洋长的女儿那么热爱老妈的故乡和生活在那块土地上的人，我当即订了她的机票。

看到姥姥的第一眼，西西喊着"姥姥"直奔过去抱住姥姥，那一刹那，我看到西西的眼红了，心想，这孩子还挺重情的。

在带着姥姥一起去江西旅行的十四天里，西西全程搀扶姥姥，平地也好，爬山也好，她紧随姥姥左右，她们的胳膊或手总是连在一起的。车一停，她第一时间站在车门口，把姥姥小心地扶下来。有时，我不自觉地趋前搀着母亲，西西看了，佯装生气地叫："嘿，她是我的姥姥。搀扶她是我的工作，你不能抢走我的工作，谁也不能！"

她的娇嗔让我莞尔，有一种爱可以用"霸气"来表达，其实，那是担当和责任。

母亲从此有了一个可心又可爱的"小保姆"。西西可以对我的话似听非听的，她心情好的时候，可以主动要求给老妈按摩，心情不好的时候，你叫都叫不动她。可姥姥任何时候开口，她都立马响应，鞍前马后，非常热心和"敬业"。

我问她："为什么对姥姥这么好？"她说："我喜欢老人啊，他们非常可爱，像baby（婴儿）一样，何况她是我的姥姥呀！"

在中国的两个月，西西每晚都要握着姥姥的手入睡。她说，姥姥在她小的时候陪她睡了那么多晚，半夜起来给她盖了那么多次被子。现在她长大了，是该轮她陪姥姥睡了。见一次姥姥要好几年，所以她现在必须握着每一天、每一晚和姥姥在一起的时光。

离开涵江回美国那天，西西一早起床陪姥姥去菜市场，回来后，也寸步不离姥姥，她倒计时着将和姥姥分别的时间，小小的心情显得非常沉重。老妈看她那样，不想有离愁别绪都不行。

终于到了说再见的时候，西西一头扑在姥姥肩上，泪水直流，说："拜拜姥姥，我爱你。"姥姥也流泪，说："西西乖，明年再回来啊。"

祖孙二人在泪眼婆婆中看着对方在自己的视线中消失。路上接到母亲的电话，说刚才西西那么一哭，她也忍不住了。问西西现在好点了吗？西西一听，眼又红了。

在西西眼里，老人和婴儿、宠物一样可爱，他们都需要人的呵护和关爱。在路上碰到任何一个陌生女性老人，只要够老，她都会笑容满面地，像她每次看到婴儿、小狗或小猫那样，双手合在一起，轻呼一声："哦，她这么可爱！"每次都有想走过去搀对方一把的欲望。

母亲的姐姐，我的大姨已八十多岁，双目失明。西西虽然对她不是很熟悉，但一看到她，一个什么也看不到，却依然满

无论何时何地，只要出行，西西总是要牵着姥姥的手

脸笑容的枯萎老人时，西西满怀情感地低声哦着，走过去牵起姨婆的手，说："我是西西。"

姨婆高兴地边叫着她的名字，边从她的手臂往上摸，试图知道她长成什么模样，有多高了。西西很自然地把脸凑过去，任由姨婆那双干枯的手在她脸上游走探摸。

看到失明的姨婆必须坐得近近的，把脸靠在电视机边才能"听"电视时，西西的眼泪流了下来，说："可怜的姨婆，看不见了，也听不清楚，她这样'看'电视的样子很让我心疼。"

看到流浪的猫狗，西西会不由自主地蹲下去拍摸它们，不在乎它们脏不脏。每次她都会问同样的一个问题："妈咪，我能把它带回家吗？"

在涵江离母亲住处不远的一个商店门口，总坐着一个不知从四川哪个地方流浪来的女疯子。她约四十来岁，再热的天她身上总是一成不变地裹着好几层厚厚的衣服，衣服虽然破，但看上去还蛮清楚。她小小的脸上透着四川女人那特有的白净，头发梳得整整齐齐。她一般只默默地坐在地上看着街上的人群或静静地遥望天空，有时她会冷不丁跳起来冲着空气大骂一通，叽里呱啦，激情四射。她的方言涵江人谁也听不懂，母亲说起先那店主怕影响生意曾把她赶走，没想到来客遽减，赶紧派人又把那疯子寻来，让她常驻店口叫骂，客流量陡增。

西西每次看到她，都忍不住驻足，带着疼惜的神情看着她，连说好可怜啊。第一次看到她时，西西马上伸手去掏口袋里的零花钱。我说你给她钱她不懂得花，不如给她吃的。西西便跑回姥姥家拿吃的，然后在路边的石阶上，和疯子并排坐着，看她吃。

　　一个只会几句蹩脚普通话的美国女孩试图和一个只会几句不知哪种方言的流浪疯子交谈,是一幅看上去有点滑稽,又有点感人的画面。

　　十四岁的西西心底善良,乖巧伶俐。和她出门,她会比你还懂得"在路上"的注意事项,地图看得比GPS都准。那天和她带着大小行李坐动车去上海搭机回美国,我们在候车室等候。因为还有蛮长一段时间,疲惫的我,靠着椅子眯了眼,我告诉西西也眯眼休息一下。

　　等我"醒来",看见她依然睁着一双大大的眼睛,坐在那警觉着。我问她:"干吗不睡会儿,妹?"西西说:"这么多行李在这儿,你的眼闭上了,我怎能也闭上我的啊?"

　　老妈心里那个欣慰啊:我家有女已"当家",能替老妈操心了。同时也惭愧:当妈的没想到的事,十四岁的孩子考虑到了。

　　如果说西西的乖巧懂事是因为她是中间孩子,从小没得到我的足够重视,一直处在"求重视"的自我表现里而早熟的话,那她的爱心就是来自她的性本善和后天的家庭,特别是学校的教育。

　　因为美国的爱心教育是从幼儿园便开始的。美国中学里还专门设有一门记学分的,到残疾人班级去帮忙的选修课。在培养学生爱心的同时,让他们在帮助弱势群体中体会和感恩自己所拥有的。孩子申报大学时,如果在高中时有做过一定的公益活动,比如去老人院或残疾人中心帮忙,去社区做义工等,都是一个加分的事。

　　西西的学习也许不是家里最好的,但她是最愿意帮人,最给予、最有爱心的一个孩子。

　　在美国,像西西这样有爱心,能为别人着想,乐意助人的孩子比比皆是。他们小小的爱心像清晨初升的太阳,总能给人带来缕缕暖意和意想不到的惊喜。而那小小的、慢慢升起的亮点会逐渐变成普照天下,施福于人的灿烂阳光!

　　有爱心的人永远比没爱心的人美丽,哪怕前者的学习成绩没后者的好;有爱心的社会也一定比没有爱心的社会美好,充满希望。

　　毕竟,爱是人类延续、生存下去的根。

　　我们的西西,心里已植有一粒小小的、健康饱满的爱的种子。

西西的"邮票画"获得维吉尼亚州第一名

　　2010年某日我收到一个快递大信封,是美国《国家领先艺术教育杂志》杂志社给我们寄来的2010年4月的《艺术和活动》月刊，西西被作为年轻艺术家介绍在这期的杂志里。里面刊登有西西的自我介绍和她的一些画，一些西西认为不是她画的最好的画。因为她声称那是她随便涂鸦的画，学校画画课老师喜欢就将它们推荐给杂志。

后来该老师让西西在学校的一块天花板材料上"涂鸦"。西西发挥她的想象力，很有创意地"涂鸦"了一幅因地球变暖，冰雪融化，使生活在北极的北极熊失去其生存环境的环保画。画里，一只无冰可居的北极母熊驮着幼熊顺着融化的冰水南下，碰到一只生活在树林里的美洲黑熊。两只原属于不同地域，根本不可能相见的熊类动物，因为人类对生态的严重破坏，竟能相遇。它们惊奇相望，不知道是该高兴见到了从未谋面的"堂兄妹"，还是该悲哀它们的生存环境已发生巨变。在它们的脚下，有人类丢弃的塑料杯子、塑料袋和矿泉水空瓶。

西西给画题名为"请爱护地球，别让我们相遇"。那块天花板被学校牢牢地嵌在学校走廊的天花板上，变成建筑物的一部分，让学生们抬头就能看到。西西很自豪，第一次觉得自己有点像"年轻的艺术家"。

既然是"年轻的艺术家"了，就得有一些不是随便涂鸦的好作品"问世"才行啊，老妈我便开始一周一次送西西去私人美术工作室学画。工作室的美术老师邢女士二十世纪八十年代毕业于中国美术专业院校，她在美国从事了十几年的美术教育工作，成果丰硕，桃李满天下。

西西正式跟邢老师学画后的第一个作品是一幅在紫色夕阳里静静浮游的鸭子画，她把它拿去参加2010年"美国联邦鸭子邮票画"比赛。该比赛有点像美国画界的奥斯卡，因为它是美国唯一一个被联邦政府认可的全国性画画比赛，获全国第一名的画会被印成邮票。

西西的画获得维吉尼亚州的荣誉奖，第一次参赛便能获得名次可喜可贺。第二年西西再接再厉，用一只有着细腻茸毛的憨态鸭子获得2011年"美国联邦鸭子邮票画"比赛维吉尼亚州第三名。

2012年西西决定不参加同样的比赛，而选择参加"美国野生动物鱼类艺术大赛"。她用她那只甩着有力的鱼尾，迎着波浪逆流而上，栩栩如生的三文鱼获得维吉尼亚州第一名的好成绩！

那天我送她去邢老师工作室上课，路上西西突然想起："今天是公布比赛结果的日期，到老师那里得上网查看。"一贯趁此机会在车里码字或睡大觉的老妈

十岁的西西画的"狡猾的狐狸"

说:"那你看完,如果赢了,就出来喊一声。"

我眯上眼睛,正徘徊在现实和美梦之间时,西西那声激动无比的喊叫声差点把我从驾座上震落:"妈咪,第一名!我获得这个比赛的第一名!"

老妈我不大相信地和西西冲回屋里,高挑的邢老师正站在画室中间,她说:"西西获得维吉尼亚州的第一名。全国五十个州,五十个第一名里最上镜的那一条鱼将被印成邮票。"

我感谢邢老师,邢老师笑吟吟地谦虚说:"不要谢我,这次西西的那条鱼,完完全全都是她自己独立画出来的,我没有在那上面改过一笔,而且,她只用了五个颜色的画料,竟能画出一条那么生动的鱼,很不可思议!"

五个颜色?西西告诉我,别的学生一般都有一套十几个颜色的颜料,她只有红、黑、白、蓝、黄五管旧颜料。那是去年我们去野营时,她用一包中国快熟面在营地"以物换物市场",从一个看上去很饿的野营人手里换来的二手货。这次画鱼,她老忘了叫我们给她买其他颜色的颜料,便将就着把那五个颜色调一调,竟画了一条"第一名的鱼"!西西说同画室的同学们都不相信她的那条鱼是仅用五个颜色的颜料画出来的!

这就是西西,一个小时候跟在姐姐屁股后面"陪读",不被认为有什么天分的中间孩子;一个做什么都很随意,不怎么上心,更没认真学画画的爱漂亮的孩子;不经意间,反倒有一技之长,频出成绩。

老妈我纳闷:"西西你小时候从没有受过专门训练,像素描课什么的,你都没有上过,你怎么知道把东西和景色的形状画出来啊?"

"我画我所看到的,这对我是很自然的事啊。妈咪,你不会画,那是因为你没看到。(I draw what I see. You can not draw because you do not see.)"

这话很耐人寻味。人是否因为没看到,或没能力看到,便失去了原该属于自己,或本来就在自己手里的东西?

十三岁西西画的三文鱼获得美国2012年全国州鱼邮票画比赛维吉尼亚州第一名

十一岁西西参加2010年美国联邦鸭子邮票画比赛,该画获荣誉奖

十二岁西西参加2011年美国联邦鸭子邮票画比赛,该画获第三名

爱无止境 Boundless love

十一岁西西专门画给妈咪，有人买都不肯卖的"媚眼羊"

十一岁西西画的"宁静的湖水"

十三岁西西画的环保画被学校永久嵌在墙上

矜持骄傲的大女儿妮妮

怀妮妮七个月时，我突然有早产预兆。我躺在医院床上做例行检查时，周围的人突然很紧张地走动起来，先是医生很严肃地盯着视频看，然后是护士在那里进进出出，再然后就把我推到另一个房间，往我身上接了很多电线，说他们必须留我下来安胎，因为小家伙有想提前出来的迹象。

从医院回来，接下来那几个月，我基本二十四小时卧床，除了必须自己亲力亲为的拉撒外，吃喝方面比尔全方位服务到床。我掰着指头，一天一天熬到预产期，小家伙从原来的蠢蠢欲动，到最后竟然安居宫中，乐不思"俗"了。过了预产期三天，仍没有动静。医生说，再等两天，不行只好催产了。

从当初的拼命保胎到现在的可能催产，妮妮好像从娘胎里就有想干嘛就能干嘛的潜质。

妮妮是一个很乖的婴儿。她每天吃了睡，睡了吃，不怎么哭。从两岁起，她就有大家闺秀的做派和举止。别人问她任何问题，需要 yes 或 no 的答案时，她总是不吱声地，看着问者的眼睛，缓缓地从上往下点一下头或从左朝右摇一下头，给人印象深刻，说她像个大小姐。

她好像天生不知道什么叫"困难"二字，学什么，做什么，对妮妮来讲，都非常的容易，而且很容易出成果。

最早一次是她四岁时，上福建电视台的童星比赛，她跳的南泥湾民族舞得了最佳人气奖。几年后，八岁的她携六岁的妹妹西西再次参赛，凭那个震天价响的《打虎上山》架子鼓一举夺得第一名！

2002年在北京上艺术幼儿园，中央电视台来采访我们两次，一次是做他们三姐弟的幼儿节目，一次是专题专访的家庭栏目，妮妮在镜头前的自如表现让摄影师赞不绝口。后来回到湾区，我带他们三个到旧金山应聘童装模特，妮妮也是非常容易地一次通过。她只是站在那里，对着镜头很矜持优雅地笑了笑，那家经纪公司就把她签了下来，让身高和体重比例不合要求而落选的西西妹妹非常地郁闷，暗地里更是下定要用后天

自信的妮妮

努力来赶超姐姐的决心。

妮妮前后做过Macy's、Gymboree、Mervyns等服装广告。她的身材比例非常协调，常常在拍摄现场，原定的模特儿穿上去的服装效果不佳，换成妮妮一定出好效果。Gymboree按她的身材来试穿，改动和定装完成她那个年龄段的童装样品。

也许是先天条件比较好，妮妮从小就一直生活在赞美声中，养成了她很自信、自我感觉很良好的心态。很多西西要努力半天，也不一定能得到的东西，妮妮都能以不费吹灰之力轻易得到，而且还显"没什么大不了"状，有一份很超然的淡定。

妮妮学东西极快，但一旦学会，便不太愿意精专下去。她不爱练琴，只喜欢在琴键上乱弹乱编地谱曲。2006和2007两年，当时年仅九岁和十岁的妮妮随意递交了两首她创作谱写的钢琴曲，分别得了湾区她所在学区音乐创作类第一名，及华府她所在学区音乐创作类的第一名，及北维州四个县市第二名。

那晚在颁奖仪式上，我们都非常兴奋，妮妮却没什么表情，问她，她淡淡地说："对我来讲它是如此容易。"

在搬离湾区之前，妮妮和西西同时考湾区红木城一个很有名，也很难进的学校——北星学院。自然，妮妮被录取了，西西依然落榜。后来我们搬了家，打电话给学校说我们决定放弃时，对方很是替妮妮可惜了一阵，说："这个学校是一个很特殊的学校，不是一般人都能进来，也不是光学习好就能进来的。"

我心里还真觉得可惜，因为当初的过程确有点过五关斩六将的意味。妮妮倒想得开，她劝我："妈咪，是金子到哪里都能发光，就当测试证明一下我的能力吧，它是那么容易，没事啦。"

她这种"如此容易"态度，是能给她满满的信心和自信。但将来到社会上，万一碰到没有那么"容易"的事时，她能"容易"用平常心对待吗？老妈我有隐患意识。

妮妮做什么事都很认真，尤其在乎老师的看法。记得2004年，我把她们姐妹俩放到中国老家涵江的一个小学里上一年级，妮妮和西西在同一个班。每天晚上，妮妮不做完那一堆作业是不肯去睡的，哪怕我命令她去睡，她也求我让她做完作业，因为第二天老师要检查的。而那时，西西早就在床上做了好几回梦了，嘴还咧着，笑笑的。

每次回中国，不管妮妮穿什么，都能引来别人赞美自己的语言，而西西要穿得非常漂亮，并且要积极地问："我漂亮吗？"然后自我肯定："我很漂亮！"才能得到别人肯定的答案。也许是因为知道自己漂亮，妮妮平时不像西西那样在乎穿着，也不计较款式。相反，有时我想给她多买一些衣服，妮妮会拉住我的手，说："妈咪，不要了，再买就是浪费了。"

而西西是多多益善，有恨不得就住在商场里，每时每刻换穿不同衣服的劲头。

妮妮很骄傲，也很矜持。她不像西西那样，可以瞬间和人打成一片。西西上午交的朋友，下午就可以互相吆喝着要一起过夜了（sleep-over），让沉静的妮妮看得目瞪口呆。虽然妮妮常常觉得西西不如自己漂亮和聪明，但遇到交朋友，与人打交道的事，妮妮不得不从心底里佩服西西的善于交际及西西那老有新主意、新创意的灵动性。

妮妮不善与陌生人打交道，也不善和不熟的人热乎，但一旦交了的朋友，她就很在乎对方和她们之间的那段友情。

前几天，她非常伤心，说那个曾经到我家多次的同学，突然在学校不理她了。我们问为什么呢？她说不知道，说着说着，就哭了起来。爹地建议她给对方写个纸条，说不知道自己做错了什么，如有什么地方让她不高兴了，对不起，自己很珍惜和她的友谊，希望能好好谈谈。

妮妮照爹地的话做了。第二天，两个小女孩又和好如初，一蹦一跳地一同回家来。

妮妮感情细腻，敏感。看感人的电影时，她会哭得稀里哗啦，散场回家好一阵了，她仍会沉浸在剧情里继续悲伤，而且不喜欢老妈去安慰她。想她将来可能是属于那种受了伤，得自己躲起来，独自疗伤的爱面子的人？

已经十二岁的骄傲的妮妮，已有准青少年症状：对谁都瞧不起，尤其是瞧不起老妈。等到老妈告诉她，你的话和行为伤了老妈时，她那细腻敏感的善良之心便即刻回归，她会给我一个紧紧的拥抱，说："妈咪，对不起，我爱你！"

世界上，有哪个母亲能真的记住自己孩子的"伤害"？即使真有伤害的话。

骄傲的妮妮近来也有了令她骄傲不起来的问题：她腿上长毛了。她强烈要求剃腿毛。我们说："你才十二岁，根本没必要，等到十八岁再说吧。"

昨天，她闷闷地对我说："妈咪，我很抑郁。"

为什么？老妈很吃惊。

"因为我腿上有毛啊！"妮妮很认真，很担心。

这家有女儿初长成的烦恼应该还不止腿毛这么简单吧？爹地开玩笑说，等妮妮长到十五岁，他得考虑是否去买把枪。

妮妮十二岁礼物

妮妮十二岁生日时，每个人给妮妮一份小礼物。

西西用自己的一条裤子作为原料，自思自画，自裁自缝，一针一线手缝了一个可爱的平面小熊。她说这样不仅能让自己心爱的裤子永远"活"下去，而且可以让亲爱的姐姐"睹裤思人"，记住与她"同用一条裤"的姐妹情。

妮妮十二岁生日时高兴地举着西西为她设计制作的小熊生日礼物

先不说那精美的手工,光那全家人民都眼熟的"西西裤",就足以向姐姐提醒妹妹的好,让姐姐至少在新的一年里,能好生对待妹妹,最好少提"天赋班"。

"天赋教育中心"是妹妹心中的痛。回回口角,西西都是在快要赢的当口,被姐姐或弟弟一句"如果你那么聪明,怎么没在天赋班呀"给呛住,黯然败阵。

其实西西是我四个孩子当中脑袋最灵光、最有点子的一个。今晚她拿出的这个礼物就让姐姐欢喜不已,妮妮因此做了一个很感性的生日讲话。

她说今天是她迈入最后一个儿童年的第一天,她只有一年时间做儿童了,明年她将是青少年,她有点伤感。她觉得自己应该成熟一些了:不应该与西西和宝弟一般见识;尽量不用一个眼神或一句话去"刺激"他们,让他们哇哇不满,以致让爹地把自己送到房间里不能出来,或让妈咪一声高过一声地对空气喊话。

最最要克服的是,控制自己不说"天赋"二字,起码不在西西面前说。

西西听了,那个高兴呀,笑得嘴开得都能看到舌根了。

家有女儿初长成

刚过完十二岁生日的妮妮,一年来最喜欢黏到老妈身边来的一件事,就是靠在老妈的背上,和妈咪比高低。她回回一想到自己马上就要和妈咪一般高了,便表现得身高上的平等好像能意味着辈分上的平等似的兴高采烈。

妮妮上个月与妈咪背靠背比高低时,她那披着一层厚厚头发的头顶差一点点、一点点就快与妈咪的薄头顶一般齐了。这个月再一靠,她用手在头顶上一摸,竟变成妈咪的头差一点点要和她的一般平了。她高兴得跳了起来,说:"现在,我比妈咪高了!"

女孩子到了这个时候,真像雨后的春笋,日长夜大,一眨眼,就出出出地往上冒,让为娘的不想正视自己的年龄都不行!心情变得很复杂。

妮妮现在常常会很理直气壮地说自己是在准青少年阶段,所以可以随时随地表现出和那阶段相配的有关行为。最典型的有：觉得自己什么都好，什么都懂，而且那个好和懂都是不容置疑的。当别人，尤其是老妈在晚餐圆桌上，兴致勃勃，以过来人的自豪进行中国式的传统经验之谈时，她马上用那种很自信的语气对其"嗤之以鼻"，经典问句跟之："你说的有科学根据吗？有什么数据证明吗？John Tesh（约翰·泰斯）没有这么认为。"

约翰·泰斯是美国一个资深音乐人，一位多才多艺的钢琴演奏家，享有美国"钢琴教父"之美誉，他同时是著名的《智能化你的生活》畅销书作者和其广播节目的主持人，也是妮妮目前最信得过的人。

妮妮非常注意个人卫生，而且非常喜欢在晚上读完想看的书后，去冲个澡再睡觉。老妈我对此没有问题，问题是，她把那头长发冲得湿漉漉后，没有吹干便倒头睡去，我每个晚上要和她进行无数次的"斗争"才能勉勉强强地让她把头发吹个半干再去睡觉。有时，我从电脑上下来，潜入她的房间，探手一摸，枕头上仍是一枕湿发。老妈只好亲自抄手，给睡着的她呼呼地吹着，把一边吹干了，将她翻个身，接着吹另一边。

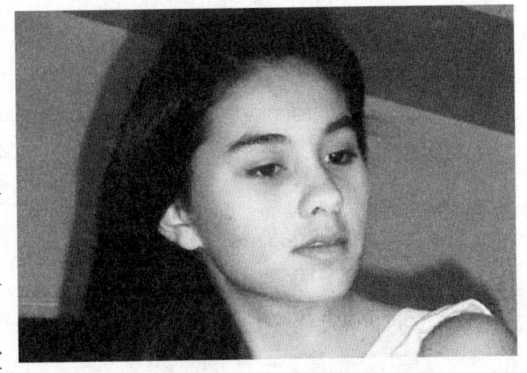

沉静又自信的妮妮

这是一个很严重的问题，老妈我把她姥姥当年对我说的话重述一遍："头发湿湿就睡觉，水气侵入积累在脑里面，以后老了头会疼的。"妮妮打断老妈的传统教育，说："那是没有科学根据的，约翰·泰斯没有这么说。"

我对视着她那双对约翰·泰斯无比铁信的美丽眼睛，想：是不是抽空得给这个什么约翰·泰斯写封信，让他在他的下一个广播节目里，说说"带着湿发睡觉的弊处"？

但是，不知道这个约翰·泰斯信不信中医？

妮妮是书虫，她可以一整天坐在一个地方或趴在床上的某一角，聚精会神地看大部头的书。她常常背着光看书，我们给她讲了几百遍"不要背着光或在暗处看书，这样会把眼睛看坏"的中西道理（她老爸不太明了湿发睡觉的危害，却知道背光看书的坏处），美丽的妮妮仍是睁着那双纯净的大眼，问："为什么约翰·泰斯没有这么说啊？"

老爸和老妈一起昏倒，这个约翰·泰斯似乎成了妮妮的信仰了！抑或这真的只是准青少年症状？

家有女儿初长成，我们以后要对付的肯定不止约翰·泰斯这一个家伙。

妮妮在美国做模特儿

因为我三个孩子的年龄头尾相差只有四岁,所以小时候在中国带他们出去时,有一小堆人走在一起,很拥簇很有内容的感觉。在商场,会有小姑娘营业员好奇地围过来对她们品头论足,特别对妮妮更是赞不绝口,说妮妮笑起来比台湾歌星李玟还甜美,特别是眼睛比李玟还迷人。那是我第一次知道台湾有一个和我家妮妮长得差不多美的人叫李玟,而且还是名歌星。

凡是看到我们那一小堆小人的朋友除了大同小异的赞美外,还有就是那千篇一律的建议。建议我应该当星妈,应该从起跑线上就挖掘他们将来能往明星那条大道上奔跑的潜质,让他们从小就接触那个圈子,培养镜头感。

虚荣心浓厚的老妈觉得该建议很不错,而且有可行性。从此,老妈便开始带他们进行了整整四年的阶段性"北漂"生涯。

在北京学才艺期间,他们几个不仅能说很溜很标准的普通话,而且还在中央电视台的频道上露了三次面。一次是去一个少儿节目当啦啦队,然后是中央十套的少儿和家庭栏目分别给她们做了两次专题节目。最后回到福建老家,几个小人又一鼓作气参加了几次儿童综艺节目,拿了头奖,拍了好多专业相片,可谓小有收获,最主要的是她们都在镜头前试了一把,镜头感颇佳,特别是妮妮。

回到美国加州湾区上小学后,仍有星妈梦的老妈便开始在网上查看相关信息。看到一些说得天花乱坠的广告,也填了一些表。然后就有人打电话过来,说某日某地有某导演将亲临现场找小演员。老妈告诉老爸,老爸看那地儿就在金门大桥边风光迤逦的地段,说:"当然去了,为什么不呢?就当是周末出去逛逛吧。"

到了那里,一大屋子怀揣星妈星爸梦的人啊,个个身边都有一到两个穿着

拍广告的妮妮

整洁漂亮衣服的孩子，我们家在那里面算是比较多的一群。

一个多小时静静地聆听台上那位西装革履帅哥对孩子们的前景进行着充满激情和希望的描绘，好像台下的每一个孩子马上就是明日之星似的。正当家长们听得热血沸腾，幻觉自己已是星妈星爸时，台上的人及时总结：这一切一切的成功和辉煌都是给有准备的孩子的，你们的孩子必须先有专业的培训和学习才能被我们的导演选中。

而那所谓培训和学习的收费不是一般的昂贵，老爸看了老妈一眼，二话不说便带领大家迈出屋子，说："这是典型的推销，我们还是去吃饭吧。"

不死心的老妈时不时还是会兜到网上溜达。一日，把"做模特儿"打进搜索栏，跳出一个卖各地模特经纪人名单的网页。老妈想做模特儿也不错啊，便付了四十美元订了一份。名单寄来后，看到有旧金山的模特经纪若干家，甚喜，马上打电话过去，对方说："我们的一切情况都在公共电话簿里，干吗还花钱去买啊？"

老财的老妈听了心里郁闷了一下。其实四十刀事小，被骗的感觉忒不好，有智商被挑战了的小痛。

所幸的是，通过面试，妮妮和宝弟很快就被录用。西西因为高度和宽度的比例不合她那个年龄段的标准，被告知明年再来试试，小西西心里郁闷极了。

旧金山 M 经纪所和妮妮宝弟签了两年的合约，明确了每次有活干时大家的分成是多少。他们说那里最小的模特儿才几个月大，做尿布奶粉等广告，有的孩子从婴儿开始赚钱，攒下的钱长大后都够上大学的费用了。听起来简直像一个棒级的高级童工工作，老妈心里顿时有少供两个人上大学的轻松。

接下来是包装。我们被告知必须给他们两个人照一组专业相片给他们的客户看。为了显示特点，他们要求妮妮把头发剪成清汤挂面式的短发。在把妮妮那一头秀丽的长发剪掉的时候，我看到妮妮哭了。十岁的小女孩对头发还是很看重的，但为了那"光芒四射"的未来，妮妮还是"忍痛割发"了。

在照广告照的时候，因为宝弟才五岁，面对镜头无法像姐姐那样自如又专业地展开笑容，老爸得不停地在摄影师后面使出浑身解数做各种各样的鬼脸和搞怪动作才能让宝弟笑得自然又开心。我看到摄影师脸上那种既理解又同情的表情，估计他常常和这类"望子成星"的"辛"（苦）爸们一起"合作"。

在正式被聘用做模特前，有无数的"构思"（go-see）。即，某品牌需要一个模特儿，他们给模特经纪人发通知告知需要的模特儿标准，经纪人就让所有合适的签约人去面试并拍照。如果被看中了，过几天才去某片场正式拍摄，那就是有报酬的模特工作。

经过数次的"构思"后，妮妮终于被 Macy's 看中，挑她为两款裙子做模特儿。妮妮在片场很轻松地晃晃头，左看一下，右看一下，就那么几分钟的时间，活就干完了，一百刀就到手了。妮妮说："没想到做模特儿赚钱这么容易啊！"

妮妮只看到那几分钟的果实,却没有看到老妈前面那无数个天、无数个小时,来回带她到处"构思"的折腾和辛苦。好几次"构思"没成,反而因为旧金山的坑人停车规则,我拿了好几张罚单,有一次竟然连车都不见了,花了好几百刀去拖车行把它认赎出来。当时我心里想:这口饭好看不好吃啊,其实很有压力和郁闷的,跑来跑去,大多都是白跑。

后来妮妮除了 Macy's,还给 Target、Gymbree、Mervyns、Navy 等做服装模特儿,最后 Gymbree 的一些十二岁女童装都是以妮妮的身材为标准制作和修改直到成品出来——这份工作妮妮一直做到我们搬离湾区为止。

宝弟的笑容没了老爸的"现场合作",一直都不是很自然,所以他的"构思"都没有出"作品"过。可那年圣诞节 Target 要做一个"小手开礼物"的短片在商场播放,我们宝弟那双嫩嫩的小手居然在无数双手中脱颖而出,被招去片场拍了几分钟。因为是视频,酬金比平面模特儿高出好几倍,宝弟因此高兴了好几天。老爸当即去银行像给妮妮那样也给他开了一个户头,说以后读大学就靠你自己了。

那是宝弟在美国做模特儿的第一笔收入,也是最后一笔。

妮妮从 2005 年到 2007 年的两年模特生涯里,赚了一些买书钱。她甩头甩得很轻松很有节奏感,老妈我做车夫做得很忙碌很有疲惫感。如果从物质方面来讲,可以用得不偿失来形容;从精神上来讲,但愿这个经历对妮妮有开拓视野的作用。

妮妮考上美国最好的高中 TJ

TJ(Thomas Jefferson High School)是美国最好的公立高中,连年评比都是排名全美第一,该校坐落在首都华盛顿 DC 郊区维吉尼亚州境内。

2011 年几个县市共有三千一百多人申请报考 TJ,他们个个都是优质生,大多是全 A 成绩,很多人得过国内或国际各类奖项。可 TJ 只录取四百八十人,竞争有多大可想而知。没想到我家妮妮居然是在那幸运的四百八十人当中,我们很为她骄傲和高兴了一阵。

TJ 是大华府地区所有注重教育的家庭,包括美国政府官员们,希望自己的子女能在那里就学的首选公立高中。如果说能进哈佛大学让大学生感到无比了不起的话,那能进 TJ 高中是让所有初中生感到十分自豪和骄傲的一件大事。在那里浸泡四年,不仅水涨船高,能得到很好的教育,而且和那些全是聪明优秀的学生做同学,自己将来会有很好的朋友圈和人脉圈,因为高中结下的友谊最纯净和深刻。

进 TJ 高中必须先通过一次统考。上线后,再看申请者的平时成绩及老师评语,最后看申请者写的自己为何要上 TJ 高中的文章。妮妮的成绩虽然上了线,但不是

很理想。她班上有一个得过奥林匹克数学奖的同学考的成绩比妮妮的好却没有被TJ录取，估计是妮妮的综合素质，特别是那篇文章给她加分不少。

当我们接到TJ寄来的录取通知书时，大家虽然很高兴，但好像也是意料中之事。小儿宝弟说，他从来就没想过妮妮会不被TJ录取，他觉得妮妮本来就应该上TJ高中的。

家里有人被TJ录取总是一件很愿意让人知道的事，就连平时总爱和妮妮"争风吃醋"的西西都很喜欢一有机会就告诉认识或不认识的人她的姐姐在TJ读高中，自豪得好像是她自己在那所高中就读似的。听到对方的惊

"上那样的高中，很有压力的。"

讶声及羡慕言语，西西会报以一个幸福的微笑。万一对方不知道TJ是何方神校时，西西就会很耐心地告诉对方TJ高中的详情，特别是如何难进TJ高中那个部分，然后回头悄悄对我们讲："我不能相信她居然不知道TJ！"说完摇摇头，很无语的样子。

妮妮自己倒很淡定，我从没听到她对人说她在哪里上高中。在进TJ之前对任何学科都学得很好又轻松的妮妮到了一个大家都很优秀的地方，原来的轻松感渐渐消失。TJ的功课比一般高中重很多，很多是提前学的大学AP课程，做不完的作业、睡不够的觉是TJ学生的普遍写照。妮妮每晚不过十二点不睡觉，早上七点多一点就得起床，她每天能有七小时的睡眠就算很好的了。

就是这样"废寝忘睡"地学习，也无法让妮妮保持一贯的A成绩，这让老妈很是担忧。TJ的繁重功课是不是适合女孩子，特别是像我们妮妮这样的女孩子？

其实美国的高中功课不比中国的轻松多少，尤其是TJ这种高中。聪明如妮妮，优秀如妮妮，在TJ都有吃力的时候。相比在片区高中就学门门都拿A的西西，妮妮的成绩已差强人意。她开始失去在西西面前"趾高气扬"的资本，虽然妮妮她所学的课程在难度和深度方面和西西所学的有很大的差别。

那天孩子们去爷爷奶奶家聚会时，所有在场的亲戚朋友对妮妮能进全美第一高中TJ照例又是一番啧啧声。当妮妮诚实地告诉大家今年的全国评比TJ高中的平均成绩很不幸地有史以来第一次输给了得州的一所高中时，大家说："哇，为什么呢？"

西西，我们的西西幽幽地及时说了一句："因为妮妮进了TJ呀！"

十年了啊！小女子西西终于逮着了一个大好机会，报了多年来被学习成绩比她好的姐姐这座大山压着的郁闷之仇。

众笑，妮妮平静地说："我就知道你会这么说。"

十六岁花季少女

一眨眼，大女儿妮妮今年十六岁了。那天她放学回来问我："妈咪，今年学校的舞会，我能和男同学一起去吗？"

美国高中每年开学后都会在校内举行一次传统的回校舞会，舞会一般都是在校球赛完那个晚上举行。学校鼓励男生大胆出击，邀请心仪的女生结伴参加舞会。有一个周叫"asking week"（问周），这是个给男生鼓足勇气问心仪的女同学是否愿意和自己结伴参加舞会的"机会周"。一般男生会给那个他想约的女生送花，表示他想要邀对方做舞伴的意愿。女生可以把花收下说 yes，也可以把花收下依然说 no。说 yes 到时就和对方成对而行，说 no 就和自己的同学们三五成群地去。

校园舞会是让男孩学做绅士、女孩学做淑女的"实战练习"，因为参加者除了必须正装出席，男的谦谦君子样、女的窈窕淑女形外，男生一般得到女生家里接自己的伴，给对方带去戴在手上的小花环，女孩也会回赠男孩一枚胸花，然后一起用餐一起跳舞，度过一个美好的夜晚。

妮妮给她的舞伴别戴胸花

大女儿妮妮高中一年级十五岁时，有一个小男生送花给她，她害羞地接了花，也害羞没答应那男生。那束美丽的花在我家饭桌上怒放了一个礼拜，最后妮妮还是和女同学一起去参加了舞会。

过了甜蜜十六岁（sweet sixteen）生日的妮妮少了些女孩的羞涩，多了一份少女的大方。这次她想和异性同学一起参加活动了，老妈我当然是举双手赞成，因为这是一个让她初步学习如何按社交礼仪和异性接触相处的机会。

美国这种对每一个年龄段孩子应该做什么，或不应该做什么的传统或规定是我最赞赏的一个地方。比如，美国所有的电影都有标明是什么级别的。有最不宜小孩看的 R 级（含有色情暴力等画面和语言的影片），有必须家长陪同指导看的 PG13 级（必须年满十三岁有家长陪同看的影片，如恐怖片）等，这样家长就能很清楚地知道该电影适不适合自己的孩子看。尤其在家中看电视时，有孩子在的时候，家长就不会去看 R 级影片。

在这样的氛围里生活久了，孩子就会潜移默化地自觉知道自己这个年龄段该做或不该做的事。

今年暑假西西随我回国，爱时装的她想买块布让专业裁缝给自己做件衣服。我表姐陪她去挑布料时，推荐一款看上去蛮时尚性感的布给西西。西西看了一眼，马上用很蹩脚的普通话说："这块布好是好，可是我不能穿的。"表姐不解。西西抖着布给表姐看，说："因为这块布有点透明，可以看到里面我的'肉'，我才十四岁，太小了，不能穿的。"

表姐非常惊讶，回来问我："原来以为美国是一个很开放、讲自由的国家，没想到孩子居然还这么保守，连穿衣都那么'不自由'，有年龄段的限制，而西西竟也很自觉地遵守，并认为应该是那样的。"

我想，这大概就是得益于美国那严格的"按年龄"做事的教育理念，不管是在学校里还是在学校外。

像在高中鼓励男女生一起跳舞，其实就是告诉情窦初开的高中生们：这个年龄开始注意并喜欢异性是正常的，是一件可以做的事。喜欢谁，告诉对方是可以的，万一被对方拒绝，也是可能的，没什么大不了的，大家照样是好同学。大大方方来往，开开心心度过四年高中岁月是教育者释放给学生的正能量信息。

在询问周的某一天，妮妮上完一节课后，抱着书走去另一个教室。在走廊里，迎面走来一个男生，他手拿着一束花，走到妮妮左侧时，一言不发地把花递给妮妮，继续往前走去。紧接着，另一个手捧鲜花的男生出现，他走到妮妮的右侧，也不作声地随手把花递给妮妮后继续着他的步伐。妮妮一只手捧着一束花，正惊喜诧异间，正对面一个男孩手捧着一束更大的花朝自己走来。

那是每天和自己同坐一校车的男孩K，高大英俊的K走到妮妮跟前，很绅士地弯了一下腰，将手中的花伸到妮妮胸前，轻轻地问："您能否给我一个荣幸与我一起去参加返校舞会？"

原来前面那两个一左一右匆匆递花的男生是K同学的托，是K为这一刻所设计的悬念，也是这个高潮的前奏。这么戏剧性的"asking"让妮妮很是惊喜，恐怕谁也无法拒绝如

妮妮和她的同学们在舞会前

此浪漫有创意的男生啊。

妮妮接过 K 的花，用左右两边的花抱住它，笑着，有点不好意思地对 K 说 yes。

K 的笑容顿时像花一样全方位绽放，一口白白的牙齐齐露了出来。周围的同学欢呼着，有人用手机拍了一张笑容满面的 K 站在怀抱三束鲜花腼腆笑着的妮妮身边，一幅非常温馨的画面。

妮妮开始寻购舞会的晚装，自然，她妹妹西西的意见是她最想听的。不管平时姐妹两个人如何"钩心斗角"，关键时候还是能团结一致的，只要妮妮肯屈尊对西西好点。

最后西西给妮妮选了一款乳白色的连衣裙，妮妮穿上它，很是美丽，配上她那温温的笑，有大家闺秀的范儿。

因为谁都不会开车，舞会那天四对同学外加一个落单的全由各自家长开车送到一个同学家，在那里用完晚餐后，再一起去跳舞。

虽然没了男孩到家门口按门铃让女孩家长得以见一面后，再彬彬有礼地接走人家女儿的程序，妮妮还是非常激动地离开了家，说："这个程序等高中毕业的舞会肯定会有的，到时我们都开车啦。"

到了同学家，满目都是俊男美女，个个喜气洋洋，像过节似的热闹和兴奋。

K 西装革履英俊少年，妮妮白裙飘飘花样女孩，两个年轻人站在一起，养眼得让人只想到两个字"美好"！

在互赠花的时候，K 得把妮妮送的胸花别在西装口袋里，妮妮低头为 K 别花的样子，看了让老妈感动得想流泪——多么美好的年龄啊。

舞会后，受中国旧观念影响，以为男女生一单独约会就是朝谈恋爱方向发展，心理比较"阴暗"的老妈忍不住试探妮妮："你和 K 舞会后还有来往吗？"妮妮很平淡地说："没有什么来往，因为我们不在一个班级，但我们每天都坐同一部校车，我们还是同学啊。"

"你不是和他一起参加了舞会了？"老妈还是不太能理解都送花、接花，还成双成对地一起跳舞……晚会一结束，就各就各位，什么事也没有？

"妈咪，"妮妮看老妈神叨叨的，说，"那只是一个舞会，我们只是对方的舞伴而已，为什么还有别的啊？"

是啊，为什么还要有别的？清清的心，纯纯的情。甜蜜十六岁，这世界因为他们而美好和美丽……

我家的"小爸爸"——大儿子宝宝

大儿子宝宝历来是弟妹们仰视的对象,很多我"指挥"不动他们的时候,宝宝轻轻一句,马上立竿见影,让我这当妈的"妒忌"之余,夹杂着些许惭愧。

大女儿妮妮出生时,宝宝对这个突然冒出来的妹妹多少有点"戒备"之心,并与她保持一定的距离。等到二女儿西西出生,他已很习惯这种家庭人口的频繁扩张,以"平常心"对待的同时,才十二岁的他,也很乐意帮老妈我带小妹妹。像哄抱、喂奶瓶,甚至换尿布,他都做得有板有眼,俨然一个"小爸爸"形象。

上了高中,学业多了,有了更多的同学朋友,他和弟妹的接触少了很多,可每次比尔出远门时,都会对他说一句:"宝宝,我不在家,你是家里唯一的男子汉了。"宝宝嘴上不说什么,心里明白这"男子汉"的含义,很有一种重任在身的庄严,他不多废话地简略回一句"我知道",转身就担负起在垃圾日把垃圾桶拖到外面,每天管教弟妹的作业,处理他们之间的纠纷,饭桌上确保他们都有吃青菜等"要事"。

一晃他已成年,是一个名副其实的男子汉了,已逐渐长大的两个妹妹对这个大哥哥更是有一种小女孩对大男孩的仰慕和崇拜,何况这个大男孩还是那么的阳

甘为孺子牛的"小爸爸"(2000年新加坡)

一眨眼的工夫,"小爸爸"手上多出了一个小弟弟,妮妮只好退居脖子

十九岁时的大儿子宝宝

光英俊,而且是自己的哥哥!

大哥哥也不负"众妹所望",总是和她们有来有往,有说有笑地打成一片,让老妈我看了既高兴又失落。高兴他和弟弟妹妹的融洽,失落老妈我现在不要说和他打成一片,连他的一角都融不进去了。

每天,我煮一顿晚餐,孩子们轮流摆碗筷布桌。每周老二、老三、老四各值两天班,唯大哥哥宝宝才干一天的活。我说为什么大的反而比小的做得少?三个小的不约而同地说:"因为我们爱宝宝。"

其实还有一个大家心照不宣的原因:如果宝宝干两天,那从谁那里减去一天呢?不管减谁的,都可能迎来一场无休止的争执,都觉得如果不是减自己的,就是不公平。他们这三个自成"一拨",一切都在这"拨"里攀比。大哥哥宝宝比他们大那么多,不同拨,距离远着呢,没有可比性。所以三个小人宁可把"便宜"让给没有可比性的大哥哥宝宝,也不想看到自己同拨里的某人得到那少干一天的"便宜"——"窝里斗"的根源就是这么简单。

每当我快炒好菜,喊:"今天谁摆桌啊?"小儿飞快跑到冰箱前,小手沿着贴在那里的一张表格一顺对,马上唱出某人的名字。如果是小儿自己的大名在那当班日写着,他马上就会像猴子似的跃上柜台,攀上柜门,把碗碟杯子、刀叉筷子等搬下,一一摆放在餐桌上。他飞快地蹿上蹿下,身子骨灵巧得让人目不暇接,把老妈我看得忍俊不禁,说:"你这么小,身高还不够台面,应该让大哥哥宝宝接管你的值班日的。"

小儿瞪着我,很认真地说:"妈咪,我想做它,而且我能做,OK?"宝宝在边上像小爸爸似的摸了摸小弟弟的头,很欣慰地笑着。

就餐时,"小爸爸"会时不时地夹菜给弟弟妹妹,说:"妮妮,你得吃一些蔬菜;宝弟,你得吃一些肉,补充蛋白质;西西,你得把牛奶喝了……"奇怪的是,这"小爸爸"的话比我这大妈妈的灵验得多,小的们全部丧失抵抗意识地照着哥哥的话做。

每当小的们学校里有什么活动,邀请家里人参与的时候,他们都会第一个问:"宝宝,你会去吗?"如果是肯定的回答,灿烂的笑容马上出现在问者脸上。大哥哥愿意参与他们的生活,是最令三个弟妹高兴和自豪的事!

一次,小儿班级举行一个展示学生项目的活动,家人被邀请前往观看。我们一队人马到达时,小儿一看进门的一堆人里,没有他所敬爱的哥哥宝宝,神情即刻黯淡，说："宝宝说过他要来的。"看小儿那样，我打电话给宝宝。宝宝在电话上与小儿讲了一会儿，小儿喜笑颜开，说："宝宝说，他马上过来。"

那晚妮妮胃不适，想打嗝却打不出来。她在沙发上站起坐下难受得让老妈和老爸不知如何是好的时候，宝宝从楼上下来，妮妮如遇救星般急切地对哥哥说："宝宝，我肚子好难受。"宝宝哥哥关切地说："我知道那难受，我以前也有过这种情况，在肚子上揉一揉会好些。"

哥哥那温情的话语，慈爱的语调，像一枚定心丸，让妮妮安静了下来。望着已成男子汉的他，我在想：这个"小爸爸"将来一定是一个很不错的好爸爸！

从男孩到男人——看大儿子相片有感

（一）

2008年的某一天，与我们分别快一年，在北京读书的大儿子宝宝给老妈我发来了一张近照，叫我几乎认不出自己的儿子：短短一年的时间，他竟从一个男孩变成了一个男人！让老妈我感触万千，欣喜中，竟有一丝淡淡的伤感。

大儿子长大了，不再是我当年牵着手，从中国带到美国来的七岁小男孩。这十几年的光阴就这么一晃而过，没有一点声息。

大儿子出生时，因为比预产期提前了近一个月，他出生的那天，他那在部队的父亲没来得及赶回，第二天父子才相见。乍为父母，我们都不知怎么摆弄一个这么娇小的"东西"。晚上他哭个不停时，他爸爸便抱着他，坐在床上晃啊晃，

2008年在北京师范大学学中文时的大儿子

拍啊拍，小人不知道什么时候不哭了，爸爸也不知道什么时候坐着睡了。有时他哭得厉害，觉得小鼻子都呼不出气似的，我们以为可能他鼻子里的鼻涕堵着了通道，他爸爸便用嘴去把那里面的东西吸出来。

他小时候体弱多病，常常得冲着把他送到医院去挂瓶打针。我产假用完开始上班后，他被送到他奶奶家养了一阵。我实在熬不过对他的思念，很快又把他接回到身边。

那时，我常常带着他到一百公里外的部队去探望他的父亲。从班车站下车，

得再走一大段土路才能到达营地。每次我牵着他的手，走在那尘土飞扬、时不时有机动车飞驰而过的乡村小道上时，才两岁多的他，总爱拐到路外边，坚持牵着我那边的手。我很是不解，他竟稚稚地说："外面车这么多，等下把妈妈撞到了怎么办？"

一个才两岁多的孩子，竟以为只要自己走在外边，就能保护妈妈，使妈妈免遭被车撞到的可能？！他这般呵护妈妈的心，我至今想来，仍心暖肝热，不管他现在对老妈的态度如何"恶劣"，这句话早已替他买了"终身保险"。

后来我离开他到英国留学，他到他奶奶家上幼儿园。一年后的暑假，疼他爱他的奶奶突然脑溢血去世。虽然已与他爸爸分手，我还是赶回来奔丧，并与儿子度了一个假期。临走的那天，我把他送回到他奶奶家，亲吻，亲吻，再亲吻，拜拜，拜拜，再拜拜之后，我朝着他们干休所的大门走去。

他悄悄跟在我的后面。我转身向他招手，叫他回去。他便站住，望着我。我忍不住，便跑过去再抱他一下，再亲一下，然后继续穿过大院，朝大门外走。他仍远远跟着，看我回头，他就站住，痴痴地不作声地望着我。我无法忍受他这样，就说："宝宝，听话，你回爷爷家去，妈妈就站在这看你往回走，直到看不到你为止。"

他便慢慢地转身，迈一步，扭头看我一下；再迈一步，再看一下；一步三回头地几乎倒退着往回走。我泪流满面，眼前模糊了那小小的人影，心里誓愿：上天入地，也要尽快把儿子带到身边抚养！

后来他婶婶说，儿子回家后，把自己反锁在房间里。吃饭时间到了，怎么叫，他都不开门，只听到他在里面不停地喃喃自语："我要妈妈，我要妈妈……"门被打开后，他躺在床上，小声哭着，怀里抱着一个镜框，那里面是一张我摄于英国的个人照。

（二）

一年后，我牵着他的手，把他带到美国，那年他七岁。

朋友告诉我她的前婚儿子刚来美国时，不懂英语，根本就不知道爹地（Daddy）是爸爸的意思，所以她就告诉自己的儿子，叫自己的丈夫"爹地"。儿子以为他的名字就是"爹地"，叫起来一点也不觉得别扭或难开口。等他懂了英语，知道爹地的真正意思时，已叫习惯了，想改口也不好改了。她建议我也如法炮制，说省了以后继子与后爹之间称谓的混乱和麻烦。

这听起来有点愚民政策，我问比尔，比尔说他无所谓，该怎么叫他应该由我儿子自己决定。因为爹地这称谓是有含义的，被这样叫的人应该是值得那个称号，而不是随便就喊上的。还是先只叫比尔吧，等宝宝真认为他是爹地了，再叫也不迟。

比尔倒很想正式收养宝宝，说这样便于宝宝今后在美国的生活。宝宝的亲生父亲在他们X家是长子，儿子是他们X家的长孙。如被收养，就意味着儿子得改姓比尔的姓。我认为，不管我与他爸爸之间有什么问题，大人之间的事应该只在大人之间来回。X家的香火不能因为这来往的不顺畅，就断了火苗。我坚决不同意比尔的善意倡议，没得商量地一口回绝了。

后来儿子倒是老爱把自己的名字写成或报成比尔的姓。有一段时间，儿子还一直憧憬着等十八岁后，把自己的名字改成跟比尔一模一样的Bill F C。

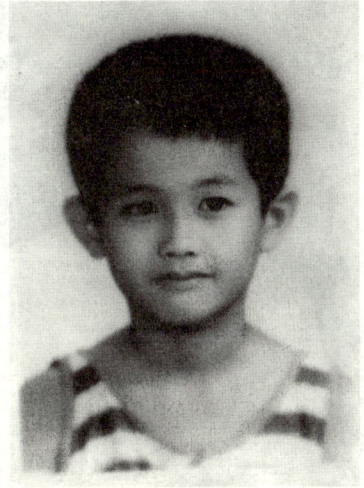

七岁的宝宝

一年后，儿子很想叫我们比尔同志爹地时，张了几次口，却无法叫出声。比尔笑了，说："你的心情我知道，但不要勉强自己，怎么叫我不重要，重要的是你心里怎么看我。"我倒是有点后悔当初没采纳朋友的"愚民政策"。

重感情的儿子刚来美国时，常常会舍不得花我们给他的零花钱，他会偷偷地将钱存起来。问他为什么，他说："等攒够钱了，我就可以给爸爸买张机票，爸爸就可以来美国了。"

他以为他爸爸能不能来美国只是机票的问题，他要用他的零花钱来实现他的梦想。我心感动。

儿子的英文越来越溜，我开始担心他中文的忘却。想他爸爸不会英文，如果儿子把中文忘了，那将来他们父子俩怎么交流啊？父子语言不通，亲爹与亲儿之间讲着互相听不懂的"鸡同鸭讲"的话，那这父子关系就太滑稽荒唐了。

我想尽一切办法让儿子学中文用中文。他在中国是上完一年级才来的，拼音全懂，还知道一些汉字。除了周末送他上中文学校外，我每天让他用中文写一段日记或借着字典读一篇十万个为什么。

最督促他做的一件事是鼓励他写信给他父亲。我觉得这样既能练他的中文，又能与他的父亲保持情感上的贴近，将来不至于与自己的父亲变成了陌路人。

我甚至用钱"雇"他给他爸爸写信。我说宝宝，你不是要攒钱给爸爸买机票吗？那妈妈给你十分美元写一个中文字。你想想，给爸爸写十个中文字你就能挣一美元，写一封五十个字的信，你就有五美元了。一百字，就是十美元……你给爸爸写得越多，就挣得越多，攒得也越多。

（三）

儿子好不容易写出来的中文信寄出后，久久都没有回音。我打电话回去问他爸爸是否收到儿子的信，他爸爸说收是收到了，只是工作太忙，给儿子写信，得一撇一画地描得像印刷体，否则儿子认不出。还有，任何寄往国外的信，得到邮

爱无止境
Boundless love

阳光单纯的儿子

局让邮局人员当面核实地址的英文格式是否合格，哪怕大小写写错了，投出的信也可能被邮局退回。

我说是挺麻烦的，但儿子那么辛苦写出来的信，心里当然是很期盼爸爸的回信。孩子虽然小，小小的心灵也是需要经常灌溉的，不要以为血浓于水的父子亲情会自然地随儿子成长，自然地在他的脑里生根发芽。要知道，你儿子将在美国长大，这里的生活环境和文化教育会让他逐渐没有了我们中国人认为的"儿子大了，自然会认父亲"的传统概念。

爸爸给儿子回了第一封信后，以后间隔就越来越长。儿子从一开始的热情洋溢，兴致勃勃，到应付我，到最后我再怎样重金收买，他也没一点干劲了。我觉得可惜，但也无能为力。我理解他爸爸的难处，但我很不理解他怎么就那么自信地认为儿子将来就一定会像他认为的那样与他"天然亲"呢？如果他现在不积极培养感情的话。

每年我回国，就让儿子到他爸爸那里住一段时间。父子俩在一起时，好像也很亲，但儿子有什么事总找我谈，就连在北京与女朋友崩了，伤心欲绝之时，第一时间还是从中国打国际长途电话把老妈我从半夜睡眠中惊醒。我安慰开通了他一阵，他最后说："妈妈，你能不能替我打个电话给爸爸，告诉他这件事，因为我曾带她见过爸爸。"我问："你自己为什么不打呢，你现就在中国呀。"儿子说："我不知道怎么和爸爸讲，每次好像都没什么话好讲似的。"

我感到有点悲哀，也很失败。儿子与他父亲的关系没有我期望得那么"天然"，我不知道他们父子俩人真的都不被这状况困扰呢，还是只是我一个人在这瞎操心？

十几年在美国的单纯生活，把儿子也养成了非常单纯的心地和性格。在北京与同学朋友们交往时，他说的一些话和观念让中国的八零后们"目瞪口呆"。

儿子说："将来，我要努力工作，赚钱养妈妈。"

一语惊四座！在场的人，尤其女孩子，全感动得五体投地：这年头还有想养妈妈的人？！谁不是理所当然地靠父母养，甚至当"啃老族"？

244

儿子说:"我很爱孩子和动物,将来我想要好几个孩子,然后要抽时间陪他们玩,伴随他们一起长大。"

爱孩子的人,一定也是爱老婆和家的人。女孩子们私下议论儿子的话,儿子的形象又光辉了一层,知名度徒增。

儿子的钱花完了,我这边的"银行"一时没接应上,朋友说你爸爸就在国内,为什么不叫你父亲先寄一些?

儿子说:"爸爸他也很辛苦。"

女孩子们又是一轮感动:美国长大的孩子还这么懂事?能这么体谅大人?儿子"名声大噪"。

老妈我有点怀疑这小子是不是故意用此来博取心仪女孩的心?

放手还是放"心"

这几天因为大儿子宝宝的恋爱问题,我思绪万千,几多感触。

二十多年前,当我爱上他爸爸时,每天满脑子想的只是他那个人,那个我一闭上眼睛就浮现在眼前的人,那个我吃饭走路都在想的人,那个我瞒天瞒地也要跑去见一面的人,那个不管父母怎么反对,上刀山、下火海也跟定的人。

什么钱不钱的,那是一个俗不可耐的字眼!

2010年大儿子和我在社区瀑布公园

记不清有多少次了,只要学校能有两天的假,我会提着父母送来给我补身子的涵江特产,冲到火车站,买一张站票。没有座位坐,我就站着,空隆空隆地站一个通宵,十几个小时到南昌,为的是见心爱的人一面,并给他送去他爱吃的南昌买不到的海鲜食物,第二天我再站一个晚上的火车空空空地赶回来上课。

那时读师范大学不仅学费免了,连饭票菜票都是国家发的。每个月我们会有二十八斤

饭票，十五元菜票。学生食堂一般的菜一盘是一角，好一点的，有营养的，像猪肝汤，煮一碗是三角，青菜一盘是五分。有同学菜票饭票不够用时，会用钱找那些每月有饭菜票剩的同学买。

我当时很想给他爸爸买一支好钢笔，好让它时时陪伴着他，也让他刻刻睹物思人。但我又不想用父母给的钱去买，觉得那意义不一样，得用"自己"的钱才行，才能体现出我的爱。

我是学生，不用父母给的钱，那时也没有学生打工的事，哪来自己的钱？我便每天从菜票上省。每餐饭，我只买五分钱的青菜。整整几个月，我把国家发给我的菜票硬攒了二十几元下来，然后把它"卖"出，换成现金，给他爸买了一支当时店里最贵的钢笔。

那一刻，我感到非常幸福！

倾心相爱的年轻人，眼里只有对方，心里只装着对方，只想和对方黏在一起，恨不得变成对方身上的某一附件，紧密相随。为了能跟相爱的在一起，哪怕只匆匆见一面，可以不顾一切，什么前途名声，都不在考虑中。

想那年，他爸爸趁父母外出度假，不在眼皮底下盯着他的"大好时机"，竟不顾自己是当兵的，冒着被处分的后果，擅自从部队偷跑出来见我，整整三天未归。全军上下一片"轰动"：平白无故丢了一个平时不吭不响，又是根正苗红的战士！

虽然部队营地面对台湾，但该战士不可能下海投敌啊，因为他是部队首长的儿子。那会不会被人暗杀了？沿海各地派出所由此得到了部队的通告："如有发现不明尸体，请知会我们部队前往辨认，我们丢了一个战士。"

当军里的人如破案般找到我时，全傻了眼。

这样的爱情也会凋谢？世间还有什么可以信赖的？我的人生观、价值观从此改变，这种改变造就了今天的我。我不知道这种改变是好还是坏，但有一点可以肯定：如果能不变，我仍然愿意拥有一颗"纯洁"的心。

如今，初长成的儿子也如他老妈当年一样地纯情和执着。我庆幸养了一个好儿子的同时，不免担心他的这种纯情，因为我不希望儿子可能因此受伤害，不希望他也可能像他妈那样地改变对人对事的看法。

有一种让孩子自己成长的说法叫"放手"：放开对孩子的保护意识，放开那双环着他的手。放手容易，可心呢？母亲的心也能那么容易地放下吗？

任何一种爱，如果没有把心放了，再怎么放手也是徒劳。

我多希望在放手的同时也能把心放了！

母　亲

第四部分

我最昂贵的戒指

母亲前年三月突然脑溢血，生命垂危。在旧金山的弟弟哭着给我打电话，哭着连夜赶回中国，哭着在手术室外面壁祈祷，日日夜夜守在母亲身边，直到母亲康复回家。

不孝的我，只能在次年夏天得以回国探母。母亲可以起床走动，但得慢慢地，上下楼需保姆搀扶。

由于接机的延误，我直到清晨四点多才到家。母亲一夜没睡好，心里一直在等我。看到我终于出现在楼梯口，她松了一口气，吃了一点早餐，就在竹床上躺下。

我斜靠在母亲边上和她说话。母亲就躺在我身旁，那一头银白的头发就在我的眼底下。她看上去比原先憔悴了许多，也老了不少。我心里突然有一种说不清的东西在涌动，情不自禁伸手拨了一下母亲额头前的那些白发，然后用手指很轻很慢地梳理着。

母亲停止了说话。她闭着眼睛，静静地躺在那里，一动不动，神情很安详，像婴儿在母亲怀里那样。

这是我生平第一次这样亲昵地触摸母亲，虽然心里有些许的不自然和害怕母亲会不自然，但我很高兴我终于那样抚摸了母亲。

母亲老了，记忆里那个凡事都要争、凡事都要赢，没什么柔情的母亲什么时候开始变得这么柔弱？一个指头的轻轻撩拨就让她合上了眼。人老了，是不是都渴望被抚摸，被呵护，被亲人或所爱的人惦念关怀，不管她年轻的时候有多硬？

我从没有唤过母亲"妈妈"，都是直呼名字。因为中国南方的习俗，很多家庭不按常规叫自己的父母为爸爸妈妈。有的直呼其名，有的随家里某成员的叫法，叫父母为"叔叔婶婶，哥哥嫂嫂，猪仔狗儿"等等你能想得到的称呼。据说母亲当年是因为不好意思让人知道她年纪轻轻就当妈了，故让我直呼其名。而年幼的我，口齿不清，将她的名字按涵江方言叫，外人听起来竟好像是"椅子"。所以，我至今仍唤母亲为"椅子"。

和母亲的隔阂，先来自小时她对我的暴打；长大我改随父姓后，她漠不关心我的任何事情；后看她欺负我大姨，也是她唯一的姐姐；看她对我奶奶的苛刻薄情，对父亲的不近情理，铁石心肠，对人对事的蛮不讲理，等等，让我们的关系一直都是远远的，即使我们生活在一起。

我没见到母亲对谁温柔过。小时候，我很羡慕大姨家的六个孩子，因为我从来没见过大姨打孩子，甚至没听到大姨大声骂过他们。虽然大姨的孩子们没有像我那样有好衣好饭，但他们有一个温柔的母亲，一个给予母爱的母亲。在我幼小

的心里，那是我最想要的东西啊！

印象里，母亲总是风风火火、干劲十足的样子。她脾气急躁，性格固执倔强，很有自己的骨气。她认准的事，谁都劝不动她。她可以和自己的姐姐住在同一个房子里，二十年不讲话；她可以因为婆婆当年的一句话而记恨一辈子，视她如陌人；她可以不爱父亲，但绝不允许瘫了二十年的父亲有任何的精神"出轨"。直至父亲突然去世，在葬礼上她仍不忘抨击父亲的"风流韵事"。

在寄来的CD上，看到母亲在父亲出殡时的表情和举止，我的心寒到极点。那是父亲的灵柩啊，母亲，人都死了，还计较什么啊？你的心怎么可以那么硬？

千不好，万不该，如果是朋友、恋人，哪怕是夫妻，忍无可忍时，可以转身离去。可那是我的母亲！身为四个孩子妈的我，知道十月怀胎的含义，知道父精母血的珍贵，知道子不嫌母丑（坏）的道理。

父亲已成灰烬，再多的纠葛也不能让父亲复生，母亲也自有她的理。天地间很多东西可以替换，可母亲只有一个，而且无可替代。

外婆、奶奶的逝去，我还不会有什么感触，因为前面还有父母挡着，仍觉得自己可以永生似的，凡事认真较劲。如今，父辈已去，我突然感到生命的逼近。等母亲一走，下一轮就是自己了。母亲还有多少年光阴在家等着我回去探望？我们还有多少日子的母女相处？多少次的轻拨额发？

还是珍惜仍活着的人吧，好好爱和善待眼前人，不管她有多少的错。

母亲有几个闺中老密友，每天下午固定来家和母亲打几个小时的麻将，不赌钱，说是活动手指头，以防老年痴呆症。她们一见我，便大肆表扬我寄钱回来给母亲动脑手术的"孝举"，好像弟弟所做的一切都是应该的，只有钱才是"孝"。

我说其实弟弟才是最大的功臣，我到现在才回来，出钱出力，我只做了一半。

众人齐说，都是一双好儿女啊。母亲脸上荡着满足的笑意，把手下的麻将洗得哗哗响。

回美国前，我带母亲去市医院复查，一切良好。迈出医院的大门，母亲带我去银行注销保险柜。她说她这回幸好捡了一条命回来，要不，保险柜里的那些东西就变成公物了。你弟弟已经拿走了他的份，你今天把你的那份拿走，我就关了这个保险柜，我没有什么宝贝需要保险柜了。

母亲打开银行小房间里的那个小抽屉盒，给我数家珍。一样一样，一件一件，都是母亲当年宝贝得不得了，"文革"时冒着危险从深藏的花园地里掘出来，然后缝在布腰带里，绑在腰上，二十四小时随身携带的金银财宝。如今，她却好像在派发一些自己一点也不感兴趣的东西，母亲突然有了把一切都视为身外物的超脱。

我心里却觉得悲哀：人都是这样一代移交一代的吗？一辈子奋斗打拼下来，

视之如命的东西，到头来就是一堆跟自己没什么关系的东东？

祖屋拆迁后，新楼未盖，母亲暂住在我店面楼上二层简易套间里。四楼那层临街一间大卧室，后面一间厨房，中间一个卫生间，地方不大，但很方便舒适。

每天，我在后面吃完饭，便到前面屋里上网、看电视、打麻将、聊天、睡觉。临窗可以看到下面热闹繁华街道和行人，流行音乐从早到晚从楼下各商店飘上来，地方风味小排档通宵热腾在街头。整个涵江街道就像一个开放的大商场，应有尽有。想吃什么新鲜的海鲜或买任何东西，下去买就是；想干什么，出门招辆人力三轮车就到涵江各地。日子很简单，心很松。

那日，我坐在大房间里，码着我的字，母亲在吩咐保姆做我爱吃的家乡菜。看着母亲，我说："这种日子真好！我不回美国了，就和你过吧。"

母亲笑了，说："那当然好，可你的孩子也需要母亲啊。"

是啊，我的孩子，我的美国长大的孩子，他们以后也会想到和我一起过吗？哪怕只是一闪念？

到我离开涵江回美国的日子了，走的时候，我心里很想改变一下几十年的习惯，改口唤母亲一声"妈"。张了几次口，最后我还是说："椅子，我走了。"

母亲先站在楼梯口看我下楼，然后转到卧室的窗口看我上车，没有说一句话。

三轮车的遮阳棚挡住了我视线，我看不到母亲，但我还是朝四楼窗口那个方向扬了扬手，相信母亲可以看到我挥动的手。

三轮车在启动，我心里很堵，眼睛很湿。

那一刻，我知道，我早已不再记恨母亲了。不管她以前怎样，现在我只记得她是我的母亲，是生我养我，我很想好好爱护、疼惜的母亲！

母亲，那天我真的很想对你说"我爱你"，其实，我最想唤你一声"妈妈"。

我最昂贵的戒指

我是一个很不喜欢在手上戴东西的懒人。因为我的骨架子很小，细小的手腕老戴不稳手表。以前在中国，我就是把表链放到最小那一格，也是没有办法把表固定在手腕上，它总滑溜耷拉在我的手掌和手腕之间，我干脆就不戴了。慢慢的，我便很喜欢手腕轻轻松松，没有任何重量的感觉和不用早戴晚脱的麻烦。在我的记忆里，我从上大学开始，就再也没有戴过手表。

手指上，我也是能不增加重量就不增加。我总觉得五指之间好好的亲密关系，突然搁一个东西在它们当中，不仅多少隔离了它们的自然关系，自己也感觉蹭蹭的，很不习惯。

所以，比尔给的钻戒，我只有每次到他父母家，或是亲戚之间聚会什么的，为了省去千篇一律地回答家中每一个人的"你的钻戒呢"之枯燥问题，我应景似套上那些能标明自己"老花有主"的各式戒指，堵了众人的口。一回家，立马卸下，让它们仍在盒子里待着。

所幸的是，我们家比尔也和我一样"尊重"手指的自由。他是连应景都懒得应的人，他那枚在珠宝盒里挨着我的婚戒，只在结婚的时候出来透了一口气，从此不再亮相。

八十五岁的奶奶，去世前一个月摄于涵江林家。当时她正承受着疼痛，可她仍笑对我的镜头

我们夫妻俩出门，如果没有儿女在侧，旁人从我们的指头上是看不出相互的"契约"关系的。在餐厅，倒可以很放得开地拉拉手，动动嘴，老来俏地秀秀暧昧。那些侍应生还都以为我们是一对正在约会的人，账单总往他跟前放，等我老三老四地接过来时，可以看到他们眼中闪过的一丝困惑。

我手上唯一不离不弃一直戴着的却是一枚很轻很不金贵的普通金戒指。

那是奶奶用一辈子的汗水攒下来的最值钱的唯一财富，也是她老人家在咽下最后那一口气时唯一牵挂的东西。

奶奶十六岁结婚，二十四岁守寡。我爷爷被国民党以"通共匪"罪名枪毙后，突然没了生活依靠的奶奶一个人艰难地拉扯着四个儿女。熬到实在撑不下去时，她把三个女儿一一送人，只留父亲这一根苗。可父亲成人后，却敌不过母亲的美色，撇下奶奶到母亲家当了上门女婿，奶奶从此孤身一人生活。

父亲的人生非常坎坷，奶奶也跟着儿子的境况上下起伏。父亲在牢中的那六年，奶奶一人很艰辛地过着孤苦伶仃的日子。

母亲与她的关系一直不蔼。老人家偶尔来涵江看看我，虽然贫困，但奶奶的衣服总是干干净净，那上面还带着在枕头下面压出来的平整角线；奶奶的头发总是梳得光滑整齐，在脑后挽着一个簪；她的脸很白很亮，有一种很特别的慈祥。她出生贫寒，但她身上有一种天然的贵气，举手投足间有一份淡淡的高雅。她什么都爱弄得清清楚楚的，连吃东西，她老人家都爱把吐出来的鱼刺鱼骨等渣渣放在一片纸片上，然后包着扔到垃圾桶，从不随便吐在桌上，留在那里。这么文明的举止在当时竟常招来旁人的嗤笑，觉得奶奶真是多此一举。

奶奶不识字。她一生都在打小工，帮人缝衣扣，替人看孩子，印刷冥钱，等

我最昂贵的戒指

等任何一切她能做的工作，挣得一点微薄的收入来度日。

父亲平反后，奶奶到涵江与我们住了一段时间。闲不住的她还是到外面做临时工，这次是在一个仓库里敲铁钉，即把那些废旧木箱上的铁钉敲打下来，废钉新用。

那时的奶奶已六十多岁，敲敲打打中，难免有滑手的时候。奶奶的左手时有被自己右手上的锤子打到，手也有不小心被铁钉戳到的时候。那时我上中学，常看到奶奶的手上布满了一个个小红点：有暗色的旧点，也有鲜红的新点。她老人家还一吃完饭，就积极地想洗碗。

我问奶奶："这份工每天都有可能伤到你的手，你为什么要做呢？真闲不住，可以做别的啊。"

奶奶看着我，憧憬地说："我一辈子都没有过积蓄，更谈不上金银首饰。以前娘家陪嫁的那点首饰，你爷爷一死，全换成了米。我很想给你留点什么，等我死后，好有个念想。这个敲铁钉的活，工钱比较多，再敲一个季度，就够我买一只五分重的金戒指了。"

奶奶从小疼我，弟弟出生后，母亲要了带把的弟弟承她林家的姓，我便改成父姓，成了奶奶唯一的香火，她更是掏肝掏心地爱我了。

十几岁的我，并不能很深地体会她的心情，也感觉不到奶奶非得买这五分戒指的重要性，便笑着说："奶奶，母亲有好多金器，她到时会给我那些东西的。您就别为这事操心了，别打铁钉了。"

奶奶不听我的。几个月后，奶奶手上出现了一枚金灿灿的薄戒指。她很高兴地举着她的右手，很认真地对我说："这以后就是你的了！"

在后来的几年，奶奶不断地往那枚五分重的戒指上加金，一直加到一钱重的分量，成了现在的规模。

有了那枚戒指后，奶奶最喜欢对人说的话就是："我这枚戒指将来是要留给我孙女阿凌的。"

1997年底，八十四岁的奶奶得了子宫癌，我们没有告诉她实情，老人的精神状况还好。1998年我第一次带比尔、公公和两个女儿回中国，在涵江与奶奶度过了一些日子。每天我和奶奶坐在二楼的阳台上，她老人家躺在那摇晃的竹椅里，重复地讲着过去的事，特别是那些有关我的趣事和我说过的话。看着她老人家忍受着疼痛，强颜欢笑说着那些让我们乐的话，我心里非常感动和难受。

比尔第一次见到奶奶，非常惊讶于老人的美。八十多岁的老人了，脸上光光滑滑，没有很多皱纹，皮肤也细嫩，绷得紧。奶奶的脸，轮廓非常分明。比尔一直问我家是否有意大利血统，说奶奶就是一个欧洲老太太长相。

我和比尔每天到她房间，坐在她的床边，与她说话。虽然她听不懂比尔在说什么，看到比尔那一直不合口的、傻傻的笑，估计老人心里已不太担心自己孙女

的未来了,她也朝比尔笑。

我陪比尔和公公他们出去转了三个星期回来后,奶奶的病情急转直下。老人已不能起床,每天只能躺在床上,我们喂她吃一些流质的东西。我和比尔照样每天到她房间看她,奶奶已不会讲话,双眼紧闭。知道我们来,她只能把手往上抬了抬,又垂下去。我们默默地坐在她的床前,我和比尔各握着她的一只手,我说着一些安慰的话。有时我们也帮她翻翻身,稍微擦洗,比尔再次惊叹老人姣好的肌肤。

在我们要走的那天,我和比尔到她房里告别。像往常一样,她闭着眼,把右手腕往上抬了一下。我想她可能是在表示再见,我赶忙握着她的手,忍着泪水,说:"奶奶,我们得回美国去了,你老人家一定好好养病,我明年再回来看你。"心里明知这一去,是生离死别了,我心中是无尽的悲伤,但不能让奶奶知道她已无救了啊!

奶奶什么也不能说,只是不停地慢慢举起她的手腕,很快没有力气撑住,便颓然倒下,再慢慢举起,再倒下,她一直坚持重复着这个动作。我以为她不舍得我离去,便紧紧地握着她的那只手,不停地摸着。

在回美国的日本途中,在日本的表弟家我收到表姐打来的电话。奶奶,我苦命的奶奶在我们走的当天就咽下了最后一口气,永远离开了这个没有给她带来多少欢乐的世界。

就在那最后时刻,奶奶仍拼着最后那口气,举着她的右手。众人不解:她还有什么未了的心愿?大姑姑盯着奶奶的手,片刻,恍然大悟:她是要把她手上戴着的那枚金戒指给凌啊!

原来当时不能言语的她,一直举手就是要我拿她手上的戒指啊!!!

戒指被小心取下,并保证一定交到凌的手中。至此,奶奶垂下她的手,安然逝世,享年八十五岁。

奶奶,你安息吧。我会永远戴着你的戒指,看着它,你的音容就在我的眼前,你的福祥就在我的头上。

这是我手上唯一的饰物,也是我心中最昂贵的一枚戒指。

爸爸的手

——下雪天忆父亲

连续下了好几天大雪了。

那晚接二女儿西西从画画班下课回家,我端着她的一小箱子画料,迎着寒风,踩着毛茸茸铺满一地的雪花往家的方向走着。西西小跑着跟在我的后面,轻声地叫着:"妈咪,下雪了。"

我小心翼翼地轻踏着地上那一层薄薄的新雪,腾出一只手,握住她那只也像雪一样绵软的小手,说:"刚下雪的地很滑,小心哟。"

正说着,她晃了一下她的小身子,我条件反射地紧握了一下我手中的那只小手。安全感在刹那间传递,小女儿往我身边靠了靠,感激地说:"我爱你,妈咪。"

雪花飘在我的脸上、头上、衣服上,斑斑点点。路两边的树还是它们自己的黑颜色,它们很安静地

爸爸的手总是牵着我的手

站在那里。天空不作声,只管往下撒着白絮。

抬头望去,那里有点亮。青灰的天幕里,布满了飘动的白点,像一片被刺了很多洞孔的云帘,斜斜地从天上垂下来,我突然想起了已去世三年的父亲!

小时候在涵江和父亲上街,走在那光滑的青石板路上,父亲总是牵握着我的小手。每每我脚下稍一晃动,手上同时就能感觉到父亲大手的紧张一握,随即生怕我摔了似的往上一提。幼小的我知道,只要有父亲在,我就没事,就一定是安全的。

儿时的许多记忆随着岁月的流逝,已逐渐忘却,唯独小手被握在父亲大手里面的那种既温暖又安全的感觉一直深留在脑海里,常常让我有仿如昨日的错觉。

父亲,此刻,你在那边是否能看见当年被你小心握着的手今晚在做着和你一模一样的事:牵握着自己孩子的小手,走在可能摔倒的路上,手上只要感觉到一点微微的闪动,紧紧一握是做父母的本能反应,是心的揪动。

唯一不同的是,当时的我不知道,也不会像西西那样及时地表示着我对你

的爱。今天,在这大雪漫漫,在你去世三周年的忌日里,我很想迎着那飘飞的白雪,对你说一声:"爸,我爱你!"

你听得见吗?

我的外婆

清晨时分,半睡半醒中,我迈进一个大门,霍然看到外婆站在右边一个窗口前,朝着我笑。外婆眼上的皱纹一圈一圈的,很醒目。我心里似乎知道外婆早已去世,离开我们十七年了,我从没再见到她。现骤然看见她,我突然止不住地大哭起来,哭啊哭啊,那个淋漓尽致地哭啊!

哭醒来,身心舒畅。我告诉刚来美国看望我们的母亲,我梦到外婆了。母亲才对我说,自从她来美国这一个月里,她几乎天天都梦到自己的妈妈"阿"(林家人对外婆的昵称)。我到书房,把几十本影集翻遍,找出一张外婆生前的好相片,镶进一个小镜框,摆放在进门的柜子上。

母亲看着相片,很有感触地说:"你是外婆最宠的一个孙女。小时候,在林家大院里,你与大姨的六个孩子,舅舅的三个孩子和叔公的两个孩子一起长大。每次纠纷生起,你外婆不管三七二十一,总是偏袒你,弄得林家上下,尤其是你大姨颇有微言。可外婆是一家之主,是林家的天,大家是敢怒不敢言啊。"

外婆当年在新加坡因为没有替外公生出儿子,被外公以此为由娶了小老婆,外婆愤然带着母亲和抱养的舅舅回到大陆林家,林家几十口人从此统统归外婆一手管理。那时的林家,实行的是林家式的"计划经济社会主义制度",过的是与院墙外截然不同,院内自治的"初级共产主义"生活。

林家一日三餐的伙食,外婆管采购,叔婆管烹调,大姨管饭后清理。能者多劳,不能者就不劳,光吃就行。开饭时刻,大厅里几张大桌,熙熙攘攘坐满林家大大小小人物,各取所需。我常常在想:毛泽东时代的人民公社"大锅饭"景象是否属于林家的原创?

林家的一切开销,全由外公从新加坡寄钱回来,让外婆持家支付。外婆为人正直热忱,处事公道(除

母亲、外婆、父亲和我

了宠我外），深得邻里好评。尤其在二十世纪六十年代初那三年困难时期，外婆把外公从新加坡一船船运回来的大米、面粉、食油、饼干等食物定期分发给左邻右舍，带着林家安然度过那非常岁月的同时，也帮助许多家庭挨过三年的饥荒。

外婆一生好善乐施。在我印象里，凡有登门求助向外婆借钱的，不管熟不熟，外婆总大钱小钱地递给来人，从没指望对方还钱。外婆总说："人家有还，是我赚了；没还，是我积德了。"

屋后一远亲，有两个患精神病的儿子，因没钱医治，放弃治疗。外婆得知，慷慨解囊，长期资助他们治病。

叔公女儿阿宝，因肺病英年早逝。她临终时，迟迟不愿闭眼。外婆指着床前阿宝的两个幼子，对阿宝说："你放心去吧，我一定替你把你的孩子抚养到成家立业。"十几年后，外婆用大聘礼把阿宝的儿媳妇迎娶进门。

外婆生了三个女儿，只养活了大姨和母亲两个。外公是独子，为了把林姓传下去，大姨先被她的爷爷奶奶留在林家，招了上门女婿。母亲是外婆在新加坡生的末女，自然也被外婆留在林家，把父亲"娶"进了门。有趣的是，大姨父和父亲都是他们各自家中的独子，可两个人都一前一后，不顾自家香火后继无人，心甘情愿，乐颠乐颠地跑到林家做"儿子"，受"婆家"一辈子的气，难不成林家的女子有什么过人之处？

母系社会在林家的延续，使女权在林家叶茂根深，蒸蒸日上。大到一锤定音的权威外婆，中到事事较真的好胜母亲，小到一哭"夺天下"的我，在林家那个宅院里，串成一道别样的女人景。

我小时，每次离家去幼儿园都是"生离死别"，外婆只好亲自送我到学校，然后就一直坐在教室门槛上，我视线能看到的地方等我放学。日复一日，外婆风雨无阻，天天陪我上学，时时让我"看到"。直到一天，我突然成熟，望着坐在门槛上的外婆，很懂事老气地说："阿，你可以回去了，你不要坐在那里了。"

因了我的突然长大，老师当即奖给我一面纸糊小红旗。在授旗时，全班小朋友齐齐望着我，我的荣誉感从此诞生，外婆也从幼儿园"毕业"，永远不再需要门槛那位置了。

外婆的宠爱让我的童年充满了欢乐和幸福，她的溺爱也让我童年的"名声"成了林家的经典话题。

记得有一次，我和大姨的六个孩子在大厅里玩，不知为了什么，我和他们有了纠纷。一个人对六个人，那架势可想而知。我情急之下，使出我那"夺天下"的品牌招式：哭！伴随着既是哭腔，也是呼唤外婆的"阿，阿，阿……"之声。

外婆闻我异样的"阿"声，知道宝贝孙儿有难了，疾步趋来。七个她的孙子，在她眼前急急禀明事端。外婆似乎并不在乎谁对谁错，她哄着我，问我怎么了。我说他们坏，我不想和他们玩了，让他们出去，离开这个屋子。

可那也是他们的家啊！五岁的我并不明了这个道理，以为这个家只属于我，一不高兴，就要大家"离家出走"。表姐她们站在原地"巍然不动"，外婆，我亲爱的外婆，这时做了一件我一辈子都在怨其造就了我坏脾气的典型事件：

外婆她为了让我高兴，居然把大姨的六个孩子，也是自己的六个孙子，用糖引诱，把他们一一哄劝到屋外去了。说等我气消了，大家再进来。

我的哭声是止住了，但我的"霸气"从此膨胀。至今与表姐表哥他们相聚，这是一件他们必群起抨击的事例之一，也是我唯唯诺诺，心甘情愿为他们做事的根源之一。

外婆除了在宠我这事上糊涂外，对其他诸事她可是明镜般的明白。

"文革"时期，父亲成了现行反革命分子入狱近六年。母亲、我及林家上上下下所有人都因此受到牵连，日子艰难。曾有人到林家劝说母亲与父亲划清界限，说为了大家的好。

外婆对来人说："我们林家人历来做事凭良心。不要说他是我们林家的女婿，我的半子，就是对陌生人，我们也绝不做这种落井下石的事。该怎样连累，你们就怎样连累吧，你请回。"

多么的掷地有声啊！

1992年，我在英国时，外婆在涵江老家逝世，享年八十岁。一辈子没与外婆分开过的母亲，一夜白了头。

外婆，今次，您也随母亲远洋而来，是否因为您也想念您心爱的孙女我，还是您觉得林家的那道女人景在美国这边需要您来串全？

外婆，我想您，今晚再来看我，好吗？

人人爱的查理

查理是一条狗，它是比尔哥哥大儿子莱尔的狗。

莱尔七年前二十刚出头正英俊时，娶了一个巴西辣妹。当时那巴西美眉是来美国学习的学生，和莱尔相恋后回国探亲。持学生签证的她回美国时，却被挡在关口不能进来。急得莱尔立马出关和心爱的人飞去巴西，把该办的手续都办了，很快，巴西美眉就以莱尔夫人的身份绿卡过关口。

新婚燕尔，在两看相不厌的幸福时光里，他们决定去养一只狗来做他们的"灯泡"，伴随着他们的爱一起成长，作为他们爱情的"见证狗"。

就像领养自己的孩子一样，俩人全力以赴，认真对待。他们一起网上搜索，网下看狗,再抱一大堆的狗资料回家,研读讨论,最后锁定那只棕黄白相间的婴儿狗,就因为它当时望着他们的眼神是那么善解人意、动人心弦。他们给它取了一个人性化的男狗名:查理。

查理非常欢快幸福地充当了近三年的"狗灯泡"。在男女主人"不相看"的空当,它是他们俩人的视线焦点。两个万千宠爱集一身,查理的狗日子过得比蜜还甜。

一年后,主人们不再"相看";两年后,竟到了一"看"就有点"相厌"的地步。他们决定各走各道,可谁也离不开查理,从此便开始了漫长的争夺"狗儿"之役。对查理的爱和不舍,让莱尔心甘情愿地放弃房产,并继续为对方办永久绿卡,获得了对查理的抚养权。

人和什么处久了,都会有感情。狗、猫、衣、物等等,再老再旧,人都会舍不得离弃。唯独和人自己,相互间常常反倒少了那种善待之心,珍惜之意。是不是因为动物和东西都不会言语,人类才有那份耐心和爱意?

查理从此和男主人过起"单亲"日子。莱尔对查理更是精心呵护,吃的、穿的、用的、玩的、统统都是最好的。查理也知恩图报,对主人那个热爱和忠诚,谁看了都摇头叹息:查理要是自己的就好了。

比尔的哥哥对狗过敏,可他不得不照看查理一次后,对查理的感情就陷入了矛盾之中:喜欢它却怕它(因为过敏),怕它又想念它。他对所有的人说:"我是莱尔之狗的祖父。"

"我是狗吗?"查理永恒的疑问

连从小到大一直对狗敬而远之的我,和查理接触一次后,再看到它,就忘了它是狗,忍不住伸手触摸。

查理也不把自己当狗看,更不与狗为伍。遇到其他的狗,它都是一副爱理不理的样子。带它去狗公园社交,它也是很矜持地保持着"狗模人样"的范儿,离那帮狗远远的,一直在人堆里转悠。

查理第一次来我家,是因为莱尔要和朋友去外州滑雪。我们一直想给孩子们养一只狗,就让比尔把查理接来家中住几天,让孩子们感受一下和狗相处的日子,特别是让宝弟实习如何照顾狗儿。

刚进门的查理,看过去没什么"过狗之处",很平常的一条狗。块头一般,狗色一般,长相更是一般般,而且狗龄已七岁。按狗一岁等于人六岁的公式算,查理已"狗到中年",青春不在。保养再好,也已属"徐狗半老"的景况。

可一天下来,查理就用它独有的魅力俘虏了家里所有人的心,包括不喜欢狗的老妈我。

查理到了一个陌生的环境,居然没有一点的浮躁不安,它静静地从一个房间走到另一个房间,用的是那种蹑脚蹑脚、生怕惊了别人的轻步——查理进门第一步就给我留下良好印象。

它好像听得懂人话似,你说不能坐沙发,它就乖乖地趴在沙发脚边上,半步也不敢越过界限,这让老担心它的爪子会刮了家具的我放心不少。你

查理盼望已久的宝弟终于放学回来了,它兴奋地扑上去亲小主人

说查理过来,它就静静地走到你指定的地方坐下,然后抬头很深情地望着你。最让我喜欢的是,它能像人那样注意卫生,不乱拉乱撒,而且还能忍住。有时没人在家,或夜间门关着,它居然能忍住不拉撒,一直到我们开门放它出去!

刚开始妮妮西西两姐妹和宝弟一样,对查理欣喜若狂,热情体贴。几次遛狗、拾屎、换食、洗澡后,爱干净的女孩们对查理的热情一落百丈,只剩下宝弟的爱没变,情依在,而且随着相处的融洽,宝弟对查理的感情是与日俱增,到了难舍难分的地步。

每天,宝弟要上学前,一定带查理出去遛一下,回来时宝弟手上一定有一包查理的便便。连自己的衣服掉在地上都不麻烦自己弯下腰去捡的宝弟,居然会去捡狗屎?

晚间睡觉,宝弟把自己的枕头被单全贡献给查理,怕查理不够舒服,把老妈的枕头都垫进查理屁股下面。然后一个在床上,一个在地上。人眼望狗眼,狗眼瞧人眼,含情脉脉,默默对看。看到实在忍不住时,宝弟索性把查理招到自己的床上,或自己躺到查理的"地床"里。

宝弟一个手臂圈在查理身上,查理的一条狗腿也尽量伸长,像小主人那样搭在宝弟臂上。细细的狗腿伸在半空,对查理来讲,肯定没有放下来舒服,但为了表达它对小主人的爱意,它坚持举着那条腿。一个小男孩和一条狗相拥而眠,整个画面看过去既滑稽又感人。

宝弟上学去了,查理会一直站在窗前张望,直到看不到宝弟为止,然后就开始很安静地在家里走来走去。好几次,我被那一声声似狼嗥的哀鸣声吵醒,慌忙下楼察看,却是查理!它蹲在大门处,朝外哀叫,又似是在呼唤,它像人那样压

低声音,很伤心。

它在想念宝弟!

谁说狗只爱和忠于一个主人?一条通人性的狗,明白谁对自己好、谁对自己歹那些最基本的情感。即使对方不是自己的第一主人,查理对宝弟依然表示着它的眷恋和依赖,那是狗的本能。

查理感觉到来自宝弟的爱,而感觉的东西远比语言真实。

狗尚且如此解人意,认得善待自己、爱自己的人,并永远对其尽忠尽职,这是人类所不能企及的,因为人会常常翻脸不认人。

有时,我会带查理走路去校车站接宝弟放学。远远看到宝弟,查理开始嗷嗷直叫,兴奋地狂奔过去,宝弟也"查理查理"地边叫边飞跑过来。人狗会合时,一派欢腾。查理把两个前蹄搭在宝弟胸前,伸出舌头飞快地舔着宝弟的脸,宝弟也深情地抱着查理的头,陶醉着。

查理和宝弟之间那种真诚又纯粹的相喜相悦之情,让人看了很是羡慕,因为现代人与人之间已很少有那样的情愫,即使有,也难持久。

查理虽然是一条狗,但它是一条明白狗,每次在离开我们家前,查理总是很懂事地围着大家转一圈。到宝弟那里时,它会多转好几圈,然后很乖地随莱尔上车回家。

"为什么查理不是我的狗啊?"那是宝弟眼含快要掉出来的泪珠,望着查理跃上车的背影,老爱问的一句话。

除了被姐姐们欺负时他常哀哭的"为什么我不是家里最大的孩子啊"那句问句外,这是宝弟第二个最揪人心的"为什么"了。

其实,我们大家看着查理的离去,都有一种怅然若失感。再过了一段没有查理在眼前走来走去的日子后,便会非常想念它,宝弟更是时不时带着哭腔表达着他对查理的相思。

思念一条狗都可以这样揪心,那思念一个人呢?

也许,查理真不是一条狗,是一个当时一糊涂、阴差阳错披错一张皮就跑来人间的有情人?

不能直视的伤痛

网友"子夏浮云"打来电话,问我近来可好,因为她看我有半个月没有更新博客了,便心念着来关心一下。

我很感动。子夏和我几年前在跨国婚姻论坛以文相识,虽从未谋面,但对彼此的好感让我们成了"不认识"的好朋友。她对我的关注和关心,常常体现在一个短短的问安电话。话不多,但温暖至极。像收到支持关心我的网友留言和悄悄话一样,他们对我博文的喜爱,及对我多日不"见"的关心和惦记,总让我有一种贴心感和不敢随便消失的诚惶心理。

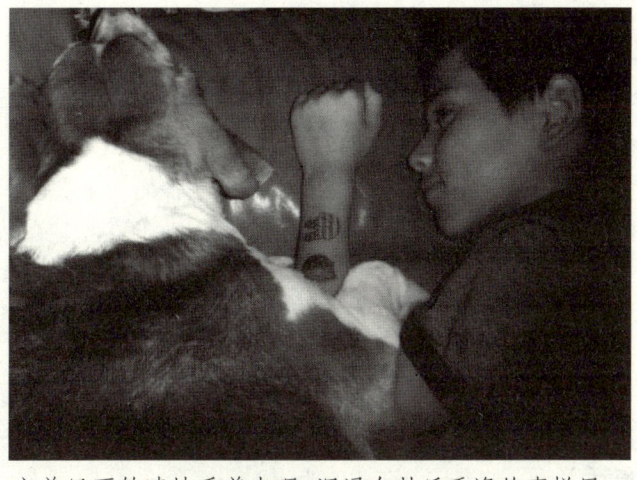

宝弟目不转睛地看着查理,沉浸在劫后重逢的喜悦里,查理的一条腿很亲昵地搭着宝弟的手

我告诉子夏,十天前,查理差点死了!

那天,查理从我们家度完它的"假期",被主人莱尔接回家。第二天,查理和莱尔主动帮同事看护的另一只大狗一起在后院。那只客狗想要主狗查理嘴里的那根骨头,查理不给。那大狗就对准查理的脖子,死命一咬,把查理腾空叼起,左右狠摔几下,把查理重重抛下地。

可怜的查理,整个狗头被咬断了近一半,它被急送医院抢救,狗命垂危。

查理,那条那么温顺、通人性的老狗,莫名其妙在自己家里凭空遭此劫难。前一天在我们家它还好好的,仅仅过了一夜,一切都面目全非,全变了样!

世间的一切真是瞬时万变,难预测。查理那天在我们家里和宝弟不断亲吻,无尽缠绵后高兴离去时,能想到第二天在家里等它的会是那样一个悲惨结果?就是当它在与那条来做客的大狗一起争骨头时,肯定也没想到自己在家使的,有点不懂事的本能小性子会让对方如此愤怒,进而引发了一场为一根伪骨头而进行的你死我活的"决斗"?

劫后余生刚康复的查理与宝弟重逢。百感交集,千言万语尽在偎依不言中

人的世界和狗的何其相似,持强欺

弱，强取暴夺。老弱的查理在强暴面前没有一点自卫能力，它的遭遇说多无辜就有多无辜。查理的伤痛又能找谁诉说？谁又能听得懂它？

想想，我心中就充满了对查理的怜悯。可怜的查理，满腔委屈、满腹哀伤、满身痛楚却一字也说不出口的查理！

虽然我和查理相处的时间都是间歇性的，每次也不长，但情感已投入，对它的喜爱和在乎已让我无法对它的状况无动于衷。宝弟要去医院看查理，我心里也很想去，可我至今都没去。

因为，我没有勇气去。我怕看到查理血肉模糊、一团糟的样子，怕看到它躺在那里奄奄一息、无助又可怜的样子。我怕伤痛，外表的，或心里的。

想外婆、奶奶、父亲去世时，我都不在他们的身边。心里虽然无比悲痛，却有一种隐隐约约的释然。我没有去面对那生离死别的伤痛，是否也是让他们依然鲜活着的一种方式，在我的心里？

世上有些伤痛，是不能直视的，不管是外面的，还是里面的。

最好，等它愈合了，长了疤了，把一切一切的破碎全包裹在里面了，再去正视它。那时，虽仍会看到一个创口或伤痕，但至少是干净的，不再丑陋。

所以，我决定等查理完全康复了，再去探望它，尽管心一直系着，痛着。

我家的老七

最近，家里添丁，一只刚出生才三个月的 Beagle（比格）小猎犬进了家门。

淡定的小老七："你以为我怕你呀？我都和德国大狼狗朝夕相处，称兄道弟了好久了啦"

选比格狗狗做宠物是因为我们热爱的查理就是比格狗种。

那天全家去抱它回家的路上，大家为给小狗起名很费了一番脑筋。

原主人叫它"贝多芬"。小儿宝弟喜欢这个名字，因为他学小提琴，对音乐人有一种自然的好感。可两个女孩不喜欢，说听起来怪怪的，我也觉得音节太长，不好叫。再说了，把小狗唤成

"贝多芬"，会让我老想到伟大音乐家失聪的不幸遭遇，多少有点抑郁感，也不敬，所以，老妈我也积极参与给小狗另起狗名的热议。

因为小狗颈背上有一道七字型的白毛，而这只狗将是我们六口之家的第七个

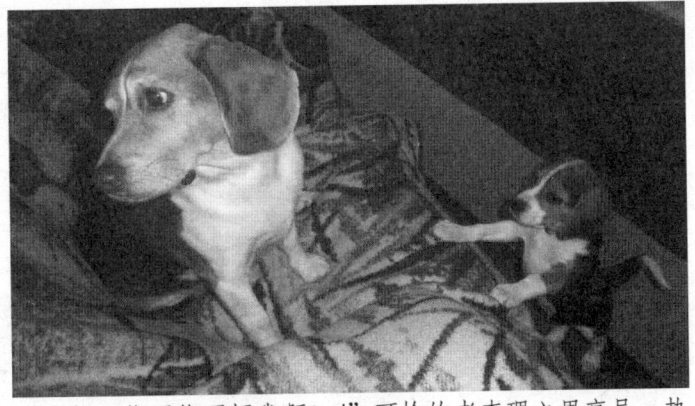

"拜托，能不能不烦我啊？！"可怜的老查理心里哀号，热烈的小老七一脸不解

成员，我说，干脆叫它"老七"吧。而且"七"这个数字蛮好，"七上八下"，还在代表好运的"八"上面呢。众人听了，皆"嗤之以鼻"，老妈甚是郁闷。

最后，大家一致同意老爸建议的"Rico"之名，因为 Rico 听起来有一种调皮小男孩的味道，很符合男小狗的身份。老妈我便在心里打定主意，等小狗进门了，私下还是要把它唤成"老七"。同时坚持和它讲汉语，争取把它培养成一只会听英语和汉语的双语狗，聊补那三个孩子听不懂我中华大语言之遗憾。

"老七"出生在一个来历不明的比格家族，其父母恩爱有加，但家境贫寒。小老七有一餐没一餐地跟着同胞兄弟姐妹过了四个星期半流浪日子后，被一个专门收养狗的老美女士抱回家好生饲养。在与该女士家的那只德国大狼狗过了几个星期后，就被我们在网上从无数比格里选中，抱回了家。

可能它是一只才出生没多久的小狗，也可能他和德国大狼狗相处过了，小老七一点也不知道什么是"害怕"。再大再凶的狗到它面前，小老七都表现得很淡定，甚至或蠢蠢欲动，或勇往直前地挑衅对方，一副初生狗仔不怕狼的大无畏精神，让人看了忍俊不禁，油生敬意。

最让大伙围观的是，当查理来的时候，小老七总爱一直跟在查理大狗屁股后面，一爪一爪地扑上去嬉戏骚扰查理，让本以为是这个家唯一狗主的老查理不胜其烦。即使查理把一泡能证明自己地盘的尿，沿着院子的重要地段，断断续续，分五六次一路圈撒过去了，小老七还是以小狗主自居地不把那地界当回事，进出欢腾，把老查理看得甚是无语。

老查理一看到小老七过来就远远躲开，即使它和宝弟在一起，只要宝弟稍微招呼一下小老七，哪怕只叫一下小老七的狗名，老查理马上就很"壮士"地起身离去。任凭宝弟怎么呼唤，老查理就是不回头，颇有"有它没我，有我没它"的毅然决然。

原来，狗世界里也有争宠吃醋这档事？也有默默无语，黯然转身，叫人看了

心疼的情节？

小老七正处在磨牙阶段，一不留神，它就把我垂在地上的电脑电源线咬到接近不能用的程度。它尤其喜欢咬我脚上穿的那些有点花样的鞋子，常常我在厨房忙着，它看中了我脚上的一只鞋，不停地过来拉扯。为了锅里的菜，我不与它纠缠，暂时放弃下面的那只鞋，让它叼去。我穿着一只鞋正想着把菜弄好了再去找它追回，它竟又转回来要叼我脚上的另一只鞋，最后，我赤着双脚在炒菜。

我家老七还在训练中，它除了不在自己的狗窝里拉撒外，它可以很放松地想在哪里方便就在哪里方便。害得老妈我一夜之间成了"狗奴才"，一天到晚跟在它后面收拾。虽然"怨声载道"，一路下来，本不喜欢养宠物的老妈我竟对小老七产生了"母子"般的感情。

想必付出就是一种投入。投入了，无形中就有了感情，哪怕这种投入没有言语交流。

就像母亲对婴儿，婴儿一个天使般的微笑便足已让母亲忘了一切辛苦，任何味道都变得奇香无比，母婴之间的那种心领神会不是语言可以传达的。小狗不会讲人话，但它一听你的召唤或响动就飞奔而来的那种忠诚，它爱趴在你脚边静静安睡的憨态，都叫人不由得产生感情。

来了，就是家里的一个成员；来了，就是一条命。我们一定要好好善待你，小老七！好好爱你，祝愿你能健健康康长大，快快乐乐度过你每天的狗日子。

背　影

大学同学高子给我她的相片，让我"看图说话"，我便写了此文

小时候我不肯上学，每次被哄骗到幼儿园后，看到外婆离去的背影，我总及时地号啕大哭。外婆那瘦瘦的中式上衣和肥肥的南洋喇叭式大裤子在我泪眼婆娑中，渐行渐远。

我真希望她能转过头来,再看我一眼。说不定，外婆心一软，便又折回来了？

长大上了大学，一年级时，一个炎热的中午，整座楼都在蟋蟀的伴奏声中，陷入非常安静萧条状态。突然，一声用涵江方言极力呼唤我小名的喊叫，在大家都在

努力午睡的寂静里,显得格外的惊动。我从上铺滚下来,冲到外面走廊往下一看:父亲,可亲可敬的父亲,一个人站在五楼下面空无一人的操场上,手上提着一堆沉沉的东西,孤零零又急切切地往上望着……

我对父亲做了一个"嘘"的手势,便从五楼直奔下去。

父亲有一开班车的熟人,告诉他大学就在他必经之处,走进去一点就到了。父亲听了兴起,便在涵江买了许许多多我爱吃的东西,搭了两个小时的车来了。结果那个"走进去一点"竟是近一公里的路程,且道路坎坷不平,尘土飞扬。

可怜平时很少走长路的父亲,顶着中午赤裸裸的大太阳,双手提着沉重的食物,拐着跛的左脚,真正一脚深一脚浅地、无限艰辛地找到我住的宿舍楼,为的只是给自己的女儿送一份她爱吃的家乡风味。

看到父亲满脸汗水,面红耳赤,气喘吁吁,似乎马上就要休克的样子,我说:"爸,上楼休息一下,喝点水吧?"

父亲连忙摇头,说:"不行不行,我马上得往回赶,人家班车还在那路口等着呢。"说完,他转身匆匆离去,再去赶那一公里路。

父亲那几乎小跑着,左脚老急急要跟上右脚的走路样子,他那被汗水湿透了的白衬衫,粘贴在他背后面的背影,从此留在了我脑海深处。

后来,相爱的人离去时,一步三回头后,最后的画面,仍是那越变越小的背影。它浓缩成一个无限怅然的点,留给望的人一个若失的心情。

那时,我总会想起外婆在客人离去时爱说的那句话:"唉,受得人来,受不得人去。"

离去的人,那只把背影留下的人,何尝没有那"受不得"的心绪?他的再不回头,也许就是因为太想回头?

男女情爱里,到了该放手时,能做到漂亮的一转身,留给对方一个优雅的背影,这样的背影,应该是很美的。

正如相片中那临水而依的情影:溪水是冰冷的,但感觉一定是清爽的;三千发丝也许烦恼,背过去后却是潇洒飘逸;阳光在前头自然美好,照在背后竟也美丽。

尤其是整个画面:那样的清凉,那样的美丽,那样的诗意,既成的阴影只能把后面的阳光衬托得愈加妩媚妖娆。

一切过去了的事,都只是一个个不同的,越走越远的背影。让它就此散去或仍留在心间,美或丑,优雅或猥琐,尽在心念之间。

欲罢不能的姜抹橄榄

老家涵江水镇素以鲜活海产和特色水果闻名。涵江最有名的水果有三正两副：荔枝、龙眼、枇杷是正果，橄榄和油橄是副果。荔枝是涵江所在城市最有名的市果，该城市故名"荔城"。

小时候，从涵江到县城可以走水路坐汽船去，行程一个多小时。如逢荔枝收获季节，小小的水道两边全是那鲜红欲滴的荔枝，红彤彤一片，掩在几乎触手可及的绿叶中，像无数的小红灯在眼前随风晃动，绵延十几里。那美丽的景色，我至今想起，心里荡漾的仍是那让人勃然心动的荔枝红。

和表哥表姐他们坐汽船去城里的时候，我总爱抓一把青橄榄放进口袋。在船上，耳里听着汽船在水中发出那不间断的噗噗声，嘴里嚼着青橄榄，眼里是那一望无际的荔枝红……那就是童年的幸福啊！

如果在嚼橄榄时，能同时放一颗硬糖进去一起嚼，对小孩的我，真是一种酸甜涩津的混合享受。以致到现在，即使我明知道橄榄最好的吃法是清清爽爽地咬嚼，有时我还是忍不住配着糖果混嚼，心里有一丝返老还童的窃喜。

印象最深的是那位十几年来一直在林家巷头卖家制水果的"橄榄天"。

"橄榄天"因姜制绝妙橄榄而得名。他在卖各式新鲜水果的同时，也自制成品出售。最能让他一手遮天，在涵江无人敢与之叫板的品牌产品，就是那让人百吃不厌的"姜抹橄榄"了。

"姜抹橄榄"，是先把橄榄敲打成裂，撒少许盐抓拿；待把橄榄抓得汁润皮软后，用一根细竹棍插串起四五颗橄榄，把事先剁好的姜泥抹在橄榄串上，洒几滴糖精水……一根微甜微咸又姜香姜辣的"姜抹橄榄"便做好了。

每次我放学回家，从紫璜山坡顶往下走，老远便能闻到从巷口"橄榄天"处飘出来的那一股很好闻的姜味，伴随着一缕淡淡的橄榄香。

父亲的一生嗜好之一就是得闲坐在"橄榄天"的水果摊旁，看着精灵瘦小的"橄榄天"像变魔术般神速地把手中的芒果削皮切片，放碟喷盐。然后父亲大人一边吃，"橄榄天"一边削，现吃现售的买卖进行到父亲的肚子实在装不下为止。

父亲最高的一次纪录是一口气吃掉十八个芒果！

在父亲酣战芒果的时候，小小的我也在一旁急嚼"姜抹橄榄"，吃得我眼盈泪花，鼻冒姜气，嘴满橄榄渣，全面没了外婆要求的"女孩子样"。

　　1986那年我情殇北上京城，惶惶然四顾无人。我寄宿在外交部宿舍，一个素昧平生的同室却对我伸出了温暖的手，让我甚是感激。她是北方人，从未到过南方，听说南方有很多北京没有的水果，很想尝尝。

　　我回到涵江后，第一件事就是买了一大堆当时北京没有的南方时令水果托人捎往北京，其中一样就是橄榄！

　　她很高兴地来信说，你捎来的那青青的东西，咬第一口时，真涩呀！可越嚼越有味道，等都吞下肚子里去了，竟是满嘴清甘。

　　是啊，人生有时就像橄榄那样，苦涩是肯定有的，但只要有耐心，甘甜也总在最后。如果再添点让人欲罢不能的辣味，那就是姜抹橄榄了。

土笋冻

——涵江著名风味小吃

　　2007年我想给自己在海外最大华文网站"文学城"起一个博客名时，很是踌躇了一阵。我特想给自己起个既有女人味又有诗意的名字，搜肠刮肚几日，无奈腹中墨水有限，怎么着也想不出一个令自己满意的飘飘欲仙、纯纯清秀或寓意深刻的好名。

　　那日，我正在文学城的跨国婚姻论坛漫游，正逢一个"麻辣豆"的网名在那一页版面上跳跃。"麻辣豆"给人的视觉感觉不仅通俗，亲切，还带有女孩的活泼，我心里一动：何不也起个民以食为天的食物名字？

　　既是与食有关，自然得找个自己最爱吃的，回首平生，最爱吃又吃不腻的除了稀饭便是老家涵江的"土笋冻"了。

　　土笋冻是一种海鲜，是用生长于沿海江河入海处咸淡水交汇的滩涂上的一种名叫"海土蚯"的无脊椎软体小动物制作而成。它状似刚冒芽的新竹，脆嫩如笋，"土笋"由此得名。

　　土笋含有丰富的胶质和蛋白质，经煮炼、冷却后，即成晶莹剔透、柔韧嫩脆、鲜甜爽口的土笋冻。据说土笋冻的"发明者"是民族英雄郑成功！当年郑成功攻打台湾时，为了节省粮食，让驻军从海滩采出大量的土笋，煮成汤喝，有一天，日理万机的郑成功忘了喝那熬好的土笋热汤，等他饿了想喝时，汤已凝成冻，没想到冷的土笋冻味道比热的土笋汤还要鲜美！土笋冻从此闻名。

　　我曾品尝过厦门、安海的土笋冻。它们状似果冻，冻里除了土笋还掺有青葱等其他食料。吃时再根据不同口味配各种佐料，别具地方风味。

但我更喜欢涵江老家那种原味，不加任何东西进去，清清楚楚的薄圆形土笋冻。食用时也是原汁原味，不蘸任何佐料地纯纯入口，这样更能品出土笋冻的原有美味，那淡淡的咸，那丝丝的甜，那清清的鲜，那嫩嫩的脆，一口下去了，余味仍在你嘴里回旋……

记得那年在新加坡怀上小儿时，我对土笋冻的思念在怀孕的第二个月便开始了，那个朝思暮想，只能用"痴"字来形容。任何美味佳肴，端到面前，我一看就反胃，勉强咽两口，那是吃什么吐什么，更要命的是一见到我们家比尔同志就忍不住恶心，可怜他，只能尽量让我"眼不见为净"，万不得已必须现身时，也只能一闪而过，快而迅地从我视线里消失。

土笋冻在这当口越加是我思恋的对象，似乎到了没有它就无法活下去的严重地步。比尔看我日渐消瘦，奄奄一息，对他的存在又有诸多的限制，想不如让我干脆飞回老家把那什么土笋冻吃个痛快，速速了了我的这块心病。

三个多小时的飞机从新加坡飞到厦门，母亲也派二表姐乘三个多小时的车，怀抱着一个装满冰块的保冷箱，冰镇着三大盒土笋冻，兴冲冲地也赶往厦门接机。

一下飞机，见到二表姐的激动心情至我打开保冷箱看到土笋冻时到达高潮，我迫不及待地手抓土笋冻，什么也不配，一口接一口地咬吞着。二表姐在一旁看得目瞪口呆，说从没见过一个像你这么爱吃土笋冻的人！我是一路吃到家，把那三大盒、一百朵土笋冻一片不剩地全扫进肚里，竟没有一点呕吐感！

瘾是过了，接下来我拉了三天的肚子，土笋冻太清凉了。

那年带孩子们到北京求学，我一如既往地思念土笋冻，还好福建与北京不是太远，又是国内交通，无须签证什么的，说走就走。母亲也是提着一个大保冷箱，从老家涵江把土笋冻带到北京让我解馋。

为了尽量延长土笋冻被我食用的"寿命"，保证我每天早上起来，有那冰冰凉凉、鲜鲜美美的土笋冻滑入我口中，让我细细品味土笋冻经过舌尖，滋润满嘴，咽下喉头时那种只可意会、不可言传的口感和爽意，我规定自己每天把一朵土笋冻一分为二，只能吃半朵。

每次回老家，每早三十朵土笋冻是母亲去早市菜场必买的东西，一碗稀饭，一盘鲜嫩的土笋冻，有时就配一点点上好酱油，是我百食不腻、无限享受的早餐。

母亲常站在我边上告诫我土笋冻高脂高蛋白，食用过多于胆固醇不利。道理我是知道，可当人面对着痴心的爱物时，是不会想那么多、那么远的。

我不想胆固醇地先享受一通土笋冻，然后，再去吞一片降胆固醇的药，自我安慰一下。

母亲移民来美国时，曾专门向人请教了制作土笋冻的做法，她老人家带了一大包干海蚯蚓来，试着做土笋冻给我吃，土笋冻的样子是做出来了，但口感和味道相去甚远，不是任何人都可以制作土笋冻的。

土笋冻顾名思义，必须是冻的，在没有冰箱的小时候，我们只能在冬天才能吃到土笋冻，每天清晨在涵江"咸草藤"桥上，都有渔民手上挎着一个大大的竹编扁篓篮子，成排地站在寒冷中，兜卖篮里的土笋冻。

　　我小时常和外婆在晨曦灰蒙蒙时分到"咸草藤"挑买土笋冻，太阳还没升起，桥上已有卖豆浆、油条等早点的小摊小贩。站着卖土笋冻的渔民和早起寻食的市民，人人嘴里呵着一缕白气，缩着脖子，跺着脚，在桥上挑三拣四，讨价还价……

　　装土笋冻的竹篓里同时也放有几双筷子，篓底铺着一层竹叶，土笋冻按其薄厚大小，一行行整齐地罗叠在竹叶上。外婆拿着筷子，夹起薄的，五分钱一朵的瞧一瞧，再夹起一角钱一朵厚的看一看，有时她专买一种，有时各种都挑一点，然后用绿绿的宽竹叶包着拿回家。外婆有时会让我先尝一片再包起来，那凉凉冰冰又清鲜的感觉，我仍记忆犹新。

　　如今有了冰箱，即使在炎热酷暑，人们也能享受到土笋冻的美味，原本一个不见经传的地方小吃，现已是福建沿海城市一道颇有名气、登得大雅之堂的"名菜"！

　　越民族的东西越世界，越本色的东西越特色。我对涵江土笋冻的痴迷，也是因了它那纯鲜、纯脆、纯清、纯爽，甚至"纯土"的本质。

小诗二首

【距离】

云问
能不能不分离

雨答
不离就不是雨

你我注定
一旦相遇
便是天地的距离

　　作者浅释：雨是由部分云变成的，部分云在生成雨的那一刹那，雨就必须落下，便注定是天和地的距离了，因为云在天，雨在地。

　　我想说一个小小的可能的哲理：有些东西，在相遇或相成的时刻，就注定是

分离的结局,而且是永远无法逾越的"天地般的距离",因为你要想变成"雨",就是这种命运。但那种相遇的美丽,是云雨才有的美丽,哪怕只是瞬间的。同时,也可以这样理解:"云"很缠绵,很想和"雨"长相厮守,要"雨"不要离开她。但雨有他自己的命和路,如果与"云"相守在一起,那他永远也成不了"雨"——不离就不是雨。而一旦成为"雨",就必须与"云"分离,和"云"天地两隔了,非常凄美。

【长相思】

(有感于一个音乐家的美丽初恋)

那个深夜,我站在你的屋前
望着那灯光,静静地等着
你的身影,能否在窗口掠现

繁星满天,洒一掬心的漪涟
和着西沉的月色,飘到你的床前
轻轻吻别,你那娇美的容颜

一路走去,几多悲苦,几多维艰
我总是回头凝望,我们的那个当年
与你的那片洁白,是我一生的爱恋

每个夜晚,我把梯子搭在心间
一节一节,朝着天的那一边
攀升着我无尽的懊悔和思念

你可记得,那碗我们一起分吃的汤面
那个我们一起合用的脸盆
在清贫,却幸福快乐的昨天

也许,我不该不给你机会分辩
也许,我们不该分吃那粒大梨
也许,那时我们都太倔太肤浅

家乡的荔枝,红了又绿,三十年
我的鬓角,在回家的途中变白渐渐
你纯净的眼神,一直挂在我心尖

我们都在慢慢老去,别了少年
过去的点点滴滴,依然在心田
你我,是否还有重逢的那一天

后　记

终于完稿了。

一年前便准备出版的这本书，因为这样那样的原因我一直拖到今天才把一切理顺。今天我终于可以把它交给出版社，终于可以对那些鼓励我支持我，及期待我的人有一个交代了。谢谢你们，我衷心地感谢你们多年来对我的关注和厚爱！

二十多万的文字，竟是我在文学城几年间不经意码出来的。

自2007年开始我在海外最大华文网站文学城开博客写博文至今，也有五六个年头了。每当我想和自己说话的时候，我的心思便从我的指尖流淌而出，变成文字留在文学城"土笋冻"家里。因此也吸引了许许多多的读者到访，他们对我文字的喜爱让我受宠若惊，并备受鼓舞，我越发地想"自说自话"了。

许多人建议我应该把"家里"的好东西分类结集出版，因此便有了这本《爱无止境》。

彼时彼刻一气呵成码下的文字，到了真要变成书时，我才发现：原来博客里的随意文字和书籍的规范文字是两个相差很远的东西。当我埋头校对修正每一篇博文可能有的病句、错别字、标点符号，以及将其中的英文句子翻译成准确的中文时，我感觉做此事比写一篇新文要累和费时多了，而且那过程没有愉悦感和享受感！

我终于明白了为什么老家涵江那个名裁缝他宁愿做新衣，也不愿意改旧衣的原因。

与自己对话而码字，对我来讲是一件非常愉悦的事，是一件我一想起便很期盼的事，是一件我一坐下来就忘了时间的事。而改动修正自己已经写好的文章，便是一件工作了，一件我一想起心里就很抵触的工作，一件我刚坐下来就想起来找点东西吃，东看看，西摸摸，或先拐到网上逛逛再回头做的无趣工作！

是工作，便有了压力，尤其是当这份工作必须在特定的时间段内完成的时候。

我常常在深夜两点，不想继续看稿编辑，特别是卡在某一个英文句子的精确翻译而停笔，可又睡不着时给远在中国的闺密打电话。我抱怨这份"工作"的"艰难性"，说我都快因为它得轻度抑郁症了。

闺密在电话那头笑，说："这你也能得抑郁症呀？可见你这辈子的日子过得真是太没压力了。我们天天东奔西跑地为别人工作了几十年都没'抑郁'，你这

还是在为自己工作啊。"

想想也是。出版一本书就像"造"一个自己的孩子,这是我的第一个孩子,为自己孩子的美好形象而工作,再苦再累也值啊。何况这孩子已长成,在让她出去见人之前,我只需要把她打扮得整洁得体些而已。

所以,我继续工作,继续三更半夜给闺密打电话,继续尽我最大能力,一遍又一遍地修饰打扮着我这个孩子。

"丑媳妇总要见公婆",今天,我怀着战战兢兢的心情将她领出来面见大家,希望她能不让大家失望。如果万一被喜欢了,便给了我造第二个孩子,甚至第三个第四个孩子的信心和勇气,那怕得"抑郁症"心中也是欢喜的。

在此特别感谢八十七岁高寿的陈香梅女士抽出宝贵时间亲自为我写的题词和贺语,能得到她老人家的墨宝是我莫大的荣幸和福气。

感谢"青梅竹马"老朋友许刚为我写的序,他对我的了解和对我作品的褒奖,让我越发相信朋友还是老的好。

感谢网友"子夏浮云"那美妙的文字,她把我美化得连我自己都很喜欢那个"香水一样的女人"了。

宋 凌

世界各地网友评论选

一个默默关注你的人（美国）：虽然我们不是同一年代的，但是我却深深地喜欢你的文章，确切地说是你的人生态度：那么的乐观，那么的有味道。生活中的一点一滴都是美的，一分一秒都是值得珍惜的。生活本应就是如此，懂得欣赏的人才真正地体会快乐。

我同样也是一个外嫁女，结婚两年，本应该仍处于蜜月期的，但是却不快乐。医生说得了中度抑郁症，我找不到原因。好不容易找到了生命中最重要的人，一同享受生活，笑都来不及，怎能忧郁？是刚刚到异国语言不同的原因？是文化不同，还是吃得不顺口？为了抑制我的抑郁症，除了积极锻炼，我也找到了跨坛，希望能学得一些经验去经营我的这个小小的家庭，也就是在这里认识到了你。

不要忽略你文字的威力，它们确实在医治着我，影响着我。不管是多么伤痛的过去，你都可以释然抹去，甩一甩头，让它成为美丽的回忆；不管生活多么的劳累，你都可以找到一丝一点的乐趣，擦一擦汗，给孩子最真的笑。当看到比尔住院的故事，换作我，早已经失去面对的勇气。而你字里行间流露的是一个母亲的坚强，一个妻子的承诺，还有那一成不变的幽默。当看到"此比尔，非彼比尔"时，我破涕而笑。

懂得珍惜的人才真正地体会爱，懂得爱的人才值得去珍惜。你影响着我，改变着我，指给我另一个视角，勇敢地去爱：爱他，珍惜他，也珍惜我自己。

一个感激并继续默默关注你的人。

风和日丽（澳大利亚）：我在文学城首页博文推荐看到您的文章，顺道进来后竟无法离开。我一整天待在您的博客里，如痴如醉地沉浸在你美妙的文字里，连去卫生间我都捧着笔记本电脑。视力至少减少零点五度！您的经历，您的文笔，您对生活的积极态度和看问题的深度，使得您的文章很值得回味，读了无论如何都能有一些感触，且引人入胜！谢谢您！

乔治亚姐妹（美国）：忘记怎样读到了你的文章，被你细腻的文笔、丰富的经历深深吸引，从此我就常常来你的博客跟读你的文章。人美心灵美生活美，你的文章如一股清泉，带来许多美好的分享。很开心也盼望能早日读到您的作品集，请为我签名一本。谢谢！祝一切安好！

麦琦（比利时）：亲爱的土笋冻姐姐，您好！在您的博客潜水已经很多年了，

偶尔冒泡。您的每一篇文章我都喜欢，喜欢您优美洒脱的文笔，更喜欢您幽默的态度。非常高兴您马上要出书了，可以看到很多博客里没有的文章，我当然要收藏一本！希望能收到您的签名版！祝阖家幸福！

Lili（香港）：土笋冻，今天碰巧第一次看到你的博客，欲罢不能，被你的热情感动了。因为拿iPhone看了这么久，脖子都好酸疼了，不仅看得脖子疼，而且失眠了，躺下半小时睡不着。《爱无止境》若国内有卖，我让朋友买了寄来。也许，可让我组织的读书会下月读。我最喜欢的是你写老公孩子及公婆家人的那些故事：纯粹的简单的日常日子里的快乐，就像美国的阳光一样干净，如美国人的目光一样纯净的快乐，真的像所说的那样"幸福就是这样简单"。

Helen（加拿大）：刚在文学城上看到您要出书的消息，真是很高兴！您博客里的每一篇文章我都拜读过，我有两个女儿，大女儿和您家宝弟一样大。我喜欢您的文章，您可能想不到您还有一个忠实的粉丝隐藏在加拿大多伦多！

乔安娜（美国）：土笋冻，我经常看你的博客，谢谢你的文章，写得太好了，常常被你的文字打动。孩子们那么的美丽健康，你最近的照片好漂亮呀。相比之下，书封面的照片有点中规中矩（如有冒犯，请不要生气，经常看你的文章，感觉好像和你挺熟的，有点自说自话了）。如果是你那张穿蓝裙、配蓝天的照片多美呀！我从来没有留言，光享受你的美文了。再次谢谢你和你的文章，带给我很多的美好！

任谊峰（美国）：一直潜水读你的博客已六年了，好喜欢你清新、自然、亲切、流畅的写作风格，也好羡慕你美满、幸福、惬意、亮丽的人生！我通读了你的大大小小所有的文章，很多博客读过多遍，以至于我一看到标题，就知道是你的新作！真希望能天天读到你的新作。只可惜你更新你的博客实在太慢，尤其是去年下半年。 我们几乎是同时代的知识女性，因为喜欢你的博客而喜欢你。希望能经常读到你的新作，也感谢你给我痛苦的人生注入了活力！请寄两本你的新书（请签上你的大名）给我，衷心地谢谢你！

王女士（美国）：土笋冻，我一直喜欢您的博客，几乎每篇文章都阅读过。看到你要出书了，真替您开心！不知道我可不可以有两本书？谢谢您。

微（美国）：土姐姐，你在文学城的博客里的文章我都读过，大多读过很多遍，很喜欢！如果出版，我希望可以有一本，很喜欢您的文字和文字里的温馨。

万晓风（美国）：土笋冻，一直很喜欢你的文笔和你开朗明快的个性，你在文学城上的每一篇文章我几乎都跟读过了。你的文字里处处洋溢着对生活和对亲人的热爱，你那明快幽默的描绘常叫人哑然失笑。我真的很喜欢，所以要继续写啊，我会一直关注跟读的。

五月青梅（美国）：土笋冻，我是你的粉丝，一直跟读你的博客。喜欢你的幽默，喜欢你为人妻为人母为人女的种种做法。看到你的照片，更喜欢你的清纯笑容。

想要两本书,希望你能签名。谢谢!

Staci(美国):土笋冻,我是你文学城博客的大粉丝。我已经欣赏你那许许多多"爱的故事"好几年了,很高兴它们终于被印刷成书——祝贺!我想要两本有你签名的书!谢谢!

Huan(美国):喜欢你朴实细腻的文笔。我喜欢质朴简单的写作风格(所以很爱杨绛的作品),你的文字也是给人这样的感觉。

爱丽丝(加拿大):你好,我是你的粉丝,我一直在文学城跟读你的博客好多年了。你有一个非常可爱的四个孩子家庭,你把他们养育得很好。我特别喜欢西西,非常地喜欢!我喜欢我的女儿长大后也能像西西那样(她现只有三岁)。我也有三个混血孩子(两男一女)。我期盼着你的书出版!

维妮(美国):亲爱的宋凌:我是南加州的维妮,我是你的粉丝之一。我经常在文学城读你的博文,非常喜欢和享受。我丈夫也是美国人,所以我能对你的文字产生共鸣。我很想订一本你的《爱无止境》,希望不会太迟了,能把我算进去吗?非常感谢!

瞌睡的鱼(新加坡):土笋冻姐姐,好激动哦,收到您的回信,oh,yeah!真的好喜欢好喜欢您的文章,为此大约在半年前我还在我的个人空间上写了大约一千字左右的文章,表达对您的死心塌地、一塌糊涂的喜欢,和发自内心的欣赏与如何学习豁达的人生态度等自我激励的文章。敬礼!您的忠实读者~~s 忠粉丝瞌睡的鱼。

土笋冻博客观后感(摘选自"瞌睡的鱼"个人空间)

我花了一天半的时间,慢慢看了此牛姐姐的博客,比那些明星们的博客要好看多了!这是我看过最喜欢的博客。看了让人第一观后感就是:

1. 原来生活还可以这样精彩;

2. 在有些时候,上帝给你一些你当时看起来悲痛欲绝的"惩罚",也许是给你打开另外一扇窗。让你在尝尽苦头之后,有一种绝处逢生的勇气和知道感恩的心态去接受真正精彩的人生;

3. 女人到了五十岁都可以超级精彩,我不知道牛姐姐的真实年龄,只能从她的博客大胆地猜。

4. 保持年轻的心。人要保持内心的富有,充满激情地生活着;在此要谢谢牛姐姐带给我这一下午的冲击,还在回味着呢!

三月潇雨(美国):欢迎你到东部,住得还高兴吗?读了你博客里所有文章,非常喜欢,希望你继续写下去。

Space:一口气拜读了你所有的作品,希望能读到你更多的作品,加油!

小白船:我是您的粉丝好几年了!爱您的博客!谢谢您的分享。

林家铺子:从宝坛顺藤摸瓜来到你家,一口气读完了姐姐的全部文章,写得真好，没看够！

凡事林：我把你的博客已经翻过几个底朝天了。呵呵，很喜欢你们一家子的性格，每一个都很"尖"。但是你们在一起就是能很和谐，真奇妙。继续多写，很喜欢看！

Postcard：亲爱的土笋冻姐姐，我常常来你的博客（几乎是每天）。你笔下的那些往事里的甜酸苦辣，当下生活中的幸福悠长，都让人读过之后由心里生出平静和感恩。感谢网络让我能够认识你。

CNCJCC：一直默默地看您的文章很久了，从旧到新地看，每一篇都看了。您的文章亲切、自然、幽默、俊秀，很喜欢您待人处事的原则和风格，而且喜欢看您精彩的生活。

Hurry11：Dear 土笋冻，我欣赏你的文章多年了。你的文章很温馨，它感染我，逗我笑，你的感悟得到我的共鸣。谢谢！

诱惑百合：非常喜欢看你的文章，写得好生动，你的文笔真好！你的文章有种魔力，很轻易地就把读者也带入到你的生活中，和你们一起感受幸福和快乐！很喜欢你，也很欣赏你。

靠岸：近来忙里偷闲逛了文学城，你的笔名吸引了我。一连读了好多篇你的文章，很喜欢你那生动的人物刻画、幽默的事件描写，很欣赏你的为人处事和开朗的性格，真不愧为"文献名邦"之后人！有时候性格会决定人的命运，也许因为你是来自我数里之遥的同乡，很多方面我和你有同感。当我看到你奶奶的相片时，我想起了我的奶奶，总觉得那些来自家乡慈祥熟识的脸在注视着十多年漂泊海外的我。好在我们办公室天高皇帝远，所以我想我会有时间常来文学城的，期待能看到你的更多新作。

Peace 50（美国）：您博客的文章已经被我挖地三尺看了个遍，心情不好的时候，还会去重新浏览我所认为的经典中的经典，让自己陶醉在您所描绘的各种景象中，忘掉烦恼。

Yali（美国）：宋凌您好！每每读您的博客都在想，她的真实名字是什么呢？什么样的名字配这样一个美丽、睿智、乐观而又命好的女人呢？终于有答案了。

两年前无意中发现了您的文字，于是短时间内把您博客中的所有文章读完！之后只要闲来上网我首先查看的定是您的博客是否有更新，若有新文章便似老朋友见面，否则心里有些小失望。这时候便安慰自己，人家四个孩子的妈哪能天天发文，自己就俩崽儿还搞得每天衣冠不整鸡飞狗跳呢。特想讨教，您是怎么做到轻轻松松当四个孩子的妈还能兼顾好自己的生活呢？您的博客里很少很少很少有抱怨牢骚不满，佩服。

想到三月份就可以读到您的纸质作品，真是兴奋啊。